Tu n'as plus à craindre le malheur

ANNE MERLO

EDITIONS
PREMIERE
PARTIE

A l'Esprit Saint, mon fidèle inspirateur, ami et soutien.

A mes enfants et à mes petits enfants,

A Pascal, Etienne, Emmanuel, Dominique et Samuel qui nous ont précédés dans la Gloire,

A mes filleuls, protestants, catholiques et orthodoxes,

A tous mes enfants spirituels que j'ai cherché à ramener vers la maison du Père,

A ceux qui le deviendront en lisant ce livre,

A tous ceux qui m'ont portée dans la prière tout au long de la rédaction de ce livre,

A Jean-Philippe et à Hélène mes relecteurs,

A Alain, mon époux, ami de mon véritable Epoux[1], qui m'a soutenue et encouragée en acceptant le difficile travail de relecture et de correction pour la rédaction de ces pages.

---

[1] « Celui à qui appartient l'épouse, c'est l'époux ; mais l'ami de l'époux, qui se tient là et qui l'entend, éprouve un grande joie à cause de la joie de l'époux : aussi cette joie qui est la mienne est parfaite. » Jean 3 : 29

« J'ai besoin de connaître,
J'ai besoin de trouver,
Comment faire pour naître,
Pour naître à l'amour vrai ?
Oh Amour, comment faire ?
Je veux Te rencontrer !
Est-ce en moi que Tu es,
Toi, l'absolue Vérité ?
Mais Toi, me connais-tu ?
Est-ce à dire que Tu
Ne m'as pas encore épousée ?
N'ai-je pas encore assez
Touché le fond de la détresse ?
Le vide, en moi, n'est-il pas
Encore assez grand
Pour que ce soit Ta place ?
Oh, Seigneur préserve moi
Du mauvais, de tous ces adversaires
Qui cherchent à m'empêcher
De Te trouver ! »[1]

---

[1] Poème que j'ai écrit pendant une nuit d'insomnie et qui résume parfaitement le sujet de ce livre

Les passages bibliques cités dans le présent ouvrage sont tirés de la version Segond révisée de 1975 sauf indication contraire.

La démarche de l'éditeur est de présenter des livres variés qui ont pour but de découvrir le parcours unique de différents auteurs. Il n'est pas obligatoirement d'accord avec tous les points de vue exprimés par les auteurs ou avec chaque interprétation donné aux Ecrits Bibliques. Il est attendu du lecteur qu'il se fasse sa propre opinion à la lumière de sa compréhension de la Parole de Dieu et avec une attitude d'amour chrétien.

Couverture : Mike Stefanini (www.atomike-studio.com)
Composition : Editions Première Partie

Imprimé en France par SEPEC
Numéro d'impression : 01392110501
Dépôt légal : 3ème trimestre 2007
Cinquième édition
ISBN : 978-2-916539-15-7

Il y a des moments dans nos vies où l'écriture permet de retranscrire des réalités personnelles pour permettre de guérir ou d'édifier ceux et celles qui nous entourent. Anne Merlo a su attendre et travailler avec sérieux ce livre. Son amour pour l'Eglise dans l'unité amplifie son ministère au service de tous et ces lignes sont fortes de l'onction qui guérit. Le fruit de ce travail, je l'ai vu dans les rencontres de « l'école de guérison » où des femmes et des hommes ont accueilli cette grâce qui opère par le Saint-Esprit.

Puisse le Seigneur bénir Son peuple.

Mamilo, comme beaucoup la surnomment, partage sa vie et son cœur comme une « Mère » dont elle porte et partage le fruit.

Pasteur Carlos PAYAN
Fondateur de l'association « Paris Tout Est Possible »

Préface

La lecture de ce témoignage d'Anne Merlo, que nous aimons appeler Mamilo, est vraiment riche d'actualité car elle nous parle de la façon dont la puissance de la grâce de Dieu peut encore opérer aujourd'hui dans nos vies. Ce beau témoignage de l'itinéraire spirituel de Mamilo peut devenir une source d'inspiration pour tous ceux qui veulent changer leur regard sur Dieu, sur les événements douloureux de leur vie, sur leurs échecs et surtout sur eux-mêmes. En effet, notre vie de foi repose sur des promesses de Dieu qui demeurent stables. N'a-t-il pas dit à son peuple dans le livre de Jérémie : *« Moi, je sais les projets que j'ai formés à votre sujet – oracle du Seigneur –, projets de paix et non de malheur : je vais vous donner un avenir et une espérance. Vous m'invoquerez, […] vous m'adresserez vos prières et moi, je vous exaucerai »* (Jr 29, 11-12).

Le témoignage de Mamilo est une merveilleuse démonstration que Dieu est le maître de nos vies, même lorsque des événements tragiques «frappent » nos existences et semblent nous dire le contraire. Ce livre rappelle avec une grande force que le Seigneur a sur nos vies des projets de paix et de bonheur. Voilà pourquoi ce livre nous lance comme un leitmotiv et une vraie bonne nouvelle que désormais : nous n'aurons *« plus à craindre le malheur »* ! (So 3, 15)

En effet, les temps d'épreuve ne sont pas spécialement des temps de grande ferveur car le Seigneur nous semble loin ; il est même souvent plus facile, à ce moment-là, de succomber à la tentation de cette fausse croyance selon laquelle il nous aurait abandonnés. Alors que nous devrions justement avoir recourt à lui sans hésiter. Notre Dieu n'abandonne personne ! La Bible affirme dans le livre des Psaumes que lorsque *« un pauvre crie, Dieu écoute et il le sauve de sa détresse »* (Ps 34, 8). Ce témoignage est une vraie louange au Dieu qui veut encore remporter des victoires dans nos vies.

Comme le dit l'apôtre Paul aux chrétiens de Rome :
« Que dire de plus ? Si Dieu est pour nous, qui sera contre nous ? Lui qui n'a pas épargné son propre Fils, mais l'a livré pour nous tous, comment, avec son Fils, ne nous donnerait-il pas tout ? Qui accusera les élus de Dieu ? Dieu justifie ! Qui condamnera ? Jésus Christ est mort, bien plus il est ressuscité, lui qui est à la droite de Dieu et qui intercède pour nous ! Qui nous séparera de l'amour du Christ ? La détresse, l'angoisse, la persécution, la faim, le dénuement, le danger, le glaive ? Selon qu'il est écrit : A cause de toi nous

sommes mis à mort tout le long du jour, nous avons été considérés comme des bêtes de boucherie. Mais en tout cela, nous sommes plus que vainqueurs par Celui qui nous a aimés. Oui, j'en ai l'assurance : ni la mort ni la vie, ni les anges ni les dominations, ni le présent ni l'avenir, ni les puissances, ni les forces des hauteurs ni celles des profondeurs, ni aucune autre créature, rien ne pourra nous séparer de l'amour de Dieu manifesté en Jésus Christ, notre Seigneur. (Rm 8, 31-39)

Je connais personnellement la famille Merlo depuis plus d'une dizaine d'années qui m'a adopté comme fils aîné. Ils sont pour moi de merveilleux parents d'adoption et des fidèles compagnons de missions. Ces liens spirituels sont mêmes renforcés par des liens très humains car Mamilo, dont le papa était missionnaire en Afrique, est née dans mon pays au Gabon. En écrivant cette préface je veux aussi exprimer ma gratitude à Mamilo pour la consécration de sa vie et de sa famille au service de ces milliers de jeunes en France et ailleurs. Enfin, il y a dans ce témoignage quelque chose digne du livre des Actes des apôtres, parce que le lire nous permet d'avoir part aux grâces décrites dans les Actes. Puisse le Seigneur bénir votre lecture et puisse-t-il délivrer la vie de chacun de vous du soupçon et du doute sur ce Dieu merveilleux qui nous redit que désormais, nous n'aurons plus à craindre le malheur.

Père S. Ponga
Prêtre catholique et prédicateur de la Communauté des Béatitudes.

Introduction

Cela fait plusieurs mois que beaucoup de gens me réclament un livre. J'ai acquis progressivement la conviction que c'était la volonté du Seigneur que je le fasse, mais n'ayant aucune expérience en la matière, j'ai pensé que ce serait bien que quelqu'un puisse m'aider à me lancer dans cette laborieuse aventure. Alors que je priais pour cela, Jean-Philippe Roullier a reçu du Seigneur qu'il fallait qu'il joue ce rôle. C'est ainsi qu'en juillet 2006, prenant sur ses temps de congé, il est venu chez nous et pendant toute une semaine, m'a fait parler et a noté tout ce que je disais en réponse à ses questions. J'ai réalisé à ce moment là que j'avais déjà reçu toute la trame de ce livre et qu'avec l'aide du Saint-Esprit il m'était possible de continuer seule. Cela a été un long accouchement, que j'ai pu mener à terme grâce au soutien fidèle et aux encouragements de nombreux intercesseurs auxquels je suis extrêmement reconnaissante.

« J'étais à mon poste, et je me tenais sur la tour ; je veillais, pour voir ce que le Seigneur, en moi-même me dirait, et ce que je répliquerais après ma plainte. Le Seigneur m'adressa la parole, et il dit : Ecris cette révélation : grave-la sur des tablettes, clairement, afin que chaque lecteur puisse la lire couramment. » (Habacuc 2 : 1 à 4) [1]

J'ai essayé de suivre ce conseil de manière à ce que chacun puisse lire et comprendre sans difficulté ce que j'ai reçu à travers l'expérience de ma vie. Je raconte comment, par la Grâce de Dieu, je suis sortie du malheur ! Ce n'est pas pour attirer l'attention sur moi, mais parce que j'ai la certitude que ce que j'ai vécu, chacun peut le vivre aussi, quelle que soit sa situation actuelle, son histoire ou l'impasse dans laquelle il a l'impression de se trouver !

J'ai souffert comme nous souffrons tous ! Et j'ai été malheureuse pendant de nombreuses années à cause de mon incapacité à aimer et à me laisser aimer, mais aussi, et surtout, à cause de ma capacité à faire souffrir les personnes de mon entourage ! J'ai mis beaucoup d'énergie à essayer de camoufler cette méchanceté inhérente à mon humanité et j'ai donc porté toutes sortes de masques et endossé toutes sortes de comportements par crainte d'être dévoilée et rejetée. En racontant mon histoire, je décris tous ces comportements erronés : une timidité maladive, une grande « gentillesse », une politesse excessive, l'incapacité à dire non, le perfectionnisme, l'art de se rendre indispensable, l'inquiétude permanente… Jusqu'à

---

[1] Reçue par ma sœur Françoise qui a été un de mes plus grands soutiens dans l'intercession lors de la rédaction de ce livre.

ce que je constate mon impuissance totale à me changer moi-même car ma vie, menée par la loi du péché, allait d'échecs en échecs.

« Je suis à même de vouloir, mais non pas d'accomplir le bien ».[2]

J'ai quand même un énorme avantage : j'aime la parole de Dieu ! C'est ma potion « magique » à moi ! Mais, à l'instar d'Obélix, j'ai cru que ça me suffirait d'être tombée dedans quand j'étais petite ! J'ai eu besoin d'aller m'y abreuver souvent avant de commencer à « entendre » ce que Dieu, mon Père, me disait depuis toujours. Mais pour que ces paroles puissent prendre chair en moi, il a fallu les grâces de quatre réveils successifs dans l'Eglise ! En effet, j'ai fait la connaissance de l'Esprit Saint dans le mouvement du Réveil Pentecôtiste historique, lorsque j'ai reçu le Baptême du Saint-Esprit à l'âge de 16 ans ! Puis j'ai eu le privilège de participer au grand Renouveau Charismatique des années 70. Ensuite, depuis l'an 2000, l'Esprit Saint est devenu de plus en plus mon ami intime, et il n'a cessé de me conduire, de guérison en guérison, vers une liberté de plus en plus grande. Finalement, dans le réveil actuel de l'Unité des chrétiens, chère à mon cœur, dans le Mouvement de la Gloire, comme on l'appelle, Il m'a renouvelée par un véritable baptême de feu. J'expérimente la venue du règne de Dieu dans toute Sa puissance et je suis dans l'espérance : enfin ma nouvelle naissance approche ! Car tout ce qui me semblait encore inaccessible semble à présent à portée de ma main et je puise tant que je peux dans les trésors du ciel !

« Christ, est, en moi, l'espérance de la Gloire ! »[3]

C'est, probablement, à cause des réminiscences de mes lectures bibliques que j'aime aussi comparer la conquête de mon être véritable, au cheminement du peuple hébreux depuis la Mer Rouge et le désert vers la conquête de la Terre Promise ! C'est ce plan que j'ai choisi pour ce livre… J'essaie de communiquer ce que j'ai reçu du Seigneur : il nous faut arrêter d'errer dans le désert, de marcher à côté de nous-mêmes, de tolérer ne pas être en possession de tous nos biens en les laissant aux mains des « squatters », d'être dans le tourment au lieu d'être dans le repos promis. Oui, notre esprit, joint à l'Esprit de Dieu, veut reposer en paix en nous. Pour ce faire, il faut que deux choses essentielles aient lieu : la libération de notre esprit et la soumission de notre chair pour qu'elle ne soit plus un obstacle à la vie de l'Esprit en nous. Car Dieu veut se servir de nous comme lieu de Sa manifestation, comme Il se servait du Temple de Jérusalem pour y manifester sa Gloire, Sa Présence Sainte.

---

[2] Romains 7 : 18

[3] Colossiens 1 : 27

L'Esprit Saint veut nous réveiller ! « Wake up ! Sleeping beauty ! [4] » nous disent Heidi Baker et les grands ténors actuels ! Il veut réveiller son Eglise qui est dans un coma grave alors que le jour de ses noces est tout proche ! Irons-nous enfin prendre possession de ce qui nous a été promis de tout temps ? Irons-nous jusqu'à Jérusalem afin de voir descendre du ciel « la Ville Sainte, parée comme une épouse qui s'est parée pour son époux » ? Serons-nous cette Epouse ou nous contenterons-nous d'être simplement les « amis » de l'Epoux en regardant de loin la « chance » qui est celle des Saints ?

La conquête sera peut être un peu longue et difficile car certains territoires sont habités par des « géants » et les pratiques idolâtres bien ancrées dans les habitudes, mais il y a aussi beaucoup de villes fortifiées… Les pratiques idolâtres devrons cesser, les murailles devront tomber et tout ce qui s'est élevé avec arrogance contre Dieu et contre Son « oint » devra être amené à l'obéissance du Christ.[5]

C'est à Lui que je veux rendre toute la Gloire non seulement par le récit de Ses œuvres merveilleuses dans toute ma vie, mais aussi par les quelques exhortations que je me permets de faire. J'aimerais pouvoir dire comme l'apôtre Paul :

« C'est lui que nous annonçons, exhortant tout homme en toute sagesse, afin de présenter à Dieu tout homme devenu parfait en Christ. C'est à quoi je travaille en combattant avec sa force qui agit puissamment en moi ! »[6]

Entrons dans ce qui fait le sujet de ce livre, et la raison pour laquelle je l'écris, installée à mon vieil ordinateur au fond de la petite chapelle de La Bêche[7] située tout près de St Michel l'Observatoire[8] dans un endroit, donc, où le ciel est plus limpide qu'ailleurs. C'est un lieu où le ciel s'ouvre pour nous et où les anges montent et descendent pour nous apporter de la part du Christ tout ce qui, dans les cieux, doit advenir sur la terre, comme nous le prions tous les jours :

---

[4] « Réveille-toi Belle Endormie », traduction anglaise de « La Belle au Bois dormant »

[5] 2 Corinthiens 10 : 5

[6] Colossiens 1 : 2

[7] C'est le nom de notre maison.

[8] Petite ville des Alpes de Haute Provence où se trouve un grand observatoire européen.

« Père,

Que ton Grand Nom soit sanctifié sur la terre comme au ciel

Que ton Immense Règne vienne sur la terre comme au ciel

Que ta Juste Volonté soit faite sur la terre comme au ciel ! »

Première Partie :
Quarante ans dans le désert

Introduction

Je compare une grande partie de ma vie à la traversée du désert car à l'instar des Hébreux après le passage de la Mer Rouge, je n'ai pas su prendre possession de mon héritage, et je me suis longtemps persuadée que le bonheur n'était pas pour moi. Je me traînais lamentablement, marchant dans la plainte et l'amertume. Je ne connaissais pas vraiment le seul vrai Dieu car j'étais encore asservie à toutes sortes d'idôles. Et ce qu'on expérimente le plus au désert, c'est la solitude et la soif. De temps en temps une oasis me permettait d'entrevoir la possibilité d'une vie différente comme, par exemple, la rencontre de mon mari et de la communauté à laquelle j'appartiens ou encore la naissance de mes enfants ; il faut dire aussi que dans les nuits glaciales, le feu de l'Esprit Saint est heureusement venu à maintes reprises me réchauffer de Sa douce présence. Je relate donc ici, en racontant ma vie, la misère qui était la mienne, même si Dieu a toujours été avec moi comme il a toujours été avec son peuple au désert. Il s'est servi de toutes ces vicissitudes pour se révéler de plus en plus à mon âme orpheline, comme Père de miséricorde et le Dieu de toute consolation, fidèle en grâce et impatient de me ramener à la maison.

Chapitre 1

J'ai toujours eu peur de la solitude

J'ai toujours eu peur de la solitude et cette peur est chevillée en moi depuis longtemps ! Depuis le fond des âges, car je suis l'héritière de générations d'hommes et de femmes qui, depuis Adam et Eve, cherchent à s'habituer à exister sans Dieu.

J'ai commencé à pratiquer cette habitude dès ma plus tendre enfance car, à peine née, mon dieu, en l'occurrence, ma mère, n'était pas toujours là quand j'avais si besoin d'elle. Elle obéissait à une tradition familiale qui consistait à laisser pleurer les nouveaux-nés dans leur berceau après la naissance. Elle considérait comme une victoire d'obtenir que le bébé ne pleure plus après quelques nuits et qu'elle n'ait pas à se lever comme la plupart des mamans.

Je sais actuellement que mon désespoir a probablement été tel que j'ai fini par me taire ! En plus, elle pensait, comme beaucoup de gens à l'époque, qu'il fallait prendre le moins souvent possible le bébé dans ses bras de peur d'en faire un enfant capricieux. Elle s'obligeait donc à ne pas le faire malgré son désir de « mère poule » de me câliner.

J'ai donc fait l'expérience, comme chacun d'entre nous d'ailleurs, de la solitude dès ma naissance ; mais c'était tellement douloureux que j'ai fait en même temps l'expérience du désespoir qui s'y attache. Et cela me colle à la peau depuis.

Si ma propre mère ne venait pas à mon secours lorsque je l'appelais, il était évident que c'était parce que ma vie n'avait aucune importance et que même le seul fait d'exister était dérangeant. Et pendant longtemps j'ai été habitée par la pensée que : « si je n'existais pas, ce serait bien mieux pour tout le monde ! »

Ce que je ne savais pas, c'est que cette souffrance de la séparation d'avec mon dieu, n'était que le pâle reflet de l'immense douleur qui habite le cœur de tout homme depuis la « chute », à savoir, la séparation d'avec Dieu. Et je ne savais pas non plus que cette douleur allait me conduire aussi dans certains comportements erronés.

Paradoxalement, malgré cette peur de la solitude, j'ai toujours vécu repliée sur moi-même, dans une grande timidité, avec, souvent, le désir de disparaître dans un trou de souris. J'étais même habitée par de telles phobies que j'en étais paralysée. Ma mère n'arrivait pas à me comprendre et elle m'obligeait, parfois, à faire des choses qui me paraissaient impossibles comme d'aller acheter du pain : mais arrivée devant le magasin, ma terreur était telle que je ne pouvais pas entrer et j'étais coincée entre l'angoisse phobique que je subissais et la crainte terrible de la colère de ma mère. Il m'est arrivé ainsi de disparaître en allant me cacher pendant des heures dans le garage, sous la voiture !

Je me rappelle aussi qu'un jour, elle a exigé que j'aille chez un de mes professeurs pour lui apporter un devoir que j'avais oublié de rendre. J'ai erré longtemps dans la ville jusqu'à la nuit, n'osant ni sonner chez cette personne, ni revenir à la maison.

Mon désespoir était tel que j'ai progressivement appris à souffrir toute seule, même si je vivais dans une famille nombreuse. Je me dépréciais tellement que je me suis toujours sentie exclue des groupes auxquels je cherchais à m'intégrer.

C'est ainsi que je suis entrée petit à petit dans cette identité d'orpheline qui m'a longtemps caractérisée ! En fait, je m'étais mise dans la peau de « Cendrillon », identifiant ma mère à la « marâtre », mon père semblant inexistant ou presque, car trop lointain et silencieux. Je rêvais du « prince charmant » qui viendrait me délivrer mais sans y croire vraiment !

Vers l'âge de 10-11ans, le Père céleste a commencé à se révéler à moi. Le pasteur Thomas Roberts, évangéliste, venu du grand réveil du Pays de Galles, est passé à Montauban où nous habitions cette année là.[1] Il avait un grand talent pour parler aux enfants ! Il a fait un appel pour ceux qui voulaient donner leur vie à Jésus et rencontrer son merveilleux Père. Ce jour là reste gravé dans ma mémoire car, quand je me suis avancée, avec mon frère et ma sœur, j'ai vraiment fait une rencontre et j'ai compris qu'il était possible de sortir de ma solitude ! Il nous a appris à prier le Notre Père avec ferveur et je ne me suis plus endormie le soir sans le réciter. Depuis, j'ai toujours eu la certitude de la présence de Dieu à mes côtés, mais mes carences affectives étaient telles que cela ne parvenait pas à me combler et bien qu'ayant rencontré le Père, je continuais à me comporter en orpheline.

Vers l'âge de 15-16 ans, lors d'un autre séjour en France, ma mère tomba gravement malade et fut hospitalisée d'urgence pour un ulcère du duodénum qui saignait. Mme Olivier, notre voisine, mère de six enfants, comme ma mère, est venue nous porter secours, lavant notre linge dans sa machine (car nous n'en avions pas). Elle nous a proposé un jour d'aller à une réunion organisée par des Pentecôtistes où auraient lieu des prières pour les malades à l'occasion du passage d'un prédicateur

---

[1] Année de congé en France

évangéliste, le révérend Scott. Ce soir-là notre maman a été complètement guérie. Alléluia ! Et nous voilà devenus Pentecôtistes !

Le baptême du Saint-Esprit que j'ai reçu à cet âge là a complètement bouleversé ma vie ! J'ai appris la louange, la pratique des charismes, surtout celui de prophétie, et à ce moment-là, la présence du Seigneur s'est faite vraiment sensible. Mon horizon étriqué s'élargissait soudain. J'étais heureuse. Mais je suis devenue dépendante du ressenti et des émotions générées par l'onction du St Esprit, sans apprendre à laisser le Seigneur atteindre la profondeur de mon être, et libérer mon esprit de l'emprise de la « chair ». J'étais toujours repliée sur moi dans la timidité et la haine de moi-même, incapable de croire vraiment à l'amour de Dieu pour moi ! Pourtant, je continuais à lire ma bible assidûment et avec plaisir. En effet, mes parents protestants ont toujours veillé à notre culture biblique. Dès que l'un de nous savait lire, on lui donnait une bible personnelle, avec pour objectif de la lire en entier autant de fois que possible ! J'ai toujours aimé ça et je suis souvent étonnée d'entendre les gens, surtout des frères catholiques, dire qu'ils ont du mal à lire la bible. Je comprends donc que c'est un grand privilège d'avoir appris dès mon jeune âge à me régaler de la parole de Dieu.

J'étais chrétienne, membre d'une Assemblée de Pentecôte, baptisée du Saint-Esprit mais je ne savais toujours pas gérer mes émotions et la peur de la solitude me submergeait toujours.

Plus tard, j'ai commencé à penser que le mariage allait me délivrer de la souffrance de la solitude, et je me suis réfugiée dans ce rêve de l'attente du prince charmant qui, lorsqu'il viendrait, allait enfin opérer le changement radical de ma personne. J'ai donc considéré le mariage comme étant la seule solution à mes problèmes. Si je me mariais, je serais enfin pleinement heureuse.

Dans l'attente de l'époux, et comme l'époux tardait à venir, je me suis laissée plusieurs fois illusionner, pensant avoir rencontré l'homme de ma vie. J'arrivais à me mentir à moi-même, préférant une solution bancale à la solitude.

A la fin de mes études d'infirmière, je me suis retrouvée, pour la première fois, vraiment seule dans le petit appartement que j'avais loué. C'était tellement insupportable que je me suis mise à sortir le plus possible pour rencontrer des gens ! J'allais surtout à la patinoire le soir un peu tard : on y jouait alors de belle valses. J'y ai rencontré un jeune homme charmant, plus jeune que moi, qui m'apprenait à danser sur la glace et qui est vite tombé… amoureux de moi. Le problème est qu'il n'était pas converti et je savais, je sentais, que ce n'était pas l'homme de ma vie. Cependant, par timidité et par peur de la solitude, je parvenais à me convaincre que c'était lui et que j'arriverais à le convertir. Nous nous sommes même fiancés car je n'avais pas le courage de me séparer de lui ! Et finalement, je me suis enfuie ! Il y avait une épidémie de choléra en Côte d'Ivoire et on avait besoin d'infirmières volontaires. Je suis donc partie pour un an. Là, j'ai pu rompre par lettre ces fiançailles, avec la mort dans l'âme de faire autant souffrir ce pauvre garçon ! Toujours à cause de la solitude, j'ai démarré une autre relation qui ne pouvait pas aboutir non plus et je me suis encore enfuie.

En fait, j'avais fait de l'état du mariage mon dieu, c'est à dire que je lui demandais la sécurité, la paix, la joie, le bonheur et surtout mon identité. C'était un faux dieu, une idole, et sur son autel j'ai sacrifié ma pureté, ma vertu, mon honneur et ma liberté ! Et lorsqu'on sert une idole, on en subit les conséquences néfastes : la première est, bien évidemment, la déception qui conduit à la tristesse, l'amertume, le découragement, puis vient le désespoir qui conduit à la révolte, la colère, la fermeture du cœur, la dépréciation de soi, et peut même aboutir au désir de mort. Le résultat était donc toujours le contraire de ce que j'espérais : je cherchais une identité d'épousée et recevais celle de délaissée.

Mais le vrai Dieu, mon Père, veillait ! Il me cherchait ! Il avait un projet pour moi depuis toujours. Le temps semblait venu pour que j'avance un peu plus dans Ses desseins. Or j'étais de plus en plus mal, de plus en plus en danger de faire de grosses bêtises, je suppliais le Seigneur de m'empêcher de succomber aux tentations, j'étais absolument sans force et tombais de plus en plus bas. Et quelle fut Sa réponse ?

L'Esprit Saint est tombé sur les Catholiques !

En bonne Pentecôtiste, je ne pouvais admettre que les Catholiques puissent être des « chrétiens », c'est à dire vraiment « convertis » ou « nés de nouveau » comme on disait ! On m'avait enseigné que le Pape représentait l'antéchrist et que les Catholiques étaient des idolâtres plutôt dangereux à fréquenter !

J'allais avoir à changer de regard ! Car, le Saint-Esprit préparait un grand réveil dans le monde entier, dans toutes les églises et aussi chez nos frères catholiques, en réponse aux prières, aux jeûnes et aux veilles, d'intercesseurs fidèles parmi lesquels il faut citer les membres de l'Union de Prière de Charmes !

C'est en grande partie en raison de mon état désespéré que j'ai rencontré ce grand réveil qu'on a appelé le Renouveau Charismatique. Ne sachant que faire pour m'aider, mon père auquel j'avais finalement résolu de confier mon état désespéré, m'a emmenée voir à Montpellier, le vieux pasteur Delord, ancien missionnaire de Madagascar, qui avait toujours été pour mes parents un homme de bon conseil, sage, sérieux, toujours impeccablement maître de lui… Or ce jour là, il s'est présenté à nos regards, hilare, rouge, enthousiaste ! Et quand je lui ai confié ma détresse il a crié : « Alléluia ! Gloire à Dieu ! » Mon père a cru qu'il commençait une démence sénile, et il s'est mis à regretter de m'avoir amenée chez lui. En fait, il venait d'être baptisé du Saint-Esprit quelques jours auparavant ! Sa vie était transformée et il m'assurait que j'étais dans les meilleures dispositions possibles pour être enfin délivrée et guérie. Il nous a raconté, avec enthousiasme, qu'un réveil commençait un peu partout, et il m'a fait visiter la petite communauté catholique de la Théophanie où il avait reçu ce baptême de l'Esprit Saint.

L'Esprit Saint était tombé sur ce groupe de jeunes alors qu'ils étaient en prière avant de préparer l'animation de la messe dominicale du lendemain. Une des jeunes filles du groupe s'était soudain sentie poussée à se jeter à genoux en suppliant : « Imposez-moi les mains ! » Ils ne savaient même pas ce que cela voulait dire. Heureusement, le jeune diacre qui se trouvait là et qui les encadrait, venait de lire un article parlant de l'effusion du Saint-Esprit sur des Catholiques aux Etats Unis, grâce transmise par l'imposition des mains. Ils ont donc tendu les mains vers cette jeune fille et ils ont fait l'expérience de la Pentecôte, se mettant tous à parler en langues et à prophétiser. Ils débutaient une vie communautaire, dans un appartement, et ont accepté de me garder un mois au milieu d'eux à condition que je sois d'accord pour dormir sur un matelas dans le couloir.

Le choc fût salutaire. Imaginez un peu : une pentecôtiste chez des « cathos » charismatiques aux expressions liturgiques fortement teintées de pratiques byzantines ! L'Esprit Saint avait prit soin de me briser complètement avant cette rencontre, afin que mon orgueil spirituel ne m'empêche pas de vivre ces temps extraordinaires. Leur amour et leur compassion m'ont confondue. Je n'en croyais pas mes yeux ni mes oreilles. Pendant les offices, très fervents, où l'on priait devant des icônes et faisait brûler de l'encens, je pouvais percevoir que l'Esprit Saint se sentait honoré et libre. Habituée à sentir l'onction, je recevais parfois une prophétie que dans ma réserve je n'osais pas dire et voilà que c'était ma voisine, cette « prieuse de chapelet », qui la disait et exactement dans les mêmes termes que je l'aurais moi-même énoncée ! Je serais bien restée avec eux mais c'était encore trop difficile pour moi, avec ma culture réformée. Ils m'ont conseillé de chercher une communauté protestante, comprenant que j'étais encore trop convalescente pour reprendre ma vie de solitude. A la fin de mon séjour chez eux, avait lieu la première grande convention charismatique œcuménique de ce début du Renouveau, à Viviers, lors de la Toussaint 1973.

Viviers 1973 : Expérience du ciel sur la terre. Toutes confessions confondues. Dans un même amour, une même foi, un même baptême ! L'unité des chrétiens enfin réalisée et visible ! Entre deux conférences, dans la cour, on danse des danses d'Israël avec les enfants de l'Arche. Un jeune homme est appuyé, comme moi, sur les montants de la cage des buts de foot, pour les regarder danser ; c'est Alain, mon futur mari, mais, bien sûr, je ne le sais pas encore ! Il vient de recevoir le baptême de l'Esprit Saint comme beaucoup, à l'Arche de Lanza Del Vasto, communauté déjà ancienne, qui est, elle aussi, visitée par le Réveil ! Il me remarque, me trouve triste et éprouve de la compassion. Quand à moi, il était urgent que je découvre où atterrir après ce week-end. Un des orateurs principaux, Georges Duc, a pris la parole pour donner son témoignage. Il était cloué au lit depuis des mois à la suite d'un grave accident de la route qui lui avait brisé les vertèbres de la nuque, des souffrances atroces le torturaient jour et nuit et il criait. Un gitan rempailleur de chaises qui passait par là, l'entendit hurler de douleur, c'était un Pentecôtiste. Il demanda à voir le malade. Saisi par l'Esprit Saint, il lui imposa les mains pour demander sa guérison au nom de Jésus et il fut guérit instantanément ! Georges Duc s'était converti, était devenu pasteur, et il témoignait en brandissant les radios d'avant et celles d'après le miracle. Il racontait qu'il venait d'ouvrir un centre comme David Wilkerson[2] pour accueillir les drogués et les blessés de la vie, dans un château situé à La Française[3] non loin de Montauban, et il cherchait une infirmière pour l'aider. J'ai aussitôt présenté ma candidature et je l'ai suivi ce jour là. J'avais trouvé la communauté protestante que je cherchais. Mais je n'y suis pas restée très longtemps : trop de jeunes gens passaient par là, et les tentations étaient nombreuses. La rechute était assurée.

Peu de temps après, j'ai pu être accueillie à Chouastrac[4] dans une petite communauté pentecôtiste à la campagne où le Seigneur a continué ma restauration. C'était un coiffeur et sa femme qui avaient tout quitté pour acheter une vieille ferme qu'ils retapaient pour y faire, dans un contexte familial, de l'accueil de jeunes en difficultés. Toute la vie de la maison tournait autour de la lecture de la bible dans la simplicité d'une vie de travail proche de la nature. J'étais souvent dans les champs, occupée, solitaire, à garder les chèvres. Le soir près du feu avec mes compagnons, nous lisions la Parole et priions. J'étais bien avec eux, mais je souffrais encore de solitude. Cela m'handicapait beaucoup dans mes relations et je ne pouvais m'empêcher, chaque fois que je voyais un homme, d'espérer que ce soit le bon. Je ne comprenais pas pourquoi le Seigneur n'exauçait pas mes prières et cela m'attristait beaucoup ! Dans ma lecture suivie et assidue des épîtres de Paul, Dieu m'a parlé très clairement :

« J'ai appris à être content de l'état où je me trouve. Je sais vivre dans l'humiliation et je sais vivre dans l'abondance. En tout et partout, j'ai appris à être rassasié et à avoir faim, à être dans l'abondance et à être dans la disette. Je puis tout par Celui qui me fortifie. »[5]

---

[2] Auteur de « La Croix et le Poignard »
[3] Petite ville du Tarn et Garonne
[4] Petit village près de Montauban dans le Tarn et Garonne
[5] Philippiens 4 : 11 à 13

Ce jour là, j'ai enfin compris que je poursuivais un faux objectif en étant dans l'attente d'être mariée pour me donner à moi-même l'autorisation d'être heureuse. Je suis alors sortie dans le pré devant la maison et j'ai hurlé au Seigneur comme je n'avais jamais osé le faire encore. J'ai crié toute ma douleur et ma rage, puis, un peu calmée, je Lui ai humblement demandé pardon et j'ai enfin accepté Sa volonté sur ma vie : que Ses promesses se réalisent et que j'apprenne à faire de Lui mon seul bonheur. J'acceptais de rester célibataire mais à condition qu'Il me rende heureuse tout de suite !

La réponse a été immédiate ! Sa présence s'est faite sensible : j'étais, soudain, merveilleusement et profondément comblée ! Depuis longtemps, Il voulait me faire goûter à Sa plénitude. Il n'a pu le faire que lorsque ma volonté a enfin adhéré à la Sienne ! C'est une véritable libération de mon esprit qui s'est opérée. Ma vie spirituelle qui était tenue en esclavage par mon affectivité blessée et mes réactions charnelles, a enfin pu se déployer. J'ai pu croire que le Seigneur poursuivait réellement un dessein de bonheur pour moi. D'ailleurs, j'étais heureuse et épanouie ! Je me sentais libre et joyeuse. J'avais trouvé ma vraie place, ma véritable identité, qui est d'être fille du Père et de ne dépendre que de Lui pour tous mes besoins. A partir de ce moment, j'ai vécu une succession d'événements providentiels qui ont conduit à la rencontre avec mon époux.

Chapitre 2

Je rencontre mon époux

Je ne cessais de penser à l'expérience de Viviers. Je savais qu'une rencontre charismatique interconfessionnelle de jeunes devait avoir lieu au Centre Chrétien de Gagnières,[1] dans le Gard, pour Pâques. J'arrivais à décider Joëlle, la mère de famille, à y venir avec moi. Notre petite communauté était très pauvre et nous n'avions pas d'argent pour nous payer les frais de session et de voyage. Nous avions coutûme pour améliorer nos ressources, de fabriquer des poupées de chiffon, et de décorer des boites à sel en bois que nous vendions sur les trottoirs de Montauban. Ce jour-là, nous décidâmes de pousser jusqu'à Toulouse avec un bon stock de choses à vendre, pour essayer de gagner la somme dont nous avions besoin, demandant au Seigneur de nous montrer par là Sa volonté. Le soir venu, nous n'avions presque rien vendu de la journée et j'étais très déçue. Heureusement, au moment où nous allions quitter l'endroit, un homme est arrivé en courant espérant nous trouver encore là. Il était déjà passé devant nous sans rien prendre mais revenait à présent pour acheter des jouets pour ses enfants. Il nous a donné la somme dont nous avions besoin ! Quelle joie ! Il n'y avait pas assez pour le voyage, mais qu'importe, nous ferions du stop !... et ce fut très « béni », car nous n'avons cessé de témoigner et de ramener à la foi les braves camionneurs qui avait la gentillesse de prendre ces deux jeunes femmes habillées de jupes longues, un foulard sur la tête et une croix en bois autour du cou. Ils nous prenaient tous pour des religieuses. On a même eu droit à un repas gratuit dans un restaurant de routier offert par un chauffeur qui nous a avoué s'être converti chez les Pentecôtistes et avoir laissé tomber le Seigneur depuis quelques temps. Il pleurait à chaudes larmes en redonnant sa vie au Père qui fait miséricorde.

Cette première session de jeunes de Gagnières à laquelle j'ai eu le privilège de participer fut un tournant dans ma vie. La gloire de Dieu se manifestait avec puissance, beaucoup de jeunes recevaient le baptême du Saint-Esprit, les cœurs étaient touchés et transformés. Nous étions en grande communion, Catholiques et Protestants ensemble, dans une même adoration et un même zèle pour le Seigneur. C'étaient des moments inoubliables où le ciel et la terre semblaient si proches ! C'est au cours de ce rassemblement que j'ai fait un peu mieux la connaissance d'Alain, jeune médecin catholique de sept ans plus âgé que moi, que j'avais aperçu à Viviers cinq mois plus tôt. Comme nous ne connaissions personne en arrivant, et étant assez timides tous les deux,

---

[1] A l'époque c'était aussi le pied à terre du Pasteur Thomas Roberts et de la Tente de L'Unité.

nous avons tout naturellement été poussés l'un vers l'autre, nous souvenant nous être déjà vus de loin. Il était depuis dix ans, allié de l'Arche de Lanza Del Vasto, en grande recherche de Dieu et visité lui aussi par l'Esprit en ce début de réveil. J'étais devenue tellement libre et heureuse qu'il a été le premier homme à qui j'ai pu parler sans être immédiatement parasitée par la question : « Est-ce que ce ne serait pas lui ? » Nous nous sommes quittés en échangeant nos adresses. Il avait le désir de mieux connaître les Evangéliques, et faisait le projet de venir visiter notre petite maison l'été suivant.

Fin mai, ma sœur aînée habitant Toulon, est tombée enceinte de son deuxième enfant et son début de grossesse se passait mal : elle s'évanouissait fréquemment et ne pouvait plus bien tenir sa maison et s'occuper en plus de sa première fille handicapée. Elle a donc eu l'idée de m'écrire pour m'appeler à l'aide. Puisque je ne travaillais pas et que je commençais à me sentir vraiment plus solide, j'ai accepté l'idée d'y aller mais je n'avais pas d'argent pour me payer le voyage. J'ai prié pour que Dieu manifeste Sa volonté en me procurant ce dont j'avais besoin. En début d'après midi, un ami proche de notre groupe est arrivé. Il faisait partie des Assemblées de Frères[2] assez austères à l'époque. Il avait reçu le baptême du Saint-Esprit et venait souvent prier avec nous pour avoir l'occasion de prier en langues ou exercer quelques charismes. Il a demandé à me parler et m'a raconté son étonnement : depuis sa prière du matin, il entendait une voix intérieure qui lui disait : « Va voir Anne et apporte-lui de l'argent, elle en a besoin pour un voyage !... » Il a été fort réjoui de constater qu'il s'agissait bien de la voix du Seigneur, et m'a emmenée immédiatement à la gare où j'ai pris un train de nuit. Il m'a même payé la couchette et donné de quoi prendre un taxi à mon arrivée ! Je n'ai même pas eu le temps de prévenir ma sœur. Mon beau-frère en m'ouvrant la porte de bon matin, le rasoir à la main, a été étonné de me voir là !

A Toulon, tout en aidant ma sœur, j'ai entrepris de répondre au courrier que j'avais emporté avec moi. J'étais chargée de répondre aux demandes d'accueil et de gérer les dates. Alain était au nombre des personnes désirant venir passer un temps dans notre communauté. J'ai réalisé alors qu'il habitait à la Roque d'Anthéron[3], pas si loin que cela de Toulon. Aussi, tout en lui communiquant les dates où il pourrait venir à Chouastrac, je lui ai signalé que j'étais dans la région et que j'aurais plaisir à le rencontrer. Et je l'ai oublié. Un dimanche, nous devions aller au culte à l'Assemblée pentecôtiste de Hyères[4] où le beau-père de ma sœur était pasteur. Après le culte, nous devions rester déjeuner dans la belle famille de ma soeur où avaient lieu les fiançailles de Zon, sa belle sœur. Nous étions en retard et ça nous énervait, l'atmosphère était tendue. A un moment donné, Françoise, ma sœur s'est arrêtée dans les préparatifs de

[2] Les Frères Larges : Assemblée de confession protestante à tendance évangélique.
[3] Petite ville des Bouches du Rhône au nord d'Aix en Provence
[4]Hyères les Palmiers : Ville du Var, non loin de Toulon, sur la mer.

départ pour la journée et a dit : « Arrêtons de rouspéter, décidons-nous à louer en toutes circonstances ! » Il faut dire que nous étions en train de dévorer les livres de Merlin Carothers dont : « La puissance de la louange »[5]. Chantant et louant Dieu précisément pour ce retard contrariant, nous nous sommes mis en route. Mais arrivés à un feu rouge que nous savions particulièrement long et précisément passé au rouge, notre louange a dégénéré en « râlerie ». Comme Merlin Carothers indiquait dans son livre comment louer pour tout et particulièrement pour les feux rouges, nous avons pourtant décidé de mettre sa théorie en pratique et de louer le Seigneur pour ce feu rouge en proclamant : « Merci Seigneur pour ce feu rouge qui nous retarde encore ! Tu as certainement une bonne raison pour permettre ça, et nous te faisons confiance car nos vies sont dans tes mains ! Loué sois-tu ! »

Et voilà que devant nos yeux, traversant tranquillement le passage clouté devant la voiture, apparaît un beau grand barbu, élancé, les cheveux très noirs, le sac au dos et le pantalon « pattes d'éléphant ». C'était Alain qui avait décidé de venir me visiter ce jour-là mais sans prévenir. Je l'ai tout de suite reconnu mais ne me rappelant plus son nom, je me suis exclamée :

« Ce gars là, je le connais : il vient me voir ! »

« Un feu rouge oui, mais pas deux ! » me répondit Françoise. « Si tu veux, tu descends et tu restes avec lui, sinon dis-lui de monter et on l'emmène avec nous ! »

Sans prendre le temps de vraiment réfléchir, je suis descendue rapidement, j'ai saisi Alain par son blouson et je l'ai attiré dans la voiture qui est repartie aussitôt sur les « chapeaux de roues ». Nous témoignerons toute notre vie avec humour que c'est grâce à ce feu rouge que nous nous sommes mariés. Dieu avait fait porter un fruit immédiat à notre louange ! De son côté, Alain témoigne qu'il cherchait tranquillement la maison où nous habitions, laissant le Seigneur organiser tout. Il louait intérieurement, disant à Dieu sa confiance qu'à Lui tout est possible et qu'Il pourrait même faire, par exemple, que je sois dans cette voiture devant laquelle il était en train de traverser la rue.

Le reste de la journée a été une succession de situations embarrassantes car nous étions tous les deux un peu étrangers à ce qui se passait lors de ce repas de fiançailles, et comme nous restions ensemble, on nous posait la question : « Vous êtes mariés ? » « Heu, non… » « Fiancés alors ? » « Heu, non… » Nous sommes finalement sortis sur le balcon et c'est là que j'ai témoigné à Alain de ma joie d'être célibataire ! De retour chez lui, il a décidé de faire la même démarche… C'est mon beau frère qui l'a rappelé quelques jours plus tard l'invitant à revenir.

---

[5] Merlin Carothers, auteur de nombreux autres livres sur le thème de la louange et qui faisaient fureur dans les milieux du réveil.

C'était la nuit la plus courte de l'année, ce 24 juin 1974. Nous l'avons entièrement passée à parler. Nous avons lu la bible ensemble en comparant les traductions. J'étais habituée à la traduction Segond, Alain à celle de Jérusalem. Pour me la faire découvrir, nous avons lu plusieurs passages et comme par hasard, nous tombions sur des récits de mariage, comme le Cantique des cantiques, certains textes de Paul ou le livre de Tobie. A la fin de la lecture, nous avons tout naturellement admis que le Seigneur désirait qu'on unisse nos vies, c'était comme une évidence, et c'était aussi tellement grand que nous en étions bouleversés. Le jour se levait, les roses sentaient bon dans les petits jardins de ce beau quartier de l'Escaillon[6] où nous avons déambulé en cherchant une église. On apercevait au loin les bras ouverts du Christ en haut du clocher de l'Eglise du Sacré-Cœur. Nous l'avons atteinte au moment où commençait la messe matinale. Encore tout étonnés de ce qui était en train de nous arriver, nous nous sommes confiés au prêtre qui nous a dit : « Mais oui ! Mariez-vous ! »

Quelques jours après ces fiançailles, je suis allée participer à une session charismatique à la Porte Ouverte organisée par Thomas Roberts, et là j'ai fait la connaissance d'un jeune pasteur surnommé à l'époque Yoyo, qui revenait des Etats Unis. Il s'agissait de Gérard Croissant, le fondateur de la toute jeune communauté du Lion de Juda[7]. Ce jour là, il était très ému car Thomas insistait pour qu'il prenne la parole, mais il n'avait encore jamais prêché sous l'onction du Saint-Esprit. Il avait l'air si jeune et fragile, avec sa petite barbiche et ses cheveux longs ; mais quand, saisi par l'onction, il s'est mis à parler, nous sommes restés pendus à ses lèvres pendant plus de deux heures. Il nous racontait comment avec Jo, son épouse, ils avaient fait l'expérience de la Providence à maintes reprises et participé aux soirées de guérison animées par Catherine Kuhlmann[8]. Il nous décrivait les nombreux miracles qui s'étaient opérés sous ses yeux, et comment le Seigneur s'était aussi servi de lui pour guérir. Ces récits réveillaient en moi l'ardeur du Saint-Esprit et j'espérais qu'avec Alain, nous serions appelés à une vie analogue.

Nous décidâmes de nous marier rapidement. Alain avait trente trois ans et moi vingt sept et nous étions sûrs de faire la volonté du Seigneur : on ne voyait donc pas pourquoi attendre davantage. Jacques Langhardt[9], qui était diacre à l'époque, acceptait avec joie de nous marier. Il nous connaissait séparément et était émerveillé de la façon

[6] Quartier de la ville de Toulon où habitaient ma sœur et mon beau-frère
[7] La Communauté « du Lion de Juda et de l'Agneau Immolé » a par la suite prit le nom de : Communauté « des Béatitudes »
[8] Catherine Kulhmann, femme pasteur aux Etats Unis, exerçant un grand ministère de guérison.
[9] Le fondateur de la Communauté de la Théophanie.

dont le Seigneur nous avait réunis. Une seule date était possible pour lui, le 4 septembre, en plein milieu de la session de jeunes de Gagnières. Passant tous les obstacles, nous avons obtenu l'autorisation du curé de Gagnières, l'abbé Peitavin, d'organiser un mariage « œcuménique » sur sa paroisse[10]. Il avait reçu le baptême de l'Esprit Saint au cours de la session précédente et travaillait depuis en communion avec le Centre Chrétien.

Un des nombreux carrefours de l'après midi de ce 4 septembre 1974 était intitulé : « Mariage d'Alain et Anne ». Inutile de préciser que les orateurs des autres carrefours, n'ont pas eu grand monde et se sont décidés à nous rejoindre. Nous désirions tellement rester sous le signe de l'Unité et ne choquer personne que nous avions hésité sur le lieu de la cérémonie. Aussi, la veille au soir, nous avions utilisé le moyen de la « vox populi ». Nous sommes montés au micro, sous le chapiteau des conférences et avons demandé à tous ceux qui étaient présents ce qu'il fallait faire : devions-nous nous marier sous le chapiteau ou à l'église ? Ils ont scandé une réponse unanime : « A l'église ! A l'église ! »

Ce fût un mariage entièrement improvisé et très œcuménique. La jolie petite église de Gagnières était pleine à craquer quand je suis entrée au bras de mon fiancé. Tous tapaient dans leurs mains pour scander les chants de louange qui résonnaient avec force :

« Alléluia, Jésus est notre Seigneur ! Chantons notre joie, alléluia ! »[11]

C'est dans cette atmosphère de joie et de louange qui ne s'arrêtait plus que nous avons échangé nos consentements suivant un rite byzantin, entre les mains d'un diacre catholique assisté du vieux pasteur Delord chargé de prononcer l'homélie. La seule ombre au tableau était le désaccord de mes parents qui m'avaient envoyé un télégramme[12] le matin même, non pas pour me bénir, mais pour me supplier de ne pas me marier.

Alain avait choisi un passage de la bible parmi ceux qui l'avaient particulièrement aidés dans les derniers temps avant notre rencontre. Celui-ci nous suivra toute notre vie et je l'appelle « le » texte de notre mariage :

« Toutes choses concourent au bien de ceux qui aiment Dieu, de ceux qui sont appelés selon son dessein. Car ceux qu'il a connus d'avance, il les a aussi prédestinés à

---

[10] Et la dispense de l'Evêque

[11] C'était un des nombreux cantiques de cette époque du renouveau.

[12] Ils étaient à Madagascar

être semblables à l'image de son Fils, afin que son Fils fût le premier-né entre plusieurs frères. Et ceux qu'il a prédestinés, il les a aussi appelés, il les a aussi justifiés et ceux qu'il a justifiés, il les a aussi glorifiés. Que dirons-nous donc à l'égard de ces choses ? Si Dieu est pour nous, qui sera contre nous ? (...) Qui nous séparera de l'amour du Christ ? Sera-ce la tribulation, ou l'angoisse, ou la persécution, ou la faim, ou la nudité, ou le péril, ou l'épée ? (...) Mais dans toutes ces choses nous sommes plus que vainqueurs par celui qui nous a aimés car j'ai l'assurance que ni la mort ni la vie, ni les anges ni les dominations, ni les choses présentes ni les choses à venir, ni les puissances, ni la hauteur ni la profondeur, ni aucune autre créature ne pourra nous séparer de l'amour de Dieu manifesté en Jésus-Christ, notre Seigneur »[13]

Après quelques mois à la maison de Chouastrac, notre trop grande ouverture aux Catholiques soulevant quelques problèmes, nous nous sommes mis à la recherche de notre place. Alain, qui était psychiatre, avait pris une année sabbatique. Dans une vieille 2 CV prêtée par une amie, nous sommes partis sur les routes alors que j'étais enceinte de notre premier enfant. Nous avions donné comme ultimatum au Seigneur d'avoir trouvé la solution avant le septième mois de ma grossesse. Nos pérégrinations nous ont conduits jusqu'à une conférence rassemblant des médecins et infirmières chrétiens qui avait lieu à Valence. Nous pensions trouver là des propositions de travail pour Alain. C'était le cas : on cherchait par exemple un psychiatre chrétien pour s'occuper d'un centre pour alcooliques et bien d'autres choses encore. Mais le plus important pour nous était que le conférencier ne nous était pas inconnu : il s'agissait de Gérard Croissant. Il parlait, devant le public médical que nous formions, des guérisons miraculeuses auxquelles il avait assisté en Amérique et nous étions enthousiasmés par son témoignage. Il racontait en outre, qu'un jour, lorsqu'il était dans la foule, en train d'assister à ces réunions, il avait fait cette demande au Seigneur : « J'aimerais beaucoup, Seigneur, que cette même grâce de faire ces miracles soit accordée à ma communauté. Je vais Te demander un signe : permets que l'on vienne me chercher ici, anonyme dans la foule, qu'on me demande de prier pour un malade et que celui-ci soit guéri ! » A peine avait-il eu le temps de formuler cette prière, qu'il se retrouvait à prier sur un malade à la demande de quelqu'un de l'équipe de Catherine Kuhlmann. Cet homme avait une jambe beaucoup plus courte que l'autre et, lorsque Gérard avait prié pour lui en tremblant, la jambe s'était mise à grandir jusqu'à devenir exactement comme l'autre. Il avait eu son signe et cette grâce avait été accordée !

Nous étions les seuls enthousiastes de la salle parmi beaucoup de sceptiques. A la fin de sa conférence, Yoyo, comme on l'appelait encore à l'époque, est venu vers nous pour nous dire : « Venez à la maison ! » Nous l'avons suivi. C'étaient les débuts de la Communauté du Lion de Juda à Valence où deux couples (nous étions le

---

[13] Romains 8 : 28 à 39

troisième), entourés de quelques jeunes, vivaient des choses étonnantes dans le presbytère de la paroisse protestante dont Gérard Croissant était chargé. Il avait demandé au Seigneur d'envoyer à la Communauté un médecin psychiatre, car à cette condition seulement, disait-il au Seigneur, il pouvait accepter de garder parmi eux une jeune fille malade qui venait d'être amenée là, sa sœur pensant pouvoir lui éviter ainsi l'hôpital psychiatrique. Elle est restée et nous aussi ! La maison était trop petite, Jo et Yoyo couchaient par terre dans la pièce qui servait de chapelle pour nous céder leur chambre. Nous avons suivi toute la troupe lorsqu'elle a déménagé sur Cordes[14] en mai 1975. Début août, naissait Samuel, notre fils premier-né.

[14] Voir le récit raconté par Ephraïm dans son livre : « Les pluies de l'arrière saison »

Chapitre 3

La solitude encore

Assez rapidement après notre mariage des problèmes ont commencé, que j'explique maintenant par un comportement fusionnel. Je ne supportais pas que mon mari s'en aille et me laisse seule ou qu'il ne pense pas comme moi. J'exerçais un chantage pour qu'il me donne des preuves d'amour. La peur de l'abandon et de la solitude qui m'avait persécutée toute ma vie continuait ses ravages. Cela a eu pour conséquence des disputes à répétition, qui étaient en fait nécessaires, pour que chacun retrouve un peu de liberté. Mais ces disputes me désespéraient. J'étais littéralement liquéfiée ! Et ce trouble continuait pendant des jours.

Oui, nous dramatisions nos disputes ! Nous aurions voulu être un bon couple chrétien et l'image que l'on donnait aux frères et sœurs disait tout le contraire et nous semblions incapables de nous aimer vraiment. Parfois, j'entrais dans une dynamique de séparation, me laissant gagner par la pensée que si on se quittait tout irait mieux. Cela désespérait mon mari, qui ne comprenait pas comment, après tant de signes de la volonté de Dieu, je pouvais remettre tout en question. Mais mon angoisse était telle que je ne pensais qu'à la fuite ! J'étais redevenue comme avant, avec cette impression que si je changeais de situation, je pourrais connaître une accalmie dans ma douleur. C'est vrai que nous étions si différents ! Les réactions de mon mari me faisaient peur et, de mon côté, je provoquais chez lui beaucoup d'angoisses. On était capable de se disputer pour des détails. Un jour où nous transportions un beau bureau garni de feutre vert, je lui faisais remarquer que je n'aimais pas ce tissu trop difficile à nettoyer à mon sens car il retenait la poussière, privilégiant le côté pratique. Mon mari, lui, était agacé à l'idée que je ne puisse pas voir la beauté de l'objet.

Dans le comportement fusionnel, on cherche toujours à avoir le dernier mot, tout en voulant avoir la même opinion et la même pensée ; on cherche donc à persuader l'autre de son erreur pour le rallier à sa propre idée. C'est une occasion pour entrer dans l'escalade de l'accusation et de la justification. C'est mon mari qui m'a aidée en me rappelant mon premier amour pour le Seigneur. Il m'a dit de renoncer à croire et à espérer que lui, Alain, puisse me rendre heureuse. J'ai eu du mal à l'accepter. Sans m'en rendre compte, j'étais entrée dans la pratique d'une nouvelle idolâtrie. J'avais fait de mon mari mon idole en lui demandant de me combler, de me sécuriser, de me comprendre, de me donner mon identité et ma place. Cela peut sembler légitime et je crois que beaucoup de femmes tombent dans ce piège. Mais c'est faire fausse route. A force d'être fusionnels, nous devenons presque ennemis, car déçus l'un de l'autre ! En revenant au Seigneur, en Lui demandant pardon d'avoir encore cherché le bonheur en dehors de Lui, j'ai pu expérimenter tout à nouveau la joie qu'Il est le seul à pouvoir donner et Le laisser aimer en moi ! Il met en nous cet amour « impossible », l'amour de l'ennemi, qui ne peut venir que de Lui !

Dans la vie communautaire également, je n'étais pas heureuse. Je souffrais beaucoup et je faisais souffrir les autres. Je n'étais pas ce que je rêvais d'être, ce que j'admirais et enviais chez les autres femmes chrétiennes bénies. Je ne me sentais pas épanouie ; j'avais même le sentiment d'être malfaisante pour mes proches. Je vivais continuellement dans la plainte, sans même m'en rendre compte, jouant le rôle d'une victime. Je prenais pour certitudes un certain nombre de pensées me concernant, me considérant comme une personne sans valeur, terne, sans beauté, sans goût, ne portant pas de fruit, sinon un fruit amer de désespoir.

Il faut dire que depuis ma naissance, j'étais persuadée que ma mère ne m'aimait pas. De plus, étant la seconde d'une famille de six enfants, j'avais toujours admiré, et aussi envié, ma sœur aînée qui avait, pensais-je, toutes les qualités que je n'avais pas ! Elle était belle, entreprenante, elle avait toujours de bonnes idées. J'étais timide, repliée sur moi-même et je me sentais moche. Et même lorsque mon mari me disait : « Tu es belle ! », je lui répondais, « Mets tes lunettes et arrête de me le dire par charité chrétienne », tant il est vrai que j'en étais convaincue. C'était surtout mon visage que je n'aimais pas et particulièrement parce que c'est moi qui ressemble le plus à ma mère !

Et puis, toute ma vie j'ai eu peur de me faire « engueuler ». J'avais beau faire de mon mieux pour que cela n'arrive pas, il y avait toujours un moment où je finissais par dire ou par faire ce qu'il ne fallait pas et je provoquais la colère des autres. Cela n'a fait que me confirmer dans la certitude que je n'étais pas aimable. Je me faisais gronder par ma mère, mes profs, plus tard par mon mari et mes responsables de communauté. Bref, par toutes les personnes en situation d'autorité. Si on m'appelait pour me parler, je pensais automatiquement que c'était pour me faire des reproches. J'étais, en fait, dans une culpabilité et une auto-accusation permanentes, provenant probablement d'un profond sentiment de honte et de rejet de moi-même. Je ressortais toujours complètement démontée des réunions communautaires où le « berger » avait fait quelques mises au point, car j'avais sans cesse l'impression que c'était à moi que les reproches étaient adressés, et j'étais incapable de le supporter.

Une des conséquences de cette peur du reproche est une propension au mensonge, à la dissimulation ou au manque de transparence. Et tout cela aggrave le sentiment de culpabilité. Un jour, j'ai fait tomber un objet pesant sur le fond d'une armoire, ce qui a fait un trou dans le meuble. Je l'ai caché, par peur de devoir en parler à mon mari. Car je m'imaginais bien que cela le mettrait en colère. Récemment, en déménageant, il a découvert le trou et j'ai pu lui raconter mon ancienne peur. Il m'a dit : « Oh, je te demande pardon ! ». Quel chemin parcouru depuis pour nous deux !

En attendant, je ne voyais pas d'issue à mes problèmes, même si je menais une vie chrétienne que je considérais comme assez normale : j'étais baptisée du Saint-Esprit, je pratiquais les charismes, je priais chaque jour, je lisais la bible, je vivais dans une communauté chrétienne vivante, je pouvais donner des conseils spirituels aux autres, organiser des camps de jeunes, annoncer la bonté de Dieu, mais je n'arrivais toujours pas à le mettre en pratique pour moi-même, enfermée que j'étais comme dans une forteresse. Il a fallu une série de tremblements de terre très puissants pour commencer à ébranler et briser ces murailles que j'avais édifiées au fil des ans !

Chapitre 4

Samuel et Etienne

Lorsque nous étions encore fiancés, nous parlions de nos futurs enfants et nous espérions, sans trop savoir ce que nous disions que nous aurions beaucoup d'enfants parce qu'il fallait remplir le ciel. J'éprouvais cependant, une sourde inquiétude car j'avais la quasi certitude de ne pas pouvoir avoir d'enfants à cause de mes années de galère.[1]Nous avons exposé ce souci à la lumière de la parole de Dieu et avons reçu ce passage du livre de Samuel :

« Va en paix, que le Dieu d'Israël t'accorde ce que tu lui a demandé (...) Anne conçu et au temps révolu, elle mit au monde un fils qu'elle nomma Samuel »[2]

Cette promesse faite autrefois à Anne, la mère du grand prophète Samuel, nous a rassurés. Le Seigneur pouvait faire la même chose pour moi. Aussi, n'avons-nous pas été étonnés quand, rapidement après notre mariage, je me suis aperçue que j'étais enceinte et nous avons eu la certitude qu'il s'agissait d'un petit garçon que nous appellerions Samuel. La joie était bien présente mais, sans comprendre pourquoi, je ressentais au fond de moi une tristesse. Ce début de grossesse faisait ressortir mes fragilités et mes craintes. J'étais en train de devenir mère, mais je n'étais pas prête et je me sentais encore comme une petite fille perdue. C'était difficile pour mon mari qui ne reconnaissait pas la femme joyeuse qu'il avait cru épouser. Je n'avais pas encore vraiment choisi ma vie, je ne savais pas qui j'étais et je ne comprenais pas mes propres réactions. Alors que cette jeune vie poussait en moi, pourquoi étais-je si angoissée ? Alors que le bonheur tant attendu était là, c'était comme si, en moi, une force me poussait à le gâcher. Ma vieille peur de l'abandon et de la solitude refaisait progressivement surface, aggravée par le fait que je ne trouvais personne qui puisse me comprendre et m'expliquer ce qui se passait. Et puis, Samuel est né à Montauban[3]. Pendant les douleurs du travail, Alain priait avec moi et me lisait la Parole de Dieu. Une phrase m'a particulièrement fait du bien :

« Elle sera néanmoins sauvée en devenant mère »[4]

---

[1] Voir plus loin dans le chapitre « Être mère »

[2] 1 Samuel 1 : 17 à 20

[3] Nous habitions à Cordes depuis 2 mois

[4] 1 Timothée 2 :15

Cet enfant, je le sentais, allait être source de bénédictions pour moi. Souvenir inoubliable que la naissance de ce beau petit garçon qui vit le jour en pleine nuit[5], à minuit moins le quart, ce 2 août 1975 ! Sans le savoir, ma grand-mère nous confirma immédiatement son nom. En bonne protestante, elle faisait son petit culte chaque matin, en s'aidant d'un calendrier proposant un texte accompagné d'une méditation. Ce 3 août le texte était, dans le livre de Samuel, le cantique d'Anne qui chante sa louange à cause de la naissance du jeune Samuel qu'elle consacre à l'Eternel[6]. Ma grand-mère a eu aussitôt l'intuition que j'avais accouché. Lorsqu'elle m'a appelée ce matin-là pour me communiquer ce texte, nous avons reçu une belle confirmation que Samuel était son prénom et que la main de Dieu était sur lui.

Pendant longtemps, on l'appellera Shmouli, diminutif de Shmouel.[7]Plus tard, ses copains le surnommeront Sam.

> « C'est largesse du Seigneur que des fils,
> Récompense que le fruit des entrailles,
> Comme flèches en la main du héros,
> Ainsi les fils de la jeunesse.
> Heureux l'homme qui en a rempli son carquois,
> Ils ne seront pas confus,
> Quand ils parleront avec des ennemis à la porte. »[8]

Notre deuxième fils, Etienne est né à Jérusalem[9]pendant la fête de Simha Thora[10]le 15 octobre 1976. Depuis ma chambre de la clinique « Misgav Ladakh »[11], me parvenaient toute la nuit les sons de la joie et de la fête. La naissance de ce petit frère, venu un peu trop tôt après lui, fut un choc pour Samuel. Cette blessure de jalousie, vieille comme le monde depuis Caïn et Abel, a malheureusement été aggravée par l'épisode tragique de la mort accidentelle de ce petit frère et dont Samuel s'est longtemps senti responsable. Alors qu'Etienne n'avait encore que 17 mois, Shmouli sera à l'origine d'un début d'incendie qui provoquera son décès par asphyxie dans l'après-midi du 25 mars. C'était aussi le samedi Saint en cette année 1978. Ce soir là, à la veillée pascale, nos deux enfants devaient être baptisés. Dans

---

[5] J'aime particulièrement cette expression de « voir le jour » même si c'est en pleine nuit, elle est symboliquement pleine d'espérance !
[6] 1 Samuel 1 : 20 à 28 et 2 : 1 à 10
[7] Samuel en hébreux
[8] Psaume 127 : 3 à 5
[9] Voir en appendice le récit de ma vie
[10] Fête de la joie de la Thora
[11] Qui signifie : « Le rempart de l'orphelin » (cité dans le Psaume n° 9)

mon cheminement progressif et non sans douleur vers l'Eglise Catholique, la décision de les faire baptiser avait été bien mûrie. Nous préparions la fête avec joie même si, enceinte une troisième fois, j'étais comme d'habitude en début de grossesse, en proie à de profondes angoisses et incertitudes intérieures. La survenue de la mort de cet enfant, fut une dure épreuve pour ma foi : alors qu'il me semblait avoir obéi aux injonctions de l'Esprit Saint, voilà que Dieu semblait me réprouver ! Pendant un moment, tout a semblé s'écrouler autour de moi, et j'ai pensé que j'allais devenir folle. Je ne comprenais plus rien.

Le médecin Philippe Madre, qui s'était chargé de gagner l'hôpital le plus proche avec l'enfant agonisant, a réalisé en cours de trajet que sa fin était imminente. Voyant une flaque d'eau au bord de la route, il s'est arrêté et l'a baptisé. Etienne s'est alors éteint doucement. Au récit de cet épisode, la révolte de mon cœur a commencé à s'apaiser, car je comprenais que Dieu nous disait : « Confiance, c'est moi qui ai le dernier mot ! » C'est un miracle que je ne me sois pas davantage révoltée ! Il faut dire que nous étions portés à bout de bras par la prière et les témoignages d'amour de nos frères et sœurs de la communauté. C'était si dur pour tout le monde, et surtout pour notre famille venue assister aux baptêmes en ce jour de Pâques. Le petit cercueil trônait au milieu de la chapelle de Cordes ! Nous avons désiré que la fête continue, conscients que, mystérieusement, le ciel se faisait tout proche en ce jour où nous fêtions la Sainte Résurrection de notre Sauveur Jésus-Christ ! Je revois Samuel s'avançant avec assurance vers l'Evêque qui l'a baptisé avec joie, très touché du témoignage de foi que nous donnions, habillés de blanc et chantant : « Alléluia ! Le Christ est ressuscité ! » au milieu de nos larmes. Quand notre Shmouli a monté les marches vers l'autel sur ses petites jambes, je pensais à Anne dans la bible, lâchant la main de son enfant chéri pour le « prêter » à Dieu.

Après ces événements, il nous a fallu, jour après jour nous accrocher à la promesse que Dieu nous avait faite lors de notre mariage :

« Toutes choses concourent au bien de ceux qui aiment Dieu, de ceux qu'il a appelés selon son dessein »[12]

L'incompréhension de ma famille convaincue que la mort de notre enfant était la punition de Dieu pour être passée chez les « idolâtres », augmentait mon sentiment de solitude et de désarroi. Ma souffrance était grande ! Le petit François que je portais lors de ces événements, a reçu de plein fouet tout ce mélange d'émotions et j'ai eu du mal, lorsqu'il est venu au monde six mois après, à ne pas lui demander de combler la perte de notre Etienne.

---

[12] Romains 8 : 28

Quant à Samuel, il a grandi avec ce sentiment, et cette fausse identité qu'il n'a pu s'empêcher d'accueillir. Il disait parfois dans son désarroi : « Je suis l'assassin de mon frère ! » Nous étions tellement désarmés, incapables de solutionner nos propres problèmes, comment aurions-nous pu l'aider à sortir de cet enfermement mensonger ? Il fut un enfant puis un adolescent anxieux et solitaire. Il avait de bonnes raisons pour vivre dans la dépréciation de lui-même : en effet, à la mort de son petit frère s'ajoutaient nos disputes et une éducation rigoureuse qui l'avait rendu exigeant envers lui-même et les autres. Il avait des talents divers, il aimait la musique et le dessin, et comme son rêve était de devenir pilote un jour, il prenait des leçons de pilotage. Mais il se sentait souvent très seul et, finalement, si démotivé qu'en un an il abandonna tout ce qu'il aimait : ses cours de clarinette, les scouts, les festivals de jeunes où il allait chaque année[13]. Il prit de la distance quant à sa pratique religieuse. Dans ce désert pourtant, une lumière : lors d'une session de la communauté à Lisieux, la rencontre d'une jeune fille très belle. Dans une lettre, il lui confiait :

« En ce moment tout est confus dans ma pauvre tête. Je n'ai pas vraiment de vie intérieure. Le matin, après une nuit courte je me réveille, je vais au lycée, je mange à midi, je rentre le soir à la maison, crevé par une lourde journée, je fais mes devoirs, je mange et je vais me coucher quand je n'ai pas de travail en plus jusqu'à minuit. Je ne devrais pas me plaindre mais c'est plus fort que moi. J'ai besoin d'un peu de réconfort… »

Ou bien « Surtout ne te préoccupe pas de moi, je ne suis qu'un pauvre mec qui ne mérite pas ce qu'on lui donne, en ce moment les mots me manquent, je ne sais pas trop quoi dire, ma vie n'est pas très amusante… Le fait de se retrouver seul est très gênant pour mon amour-propre, je suis en face de moi-même et je suis dégoûté ».

Pour Samuel, la sortie de ce désert s'est faite à l'occasion d'un événement très douloureux, la mort de Claire, jeune fille de la communauté, qu'il aimait beaucoup. Elle s'était tuée dans un accident de la circulation à l'âge de vingt ans. Quel choc terrible pour ses parents et tous les jeunes nés dans la communauté et proches d'elle ! Notre tristesse était grande et nous ne pouvions pas nous empêcher de nous poser la question : comment le Seigneur pouvait-Il éprouver ainsi ceux qui l'aiment et Lui ont donné leur vie ? Mais l'enterrement de Claire était si beau ! C'était comme un mariage, la rencontre avec l'Amour vrai, et une pluie de grâces pour tous ceux qui étaient présents. Des grâces de paix, de joie, de victoire, de résurrection, semblables à celles que beaucoup avaient pu recevoir lors de

[13] Organisés à Aubazine, par la communauté du Verbe de Vie. Les fondateurs de cette communauté : Georges et Marie Josette Bonneval étaient ses parrain et marraine. Ils on joué un grand rôle dans sa vie.

l'enterrement de notre petit Etienne quelques années auparavant. Le beau regard de notre fils était comme illuminé. Il commençait à comprendre que la mort de son petit frère n'était pas un événement aussi négatif que ce qu'il avait cru jusqu'alors.

A dix huit ans, notre fils commença alors une véritable « course de géant »[14]. Un désir ardent de faire la volonté de ce Dieu qu'il redécouvrait comme étant la source de tout amour s'est emparé de lui.

« La vie que tu m'as donnée autrefois, aujourd'hui je te la donne, que ta volonté soit faite » signé : Samuel Merlo[15]

A une amie, il écrivait :

« Nous devons remettre nos vies dans les mains de Dieu pour se laisser conduire par sa Sainte Volonté, cela ne peut que nous apporter le bonheur avec un grand « B ».

Et dans une lettre écrite à Moscou le jour de ses vingt ans :

« J'ai décidé que ce que je ressentais de plus profond en moi, de plus véridique est la volonté de Dieu, à Lui de mettre dans mon cœur la sagesse de son Esprit. »

« Me voici donc maintenant au bord de la vie adulte, plein d'espérance mais aussi d'inquiétude avec surtout la ferme intention d'accomplir la volonté de Dieu et de réussir ma vie (pléonasme !) »

Sophie, la sœur de Claire, m'a rapporté une de leurs dernières conversations :

« Depuis toujours, disait-il, le Bon Dieu a exaucé mes caprices, j'ai voulu une chaîne, je l'ai eue, une guitare, je l'ai aussi, faire de l'avion, je passe mon brevet alors que mes parents n'ont pas un rond ! Alors maintenant j'ai compris qu'il peut tout et que c'est à moi de faire sa volonté et même si c'est des caprices. D'ailleurs je suis prêt. »

Ce matin là, je m'étais recouchée après avoir fait déjeuner nos deux garçons qui partaient rejoindre leurs amis pour le week-end à Toulouse, car j'étais un peu fiévreuse. Le téléphone a sonné ; c'était Alain qui m'appelait de l'hôpital de Castres

---

[14] Citation empruntée à la petite Thérèse

[15] Petite phrase écrite de sa main, dans un petit live d'or des camps de Verdalle

pour me dire que les enfants avaient eu un grave accident, Samuel était dans un coma déjà profond et il n'était pas sûr que je puisse revoir mon fils vivant. Mon cri s'est élevé vers le Seigneur : « Je ne suis pas Juive moi ! Pourquoi m'en demander autant ? »

A son chevet, nous avons fait cette expérience de souffrance terrible que font tous les parents qui se retrouvent auprès de leur enfant mourant. Et à peine avions-nous pu rester quelques instants près de lui, qu'on nous demandait de le quitter car on n'avait droit qu'à une heure de visite. Cela me révoltait car je sentais combien notre fils avait besoin de nous pour l'assister dans ces moments cruciaux où il était entre la vie et la mort. Mais cela aussi nous était enlevé.

Comment fait-on pour aider son enfant à mourir ? Nous étions dans une angoisse mortelle, assaillis de culpabilité, devant notre fils qui nous quittait. Nous revenaient tous nos manquements, toutes nos duretés, nos difficultés à dialoguer. Cela nous torturait. Et en priant sur lui, nous sentions combien lui aussi était assailli par l'angoisse et la culpabilité. Un chant est monté dans mon cœur, c'était un vieux cantique protestant que l'Esprit Saint m'inspirait pour venir à notre aide :

« Torrent d'amour et de grâce
Amour du Sauveur en Croix.
A ce grand fleuve qui passe,
Je m'abandonne et je crois :
Je crois à ton sacrifice,
Ô Jésus, Agneau de Dieu,
Et couvert par ta justice,
J'entrerai dans le Saint Lieu »

Ce refrain me revenait sans cesse à la mémoire et j'ai compris comment on allait pouvoir aider Samuel ! Il n'y a qu'un seul moyen pour entrer au ciel directement, c'est recouvert par la justice de Dieu, c'est à dire par le Sang Précieux de Jésus. Nous avons donc invoqué sur lui, avec l'aide de l'Esprit Saint, les vertus du Sang versé du Christ, bien convaincus que, revêtu, recouvert par la justice même de Dieu, justifié par Lui, il allait être reconnu juste et entrer librement dans la présence de Dieu. Et tout le temps qu'il nous restait à passer près de lui ce jour là, nous avons invoqué la miséricorde du Père sur toutes ses blessures, ses culpabilités, ses hontes, ses nudités, ses peurs, afin que tout lien avec le mal et le péché soit rompu et que Samuel puisse ainsi connaître la glorieuse liberté des enfants de Dieu.[16]Cette prière

[16] Samuel avait reçu les derniers sacrements avant d'être transféré en réanimation à Toulouse, en hélicoptère.

nous a fait entrer nous-mêmes dans la paix et même une certaine joie, car derrière la réalité douloureuse du départ de notre enfant, il y avait cette certitude que c'était un départ pour le Ciel ! Il est parti le troisième jour ! Quand le téléphone a sonné et qu'on a dit que c'était l'hôpital qui confirmait la mort clinique, mes jambes se sont dérobées sous moi. Paradoxalement on nous a laissés auprès de lui assez longtemps une fois qu'il était mort, et on pouvait même rester à plusieurs personnes, ce qui était interdit avant. Dans les hôpitaux, on meurt seul !

Les appareils d'assistance respiratoire maintenaient son beau corps en vie, dans l'attente d'un prélèvement d'organes pour greffe. Mais lui n'était plus là… J'ai laissé longtemps ma main posée sur sa poitrine pour sentir encore battre ce cœur et pour que ma mémoire enregistre ce moment exceptionnel. Nous prenions conscience de la sainteté d'un corps qui a été le temple de l'Esprit Saint.

Dans la nuit où le prélèvement du cœur se déroulait, je n'arrivais pas à dormir. J'imaginais, en tant qu'infirmière, les gestes des chirurgiens. Je voyais sa poitrine ouverte et son cœur transpercé et ma douleur est devenue intolérable. Soudain, j'ai reçu l'image de Marie debout au pied de la croix, assistant dans sa douleur déjà extrême, au transpercement du cœur de son fils par la lance du soldat romain. C'est sur cette image que j'ai continué à pleurer, et comme pour démontrer que c'est vraiment la croix qui nous sauve et nous guérit, j'ai pu m'endormir dans une profonde paix.

Voilà comment mon Dieu me consolait dans mon affliction, Lui qui est venu pour souffrir de nos souffrances et mourir de notre mort afin que nous ne nous sentions plus jamais seuls dans nos épreuves. Bien d'autres consolations allaient suivre.

La maman de Claire, venue nous soutenir, eut un rêve cette nuit-là. Elle voyait Samuel au ciel, il exprimait sa joie en sautant en tous sens et en criant : « Victoire ! » Elle lui a demandé pourquoi il faisait cela et il a répondu : « Victoire, le Sang de Jésus m'a lavé de tous mes péchés ! » Elle ne savait pas que nous avions fait cette démarche de confier Samuel à la justification par le Sang du Christ. Ce signe de l'exaucement de nos prières a été et reste pour nous un grand réconfort.

Chapitre 5

Je ne sais rien !

Au cours de la messe d'enterrement de Samuel, pendant le temps prophétique d'action de grâces, j'ai été poussée à formuler, tout haut, cette prière que je retranscris d'après la cassette où est enregistré le déroulement de la cérémonie des obsèques :

« Nous te supplions Seigneur de bien vouloir nous guérir de tout ce qui nous empêche de nous tourner complètement vers toi. Seigneur, viens nous guérir de toutes nos mauvaises relations parentales, de toutes les blessures que nous avons reçues dans notre enfance et dès notre conception. Viens nous guérir de toutes les fausses images du Père qui sont en nous. Viens nous guérir de toutes nos mauvaises relations avec nos mères, viens nous guérir Seigneur en ce jour ! Viens nous visiter profondément ! Que pas une personne ne sorte de cette église sans avoir été réconciliée avec son Dieu. Oui, Seigneur Esprit-Saint, Toi qui as ressuscité Jésus d'entre les morts, viens ! Viens nous visiter, viens nous faire sortir de nos tombeaux, viens délier nos cœurs, viens nous délivrer de toutes nos entraves, viens nous guérir, viens nous libérer pour que nous puissions librement te choisir, Seigneur ! »

En relisant ces lignes, je réalise aujourd'hui combien j'ai été exaucée ! Mais par quel cheminement inattendu ! A l'occasion de la mort de notre fils, j'ai été confrontée à ce questionnement : « Quelle est cette bonté d'un Dieu qui permet toute cette souffrance et la mort ? » J'ai pris conscience que je m'étais résignée depuis longtemps à ne pas avoir de réponse à ce genre de question qui pourtant habite toute personne. Et une évidence m'est apparue : je ne sais rien ! Je ne connais pas Dieu, je ne connais rien de Sa bonté, de Son amour, je ne connais rien des choses de la vie.

« Si quelqu'un croit savoir quelque chose, il n'a pas encore connu comme il faut connaître ! »[1]

Alors j'ai commencé à avoir très soif, Soif de la Vérité ! Aussi, ai-je décidé de faire table rase de tout ce que je croyais savoir et d'attendre que celle-ci se révèle. Je ne voulais plus adhérer à quoique ce soit qui ne me soit révélé directement. Or, Dieu se révèle à ceux qui le cherchent en vérité. Mais la douleur du deuil, de la séparation, m'avait plongée dans une espèce de nuit des sens, des sentiments. Je ne

---

[1] 1 Corinthiens 8 : 2

trouvais plus Dieu, en tous cas ce Dieu que je croyais connaître et pendant longtemps je n'ai plus pu prier. Je n'étais plus capable de lire ma bible, d'écouter une prédication. J'attendais de retrouver cette chaleur de l'onction de la Présence, mais j'étais chaque fois déçue. L'Esprit Saint était-il absent de tous ces comportements religieux ? Si j'essayais d'assister à un office, je ne voyais plus qu'une recherche humaine et j'avais l'impression que les frères étaient en train de jouer une vaste pantomime ! C'était pénible mais bénéfique car je commençais à réaliser que la présence de Dieu me manquait terriblement. La douleur de la séparation d'avec mon fils avait réveillé la douleur que je portais depuis toujours au fond de moi provenant de la crainte d'être séparée de Dieu. Il m'apparaissait de plus en plus évident que mon vrai malheur était là. Il y avait une anomalie : si Dieu était mon père, comment pouvais-je sans cesse me sentir et me comporter comme une orpheline ? Pourquoi la souffrance devrait-elle continuer à me séparer de Dieu, comme je l'avais laissée faire jusqu'à ce jour ? Où était la promesse que Dieu nous avait donnée lors de notre mariage : « Qui nous séparera de l'amour du Christ ? rien ne pourra nous séparer de l'amour de Dieu manifesté en Jésus-Christ notre Seigneur »[2] ?

Mais comment cette vérité, que je connaissais, pouvait-elle enfin m'apporter la libération ? C'est l'Esprit Saint qui l'a fait ! « L'Esprit lui-même rend témoignage à notre esprit que nous sommes enfants de Dieu. »[3]

L'Esprit Saint est venu faire cette œuvre en moi dès qu'il a pu aller jusqu'au fond de mon être intérieur, mon cœur brisé avait livré le passage à la révélation de l'amour du Père. J'étais progressivement convaincue de Sa tendresse pour moi, de l'importance que j'avais à Ses yeux ! La mort de notre fils n'avait pas pu me séparer de l'amour de Dieu, au contraire : elle me ramenait à la maison. Et, comme j'allais le découvrir par la suite, elle me ramenait vers moi-même. Car dans ce processus de retour, j'ai compris que ma recherche de la personne de Dieu ne pouvait se faire sans une recherche parallèle de ma propre identité. Les fausses images que j'avais de moi-même m'avaient coupée de mon vrai Dieu. Dans cette étape décisive de ma vie, Jo Croissant m'a beaucoup aidée et je lui suis extrêmement reconnaissante. Elle m'a enseigné le devoir de se faire consoler quand on souffre. Grâce à elle, j'ai compris que toute souffrance, même la plus petite à nos yeux, avait son importance et devait être reconnue comme telle afin d'être exposée à la Consolation. Sinon, même oubliée, elle allait nous faire payer un tribut. On ne doit donc pas chercher à minimiser nos souffrances en considérant qu'elles n'ont pas d'importance vu que d'autres souffrent apparemment plus que nous. Mais Jésus a pris sur Lui toutes nos souffrances, pour que nous puissions expérimenter Sa tendre proximité dans ces

---

[2] Romains 8 : 35 et 39
[3] Romains 8 : 16

moments-là. Que nos souffrances ne nous séparent plus de la seule source de vraie consolation. C'est aussi Jo qui avait prophétisé en priant sur moi quelques temps avant tous ces événements. Elle m'avait cité ce verset du livre de Sophonie comme étant une parole, une promesse que Dieu me faisait personnellement :

« Tu n'as plus à craindre le malheur ! »[4]

A l'époque je l'avais prise à la lettre, et je m'attendais donc à une petite vie bien tranquille sans avoir à craindre à nouveau une annonce de malheur. J'étais à présent devant un défi : comment croire à la véracité d'une telle parole dans les circonstances où je me trouvais ? Il appartenait donc à Dieu de me faire découvrir que ce qui avait fait mon malheur jusque-là, c'était d'avoir laissé la souffrance et le désespoir me séparer de Lui. Je devais apprendre à me laisser consoler par Sa tendresse de Père, Le laisser m'apprivoiser tout à nouveau. Jo recevait des enseignements de la part du Seigneur sur les problèmes liés à l'identité, elle me les partageait et m'emmenait avec elle dans les différentes sessions qu'elle animait[5]. Elle y donnait des conseils pratiques et concrets permettant de dénoncer les mensonges incarnés en nous et qui nous poussent à vivre dans une fausse identité. J'ai commencé à les mettre en pratique. J'avais bien compris que ce que je pensais être vrai jusqu'à présent devait être remis en question. Ainsi, depuis toute jeune, je me trouvais vraiment « moche » comme je l'ai déjà dit, mais, suivant ses conseils, j'ai commencé à demander au Seigneur ce qu'Il pensait, Lui, à ce sujet. La seule chose que je pouvais considérer comme vraie était la parole de Dieu. J'ai donc, après avoir prié, tout simplement ouvert ma bible au hasard et voici ce que j'y ai lu : « Que tu es belle mon amie ! » Je n'ai pas pu le supporter et j'ai refermé ma bible avec colère et dégoût. Le mensonge était si bien incarné en moi que j'étais incapable d'entendre la vérité ! Mais l'Esprit Saint m'a poussée à persévérer car les passages parlant de la beauté sont nombreux dans la bible, et je tombais sans cesse sur ces passages-là. Que croire ? Je savais bien que je ne pouvais pas figurer sur la couverture des magazines de mode. Quelle était donc cette beauté que Dieu voyait en moi et qu'il fallait bien me résoudre à voir aussi ?

En fait, le Seigneur m'appelait à un changement radical de regard sur moi-même et à entrer dans un furieux combat. Toute pensée contraire à cette vérité que Dieu était en train de me révéler devait être repoussée. Le matin, me regardant dans la glace, j'avais eu souvent tendance à faire le choix mortel de me trouver moche. Je critiquais mes petits yeux de cochon, mon nez retroussé, mes oreilles décollées, et

[4] Sophonie 3 : 15

[5] Une grande partie des enseignements de Jo Croissant sont consignés dans ses ouvrages : *Le sacerdoce du cœur* et *Le corps temple de la beauté* (ed. des Béatitudes)

surtout… surtout : mon double menton, celui de ma mère ! Désormais, j'ai laissé Dieu aiguiser mon regard, pour apprendre à voir comme Lui me voyait, et je Lui ai demandé de me revêtir de Lui-même. J'avais compris que ma beauté, c'était la Sienne !

« Tu m'as cachée pour toujours dans ta face ! » disait la petite Thérèse.

En fait, j'étais en train de découvrir, sous le regard bienveillant du Père, que j'étais quelqu'un d'autre que celle que j'avais cru être jusqu'à présent, et que la haine de moi-même m'empêchait jusque-là de voir. En revenant vers le Père des Miséricordes, j'allais découvrir la beauté de mon héritage. Car quand on devient enfant de Dieu, on devient aussi héritier !

« Si nous sommes enfants de Dieu, nous sommes aussi héritiers, héritiers de Dieu, et cohéritiers du Christ si toutefois nous souffrons avec lui, afin d'être glorifiés avec lui ».[6]

Cet héritage que Dieu cherchait maintenant à me remettre, j'allais découvrir qu'il s'agissait de moi-même, comme d'un lieu, où Il veut que j'habite et où Il veut demeurer Lui-même. Il voulait faire de moi le temple de Sa présence, le lieu de Sa manifestation ! Mais je m'étais servie de mon héritage pour me perdre loin de moi-même et loin de Lui. Ma prière et mon cri ont été désormais :

« Au secours ! PAPA ! Je ne veux plus vivre sans toi ! Tu me manques trop ! Je n'en peux plus de vivre à côté de moi-même ! Papa ! Ramène-moi à la maison, je t'en supplie ! »

Je décris dans la deuxième partie de ce livre comment j'ai pu vivre ce retour à la maison du Père dans la conquête de mon être véritable.

---

[6] Romains 8 : 17

Deuxième partie :
A la conquête de mon héritage

Ces choses sont arrivées pour nous servir d'exemples

« Frères, je ne veux pas que vous ignoriez que nos pères ont tous été sous la nuée, qu'ils ont tous passé au travers de la mer, qu'ils ont tous été baptisés en Moïse dans la nuée et dans la mer, qu'ils ont tous mangé le même aliment spirituel, et qu'ils ont tous bu le même breuvage spirituel, car ils buvaient à un rocher spirituel qui les suivait, et ce rocher était le Christ. Mais la plupart d'entre eux ne furent point agréables à Dieu, puisqu'ils périrent tous dans le désert.

« Or, ces choses sont arrivées pour nous servir d'exemples afin que nous n'ayons pas de mauvais désirs comme ils en ont eu… »

Oui, « ces choses leur sont arrivées pour servir d'exemples, et elles ont été écrites pour notre instruction, à nous qui sommes parvenus à la fin des siècles »[1]

Nous sommes passés par les eaux du baptême et avons été délivrés de l'esclavage du péché tout comme le peuple d'Israël a été délivré de l'esclavage de l'Egypte. Lors du passage de la Mer Rouge, il y avait des adultes et des enfants. Que nous soyons passés adultes ou enfants par les eaux du baptême, à pied sec, aspergés ou immergés, le résultat est là. On a traversé ! Nous sommes passés avec le Christ, par Sa mort et Sa résurrection, de la mort à la vie, de l'esclavage du péché à la vie éternelle. Nous sommes sauvés, mais nous ne sommes pas encore en possession des promesses. Le récit de l'entrée du peuple d'Israël dans la terre promise peut nous servir encore d'enseignement aujourd'hui. Il nous est rapporté afin de montrer que la réalisation de cette promesse est pour nous l'annonce de celle qui nous est faite en vue de l'héritage du Royaume.

Voilà que j'étais comme le peuple dans le désert, en train d'errer depuis trop longtemps alors que, comme lui, j'étais l'héritière de quelque chose d'immense, d'un lieu de vrai repos, où coulent « le lait et le miel ». Mais, à l'instar des Hébreux, je n'avais pas pu entrer dans la terre promise ! Et je risquais de rester encore dans cette situation, puisqu'au moment où je pensais pouvoir jouir de l'héritage, comme eux je l'avais trouvé occupé ! Il y avait des squatters, des occupants effrayants ! C'étaient des géants ! Et les villes étaient bien fortifiées ! Oh, oui ! La région était magnifique,

[1] 1 Corinthiens 10 : 1-11

les fruits pouvaient y être abondants au point qu'il fallait deux hommes pour porter une grappe de raisin ! Mais comment croire que ce soit vraiment accessible ? Comment obéir à Dieu ? Comment prendre possession du territoire ? Annoncer au monde que Dieu est le seul vrai Dieu, qu'il faut l'adorer Lui seul et que Son Amour est Eternel, n'était-ce point là, la mission d'Israël et aussi la nôtre ?

« Béni soit Dieu, le Père de notre Seigneur Jésus-Christ, qui nous a bénis de toutes sortes de bénédictions spirituelles dans les lieux célestes en Christ ! En lui, Dieu nous a élus avant la fondation du monde, pour que nous soyons saints et irrépréhensibles devant lui, nous ayant prédestinés, dans son amour à être ses enfants d'adoption par Jésus-Christ, selon le bon plaisir de sa volonté, à la louange de la gloire de sa grâce qu'il nous a accordée en son bien-aimé. En lui nous avons la rédemption par son sang, la rémission des péchés, selon la richesse de sa grâce, que Dieu a répandue abondamment sur nous par toute espèce de sagesse et d'intelligence, nous faisant connaître le mystère de sa volonté, selon le bienveillant dessein qu'il avait formé en lui-même, pour le mettre à exécution lorsque les temps seraient accomplis, de réunir toutes choses en Christ, celles qui sont dans les cieux et celles qui sont sur la terre. En lui, nous sommes aussi devenus héritiers, ayant été prédestinés (…) afin que nous servions à la louange de sa gloire (…) en lui vous avez été scellés du Saint-Esprit qui avait été promis, lequel est un gage de notre héritage (…) »[2]

Entrer dans mon héritage c'était permettre au Seigneur de réaliser ces promesses d'élection et de sainteté qui sont depuis toujours en réserve pour moi dans les cieux. Mais je me sentais incapable d'arrêter mon errance et d'échapper à la rébellion de mon cœur si longtemps endurci !

« Aujourd'hui, si vous entendez ma voix, n'endurcissez pas vos cœurs, comme lors de la révolte dans le désert, où vos pères me tentèrent pour m'éprouver, et ils virent mes œuvres pendant quarante ans. Aussi, je fus irrité contre cette génération et je dis : Ils ont toujours un cœur qui s'égare, ils n'ont pas connu mes voies. Je jurais donc dans ma colère : ils n'entreront pas dans mon repos ! (…) Efforçons-nous donc d'entrer dans ce repos, afin que personne ne tombe en donnant le même exemple de désobéissance (…) Car la parole de Dieu est vivante et efficace, plus tranchante qu'une épée à deux tranchants, pénétrante jusqu'à partager âme et esprit, jointures et moelles… »[3]

---

[2] Ephésiens 1 : 2 à 14

[3] Hébreux 3 : 7 à 11 et 4 : 11 et 12

La lettre aux Hébreux dit bien : « efforçons-nous d'entrer dans ce repos ». Je n'allais plus attendre, la bouche ouverte, que tout me tombe tout cuit. J'ai compris, que je devais fortifier ma foi et faire preuve de détermination !

Le Seigneur avait parlé à Josué en ces termes :

« Nul ne tiendra devant toi, tant que tu vivras. Je serai avec toi, comme j'ai été avec Moïse ; je ne te délaisserai point, je ne t'abandonnerai point. Fortifie-toi et prends courage car c'est toi qui mettras ce peuple en possession du pays que j'ai juré à leurs pères de leur donner. »[4]

J'attendais depuis trop longtemps une intervention miraculeuse de Dieu qui me changerait en un instant, comme par un coup de baguette magique. Ma grande découverte fut que c'était à moi que revenait la conquête de mon héritage, de mon entrée dans la vraie vie. Comme pour le peuple, il allait falloir combattre et remporter des victoires, territoire après territoire, ville après ville. Toutes les parties de mon être où le mensonge s'était établi, devraient être ramenées à la vérité. Mais je n'étais plus toute seule. La victoire avait déjà été remportée par le Christ sur la croix et il me revenait de « travailler à mon salut ». Tout ce dont je m'étais servi pour m'éloigner de Dieu, devait être amené à l'obéissance de Christ.

C'est bien persuadée de mon identité retrouvée d'enfant de Dieu et fortifiée par la présence de l'Esprit Saint que j'ai pu recevoir cette grâce de détermination, ce courage d'aller traquer l'ennemi jusqu'au fin fond du territoire qui m'appartenait désormais et pour toujours.

[4] Josué 1 : 5 et 6

Chapitre 1

La bataille

1. LA CHASSE AUX MENSONGES !

J'avais déjà remporté une première victoire sur le mensonge concernant ma beauté ! Avec l'aide de Dieu, je me suis résolue à reconquérir toute ma véritable personne. Les premiers squatters qu'il me fallait passer au fil de l'épée étaient bien camouflés ; en effet, ils avaient une fâcheuse tendance, bien qu'étant des mensonges, à se déguiser en vérités et, de surcroît, ils encombraient mes pensées. En voici quelques échantillons : « Je ne suis pas aimable », « je suis une mauvaise mère » ou « ma vie de prière est nulle ». En fait il y en avait beaucoup mais le plus délicat était de les détecter comme étant des mensonges. J'ai compris qu'il fallait que j'apprenne à douter de mes doutes, à faire le tri en reconnaissant les pensées négatives et à les traquer. Une des manières de les reconnaître était de prendre conscience des émotions négatives que ces pensées engendraient en moi. Elles me mettaient dans le trouble, la culpabilité, l'amertume, la tristesse, voire le désespoir.

Auparavant, je croyais que c'était Dieu qui pensait cela de moi et que j'avais donc raison de m'en sentir coupable. Mais j'ai bien été obligée de me rendre compte que cela ne me mettait pas dans la paix, bien au contraire ! Car les pensées qui viennent de Dieu, contrairement à celles qui viennent du démon, quand bien même ce seraient des reproches, nous gardent toujours dans la paix, avec un sentiment de victoire et de joie. Une sorte de combat à mort a commencé ! Dès que je me sentais dans le trouble, je dénichais tout ce qui tentait de se cacher. Pour cela, il me fallait beaucoup de détermination, car j'avais tellement l'habitude de vivre dans ces fausses « croyances » et de rester pendant des jours dans le trouble intérieur. Ensuite je devais prendre autorité sur elles pour les chasser, souvent j'employais le Nom de Jésus, disant : « Au nom de Jésus, je vous chasse de mes pensées, je vous dénonce comme mensonge ». Puis j'utilisais l'épée de la Parole de Dieu pour les mettre définitivement à mort à l'aide de la vérité qui a le pouvoir de nous libérer vraiment.

« La vérité vous rendra libres »[1]

Par exemple, si on m'avait adressé des reproches, ma première impression était de me sentir mal aimée. Il me fallait donc rejeter ce sentiment mensonger, en

---

[1] Jean 8 :32

affirmant : « ce n'est pas vrai que je ne suis pas aimable ! » Puis, je faisais mémoire de cette parole du Seigneur et la proclamais : « Tu es précieuse à mes yeux et je t'aime ! » Lorsqu'on proclame à haute voix, à la face du monde visible et invisible, l'amour du Seigneur pour nous, on commence à ne plus attacher autant d'importance à ce que les autres pensent de nous, et petit à petit la paix s'installe.

De même si j'ai blessé quelqu'un en me mettant en colère ou en ayant dit une vérité (ou soi-disant telle) d'une manière un peu trop abrupte, je commence à ressentir ce fameux malaise intérieur, entretenu par toutes sortes de pensées d'auto-justification, dans un monologue mental du genre : « bien sûr, je n'aurais pas dû m'exprimer comme ça, mais… et d'ailleurs s'il me dit ça… eh bien ! Je lui répondrai ça… etc. » Alors, si je ne réagis pas immédiatement de la bonne façon, l'angoisse m'envahit, car je déteste être prise en faute et j'ai peur qu'on me rejette. Donc, dans un tel cas, la première chose que j'ai appris à faire, c'est de m'humilier en reconnaissant mon péché. Ensuite, saisissant le pardon par la foi, je me mets à rejeter toute parole intérieure d'accusation, toute tristesse, toute tentation de repliement sur moi-même ; et je combats ainsi, proclamant que je ne dépends que de Dieu, de Son amour et de Son pardon et que même si éventuellement, cette personne à qui j'ai pu faire du tort me rejetait, Dieu, Lui, ne le fait pas. Il s'agit parfois d'une véritable bataille, car il faut vraiment tuer toute mauvaise pensée, tout mensonge, ne pas en tolérer un seul, ne plus accepter le moindre trouble intérieur. Il s'agit de faire comme les Hébreux à qui Dieu avait donné l'ordre de tout « vouer à l'interdit » quand, après leur entrée en pays de Canaan, ils faisaient la conquête d'une ville ou d'un territoire : tuer tout ce qui bouge.

J'avais pris la mauvaise habitude de penser et de dire du mal de moi-même, dans un mécanisme d'autodépréciation permanente. C'était une longue liste qui ressemblait probablement à celle que s'était faite le « fils prodigue » pendant son voyage de retour vers le père et qui commençait par ces mots : « Père, je ne suis pas digne d'être appelé ton fils… »

Je suis une mauvaise mère
Une mauvaise épouse
Une mauvaise communautaire
Une mauvaise chrétienne
Ma vie de prière est nulle
Je ne suis pas intelligente
Je ne suis pas aimable
Le bonheur n'est pas pour moi
Comment est-ce possible que Jésus s'intéresse à moi ?… etc.

J'ai dû apprendre à faire le tri dans mes pensées, à discerner, avec l'aide de mon conseiller fidèle, l'Esprit Saint, les pensées qui venaient du démon, celles qui venaient de moi-même, et celles qui venaient de Dieu, dans une sorte de combat de la lumière contre les ténèbres, de la vérité contre le mensonge, de la vie contre la mort, de la bénédiction contre la malédiction. J'avais trop coutume de me laisser submerger par les émotions négatives ! Je crois que c'est cela « vouer à l'interdit » : tout tuer, tout supprimer, sans paresse spirituelle, sans mollesse, ne pas se tolérer la moindre petite pensée négative. Et cela, si je ne le fais pas, personne ne le fera à ma place ! Même s'il demeure vrai que c'est Dieu qui remporte la victoire. Sinon, je vais rester dans mon pauvre état de malheureuse en train de me plaindre que je ne vais pas bien ! Et je continuerai à reprocher à Dieu de ne rien faire pour moi !

Oui, la vraie joie, c'est la joie de la victoire ! C'est la joie du salut ! En effet, à cette période, j'ai commencé à ressentir de vraies joies, comme lorsque j'ai décidé de ne plus jamais me comporter comme une petite fille qui a peur de se faire gronder. J'ai dû tout d'abord me rendre compte que ceux qui étaient irrités par moi n'en étaient pas vraiment responsables comme je l'avais toujours cru. En entretenant cette fausse identité de victime, j'induisais chez les autres ce qu'inconsciemment j'attendais, à savoir l'irritation et la colère, comme pour bien me prouver à moi-même que je n'étais pas aimable. J'ai compris le fonctionnement de la malédiction qui s'était comme « incarnée » en moi. C'est moi qui provoquais sans le savoir ces réactions chez les autres. Il n'y avait plus qu'à faire le pas de les innocenter et de sortir de ce comportement complètement erroné et mensonger. J'ai dénoncé cette fausse identité de victime et choisi de croire la vérité, à savoir que j'étais une femme mûre, respectable, mère de cinq enfants, possédant de nombreuses qualités et compétente dans toutes sortes de domaines. Cela me conférait une dignité que personne, même pas moi-même, n'avait le droit de contester.

2. MON NOM NOUVEAU : « CONSOLATION »

Moi qui avais si longtemps « prêté » l'oreille au mensonge, j'étais en train de « récupérer » mon sens de l'écoute pour entendre Dieu me parler. Car j'avais besoin d'une arme, d'une parole de vérité à opposer au mensonge comme un bouclier de foi pour éteindre les « traits enflammés de l'adversaire »[2]. C'était une parole que Dieu m'adressait depuis toujours mais mes oreilles avaient été bouchées par les fausses « croyances » auxquelles j'avais passivement conformé ma vie. Je ne pouvais pas entendre ce qu'Il voulait me dire. J'ai consacré mes oreilles au Seigneur qui les a rétablies comme à l'origine, purifiées par le Sang de Jésus et j'ai pu entendre avec les

[2] Ephésiens 5 : 16

oreilles de mon cœur. La bénédiction prononcée sur moi par mon Père depuis qu'il m'avait désirée est parvenue jusqu'à mon esprit où elle a été libérée : il s'agissait de mon nom, ce nom nouveau, promis aux « élus », qui nous révèle à nous-mêmes et aux autres ce que nous sommes tout en nous donnant le sens de notre existence et de notre mission dans le monde. Je découvris que je m'appelais : « Consolation » ! C'était comme une certitude qui s'imposait. Cela me fut confirmé dans le beau passage de l'épître de Paul où ce mot est repris sans cesse, comme en un chant rythmé, une douce persuasion :

> « Béni soit Dieu, le père de notre Seigneur Jésus Christ, le père des miséricordes et le Dieu de toute consolation, qui nous console dans toutes nos afflictions, afin que, par la consolation dont nous sommes l'objet de la part de Dieu, nous puissions consoler ceux qui se trouvent dans quelque affliction ! Car, de même que les souffrances du Christ abondent en nous, de même notre consolation abonde par le Christ. Si nous sommes affligés, c'est pour votre consolation et pour votre salut ; si nous sommes consolés, c'est pour votre consolation… » [3]

La tendresse ineffable du Père est la seule source de consolation. J'étais en train d'apprendre à me laisser consoler et déjà un désir montait en moi : aider ceux qui souffrent, à ne plus laisser la souffrance les séparer de cette source. Oui, ce nom me correspondait bien ! Un peu plus tard, j'ai reçu une merveilleuse confirmation : alors que j'étais chez mes parents le jour de mon anniversaire, au chevet de mon père malade, ma mère m'a fait une confidence : « sais-tu comment je t'appelais quand tu étais toute petite ? Je t'appelais : Ma Consolation ! »

Le dessein de Dieu et Sa bénédiction étaient sur moi depuis toujours. Mais ils avaient été cachés par le mensonge. J'ai été si longtemps persuadée que ma mère ne m'aimait pas, que je n'étais pas aimable et même plutôt néfaste ! Il faut dire que les circonstances qui ont entouré ma naissance n'étaient pas faites pour me démontrer le contraire.

Je suis née au Gabon dans un atmosphère d'animosité où des tensions importantes opposaient ma mère à une autre femme de missionnaire plus âgée et se considérant comme plus expérimentée. Ma mère pouvait faire de son mieux, elle se faisait toujours rabrouer ! Elle a beaucoup pleuré pendant la grossesse et après ma naissance, me communiquant probablement sa propre détresse, petite fille qu'elle était restée, en recherche d'identité. Par ailleurs, comme en diverses occasions, elle n'était pas venue à mon secours lorsque je l'appelais, je me suis laissée persuader

---

[3] 2 Corinthiens 1 : 3 à 6

qu'elle ne m'aimait pas. Du reste, cela m'avait été comme confirmé, plus tard, par la sévérité souvent excessive qu'elle manifestait à mon égard. Enfermée dans ce mensonge, comme sous une malédiction, j'avais laissé se développer une telle animosité entre nous que nous ne nous fréquentions plus. Elle m'avait dit des choses terribles ! Telles que : « Je préfèrerais que tu ne sois pas née ! » ou, dans sa douleur de me voir épouser un catholique : « Je préfèrerais que tu sois prostituée » et à la mort de notre petit Etienne : « C'est la punition de Dieu ! »

Au cours d'une session de guérison, des frères ont prié pour moi, pour couper ces liens négatifs, dans la puissance du Nom de Jésus. J'ai pu alors, non seulement lui pardonner, mais aussi l'innocenter, avoir de la compassion pour elle et désirer sa guérison et sa consolation. Puis, j'ai pu aussi l'aimer comme seul Dieu peut le faire en nous. Très peu de temps après, ma mère, qui ne me parlait plus, m'a appelée pour me demander si elle et mon père pouvaient venir nous voir. A l'occasion de cette visite chez nous, où chacun faisait attention de ne pas « parler de ce qui fâche », mon père a entendu que nous parlions, mon mari et moi, du projet d'acheter un lit plus grand, le nôtre étant vraiment trop inconfortable. Ils nous ont acheté un bon grand lit, tel que nous le rêvions ! Eux qui avaient essayé, à une certaine époque, de tout faire pour nous séparer (alors que nous avions déjà quatre enfants), voilà qu'ils nous achetaient un lit, un lit conjugal, montrant ainsi qu'ils nous donnaient enfin leur bénédiction ! On a pu, ainsi, recommencer à se fréquenter et par la suite, quand ils ont déménagé et sont venus vivre plus près de chez nous, j'ai eu la joie de pouvoir, avec mes sœurs, m'occuper d'eux jusqu'à leur mort. Ce n'était pas toujours facile, parce que ma mère avait gardé certaines particularités de caractère, son intransigeance, son désir continuel de tout contrôler et d'avoir raison ; et il lui est d'ailleurs encore arrivé par la suite d'avoir des paroles très dures envers moi et de me rejeter. Mais cela ne m'atteignait plus. J'étais libre ! Je pense même qu'il fallait que cela se produise et se vérifie pour que je constate à quel point j'avais été délivrée !

Pendant des années, j'avais été maintenue dans la culpabilité, dès que je faisais quelque chose que je savais - ou pensais - déplaire à ma mère. A présent, il n'était plus question de trouble ou de liquéfaction intérieure. Je ne perdais plus mes moyens à cette pensée. Je pouvais constater qu'il lui arrivait souvent de se tromper sans que cela ne devienne pour moi un véritable drame intérieur. Je n'avais même plus besoin de m'opposer à elle : je gardais mon opinion en toute liberté. Mais quand elle exprimait des positions trop tranchées ou des opinions trop sévères à mon goût, concernant mes autres frères et sœurs en particulier, j'avais le courage de le lui dire en toute simplicité. En réalité notre mère, comme je l'ai dit plus haut, avait beaucoup souffert et malheureusement laissé l'amertume remplir son cœur. Elle, qui avait su autrefois être très généreuse en répondant à un appel pour partir en mission, n'était pas arrivée à surmonter ses craintes et ses soucis par la confiance en Dieu, ce Dieu que pourtant elle aimait… La peur de la solitude l'avait gardée très dépendante de la présence des siens et elle nous avait entraînés dans de telles relations de fusion, que tout en la détestant, nous ne pouvions pas vivre sans elle. C'étaient des liens négatifs, dont je n'ai pu être délivrée, comme je l'ai dit plus haut, que par une prière de guérison spécifique, menée avec quelques frères, dans la foi en l'efficacité du Sang versé du Christ et l'invocation du Nom puissant de Jésus, le seul nom qui ait été donné aux hommes par lequel ils puissent être sauvés, qui a le pouvoir de nous délivrer du péché et de la mort, en qui nous avons le pardon et la guérison.

Je n'étais donc plus le « vilain petit canard » de ma famille, j'appartenais à un autre peuple, j'obéissais à une autre loi que celle de la tradition et des comportements familiaux. En tant que fille bien-aimée du Père, ma place était désormais dans Sa maison avec mes frères et sœurs Chrétiens, et j'étais en train de passer de la filiation selon la chair et de la dépendance atavique familiale, à la filiation divine par les mérites de mon Libérateur. Rien ne m'empêchait plus désormais de m'envoler bien haut, surprenant et merveilleux « cygne » que j'étais devenue ! Oui, derrière l'apparence trompeuse de la réalité douloureuse de ma vie, se cachait une vérité tout autre : j'étais belle, j'avais une grande valeur, je pouvais être merveilleusement consolée et je pouvais, à mon tour, en consoler beaucoup. Quel bonheur ! C'était véritablement : l'envol du cygne ![4]

3. SEIGNEUR, METS UNE PROTECTION SUR MA BOUCHE !

La libération des oreilles de mon cœur a entraîné celle de ma façon de m'exprimer. Dieu m'avait donné le merveilleux don de la parole et voilà que je m'en étais servi pour tout autre chose. Pour exprimer mon état de ressentiment perpétuel, je pratiquais évidemment et sans même m'en rendre compte l'art de la plainte tous azimuts : « C'est toujours moi qui doit tout faire ! », « Tu es toujours en retard ! », « Je ne suis pas la boniche ! », « Je suis fatiguée ! », « J'en ai marre ! », « Il fait trop chaud ! », « J'ai trop de travail ! », « Je manque de sommeil ! », « Le lit est trop dur ! ». En fait, je vivais beaucoup de choses comme des corvées et je m'en plaignais, ne prenant même pas conscience de l'atmosphère d'insatisfaction continuelle que j'imposais à mes proches. C'était vraiment tout le contraire de la louange ! Avec la même bouche je pouvais louer le Seigneur pendant la prière, et me plaindre de Lui pendant le reste du temps. Car lorsqu'on se plaint de quelque chose qui nous contrarie, c'est en fait contre Dieu que l'on « râle ». Il y a tant de choses qui nous contrarient dans une journée, surtout pour moi qui suis de nature très impatiente et exigeante, désirant toujours que tout soit fait vite et bien !

---

[4] Conte pour enfants : Le vilain petit canard

J'avais aussi pris l'habitude d'utiliser mes lèvres pour critiquer et mépriser les autres, particulièrement mes frères et sœurs de Communauté et évidemment aussi mon mari ! Christ était également mort pour ce grand péché et désirait me voir désormais bénir et non plus maudire. De même que le Seigneur m'avait fait remporter la victoire sur mes ennemis précédents, j'allais récupérer ma bouche et la consacrer au Seigneur pour qu'elle serve pour la Gloire de Dieu. C'est ainsi que j'ai acquis la liberté de pouvoir dire à mon mari qu'il était un homme bon, appréciant son intelligence et sa culture dans bien des domaines et à ce moment-là, j'ai pu commencer à croire ses mots d'amour pour moi. Je sais désormais que lorsqu'il me dit : « je t'aime », c'est vrai. Dieu peut me parler par sa bouche et je reçois ces paroles avec gratitude. Parfois il me dit : « tu es ma fille bien aimée ! » et je sais que c'est le Père qui me rejoint et me console. Mais, chaque fois, je dois mettre ma foi en œuvre et décider de le croire, car mes premières pensées sont presque toujours des pensées de doute. J'ai tellement de peine à croire qu'on puisse m'aimer !

En lisant ces lignes, vous vous dites peut-être : « cela ne m'arrivera jamais, mon mari n'est pas chrétien… etc. » Courage ! Je suis convaincue que si vous décidez d'arrêter de critiquer et de mépriser votre mari, vous risquez d'avoir des surprises ! Mais c'est dur ! On a souvent beaucoup de « bonnes » raisons de continuer à entretenir des pensées négatives, car elles semblent tellement refléter la réalité ! Mais avec l'aide de Dieu : tout est possible ! C'est une décision extrêmement importante que personne ne pourra prendre à notre place et qui consiste notamment à mettre un terme à cette mauvaise habitude d'accueillir et d'entretenir des mauvaises pensées sur les autres et sur nous-mêmes. Car si on entretient de telles pensées, fondées ou non, mais toujours trompeuses, on aura beau se surveiller pour ne pas les exprimer pendant un certain temps, elles finiront par sortir de notre bouche, et d'une manière brutale, par exemple à l'occasion d'un conflit. Elles vont alors prendre une telle ampleur qu'elles dépasseront nos intentions et nous nous découvrirons capables de dire des horreurs. Nous avons trop prêté notre bouche à la malédiction. J'ai découvert, d'une manière formelle, que toute seule je ne pouvais absolument pas y arriver. J'ai dû crier « au secours ! » et le Seigneur est venu faire en moi ce que j'étais incapable de faire par moi-même.

Dans mon enfance et mon adolescence, on m'appelait : « la fille qui ne parle pas ». Dans ma timidité, j'étais gênée par une sorte de mutisme. Lorsque j'ai consacré ma bouche et mes paroles au Seigneur, j'ai pu, non seulement commencer à bénir Dieu, les autres et moi-même, mais je peux aussi maintenant exprimer à voix haute les pensées qui sont en moi. A peine sont-elles formulées que je peux tout de suite discerner si elles viennent de Dieu, de moi ou du démon. C'est comme une évidence ! Et je peux tout de suite les refuser et prendre autorité sur elles dans le Nom de Jésus.

J'ai souvent fait cette expérience, dans l'accompagnement des personnes souffrant d'une difficulté à s'exprimer, que lorsqu'on prie pour elles et qu'elles sont délivrées du mutisme, ce que la bible appelle un démon muet, elles peuvent enfin faire le discernement des pensées négatives et les dénoncer comme mensonge ; et ceci bien sûr avec l'aide de l'Esprit de Vérité, Esprit « qui nous conduit dans la vérité toute entière ». Il est frappant de constater combien nous avons du mal à nous exprimer à haute voix, devant les autres, et dans la prière notamment ! Alors que, dès que celle-ci est terminée, on retrouve notre langue pour parler et plaisanter. Il y a souvent plus de brouhaha à la fin des assemblées de louange du fait des bavardages, que de clameurs de louange et d'adoration pendant la réunion elle-même. Offrons donc nos bouches afin que Dieu lui-même y place Ses propres paroles et devenons Ses prophètes ! Que les démons muets nous quittent pour que nous puissions avec joie et simplicité exprimer à Dieu tout notre amour et notre reconnaissance ! Puissions-nous chanter avec joie ce cantique :

« Mon amour, c'est le Seigneur et je veux le chanter
Car je suis fort de ses louanges et ma foi repose en lui,
J'ouvrirai ma bouche et par moi son Esprit racontera la gloire de Dieu. »[5]

Le recouvrement de notre capacité à nous exprimer est primordial car :

« Sans expression verbale, il est impossible de faire connaître la parole de Dieu aux autres. »[6]

Depuis cette libération, le Seigneur m'a appelée à exercer un charisme de prédication et de ministère prophétique. Je consacre régulièrement ma bouche au Seigneur et je la mets à Sa disposition, avec tout ce qui sert à l'exercice du langage (mon souffle, mon larynx, ma langue, ma bouche, mes cordes vocales…). Ainsi, je reprends possession de ce qui permet d'exercer librement les charismes liés à la proclamation de la Parole tels que : la prédication, la parole de prophétie, les paroles de connaissance, les langues (le parler en langues et l'interprétation des langues), les chants inspirés et autres chants de gloire.

La première fois que j'ai prêché, c'était à l'occasion de la première messe d'anniversaire de la mort de Samuel. Au moment de l'homélie, le prêtre s'est effacé et m'a dit : « c'est à toi de prêcher ! ». Beaucoup de jeunes étaient venus pour la

[5] Chant de la Communauté des Béatitudes
[6] Watchman Nee : La libération de l'esprit (ed. Living Stream Ministry 1998) faisant probablement référence à certains versets de Romains 10 comme le verset 10 :
« C'est en confessant de la bouche qu'on parvient au salut »

circonstance glaner quelques grâces. Mon exhortation a porté sur la guérison des sens en soulignant le fait que nous sommes sourds-muets-aveugles, très handicapés, ce qui nous rends incapables d'entendre Dieu nous parler, de Le voir, de Le toucher, de Le goûter, alors que c'est là le bonheur de la vie chrétienne normale. Notre Dieu est un Dieu qui guérit ! Et Jésus, le messie d'Israël, accomplit encore aujourd'hui les signes messianiques en guérissant les aveugles et les sourds-muets de naissance que nous sommes. Où est-elle passée, la « fille qui ne parle pas » ? A présent que ma parole est libérée, je veux proclamer les merveilles de Dieu éternellement !

Ceci dit, maintenant que je peux parler, il faut aussi que j'apprenne à me taire ! Car une fois sortie du mutisme, j'ai découvert en moi une tendance à être trop bavarde ! C'est peut être une manière de vouloir accaparer l'attention, ou que sais-je d'autre. En tous cas, j'ai souvent manqué de discrétion, ne respectant pas assez la confidentialité par manque de réserve. Cette attitude a blessé des personnes qui m'avaient fait confiance. Seigneur, mets une garde à ma bouche !

J'ai rencontré dernièrement des personnes extrêmement bavardes qui indisposaient leurs interlocuteurs, coupant sans arrêt la parole, rapportant tout à elles-mêmes. J'ai à déplorer, je l'avoue, cette même tendance à couper la parole, surtout quand c'est mon mari qui parle, avec l'impression que je vais mieux exprimer les choses que lui. Un autre travers, assez commun, consiste à vouloir absolument imposer son point de vue dans une conversation et avoir raison à tout prix. N'entend-t-on pas dire souvent : « Tu vois, je te l'avais bien dit ! Tu vois bien que j'avais raison ! » Derrière une manière « innocente » de donner son avis, ne se cache-t-il pas le désir inconscient de rabaisser l'autre, ou en tout cas de se croire « quelque part » meilleur que lui. Cela cache aussi une recherche d'identité : j'existe parce que je donne des conseils, parce que, moi, je sais (contrairement à l'autre, qui lui ne sait pas, bien sûr).

L'autre jour, la voiture ne voulait pas démarrer. Mon mari s'est mis au volant et m'a demandé de pousser. Comme après deux essais infructueux, la voiture ne voulait toujours pas démarrer, je me suis mise à lui donner des conseils : « Est-ce que tu as bien mis le contact ? As-tu enclenché une vitesse ? Y a-t-il de l'essence ?... etc. » A ce moment là, il m'a dit, très justement : « Toi tu pousses, et moi, je m'occupe du reste ! ». L'essentiel est de ne pas empiéter sur le territoire de l'autre : j'ose espérer que si je lui avais demandé de prendre le volant, il aurait été d'accord !

La parole révèle ce que l'on a dans le cœur. Si notre cœur est habité par le mépris, cela se manifeste souvent par une attitude de surprotection, une tendance à donner des conseils… Il faut dire que généralement nous estimons que ce que nous pensons est vrai ! C'est pourquoi nous éprouvons constamment le besoin de nous justifier dès que nous nous sentons menacés dans nos systèmes de défense. Cela fait partie des forteresses que l'on se construit et qui sont autant de barrages à l'agir de Dieu dans nos vies et à l'irruption de la vérité.

Pour écrire ce livre, je dois me livrer à un exercice continuel qui est de me tenir dans l'onction du Saint-Esprit, afin que je ne transmette que ce qu'Il veut que j'écrive et non pas satisfaire ma tendance naturelle et donc très charnelle, de « mère nourricière » qui veut s'occuper des autres et leur donner des leçons, ceci dans une recherche d'identité et de reconnaissance.

« Car si quelqu'un écoute la parole et ne la met pas en pratique, il est semblable à un homme qui regarde dans un miroir son visage naturel, et qui, après s'être regardé, s'en va, et oublie aussitôt comment il est. Mais celui qui aura plongé les regards dans la loi parfaite, la loi de la liberté, et qui aura persévéré, n'étant pas un auditeur oublieux, sera heureux dans son activité. Si quelqu'un croit être religieux, sans tenir sa langue en bride, mais en trompant son cœur, la religion de cet homme est vaine. »[7]

Cette parole de St Jacques, illustre parfaitement ce que je cherche à mettre en évidence : ce lien qui existe entre l'écoute, la parole et le regard. Quand ils sont consacrés à Dieu, la vérité peut s'incarner en nous et nous libérer.

« Si vous demeurez dans ma parole, vous êtes vraiment mes disciples ; vous connaîtrez la vérité et la vérité vous rendra libres. »[8]

J'ai souvent écouté la parole, sans savoir la mettre en pratique. Dans mes enseignements, il m'arrive de dire : « Ce n'est pas le fait de croire en Dieu qui est le plus difficile ».

« Tu crois qu'il y a un seul Dieu, tu fais bien ; les démons le croient aussi, et ils tremblent. »[9]

En revanche ce qui est extrêmement difficile, c'est de croire ce que Dieu nous dit. A mon avis, c'est cela la foi : commencer (et persévérer) à croire que ce que Dieu me dit est vrai ! Cela a l'air simple mais quand Dieu a commencé à me dire : « Tu es belle ! », je ne pouvais pas Le croire. Je peux même dire que ça m'énervait prodigieusement ! Et quand Il m'a dit qu'Il m'aimait vraiment, que j'étais Sa fille chérie et préférée, je ne pouvais pas laisser cette vérité pénétrer mon esprit, mon âme

[7] Jacques 1 : 23-26
[8] Jean 8 : 31-32
[9] Jacques 2 : 19

et ma chair. Les certitudes incarnées en moi étaient trop différentes : « Personne ne t'aime vraiment, cesse de te faire des illusions ! Ça sera toujours la même chose et de toute façon, ça ne changera jamais ! »... Cela semblait si vrai et si fondé ! Sans une intervention puissante de la Grâce, je n'aurais pas pu y adhérer vraiment. Bien sûr, je savais cela depuis longtemps mais c'était resté intellectuel et face aux événements et aux épreuves de la vie, mes doutes finissaient par entamer cette foi vacillante. Et je me comportais à nouveau comme une pauvre orpheline... Oui, tout le cortège de plaintes, de tristesse, de dépréciation de moi-même, et même de désespoir ou d'envie de mourir, se remettait à défiler alors que :

« Vous n'avez pas reçu un esprit de servitude pour être encore dans la crainte... »[10]

On pourrait dire également : « Nous n'avons pas reçu l'Esprit Saint pour être encore dans la plainte... » Car la plainte est une façon inconsciente de douter de l'amour de Dieu et de Ses projets de bonheur pour nous. Nous existons pour la louange.

« En lui, nous sommes aussi devenus héritiers, ayant été prédestinés suivant la résolution de celui qui opère toutes choses d'après le conseil de sa volonté, afin que nous servions à la louange de sa gloire, nous qui d'avance avons espéré en Christ. »[11]

La vie est trop précieuse pour la gâcher en la portant comme un fardeau. Quelle que soit notre histoire, apprenons à être heureux en toutes circonstances !

« J'ai appris à être content de l'état où je me trouve. Je sais vivre dans l'humiliation, et je sais vivre dans l'abondance. En tout et partout j'ai appris à être rassasié et à avoir faim, à être dans l'abondance et à être dans la disette. Je puis tout par celui qui me fortifie. »[12]

Je me souviens d'un jour où mon plus jeune fils m'a dit : « Maman, arrête de toujours te plaindre ! » Sur le moment, j'ai été choquée, car je n'en avais absolument pas conscience. Il m'a rendu service. Le Seigneur a continué à me parler de mes plaintes dans ma lecture de la bible :

---

[10] Romains 8 : 15
[11] Ephésiens 1 : 11 à 12
[12] Philippiens 4 : 11

« Faites tout sans murmures ni hésitations, afin que vous soyez irréprochables et purs, des enfants de Dieu irrépréhensibles au milieu d'une génération perverse et corrompue, parmi laquelle vous brillez comme des flambeaux dans le monde, portant la parole de vie. »[13]

« Réjouissez-vous toujours dans le Seigneur ; je le répète, réjouissez-vous. Que votre douceur soit connue de tous les hommes. Le Seigneur est proche. Ne vous inquiétez de rien ; mais en toute chose faites connaître vos besoins à Dieu par des supplications, avec des actions de grâces. Et la paix de Dieu, qui surpasse toute intelligence, gardera vos cœurs et vos pensées en Jésus-Christ. »[14]

Le gémissement perpétuel qui sortait de mes lèvres à cause de l'amertume de mon cœur, mais aussi de la lourdeur du désespoir, a fait place, grâce à Dieu, à d'autres gémissements, ceux du Saint-Esprit en moi, quand j'ai retrouvé l'espérance. Il m'a rétablie dans la capacité de louer comme Saint Paul en toutes circonstances. C'est Lui qui prie en moi, par « des soupirs inexprimables »[15] et me permet de chanter la gloire de Dieu. Le « don des langues » m'est d'un grand secours. Dès que j'ai besoin de me placer dans la présence de Dieu, je me mets à parler en langues, et je sais qu'ainsi « l'Esprit me vient en aide dans ma faiblesse. »[16] Je le fais quand je fais mes courses et que je veux être protégée de ma convoitise, quand je fais ma vaisselle et que je veux intercéder pour quelqu'un, quand je prépare un repas et que je veux réussir à faire quelque chose de bon. Je le fais aussi tout au long de ce travail de rédaction, car j'ai conscience de mon incapacité à y arriver sans l'aide du Seigneur. Et je le fais car cela m'aide à louer Dieu en tout temps et à établir une « garde à ma bouche ».

Pendant que je prie en louant ainsi, sous l'action de l'Esprit Saint, je ne peux pas, en même temps me servir de ma bouche pour médire, mépriser, maudire ou me plaindre. De même, prononcer le Nom de Jésus sans cesse, jusqu'à ce que chaque battement de mon cœur en soit habité, quel merveilleux remède !

Alléluia ! Gloire à notre Dieu ! Qu'il est agréable de laisser nos lèvres exprimer nos encouragements et nos félicitations à ceux qui nous entourent, de pouvoir dire à nos enfants que nous leur faisons confiance quoi qu'il arrive, de les assurer de notre soutien et de les consoler quand ils se sont fourvoyés ! Qu'il est doux de murmurer des mots tendres aux oreilles de notre époux, et de chanter une

---

[13] Philippiens 2 : 12
[14] Philippiens 4 : 4 à 7
[15] Romains 8 : 26
[16] Romains 8 : 26

berceuse au tout petit qui a de la peine à s'endormir ! Qu'il est bon de pouvoir dire notre reconnaissance à Jésus d'avoir accepté de mourir sur la Croix pour notre délivrance et notre guérison ! Qu'il est glorieux de joindre nos voix à celles des Saints et des Anges, avec toute l'Eglise, pour proclamer et acclamer la Sainteté, la Majesté, le Règne et le Salut de notre Dieu, seul digne de notre adoration et de notre louange ! Alléluia ! Poussons des cris de joie !

« Réjouis-toi fille de Sion, pousse des cris d'allégresse, fille de Jérusalem ! »[17]

Quelle belle victoire que la reconquête de ce bastion ! Que tout ce qui, en moi, sert à la parole, soit désormais sous le contrôle de l'Esprit Saint et y demeure ! Veuille le Seigneur me donner un ange pour garder ma bouche ! Quelle joie que celle de la victoire ! Quel encouragement à continuer ! J'avais encore tant de choses à m'approprier ! Après mon sens de l'écoute et celui de la parole, comment allais-je récupérer ma vue ?

4. DE LA VUE A LA VISION

Pendant des années j'étais tellement centrée sur moi-même que j'éprouvais de grandes difficultés à voir la beauté des choses. Et pourtant mon père était peintre, aquarelliste, et il m'emmenait parfois avec lui le dimanche à la recherche d'un beau paysage à immortaliser sur sa toile. Madagascar est un pays où la nature est de toute beauté. Mais il fallait d'abord me tirer de cette sorte d'insensibilité pour que je remarque la splendeur de ce qui m'entourait. J'avais quinze ans lorsque nous avons fait notre premier voyage dans les Alpes pour aller à Briançon. Mes parents s'extasiaient devant la beauté des montagnes et particulièrement des glaciers. Et sincèrement, je me demandais comment ils pouvaient trouver ça beau, alors que je ne remarquais que la terre ternissant par endroits l'éclat de la glace, donnant à l'ensemble un aspect triste et sale. J'ai commencé à prendre conscience des écailles qui étaient sur mes yeux lors de mon séjour en Côte d'Ivoire, un soir où j'assistais, avec des amis, à un merveilleux coucher de soleil, comme on n'en voit qu'en Afrique. C'est seulement au moment où tout le monde s'est mis à s'extasier que je l'ai remarqué. Cela a été un véritable choc pour moi que de prendre conscience de ce qu'on pourrait considérer comme un handicap.

Je constate, actuellement, que beaucoup de jeunes sont dans un état encore plus sérieux que celui où je me trouvais : être dans l'incapacité à

[17] Sophonie 3 :14

s'émerveiller. J'essaie donc d'attirer leur attention en m'émerveillant devant eux de la beauté des petites plantes qui poussent au printemps, d'une mante religieuse qui guette sa proie ou d'une araignée qui tisse sa toile, ce qui en général ne les rend pas, eux, particulièrement extatiques. Le plus souvent ils ne savent pas faire cet effort de s'ouvrir, cela les ennuie vite et ils sont plutôt remplis de phobies à l'égard des animaux. Ils ne se rendent pas compte que cette perte de la capacité de contemplation est un signe de « cécité » grave.

Nous ne savons plus nous servir de nos yeux, si ce n'est pour percer les autres à jour et, en retour, dépendre entièrement, des regards posés sur nous. Nos yeux sont pourtant faits pour voir l'invisible présence de Dieu dans Sa création et en toute créature ; mais il faut pour cela qu'ils soient comme dessillés, purifiés de ce qui a pu les troubler.

Quelle bataille que la reconquête de mon regard ! Cela a commencé par ma manière de me voir, ensuite de voir les autres et particulièrement mon mari. En fait j'étais devenue une « professionnelle » dans la détection des défauts. Je passais mon temps à juger sur les apparences, étant rendue incapable de voir la valeur réelle de ceux que j'approchais. Je ne me doutais pas du pouvoir de destruction de mes regards et combien j'enfermais les autres dans ce qu'ils n'étaient pas.

« Jésus, aie pitié de moi ! Fais que je voie ! » Ai-je souvent crié comme l'aveugle Barthimée de l'évangile, car je n'arrive pas à croire sans voir ! Comme Thomas, j'ai besoin de pouvoir mettre ma main dans Ses plaies pour reconnaître mon Seigneur.

Moi qui ai toujours été habitée par un grand désir de voir Dieu et de contempler Sa gloire, j'ai commencé à comprendre, comme le dit l'Apôtre Paul :

« Que cette assurance-là, nous l'avons par Christ auprès de Dieu. Ce n'est pas que nous soyons par nous-mêmes capables de concevoir quelque chose comme venant de nous-mêmes. Notre capacité, au contraire, vient de Dieu. »[18]

« Aujourd'hui, nous voyons au moyen d'un miroir, d'une manière obscure, alors nous verrons face à face ; aujourd'hui je connais en partie, mais alors je connaîtrai comme j'ai été connu. »[19]

---

[18] 2 Corinthiens 3 : 4
[19] 1 Corinthiens 13 : 12

Comment parvenir à la contemplation de la Gloire de Dieu ? Il fallait d'abord que je me laisse regarder par Lui. Cela m'était très difficile. J'avais tellement l'impression que Son regard allait manifester Sa déception et Sa réprobation ! Et pourtant j'avais une telle nostalgie d'un regard de fierté posé sur moi.

Par la pratique et l'enseignement des danses d'Israël dans notre Communauté, j'ai appris la liberté sous le regard de Dieu. Cela a été une expérience merveilleuse que d'oser croiser Son regard et y découvrir toute Sa bienveillance à mon égard et aussi Sa fierté. Désormais, j'aime L'imaginer penché à son balcon, occupé à me contempler en train d'évoluer et danser librement dans la louange, et dire à Ses anges et à Ses saints : « Vous avez vu ? C'est ma Consolation, celle que j'aime particulièrement. Elle est superbe, ne trouvez-vous pas ? »

Après cela, comment ne pas Le laisser éclairer complètement ma manière de voir pour me faire comprendre à quel point j'étais dépendante du regard des autres et de mon propre regard sur moi-même ? C'est un tel esclavage ! Même dans ma façon de faire le ménage, j'ai tendance à m'occuper principalement de ce qui est visible. Ma maison donne une impression de rangement et de propreté, alors qu'il y a du fouillis dans les tiroirs et des choses qui pourrissent au fond du frigo. Mon mari, quant à lui, est libre par rapport à cela et même, il préfère que soient bien rangées les choses cachées. J'ai toujours à l'idée : « Et si quelqu'un venait ? » quand tout est étalé. Il a fallu que j'apprenne à ne plus me complexer sous le regard de personnes très « à cheval » sur les questions de propreté. D'ailleurs, j'ai vite compris que lorsque j'avais des poussées de méticulosité, c'était en général pour cacher une culpabilité inconsciente, et la peur de paraître paresseuse à mes propres yeux ou aux yeux des autres. Le jour où j'ai accepté que j'étais réellement paresseuse et que j'ai pu en demander pardon au Seigneur, je me suis sentie plus libre pour L'appeler à mon secours, surtout quand j'ai la flemme de faire quelque chose. Il m'aide réellement. Ensuite, je jette un petit coup d'œil sur le travail accompli et je me dis, avec Lui : « Quand même, pour une paresseuse, ce n'est pas si mal ! » Evidemment, il ne s'agit pas de vivre dans la saleté, sous prétexte de liberté. Mais combien de femmes se sentent inutilement jugées et inspectées dès qu'on vient leur rendre visite. C'était parfois mon cas, surtout lorsque je savais que ma belle-mère allait venir. Je faisais alors mon ménage à fond et cirais les escaliers, ce qui, à chaque fois faisait dire à mes enfants rentrant de l'école : « Ca sent la cire. Chic ! Il y a Mamy et Papy qui viennent ! » Quand je visite ma fille ou ma belle-fille, je leur demande si cela ne les vexe pas que je fasse un peu de vaisselle ou de ménage. Même si cela part d'une bonne intention, il ne faudrait pas qu'en vertu de ce mécanisme décrit plus haut, ma visite puisse passer pour une inspection.

Je connais des mères de famille qui se croient dans l'obligation de faire leur ménage sans cesse à fond et avec méticulosité, s'épuisant littéralement à la tâche sans se rendre compte que cette disposition est en réalité l'expression d'une souffrance cachée, d'une réaction à quelque chose de plus profond ; à tel point, d'ailleurs, qu'il devient très difficile d'aller leur rendre visite, surtout avec des enfants, tant elles craignent qu'on salisse quelque chose dans leur appartement. Sans parler de celles qui font tout un drame, parce qu'on a malencontreusement marché sur un carrelage fraîchement lavé et encore humide ou bien oublié de se déchausser et de mettre les patins sur le parquet ciré !

Ces femmes pensent que ce travail qu'elles s'imposent est indispensable et ne peuvent même pas envisager qu'il puisse en être autrement. Il faut pourtant qu'un jour elles puissent entendre le Seigneur les reprendre et les libérer de la véritable persécution qu'elles infligent à elles-mêmes et aux autres. Elles doivent réaliser que ce comportement (qu'elles considèrent comme absolument vertueux et digne de louange) n'est en fait qu'un moyen de juguler l'angoisse mortelle qui les étreint au même titre que la pratique alcoolique qu'elles reprochent à leurs époux, ou celle de la drogue à leurs enfants ! Elles y trouvent une certaine paix et ne peuvent plus s'en passer. C'est pourtant un tel soulagement que d'accepter la vérité sur notre état et de reconnaître que ce qu'on tient pour certain et universellement admis, peut et doit faire l'objet d'une courageuse remise en question ! Les scrupules et les culpabilités viennent toujours d'un sentiment d'indignité et du désir de tout faire pour être accepté et reconnu des hommes, mais avant tout de Dieu, du moins de l'idée que nous nous faisons de Lui. Sans compter que les sacro-saintes et immuables traditions familiales exercent, la plupart du temps à notre insu, une influence indéniable sur nos comportements. Au point qu'ayant été ouvertement toute sa jeunesse en opposition avec sa mère, on finit quand même par adopter sur de nombreux points sa manière d'agir.

Personnellement, même sans appartenir à cet extrême, j'ai dû demander de l'aide par la prière des frères pour être délivrée de cette idole dans ma vie. Je me suis rendue compte que j'avais souvent sacrifié mes proches sur l'autel de cette idole de la propreté et de l'apparence, car la tendance à la méticulosité est l'indice d'une mentalité idolâtre. Au lieu de privilégier des moments d'intimité avec les enfants, je préférais renvoyer à plus tard, après mes « devoirs » domestiques, ces temps bénis d'écoute, de tendresse et de réconciliation. Et combien de fois n'ai-je pas gâché aussi le doux moment du coucher des enfants par des « engueulades » devant le bazar qui régnait dans leurs chambres.

La dépendance du regard des autres, je l'ai aussi vécu d'une manière particulière dans ma façon de m'habiller. Je me rends compte d'ailleurs, que j'ai fait des allers et retours entre deux extrêmes : cacher mes formes sous des vêtements amples ou les révéler à tout prix. Dans mon adolescence, j'avais honte de mes formes et je gardais les bras croisés sur la poitrine pour la cacher. Et puis, ma mère n'attachant guère d'importance à l'apparence, optait plutôt pour le meilleur prix, et nous devions parfois porter des habits qui ne nous allaient pas. J'essayais, le soir dans ma chambre, de retailler et de recoudre mes pantalons. C'était la mode des pantalons fuseaux moulants et ma mère nous achetait des pantalons trop larges. Puis, quand j'ai pu m'acheter moi-même mes vêtements, je suis passée par un stade où je cherchais à séduire : mini-jupes, pantalons moulants, etc… Je crois que c'est dans l'ordre des choses, pour une femme, de rehausser sa beauté et d'être séduisante. Toutefois, la frontière est entre les deux attitudes, pour éviter de devenir séductrice. Beaucoup de jeunes filles ou de jeunes femmes chrétiennes ont du mal à se situer sur ce terrain, surtout depuis que la mode s'applique à révéler et à suggérer le plus possible ! Comment s'ajuster à la volonté de Dieu à ce sujet et conseiller les jeunes filles sans que cela devienne une leçon de morale ? Il existe une compétition, il est vrai, en matière vestimentaire qui fait passer au second plan la conscience de l'effet de leur tenue sur les hommes. La mode du pantalon est trompeuse, les jeunes filles en portent souvent comme une protection mais elles ne se rendent pas compte que, du coup, elles peuvent se laisser inconsciemment aller à adopter des positions déplacées ou aguichantes, par exemple assises les jambes écartées. C'est aussi un problème que la mode du pantalon taille basse avec pull très court, surtout quand on s'assied par terre. Alors on rectifie en tirant par derrière tant qu'on le peut, mais on a quand même du mal à cacher son string ou le fait que « quelque part » on ne soit pas si fâchée qu'il se voie. Que dire alors des pauvres équipiers de prière qui sont chargés de « catcher »[20] et de cacher comme ils le peuvent les « nombrils » à l'air ? Là, je sens bien que je vais passer pour une « ringarde », mais j'en prends quand même le risque. St Paul nous dit bien de ne pas nous conformer au siècle présent. Alors, posons-nous honnêtement la question de savoir si notre liberté ne constituerait pas, tout à fait ingénument, dans ce domaine vestimentaire, le moyen d'en priver les autres et un danger pour la pudeur.

Le dévoilement de la nudité est une chose si belle ! Mais elle est réservée aux amants, aux époux ! Le fait d'avoir déjà dévoilé presque toutes ses formes supprime ce mystère du dévoilement réservé au bien-aimé. Et nous nous trouvons là, face à la dimension sacrée du corps et des épousailles. Nous sommes temples de l'Esprit, ne l'oublions pas ! L'orthodoxe Michel Laroche dans son livre remarquable « Une seule chair »[21], défend bien ce principe de l'incorruptibilité de la couche conjugale, le dévoilement étant réservé à l'intimité du couple afin d'éviter l'atteinte à la chasteté.

---

[20] De l'anglais To catch, attraper. Expression employée pour désigner ceux qui s'occupent des personnes qui tombent dans le repos de l'Esprit

[21] Michel Laroche : « Une seule chair » (ed. Foi Vivante)

Notre complaisance à regarder des images suggestives ou même pornographiques dans la convoitise est souvent aussi une des raisons pour lesquelles notre regard est aveuglé et inapte à la contemplation des merveilles de Dieu. Là encore, nous avons souvent besoin d'une prière de guérison pour que la conquête de notre vue soit totale et que cette faculté puisse être définitivement mise au service de la contemplation et de l'adoration !

« Heureux les cœurs purs car ils verront Dieu. »[22]

C'est par le Sang Précieux de Jésus que ma vue ne cesse désormais d'être purifiée, guérie, délivrée de l'aveuglement causé par la pratique mortelle du jugement. C'est réellement comme si des écailles, des œillères ou un voile étaient progressivement ôtés ! Lorsque nous retrouvons l'usage de nos yeux par cette guérison miraculeuse opérée par notre « Jeshua Hamashiah » (Jésus le messie), le voile étant enlevé et notre honte disparue, nous sommes capables de refléter, comme dans un miroir, la Gloire du Seigneur. Ainsi nous sommes transformés à Son image, revêtus de Sa Gloire et tout notre entourage peut le voir. Si nous restons comme voilés, honteux de nous-mêmes, trop persuadés de notre indignité, nous ne pourrons pas refléter Sa beauté.

« Mais lorsque les cœurs se convertissent au Seigneur, le voile est ôté. Or, le Seigneur c'est l'Esprit et là où est l'Esprit du Seigneur, là est la liberté.
Nous tous qui, le visage découvert, contemplons comme dans un miroir la gloire du Seigneur, nous sommes transformés en la même image, de gloire en gloire, comme par le Seigneur, l'Esprit. »[23]

Le Seigneur désire que nous puissions Le contempler dans toute la splendeur et l'éclat de Sa Beauté :

« Car Dieu, qui a dit : La lumière brillera du sein des ténèbres ! a fait briller la lumière dans nos cœurs pour faire resplendir la connaissance de la gloire de Dieu sur la face de Christ »[24]

Trop longtemps, j'ai eu honte de moi-même, et cette attitude me rendait incapable de croire à cette promesse merveilleuse : Le Christ voulait de tout temps, manifester Sa gloire à travers moi, mais je L'en empêchais à cause du sentiment de mon indignité. Mais, en lisant les versets suivants de la deuxième épître de Paul aux

---

[22] Matthieu 5 : 8
[23] 2 Corinthiens 3 : 17-18
[24] 2 Corinthiens 4 : 6

Corinthiens, j'ai pu commencer à accepter la manière dont Dieu voulait se servir de moi :

« Nous portons ces trésors dans des vases de terre, afin que cette grande puissance soit attribuée à Dieu, et non pas à nous. »[25]

Mon regard est fait pour voir les choses invisibles, dans la réalité du royaume de Dieu, présent au milieu de nous, de telle sorte que lorsque je détourne le regard de moi-même, pour le tourner vers Lui, je sois revêtue de Sa Beauté et qu'en me regardant, chacun puisse voir aussi la Gloire de Dieu !

« Qui regarde vers lui resplendira, sans ombre ni trouble au visage ! »

Richard Wurmbrand, dans son livre « Détresse et Victoire », résume tout ce que je viens de dire :

« Comme j'étais heureux qu'il y ait « une fontaine remplie du sang tiré des veines d'Emmanuel » et que si l'on est plongé dans cette fontaine, un grand miracle se produit. Non seulement les péchés, même les crimes, sont pardonnés mais ils deviennent blancs comme neige. Ils deviennent des gages visibles de véritable pureté. Ce qui leur arrive est indescriptible. Jésus a été fait péché. Un des objectifs était de montrer les beautés que l'on peut faire avec des péchés grâce au repentir comme un potier peut faire un vase luxueux de ce qui était de la boue. Cependant, comme les articles de poterie ou comme le métal qui doit être raffiné, nous devons traverser les feux de l'affliction. Ce processus de nettoyage dure tant que toute impureté n'a pas disparu, ce qui, dans notre cas, signifie jusqu'à ce que toute plainte, toute rébellion, tout harcèlement avec la question « pourquoi ? », tout égoïsme, toute fierté et toute réticence à pardonner aient disparu.

Une petite fille regardait un orfèvre placer le métal coûteux dans un creuset pour le purifier. A plusieurs reprises, il enleva la gangue et le métal brillait et devenait de plus en plus beau. Elle demanda : « Combien de temps cela dure-t-il ? » et il lui répondit : « Prends patience. » L'orfèvre dut répéter ces paroles souvent tandis qu'il attendait le moment appelé le « point d'argent » quand il pouvait voir son image dans le métal. C'est ainsi que travaille l'orfèvre divin. Un pécheur qui est passé par son stade de purification a une beauté qu'il n'a jamais eue auparavant, celle du Christ lui-même. »[26]

---

[25] 2 Corinthiens 4 : 7
[26] Richard Wurmbrand : Détresse et victoire

De plus cette consécration de nos yeux, et cette purification progressive de notre regard vont nous permettre d'entrer dans la vision de Dieu sur nos vies et celles de ceux qui nous approchent, et même au-delà.

« Après cela, je répandrai mon esprit sur toute chair ;
Vos fils et nos filles prophétiseront,
Vos vieillards auront des songes,
Et vos jeunes gens des visions. »[27]

La manière de voir de Dieu diffère beaucoup de la nôtre et il est important d'apprendre à voir comme Lui-même voit ! Ainsi :

- Quand nous avons l'impression que le monde va à sa perte (on parle tellement de pollution, de réchauffement atmosphérique...), Dieu, Lui, nous dit qu'Il tient le monde dans Ses mains et que c'est Lui qui règne sur la terre entière !
- Quand on n'entend parler que de corruption, de perte de la foi et d'églises qui ferment, Dieu, Lui, nous annonce un grand et glorieux réveil ! Si nous regardons bien, nous verrons, en effet, que l'Esprit Saint est répandu sur de plus en plus de personnes, surtout des jeunes et nous constaterons que l'Eglise est là, mais dans la rue !
- Quand on nous dit qu'il est important que les personnes âgées et les malades meurent dans la dignité et que pour cela il faut encourager l'euthanasie, Dieu, Lui, nous dit que si on fait cela, on va priver ces personnes d'un pouvoir extraordinaire qui leur est conféré du fait de leurs très grandes souffrance, le pouvoir de susciter la compassion dans nos cœurs endurcis ! Et on va les priver du fruit de la souffrance qui peut ménager l'opportunité d'un retournement du cœur vers Dieu et de l'obéissance à Sa volonté, qui est le vrai bonheur !
- Quand on nous dit que c'est criminel de laisser vivre des enfants handicapés, Dieu, Lui, nous dit que les vrais handicapés ce sont ceux qui sont incapables d'aimer ! Et comme on est tous incapables d'aimer vraiment, sauf peut-être précisément les handicapés, alors il faudrait que nous soyons tous retranchés de la face de ce monde (sauf eux) ! Mais Dieu, Lui, qui aurait pourtant de bonnes raisons de le faire, donne Sa vie pour nous sauver et changer nos cœurs de pierre en cœurs de chair !
- Quand les gens qui se disent athées proclament qu'ils le sont devenus parce que il y a eu trop de morts et trop de scandales à cause des divisions entre les chrétiens, Dieu, Lui, dit qu'il y a eu des millions et des millions de morts dans les camps d'extermination, les goulags et les

[27] Joël 2 : 28

prisons, même encore de nos jours, établis par ceux qui se sont rebellés contre Israël et contre l'Eglise et qui ont voulu obliger tout le monde à penser et faire comme eux !

- Quand nous nous dépréciions nous-mêmes et répétons à longueur de journée que nous sommes nuls, Dieu, Lui, nous dit que nous avons énormément de prix à Ses yeux et que nous Lui avons coûté très cher ! Pour nous racheter, Il a donné la vie de Son propre fils ! Allons-nous continuer à ne pas le voir ? Notre honte de nous même n'est pas la bonne. Ayons honte plutôt de ne pas attacher plus de prix à notre salut !
- Quand nous prêtons l'oreille au Diable qui nous fait croire que notre passé n'est pas rattrapable, notre avenir bouché et que nous n'allons pas nous en sortir parce que nous ne voyons pas le bout du tunnel, Dieu, Lui, nous dit que nos fautes passées sont oubliées, notre avenir glorieux, qu'un héritage nous est réservé dans les Cieux, c'est à dire dès à présent, car le ciel nous est désormais ouvert ! Nous devons tenir tête au Diable et lui dire : « Ah ! Tu me parles de mon avenir ? Veux-tu que je te parle du tien ? Ma place, à moi, est réservée dans les cieux ! »

Oserons-nous sortir de notre vision étriquée des choses ? Le Seigneur veut élargir notre horizon et nous permettre de voir bien plus loin ! L'apôtre Paul nous dit :

« Or, à celui qui peut faire, par la puissance qui agit en nous, infiniment au-delà de tout ce que nous demandons ou pensons, à lui soit la gloire dans l'Eglise et en Jésus Christ, dans toutes les générations, aux siècles des siècles ! Amen ! »[28]

Portons donc au loin nos regards, contemplons les projets de Dieu sur nos vies et osons demander de voir s'accomplir ce que nous commençons à deviner ! Et attendons-nous à être étonnés ! Les désirs secrets qui nous habitent depuis longtemps sont les désirs de Dieu. Laissons-les venir à la lumière et emparons-nous de ce dont Dieu, dans Sa bonté et par Sa puissance, veut nous combler ! Le jour de ses vingt ans, notre Samuel avait écrit une lettre dont je cite ici les meilleurs extraits :

« Aujourd'hui, c'est mon anniversaire, j'ai 20 ans. J'ai l'impression d'être trop jeune pour avoir 20 ans. J'ai un peu peur de l'avenir, mais j'ai une grande confiance en Dieu et en ceux que j'aime pour qu'ils m'aident à devenir véritablement un homme. Comment devenir un homme ? Puisque chaque homme est différent ? Le mieux je pense est de vivre sa vocation à fond et avec joie. Mais quelle est ma vocation ? Suis-je vraiment sur la bonne voie ? J'ai décidé que ce que je ressentais de

[28] Ephésiens 3 : 20-21

plus profond en moi, de plus véridique est la volonté de Dieu, à Lui de mettre dans mon cœur la sagesse de son Esprit. Mais à côté des grands mots, il y a la vie. On peut dire de très belles choses et être un monstre. Moi je ne crois qu'à la vérité du cœur. Il faudrait pouvoir « voir avec le cœur » les gens qui nous entourent pour les apprécier vraiment, seulement ce n'est pas possible en ce bas monde, alors il y a les mots, imparfaits mais parfois justes et beaux… »

Dans une autre lettre, il écrivait aussi :

« C'est vrai que notre foi est une véritable folie, mais une folie qui conduit à l'Amour, l'Amour conduisant à la sagesse, la sagesse nous conduisant à Dieu et au Bonheur (avec un grand B) (…) Si c'est la volonté de Dieu tout est possible ! (…) Avant de vouloir s'engager dans une voie telle que le mariage, le célibat ou la prêtrise il faut d'abord devenir une personne remplie de la présence de Dieu, dans ses actes, ses pensées et lui donner entièrement sa vie, ensuite Il se chargera de nous rendre heureux selon ce qui nous convient (…) Heureusement il nous reste l'Amour, c'est à dire Dieu, c'est à dire l'éternité d'Amour et donc la Joie. Celui qui n'a pas l'espérance de l'Amour, comment peut-il vivre ? Que lui reste-t-il ? »

A une grande amie, revenant sur ce thème :

« J'ai aussi une grande espérance dans l'Amour autant conjugal que fraternel, et je veux qu'après ma mort on puisse me juger sur l'amour que j'aurai donné et que l'on dise : « Il aime pour toujours ! »

Cette amie faisait la remarque : « nous partagions ensemble cette sensation de ne pas appartenir au monde mais au Bonheur que l'on tait dans les magazines, celui d'aimer et d'être aimé.

Un de ses copains nous a écrit après le départ au ciel de Samuel pour nous dire :

« Samuel était un brasier ardent d'amour ! »

La vision que notre fils avait eue sur sa vie s'était donc réalisée ! Entrons, nous aussi, dans une vision semblable et œuvrons avec Dieu afin d'atteindre ce but ! Devenons ce que Dieu et nous-même voulons : des hommes et des femmes de feu, embrasés d'amour !

« Juste sous la surface de chaque requête gît une puissance extraordinaire capable de briser n'importe quel moule voulant conditionner notre vie. »[29]

Ce passage est extrait d'un livre qui m'a beaucoup apporté dans ma prière quotidienne car il m'a énormément appris sur la manière d'entrer dans une nouvelle vision sur ma vie. Bruce Wilkinson y développe un petit récit et une prière qui peuvent révolutionner notre vie si nous voulons bien essayer. Il parle à propos de quelques versets que l'on découvre au beau milieu d'une longue généalogie dans le livre des Chroniques[30] (une de ces généalogies qui nous rebutent tellement quand nous essayons de lire la bible en entier). Il s'agit de la prière de Jaebets :

« Jaebets était plus considéré que ses frères ; sa mère lui donna le nom de Jaebets, en disant : C'est parce que je l'ai enfanté avec douleur. Jaebets invoqua le Dieu d'Israël, en disant : Si tu me bénis et que tu étendes mes limites, si ta main est avec moi, et si tu me préserves du malheur, en sorte que je ne sois pas dans la souffrance ! Et Dieu accorda ce qu'il avait demandé. » [31]

Jaebets avait grandi avec ce nom haïssable, puisqu'il signifiait : « Celui qui donne la souffrance ». Il lui avait été attribué par une mère affligée et Dieu seul sait pourquoi elle était dans une telle douleur d'angoisse. Ce nom n'augurait rien de bon pour l'avenir ! Mais, malgré cela, il a mit sa confiance dans le Dieu d'Israël dont il savait qu'Il avait délivré ses ancêtres de l'esclavage et les avait établis dans un pays d'abondance. Il a réclamé la bénédiction, une vraie bénédiction, et il l'a obtenue.

Cette bénédiction que Dieu prononce sur nous quand Il nous appelle à la vie est souvent cachée par la malédiction dans notre histoire personnelle, et il arrive un moment où nous devons choisir entre les deux ! C'est à nous de choisir et de rechercher la bénédiction car elle a le pouvoir de nous faire passer de la mort à la vie, du mensonge à la vérité, des ténèbres à la lumière !

Bruce Wilkinson dit à ce sujet : « Dans sa bonté, Dieu a permis que l'histoire de Jaebets soit mentionnée dans la Bible, et cela pour nous révéler que ce n'est pas ce que nous sommes, ni ce que nos parents ont décidé pour nous qui compte. Ce qui compte est de savoir qui nous voulons être et de le lui demander (…) En effet, la bonté de Dieu n'est limitée que par nous-mêmes et non par ses ressources, sa puissance ou sa volonté de donner. Jaebets a été béni tout simplement parce qu'il a refusé de laisser un obstacle, une personne, une opinion ou quoique ce

---

[29] Bruce Wilkinson : La prière de Jaebets (à la découverte de la vie bénie) ed.Vida
[30] 1 Chroniques 4
[31] 1 Chroniques 4 : 9-10

soit d'autre se dresser plus haut que la nature de Dieu. Et la nature de Dieu est de nous bénir. »[32]

Quand Jaebets demande ensuite à Dieu d'étendre ses limites, c'est parce qu'il a compris qu'il était né pour d'avantage que ce qu'il vivait. C'est un véritable déplacement des frontières qu'il voulait. Il nous enseigne par là que Dieu veut que nous puissions conquérir de nouveaux territoires pour Lui et que nous atteignions les gens, que nous touchions les coeurs en Son nom.

Pour ma part, je me suis attachée à faire cette requête régulièrement : « Seigneur donne-moi d'œuvrer davantage à ton service ! » Même si j'ai l'impression d'être déjà débordée par tout ce que j'ai à faire, quand les occasions se présentent, mes capacités et mes ressources augmentent aussi. C'est une merveilleuse expérience qui me permet de répondre volontiers au téléphone pour aider une personne dans le besoin, alors qu'il me semble manquer de temps. Une force et une joie nouvelle me sont données pendant que j'aide cette personne et le reste de mes occupations en est illuminé d'une manière surnaturelle ! Donc, si vous êtes débordés, ne sachant plus comment vous en sortir face à tout le travail que vous avez à faire, ne vous plaignez plus, tournez-vous vers le Seigneur et demandez-Lui de vous bénir vraiment et de vous envoyer quelqu'un, non pas pour vous aider, mais quelqu'un à aider de Sa part.

« Vous sentirez tout de suite le plaisir qu'éprouve Dieu devant votre requête, ainsi que son empressement à accomplir de grandes choses à travers vous. »[33]

Je lance là un avis aux mères de famille qui ont l'impression de ne pas porter de fruit et qui n'en peuvent plus dans la routine quotidienne. Priez ainsi :

« Seigneur, je me sens si faible, mais je veux être ta servante. Aujourd'hui même, étends mes limites. Envoie-moi quelqu'un qui aura besoin de moi. »

Et si quelqu'un se présente, sachez alors que c'est votre rendez-vous à la Jaebets, acceptez-le et vous allez vivre des choses exaltantes ! Ne vous en faites pas : Il ne vous enverra jamais quelqu'un que vous ne pouvez pas aider. Vous serez comme Jean et Pierre auxquels Dieu a donné des paroles à prononcer au moment même où ils en avaient besoin.

« Les miracles les plus passionnants de ma vie ont toujours eu lieu après avoir adressé à Dieu la demande audacieuse de me permettre d'étendre son royaume,

---

[32] Bruce Wilkinson : La prière de Jaebets ou à la découverte de la vie bénie (ed.Vida)
[33] Idem

et cela au-delà de toute limite. Quand on se contente de faire de petits pas, on n'a pas besoin de Dieu. C'est lorsque l'on se jette dans le courant souverain des plans de Dieu pour ce monde - qui sont bien au delà de notre propre compétence – et qu'on le supplie, Seigneur, sers-toi de moi – donne-moi un plus grand ministère pour toi ! – qu'alors on libère les miracles. A ce moment-là, le ciel envoie des anges, des ressources, de la force et les gens dont on a besoin. Dieu intervient toujours quand nous mettons son programme avant le nôtre et que nous fonçons ! Si vous avez demandé au Seigneur d'étendre une limite, vous allez expérimenter sa réponse divine, et cela d'une manière étonnante. Vous vous retrouverez dans une vie de miracles. » [34]

Mais continuons à prier avec Jaebets : « si ta main est avec moi !... » C'est comme un cri indispensable quand nous nous retrouvons en train d'œuvrer pour Dieu. Nous savons bien que nous ne pouvons rien faire sans Son appui ! Nous libérons ainsi la puissance de Dieu pour accomplir Sa volonté et Lui apporter toute la gloire au travers de toutes nos impossibilités.

« Si rechercher la bénédiction de Dieu est notre plus grand acte d'adoration, et si Lui demander de faire davantage pour Lui est notre ambition suprême, alors demander que la main de Dieu soit sur nous est le meilleur choix stratégique que nous pouvons faire, car il nous permettra d'être soutenus pour continuer les grandes choses que Dieu a commencées dans notre vie. » [35]

Finalement, Jaebets a terminé sa requête sur ces mots : « Si tu me préserves du malheur !... ». C'est exactement la prière du Notre Père : « Ne nous soumets pas à la tentation mais délivres nous du mal ! »

Nous avons beaucoup de tentations à affronter, nous demandons souvent à Dieu de nous donner la force de résister mais nous ne pensons pas assez à lui demander tout simplement d'éloigner de nous la tentation. Par le christ nous pouvons vivre en triomphateurs et non pas dans la crainte de la tentation ou de la défaite.

Ce que je crains le plus, c'est la tentation qui arrive comme par surprise. Dès que j'ai baissé ma garde, une flèche mortelle peut m'atteindre et j'aurai beaucoup de mal à me relever ! Elle arrive quand je me crois en sûreté, c'est à dire si j'ai la prétention de faire quelque chose par mes propres moyens, oubliant que je dépends totalement du Père pour chaque chose !

---

[34] Bruce Wilkinson : idem
[35] Idem

Grâce à Jaebets, nous sommes entrés dans une vision nouvelle sur nos vies, mais est-ce que cela va vraiment les changer ? Comme lui, nous allons entrer, si nous le voulons bien, dans notre réelle identité de fils et de filles de Dieu. C'est un grand honneur qui nous est fait, ne le minimisons pas en raison de je ne sais quel mouvement de fausse humilité ! Il est dit de Jaebets qu'il « était plus considéré que ses frères », en Hébreux cela signifie qu'il est devenu un « saint », un bienheureux. Dieu nous inscrit sur sa liste des bienheureux. C'est ce qu'Il a voulu pour nous depuis toujours. Relisons ces promesses :

« Béni soit Dieu, le Père de notre Seigneur Jésus-Christ, qui nous a bénis de toutes sortes de bénédictions spirituelles dans les lieux célestes en Christ ! En lui Dieu nous a élus avant la fondation du monde, pour que nous soyons saints et irrépréhensibles devant lui, nous ayant prédestinés dans son amour à être des enfants d'adoption par Jésus-Christ, selon le bon plaisir de sa volonté. »[36]

Emerveillée par cette vision nouvelle sur ma vie, j'avais fait comme Moïse : du haut du Mont Nébo, l'Eternel m'a fait voir tout le pays de la promesse (ma vie nouvelle en Lui). L'héritage était là, à portée de main ! De plus en plus encouragée à aller plus loin pour continuer la conquête de mon être, il m'a fallu rencontrer un autre domaine de ma vie qui se présentait comme une ville bien fortifiée, un bastion que je devais reprendre à l'ennemi, en l'occurrence, mon sens du goût.

5. LA PEUR DU MANQUE

J'ai toujours eu peur de manquer. J'ai donc tendance à faire des provisions ou à faire trop à manger. Je pense que cela s'origine dans le fait que pendant ma petite enfance mes parents ont souffert du manque de nourriture. Etant bébé, j'ai moi-même souffert de ce manque, ainsi que durant mon adolescence quand j'étais pensionnaire dans un collège à Madagascar. Lors de mon retour en France, j'ai vu des camarades qui boudaient des repas tellement bien préparés et excellents. Je mangeais ma part et celle des autres ! Quand on revient d'Afrique, on ne peut tolérer que de la nourriture soit mise à la poubelle. Même les beignets de cervelles que les autres détestaient me semblaient, à moi, délicieux !

Ma peur du manque se traduit donc, encore actuellement, par une tendance à trop manger. Ceci s'est aggravé dans ma vie communautaire. En, effet, quand on est chez soi, on sait que l'on peut aller voir dans le frigo à tout moment, si l'on a une petite faim. En communauté, ce n'est pas le cas. J'avais tendance à trop manger pour

[36] Ephésiens 1 : 3-4-5

le cas où j'aurais faim ultérieurement. C'est terrible cette peur d'avoir faim... j'ai l'impression qu'elle provoque même des réactions au niveau intime des tissus, des cellules du corps, les poussant en quelque sorte à faire des réserves de graisse. Cela expliquerait-il les excès de poids ?

En fait, je touchais à ma grande difficulté à vivre dans l'abandon à la Providence. Je savais depuis longtemps que « le Père sait tout ce dont nous avons besoin. » Mais je ne pouvais que constater en moi l'existence d'une loi, celle de la chair, plus forte que celle de l'esprit... La perversion de mon sens du goût m'éloignait de Dieu et de Sa volonté sur ma vie, comme pour mes autres sens d'ailleurs. Quel travail pour que tout ce qui, en moi, était fait pour « goûter » Dieu et me nourrir de Sa présence, ne me serve plus désormais à combler un vide intérieur ! Encore une fois, cette peur du manque ne faisait que cacher une peur plus profonde : la peur de l'abandon, de la séparation. Ce n'est pas très facile de s'en rendre compte mais il a bien fallu que je me résigne à comprendre que je ne pourrais pas résoudre mes problèmes de relation à la nourriture en faisant des régimes, mais plutôt en laissant Dieu diriger vraiment ma vie ! Le véritable terrain du combat n'était pas dans le domaine de la nourriture et des régimes, mais dans la guérison de ma relation personnelle avec Jésus. L'Esprit Saint m'a appris quelque chose qui me semble très important : c'est sur le plan digestif que se révèlent le plus les peurs de toutes sortes ; et entre autres, évidemment, la peur d'avoir faim. Jésus est-il mort sur la Croix pour me guérir de cette peur là ? Vais-je la laisser, comme toutes les autres peurs que j'entretiens, me faire douter encore de Sa sollicitude, Lui qui s'intéresse aux moindres détails de ma vie ?

Vouloir, à tout prix, éviter la souffrance morale et physique engendrée par la faim ou le risque d'avoir faim, est une réaction de survie, mais elle est, spirituellement, un choix de mort. Car cela nous empêche de ressentir la véritable faim et la véritable soif que nous transposons si douloureusement dans toutes nos expériences de manque.

« C'est toi Seigneur qui me manque ! »

C'est tout le sens du jeûne que j'ai énormément de mal à pratiquer régulièrement, de même que j'ai beaucoup de difficultés à me restreindre sur le plan alimentaire, en général. Mais j'ai compris que lorsque je me laissais la possibilité de ressentir la faim, je pouvais en même temps me sentir bien vivante. J'ai appris à attendre joyeusement le moment du repas pour ne me mettre à table qu'en ayant vraiment faim. Car, il faut dire que, dans nos sociétés modernes, tout est fait pour que le repas suivant arrive avant qu'on ait vraiment faim. Et puis on a toujours un petit « en-cas » !

Ce qui n'arrange pas les choses, c'est qu'on a été éduqué et qu'on éduque nos enfants à trouver une consolation dans la nourriture, et en particulier dans les sucreries. Par exemple, quand un enfant pleure pour une raison ou une autre, on a souvent tendance à lui proposer un petit quelque chose à grignoter et il n'est pas rare que cela marche. Il ne faut donc pas nous étonner de garder cette habitude, étant adultes, de manger pour nous « sentir mieux » même moralement, car l'association intuitive nourriture-consolation a été gravée au plus profond de notre être émotionnel et instinctuel. Nos enfants ont besoin d'apprendre une autre forme de consolation. Il y a pratiquement 20% d'enfants obèses en France. A ce propos, je tiens l'histoire qui suit, de frère Jérôme de notre Communauté qui a longtemps travaillé comme médecin en Afrique :

Alors qu'il traversait un village, pour se rendre au dispensaire, il aperçoit une scène courante : une maman en train de travailler, peut-être occupée à piler des céréales, et sur la natte à côté d'elle un petit enfant assis et qui pleure. A plusieurs reprises, dans la journée, il a l'occasion de repasser par là et il constate à chaque fois que l'enfant pleure toujours. Il finit donc par s'arrêter pour demander à la maman pourquoi cet enfant pleure ; elle lui répond que c'est parce qu'il a faim. Etonné, il lui demande alors pourquoi elle ne lui donne pas à manger. Et voici sa réponse : « Je veux l'habituer à avoir faim, car nous savons que dans un avenir proche, il y aura de la famine. Pour l'instant, il n'est pas malheureux puisque je suis avec lui. Il faut qu'il apprenne à ne pas être malheureux quand il a faim ! »

Au récit de cette histoire, je me suis rendue compte combien j'avais peur que mes enfants souffrent et particulièrement de la faim. Et je fais trop à manger, j'ai toujours l'impression qu'il n'y en aura pas assez par rapport au nombre de convives ! Et puis, j'ai tendance à acheter trop de provisions, je me sens rassurée quand j'ai mon caddie et mes placards pleins. La préoccupation des femmes tourne beaucoup autour de la nourriture, car ce sont elles qui ont, généralement, le souci de préparer les repas pour nourrir la famille. J'ai beaucoup fait la cuisine, souvent pour des groupes importants et j'ai pu faire un certain nombre de remarques qui me semblent importantes. Lorsque je préparais le repas dans un état de stress, d'amertume ou de mauvaise humeur, c'était comme si cela rejaillissait sur les personnes qui consommaient ce repas. Inversement, si, dans la présence de Dieu, je mettais tout mon cœur, tout mon amour, et tout mon art dans cette préparation, dans le décor de la table et la manière de servir le repas, le fruit en était toujours la joie et l'amour fraternel. A ce sujet, j'aime énormément le film : « Le festin de Babette » qui est une excellente illustration de ce que je viens de dire. Le repas ne doit pas être le lieu des règlements de comptes familiaux, mais, au contraire, un moment où chacun se sent bien, comme un moment de trêve dans les conflits et où l'on va privilégier la communion. Un jour que nous avions invité un couple d'amis et leurs jeunes enfants, pendant le repas, une discussion un peu gênante a commencé entre les parents, mais, avant que cela ne « chauffe » vraiment entre eux, j'ai vu un de leurs enfants, prendre son verre et délibérément, le renverser dans son assiette ! Les parents ont bondi et se sont, ensemble, déchaînés sur lui. Ils s'étaient remis d'accord ! L'enfant avait inconsciemment obtenu ce qu'il désirait. Même s'il a été puni, son angoisse était moins forte que pendant la dispute de ses parents.

Demander au Seigneur de présider et de bénir nos repas ne devrait rien avoir de rituel ou de traditionnel dans les familles chrétiennes. C'est l'occasion de nous situer de nouveau par rapport à Lui en faisant mémoire de qui Il est pour nous et combien nous sommes incapables, hors de Sa présence, de faire quoique ce soit de bon et particulièrement de faire de ce repas partagé, un moment de vraie communion. Si c'est Lui qui préside ce moment d'intimité, nous allons recevoir des grâces de joie et de paix. Les parents ne perdront pas patience et les enfants seront éduqués à respecter et goûter la paix d'un tel moment. Chez nous, actuellement, avec la présence de certains frères, le moment de prière avant le repas est parfois tellement béni qu'il se prolonge et on est obligé de réchauffer les plats qui sont sur la table et qui ont eu largement le temps de refroidir.

En demandant à Dieu de bénir notre repas, nous Lui demandons de nous guérir de nos peurs. Ainsi, nous n'allons pas trop manger puisque nous sommes déjà rassasiés et rassurés par Sa présence et par le bonheur d'être ensemble et de nous aimer. Ce n'est pas le moment de régler nos problèmes quels qu'ils soient, attendons d'être sortis de table pour le faire. Le repas est la préfiguration du Repas des Noces qui aura lieu dans le Royaume, il doit nous en donner la nostalgie. C'est pourquoi, il faut aussi que les mets soient bons et bien cuisinés. Les juifs lors du repas d'entrée dans le Shabbat, qui se doit d'être délicieux, même si on est très pauvre, disent : « Mmm ! Que c'est bon ! », à chaque bouchée, pour se rappeler que lorsque Dieu a créé le monde Il a dit : « Mmm ! Que c'est bon ! » ; Il s'est régalé !

A ce propos, je suis émerveillée de l'initiative d'une personne faisant partie d'un groupe de prière dans le réveil actuel, qui a décidé de rassembler ses frères pour partager un délicieux repas dans la Gloire de Dieu. Ils ont appelé ce partage : « Le repas des noces de l'Agneau ». L'onction de la présence de Dieu était si forte qu'ils ont eu de la difficulté à finir le repas. Entre chaque plats, la prière reprenait de plus belle et la communion et la transparence entre eux sont devenus telles qu'ils ont vécu un grand moment de repentance et de demande de pardon, une sorte de confession publique dont ils sont tous ressortis profondément consolés, affermis, guéris et remplis d'amour les uns pour les autres. Comme un lavement des pieds ! Cela ne nous rappelle-t-il pas ce que vivait l'Eglise primitive, quand les chrétiens se réunissaient pour « rompre le pain » dans les maisons ? Le « pot » de l'amitié que nous partageons à la fin de certaines célébrations ne pourrait-il avoir cette connotation de circulation d'amour ?

Je rencontre pourtant de plus en plus de jeunes femmes pour lesquelles faire à manger représente une corvée. Peut-être qu'elles veulent s'affranchir de certaines traditions familiales, leur mère passant beaucoup de temps à la préparation des repas en imposant leur manière de cuisiner. Ma mère cuisinait comme le lui avait appris sa mère et elle ne savait pas innover. Un jour, il m'a pris l'envie de préparer une béchamel autrement qu'elle me l'avait enseigné, j'ai alors ressenti un étrange sentiment de liberté et de griserie tout à fait agréable.

Pourtant, préparer un bon repas peut être l'occasion pour une femme - ou un homme - de procurer du bonheur à son entourage. Quand à savoir cuisiner ou pas et le sempiternel : « qu'est-ce que je fais à manger aujourd'hui ? » là encore, le Seigneur peut nous être d'un grand secours. Lorsque je tenais la maison d'accueil à Verdalle, je devais cuisiner pour des groupes pouvant aller jusqu'à 30 ou 40 personnes et parfois plus ! J'étais seule pour le ménage, la vaisselle, faire à manger, faire les courses, servir à table, répondre au téléphone, amener les enfants à l'école, faire la lessive, le repassage… etc. Bien que très organisée, il y avait des jours où l'heure du repas approchait alors que je n'avais pas encore pu commencer à le préparer. Au début j'avais tendance à me « stresser » énormément jusqu'à ce que je fasse l'expérience de la liberté intérieure. Ayant enfin compris que je n'avais pas à prouver que j'étais parfaite et n'ayant donc plus aucune bonne réputation de bonne ménagère à défendre, j'ai décidé de n'avoir plus peur et de m'abandonner au Seigneur. Après tout, si le repas n'était pas près à l'heure ce n'était pas grave ! Les gens sont beaucoup plus bienveillants que nous envers nous-mêmes. A partir de ce moment là, j'ai commencé à expérimenter des interventions miraculeuses du Seigneur. Puisque je ne m'imposais plus de tout faire seule avec mes propres forces, dans la plainte et le stress de ne pas y arriver, Il pouvait enfin manifester Sa providence. A l'époque, il était rare que je puisse préparer le repas avant 11h30 et il n'était pas possible de terminer à temps pour midi ! Je m'abandonnais un moment dans les bras du Seigneur, lui demandant Son aide. A l'avance, je faisais intérieurement la démarche d'accepter que rien ne soit prêt à temps. Je renonçais ainsi à vouloir me prouver et à prouver aux autres une compétence quelconque. Et je me mettais à la tâche tranquillement. Mon repas était prêt à temps et délicieux, dans la joie et la bonne humeur ! Je savais que ce n'était pas moi ! Il me montrait par là que chaque détail de ma vie L'intéressait. Dieu veut que nous vivions dans le miraculeux mais, pour cela, nous n'avons pas forcément à attendre de pouvoir participer à une soirée où ont lieu des guérisons et d'autres manifestations de Sa puissance. Nous pouvons en faire l'expérience dans nos foyers, dans notre travail quotidien. Si nous décidons de vivre ce quotidien, non plus comme une corvée mais dans la grâce de Sa présence, alors nous pourrons bénéficier de Son intervention en notre faveur !

Pendant des années, j'ai gardé dans ma bible, une parole de Watchman Nee qui m'a beaucoup aidée (sachant que lui, chrétien de Chine, était en butte à la persécution féroce de la part des communistes) :

« Dieu nous demande de vivre des choses que nous ne pouvons pas vivre et de faire des choses que nous ne pouvons pas faire. Mais, par sa Grâce, nous les vivons et nous les faisons ! » [37]

J'essaie de continuer à laisser le Seigneur intervenir ainsi dans les choses toutes simples de ma vie de tous les jours. Si je ne sais pas quoi faire à manger, je vais vers mon frigo ou mon placard en disant : « Donne-moi une idée, Seigneur, et dis-moi ce que tu veux que je prépare aujourd'hui » et si j'obéis à l'idée qui me vient en priant, il n'est pas rare que mon mari me dise : « Chic ! C'est exactement ce dont j'avais besoin aujourd'hui ! »

On peut manger pour combler un vide et oublier l'angoisse, faisant ainsi un choix de mort. On peut aussi essayer de supprimer cette même angoisse en ne mangeant plus assez ou en faisant des régimes. Cela présente l'avantage de nous procurer de fait un statut à part, de nous permettre de contrôler tout un domaine de notre vie. Cela peut révéler une tendance à l'anorexie ou y conduire. Les difficultés qu'on peut avoir à accepter notre corps et la peur de grossir ou même simplement l'impression d'être déjà trop grosse, peuvent aussi relever de la même pathologie. La presse a rapporté récemment le cas de cette jeune femme mannequin qui ne se nourrissait que de quelques légumes et de fruits pendant des mois et uniquement de jus de citron la semaine précédant le défilé et qui en est morte !

D'autre part, nous vivons à une époque où on parle beaucoup des problèmes de pollution et des risques de cancer ou diverses maladies dues à l'ingestion de produits pesticides ou autres, issus de l'industrie agroalimentaire, ainsi que des techniques de production de masse recourant notamment à l'utilisation de produits chimiques avec les conséquences que l'on connaît. Nous sommes ainsi amenés à devoir nous situer par rapport aux propositions du « tout bio » inconditionnel et exclusif. La peur plus ou moins légitime d'ingérer des choses impures et néfastes nous pousse à ce contrôle continuel. Et nous ne pouvons pas nier que c'est un vrai problème à l'heure actuelle. Mais il est très difficile de discerner ce qui nous motive réellement. Le poids de culpabilité inhérent à notre condition originelle, bien qu'il soit en grande partie inconscient, est très difficile à supporter. Il génère par moments une telle charge d'angoisse qu'il lui faut trouver un exutoire. Il s'exprime notamment, chez une certaine catégorie de personnes, par la peur de ne pas être en

[37] Watchman Nee : La vie chrétienne normale

règle avec Dieu et les pousse alors à rechercher de nouvelles règles de pureté qui se manifestent par des obsessions, des rituels, des compulsions. Ainsi le champ d'une certaine diététique est un terrain rêvé à ce type de transfert de culpabilité.

L'impression de vide, très angoissante, si elle n'est pas remise et abandonnée entre les mains du Seigneur peut conduire beaucoup de personnes à se placer sous le contrôle d'une liste d'interdictions et de règles dans un souci de protection du malheur. Cette préoccupation, sous des dehors de sagesse et de légitimité, est en réalité une idole particulièrement tyrannique qui peut régner sur toute leur vie et sur celle de ceux qui les entourent. Que le Seigneur nous aide à nous débarrasser de ces idoles et à ne plus dépendre que de Lui seul ! Dieu n'est-Il pas assez grand pour nous protéger ? Il désire simplement que nous Lui abandonnions le contrôle de nos vies au lieu de nous épuiser à construire des sécurités. Ne sont-elles pas finalement le signe qu'en réalité nous avons peur de Dieu lui-même et le moyen de nous garder de Lui ? Ne nous inventons plus des lois pour nous trouver coupables de les avoir enfreintes. Christ est mort pour que nous soyons vraiment libres ! La plupart du temps, on oublie cette parole de Jésus lui-même :

« Ce n'est pas ce qui entre dans la bouche qui souille l'homme ; mais ce qui sort du cœur, c'est ce qui souille l'homme. »[38]

Ce n'est bien-sûr pas une raison pour manger n'importe quoi, et mettre ainsi notre santé en danger. Pour ma part, je remarque combien il m'est difficile de rechercher la volonté de Dieu dans tous les domaines de ma vie. Qu'il me donne cette capacité de discerner ce qui est bon pour moi. J'ai un grand désir d'apprendre à tout faire pour la Gloire de Dieu, et cela implique que je reste dépendante de Lui pour tout ce qui concerne ma manière de manger, comme dit St Paul :

« Soit que vous mangiez, soit que vous buviez, soit que vous fassiez quelque autre chose, faites tout pour la gloire de Dieu… »[39]

J'essaie de manger dans la joie et la reconnaissance, sans peur et sans culpabilité, sachant que mon Père connaît mes vrais besoins. Je ne peux rien sans Lui ; qu'Il veuille bien m'en convaincre Lui-même selon la parole :

« Car c'est Dieu qui produit en vous le vouloir et le faire, selon son bon plaisir. »[40]

---

[38] Matthieu 15 : 11
[39] 1 Corinthiens 10 : 31
[40] Philippiens 2 : 13

On dit que les entrailles sont comme le deuxième cerveau de notre corps ; en tous cas, je fais l'expérience que toutes mes peurs sont nichées là ! J'ai toujours eu beaucoup de problèmes intestinaux surtout depuis mes séjours en Afrique. Ma mère a fait un ulcère au duodénum probablement à cause de toutes ses peurs et de toutes ses souffrances. Ces pathologies digestives qui ne viennent pas seulement de notre manière de nous nourrir, traduisent à quel point notre corps et particulièrement notre appareil digestif est soumis à nos angoisses. Il est le lieu qui révèle le plus nos inconversions, notre manque d'abandon et de confiance en Dieu. Il ne suffit pas d'avoir compris les choses de la foi avec la tête. Notre corps vient nous rappeler que le travail n'a pas encore été fait en profondeur, jusque dans nos enfers un peu représentés par ce qui se trouve dans nos intestins, dont le rôle purificateur est de renvoyer au dehors les déchets, « l' impur ».

J'ai remarqué que les enfants n'arrivent pas à avaler les aliments dont ils n'aiment pas le goût : ils les tournent et les retournent dans leur bouche. J'étais comme cela quand j'étais petite, je n'aimais pas la viande, alors que j'en raffole maintenant. Ma mère me laissait à table pendant des heures jusqu'à ce que j'aie fini mon assiette, mais je n'y arrivais pas ! Alors, je finissais par jeter mes petits bouts de viande sous le buffet où elle les découvrait toujours, en balayant. C'est comme un réflexe de défense, que nous devons forcer lorsqu'il s'agit d'avaler un médicament par exemple. J'en ai fait, pendant des années, la triste expérience quand nous étions à Madagascar. A cause des risques de paludisme, il fallait chaque jeudi prendre des comprimés de nivaquine qui sont extrêmement amers. Pour que nous puissions mieux les avaler, ma mère faisait de la purée ce jour-là. Depuis, j'ai beaucoup de mal à aimer la purée ! Dès que j'en vois ou que j'y pense, mon estomac se noue.

Les jeunes qui se droguent sont victimes d'une sérieuse perversion du goût. J'ai du mal à comprendre comment ils arrivent à se régaler avec le tabac et le shit. L'autre jour, un jeune me disait : « c'est surtout à cause du goût que je vais avoir du mal à m'en passer, j'aime ça ! » et cela tout en reconnaissant que c'est vraiment de la « merde » ! Un autre jeune, beaucoup plus conscient de la vraie raison qui le poussait à « fumer » cette cochonnerie, me disait lors d'un camp de jeunes : « Je souffre trop (ses parents étaient divorcés, sa mère alcoolique, son père disparu) et j'ai eu beau demander au Seigneur de m'enlever cette souffrance, elle est toujours là ! Alors que, quand je fume, je ne la sens plus… » A cette époque je me sentais très désemparée, n'ayant pas moi-même trouvé de réponse satisfaisante au problème de la souffrance. Ce jeune a continué sa pratique car il n'avait pas fait l'expérience de la consolation de Dieu dans sa souffrance.

Pour en arriver à ressentir du plaisir en avalant un poison, il faut qu'on soit victime d'un détournement du fonctionnement normal du sens du goût. D'ailleurs, l'abus d'alcool ou de tabac fait, à la longue, perdre l'odorat donc le goût. Il s'agit d'un comportement qui s'enracine dans une haine de soi qui conduit à l'autodestruction. Quand on est en proie à une addiction de ce type, on est vraiment en grande détresse et très souvent on se berce d'illusions disant autour de soi et se faisant croire à soi-même qu'on peut arrêter comme on veut.

L'alcoolisme des jeunes est un fléau auquel nous n'attachons pas assez d'importance à mon avis. Mon fils me disait dernièrement : « Il n'est plus aucun jeune qui sache faire la fête sans boire et boire beaucoup ! » Et cette épouvantable habitude sévit encore parfois parmi les jeunes des groupes de prière du réveil ! Pour avoir prié avec plusieurs d'entre eux qui voulaient en être guéris, j'ai acquis la certitude qu'il existe des démons d'alcoolisme qui sont chargés de tenter et parasiter les jeunes, mais particulièrement les jeunes chrétiens, quand ils sont ensemble. Au lieu de s'entraider à demeurer dans l'ivresse de l'Esprit Saint et d'étancher ainsi leur vraie soif, c'est plus fort qu'eux, ils « chutent » ensemble ! C'est pourquoi, je crois qu'il est important de les mettre en garde contre les tentatives du démon qui veut les détourner de Dieu, à qui Seul ils ont décidé de donner leur vie ; sinon leurs liens d'amitié, au lieu de leur servir à se soutenir les uns les autres, vont devenir une occasion de pécher ensemble. Mais je suis convaincue aussi que si Dieu permet cela, c'est pour leur faire comprendre que sans Lui ils ne peuvent rien faire, même se réjouir entre amis ! Pour prier en groupe et se sentir en communion les uns avec les autres, on est obligé de compter sur la grâce de Dieu et sur l'onction du Saint-Esprit. Bien sûr, cela n'est pas naturel mais on en est d'autant plus béni. Cependant, quand la prière est finie, on se remet à compter sur ses propres capacités à entrer en relation, mais on réalise que cela reste toujours aussi difficile d'y arriver. C'est alors qu'on ressent le besoin d'une aide et au lieu de compter sur Dieu, ce qui devrait être la bonne dépendance, on préfère aller chercher la solution ailleurs. Et chacun sait que, quand on a bu, on a l'impression de communiquer plus facilement. Notons au passage que c'est la même chose avec la cigarette : on dirait que les jeunes ne peuvent pas se parler si ce n'est à travers un écran de fumée. Ah ! Si nous pouvions enfin comprendre que nous avons besoin de l'aide du Saint-Esprit sans arrêt et pour toute chose ! Les forces nous manquent pour lutter contre le péché mais Christ, en nous, peut obtenir cette victoire :

« Car le Seigneur m'a dit : « Ma grâce te suffit, ma puissance s'accomplit dans ta faiblesse (...) Quand je suis faible, c'est alors que je suis fort ! »[41]

« Notre incapacité n'est pas un obstacle, mais une aide. Moins nous pourrons réussir, et plus Christ aura l'occasion de manifester Sa puissance. »

[41] 2 Corinthiens 12 : 9-10

Le Seigneur a une pédagogie à laquelle nous devons prêter attention. Il nous fait faire diverses expériences qui nous obligent à nous rendre compte que nous ne pouvons pas nous améliorer par nous-mêmes afin que nous soyons dans l'obligation d'avoir recours à Lui. Il désire nous libérer de cette habitude mortelle que l'homme a prise, depuis Adam, de vouloir nous débrouiller tout seul sans Lui.

« Combien de personnes essaient d'arrêter de fumer mais s'en révèlent absolument incapables ? C'est aussi le cas de la plupart de ceux qui veulent se débarrasser le cette fâcheuse habitude de se mettre en colère. »

« Nous pourrions essayer pendant cent ans d'y parvenir par nous-mêmes, nous n'y arriverions pas, la victoire sur le péché est quelque chose que le Seigneur accomplit pour nous ; nous n'avons besoin de faire aucun effort, la victoire ne s'atteint pas, mais elle s'obtient »[42]

Quand nous avons compris que nous ne sommes pas capables, faisons donc appel au Seigneur, car Lui peut tout en nous ! La condition, c'est de croire que :

« Ce n'est plus moi qui vis, c'est Christ, qui vit en moi. »[43]

Alors que j'écris ces lignes, je reçois un mail d'invitation adressé aux jeunes qui veulent se réunir pour fêter ensemble le 1er de l'an et je suis émerveillée de ce qu'ils proposent :

« C'est faire la fête sans produits, de ceux qui sont sensés aider à se lâcher mais qui laissent ensuite une sensation de vide ; c'est faire l'expérience que chanter et danser pour Dieu, prier, adorer, rencontrer l'autre en vérité, peut combler, remplir, apporter une paix intérieure, et surtout la joie ! »

La première fois que j'ai entendu témoigner Heidi Baker, j'ai compris qu'elle détenait une de ces clés de vérité que je recherchais. Ce jour là, à Lausanne, restera gravé profondément dans ma mémoire. Elle, que le Seigneur avait appelée au secours des orphelins en Afrique, nous était envoyée maintenant pour faire comprendre aux riches de ce monde, c'est à dire, chacun de la plupart d'entre nous en pays d'occident, que nous sommes dans le besoin et que le plus urgent de ces besoins était de revenir à la maison du Père, là où tout n'est qu'abondance. Autrement dit, les véritables orphelins, c'est nous. Elle nous a appris à nous nourrir du Seigneur lui-même jusqu'à en être complètement rassasiés. Je lui laisse la parole :

---

[42] Watchman Nee : La vie de vainqueur
[43] Galates 2 : 20

« Un soir, alors que je gémissais dans l'intercession pour les enfants du Mozambique, je les voyais venir à moi par milliers, et je criais : « Non, Seigneur, ils sont trop nombreux ! » J'eus alors une vision très claire de Jésus. J'étais avec lui, et des milliers et des milliers d'enfants nous entouraient. Je voyais son visage resplendissant et son regard brûlant d'amour. Je voyais aussi son corps. Il était meurtri et brisé, et son côté était percé. Il disait : « Contemple mon regard. Donne-leur à manger ». Il prit alors un peu de son corps brisé et me le tendit. C'est devenu du pain et j'ai commencé à le distribuer aux enfants. Il se multipliait dans mes mains. Puis, de nouveau, le Seigneur me dit : « Contemple mon regard. Donne-leur à boire ». Il me donna une coupe du sang et de l'eau qui coulaient de son côté. Je savais que c'était une coupe d'amertume et de joie. J'en ai bu, puis j'ai commencé à faire boire les enfants. La coupe ne se vidait pas. A ce moment-là, je pleurais sans pouvoir me contrôler. J'étais complètement anéantie par l'amour ardent que je lisais dans son regard. Je réalisais ce qu'il lui avait coûté de nous offrir une telle nourriture, spirituelle et physique. Le Seigneur a parlé à mon cœur et il m'a dit : « Il y aura toujours assez, parce que je suis mort » (...)

(…) « Les pauvres nous enseignent beaucoup sur le cœur de Dieu parce qu'ils sont obligés de dépendre de lui. Dieu veut que nous soyons dépendants de lui en tout temps. Les pauvres ont toujours faim. Dieu nous appelle à avoir faim et soif de lui. Les pauvres ne diront jamais non à un festin. Ils viendront et mangeront. Le Seigneur prépare des festins spirituels pour son Eglise, mais beaucoup ont tout simplement le ventre bien rempli. Ils ont des traiteurs ou des restaurants à tous les coins de rues. Ils n'ont tout simplement pas faim. Le Seigneur appelle des épris de Lui qui inviteront les rejetés, qui iront dans les coins sombres du monde pour faire venir les pauvres (…) Dieu dit : « Réveille-toi, Eglise ! Réveille-toi, Eglise ! L'EGLISE N'EST PAS PRÊTE POUR LE REPAS DES NOCES ! »

« Les pauvres doivent être invités » (…) Il y a quelque chose chez le pauvre qui fait les délices du cœur de Dieu. Ils sont contrits. Ils savent qu'ils sont dans le besoin. Qu'est-ce qui leur permet d'expérimenter le Royaume de Dieu ? Ils ont faim et soif. Le Seigneur veut amener aussi les riches et les personnes des classes moyennes à être pauvres en Esprit et à savoir qu'ils ont besoin de Lui. »[44]

Comment devenir ces pauvres affamés et assoiffés du Seigneur ? Le Seigneur nous enseigne comment faire face à notre peur du manque. Il nous fait comprendre à quel point ressentir la faim et la soif est utile et salutaire, car cela nous fait passer par l'expérience de la faim et de la soif de Dieu.

[44] Heidi et Rolland Baker : Il y a toujours assez (ed. Première Partie) page 164

« Seul un homme altéré connaît la valeur de l'eau, et seule une âme altérée connaît la valeur de l'Eau vive » disait Hudson Taylor en commentant ce passage de St Jean : (Jean 7 v 37 à 39)

« Si quelqu'un a soif, soif de l'esprit, soif du cœur, soif de l'âme, soif du corps ? Eh bien ! Pour n'importe laquelle de ces soifs, et même pour toutes à la fois, « venez à Moi et… restez avec votre soif ? Ah non ! Venez à moi et buvez »
Quoi ? Jésus peut-Il satisfaire tous mes besoins ? Oui, et bien plus encore. Quels que soient mes embarras, mes difficultés, mon deuil, ma solitude, mon dépouillement, Jésus répond à tout, à tout. Il ne me promet pas seulement le repos, ou l'apaisement de ma soif. Ecoutez ! Des fleuves d'eau vive jailliront de lui. Il ne parle pas d'un filet d'eau, ni d'un torrent qui se dessèche bientôt, mais de fleuves, comme le puissant Yangtze qui coule toujours, toujours, profond, irrésistible… Et Jésus ne dit pas : « prenez à la hâte une gorgée d'eau fraîche », il dit : « Buvez, ou : Buvez habituellement, constamment » ; ne craignez pas de vider la fontaine, ou d'épuiser le fleuve. »[45]

« Jésus leur dit : je suis le pain de vie. Celui qui vient à moi n'aura jamais faim, et celui qui vient à moi n'aura jamais soif. »[46]

6. LE BESOIN D'AFFECTION

Dans ma famille, du côté maternel, on pensait qu'il fallait toucher les bébés le moins possible, comme je le disais au début de ce livre. Une fois baigné, changé et nourri, le tout petit devait être reposé dans son berceau. L'habitude de le garder dans les bras n'était pas trop prisée, traditionnellement. Pourtant, ma mère était affectueuse : elle aimait nous câliner, mais elle s'efforçait de ne pas le faire. Et cela peut expliquer, aujourd'hui la difficulté que j'ai longtemps éprouvée à me laisser approcher, toucher, aimer et à aimer mon propre corps. Aujourd'hui j'aime prendre les personnes dans mes bras, on me dit souvent que je suis une « affective ». Mais… Alléluia ! Quel compliment ! Si ceux qui le disent savaient qu'en fait, c'est le Seigneur qui m'a guérie !

Nous avons un besoin vital de contact, d'être touchés. S'imaginer que l'on peut transmettre l'affection sans qu'elle soit manifestée par des caresses ou des embrassements est une illusion. Les personnes qui, comme moi, n'ont pas été

---

[45] M. et Mme Howard Taylor : Hudson Taylor tome 2 (ed. des Groupes Missionnaires 1947) page 142
[46] Jean 6 : 35

suffisamment prises dans les bras dans leur enfance ont un rapport faussé à leur corps qui se traduit souvent par un rejet de soi. Mes meilleurs souvenirs sont les rares moments où mon père jouait avec nous et quand, le dimanche matin, nous osions tous nous fourrer dans le grand lit de nos parents, ou bien quand il nous chantait des airs de sa jeunesse. Un enfant recherche spontanément un câlin ou un bisou, car il sent bien au fond de lui que le fait d'être pris dans les bras donne et révèle une valeur unique à sa propre personne et que de surcroît cela lui communique la joie de vivre. Et ceci est particulièrement vrai au moment de la séparation d'avec les parents : départ pour l'école, le coucher… etc.

Je me souviens qu'avec ma sœur, nous attendions dans notre lit, le soir, que notre maman vienne nous embrasser, mais elle était si occupée qu'elle ne venait pas, la plupart du temps, et nous nous disions : « ça y est, elle ne va encore pas venir ! » Nos parents nous envoyaient nous coucher et c'était souvent le gros chahut dans les chambres. Alors, notre père venait en bas de l'escalier et criait : « Vous voulez que je monte ? », on filait dans nos lits par peur des représailles, mais il ne montait jamais ! Nous aurions bien aimé pourtant. Ils passaient ensuite en allant se coucher mais nous dormions déjà.

Nos parents nous aimaient vraiment mais ils étaient très sévères. J'ai fait pipi au lit jusqu'à l'âge de 11 ans et j'en ai énormément souffert. Ma mère n'avait pas l'idée toute simple de mettre un pot près de mon lit et elle m'a souvent battue, irritée qu'elle était de me retrouver chaque matin, nageant dans mon jus. Je devais souvent laver moi-même mes draps. J'ai ainsi été confortée dans l'idée que ma mère ne m'aimait pas alors que j'aurais tellement eu besoin de consolation dans l'état de désolation où cette infirmité me mettait ! Je crois que c'est à ce moment là que j'ai commencé à considérer la vie comme un fardeau. Paradoxalement, à l'adolescence je refusais les gestes d'affection, surtout de la part de ma mère et je ne supportais plus qu'elle me touche. Je crois que je commençais à la détester tout en me détestant moi-même…

Pourtant, la carence affective qui m'habitait m'a poussée ensuite à rechercher dans les bras des garçons la tendresse et le réconfort. Bien souvent les rapports sexuels des adolescents et des jeunes sont sous-tendus par cette soif immense de tendresse qu'ils ne risquent évidemment pas de trouver dans cette pratique de la sexualité « à l'état brut ».

Pour manifester de l'amour en vérité, il n'y a rien de tel que la tendresse ; il en est ainsi de la gestion de la pulsion sexuelle. L'acte sexuel est décevant s'il n'est pas le véhicule de l'amour, vécu dans l'amour, débordement d'amour. Mon mari et moi conseillons souvent aux jeunes couples de fiancés, pour gérer l'attente jusqu'au mariage, de se donner beaucoup de tendresse, d'humanité, comme seul Dieu peut être humain. On pense et on dit habituellement qu'il faut se toucher le moins possible pour ne pas risquer de déclencher un trop fort désir. Mais si on décide de contempler le corps de l'autre, cherchant à le combler de tendresse avec des caresses et des baisers témoignant l'admiration et le respect, on découvrira, émerveillé, qu'on ne peut pas en même temps le convoiter. C'est d'ailleurs le même problème quand on est marié : on ne prend plus le temps de la tendresse. Voilà pourquoi les méthodes naturelles des naissances qui prônent des temps d'abstinence sont très importantes... et si mal suivies ! Et si c'est le cas, alors il y a urgence à revenir à la tendresse du temps des fiançailles, et du temps, il ne faut pas avoir peur de s'en donner beaucoup ! La femme en a particulièrement besoin et de beaucoup de patience aussi, surtout de la part de son époux, car dans ces moments-là, sa physiologie et sa sensibilité au sens large restent très étroitement liées à l'imprégnation hormonale de son organisme ; c'est ainsi que pendant la période d'ovulation elle risque d'avoir davantage le désir de l'union sexuelle. Or, voilà que c'est justement le moment où elle doit s'abstenir ! Le mari doit donc être spécialement attentif à la couvrir de câlins et de caresses désintéressés pendant ces périodes d'abstinence.

La manière d'aimer de Dieu est de nous combler d'amour et de tendresse. C'est comme cela que je veux apprendre à aimer. Car je suis faite pour aimer, pour donner et recevoir de l'amour mais j'en ai longtemps été incapable à cause de la haine que j'entretenais dans mon cœur à l'égard de moi-même et des autres, particulièrement envers ma mère.

Beaucoup de personnes manquent de douceur. Leur cœur est dur, leur regard aussi. Je suis vraiment frappée par le regard des gens, surtout en Europe : beaucoup ont un visage fermé, les lèvres pincées. Ils sont dans l'incapacité de donner de la tendresse par un sourire, même s'ils rencontrent un petit enfant. Quand on s'adresse à Dieu, il arrive aussi qu'on ait un visage dur. Sourions ! Car dès que l'on sourit, on est comme un rayon de soleil.

Il y a quelques temps, après avoir fait le plein de carburant au supermarché, au moment de passer à la caisse comme tout le monde, j'ai échangé un mot aimable avec le caissier. Une heure plus tard, étant obligée d'y retourner avec une autre voiture, celui-ci m'a dit : « Tiens ! C'est encore vous ? » Je lui ai donc demandé comment il pouvait se souvenir de moi alors qu'il voit défiler tant de monde, et il m'a répondu : « Un sourire pareil, ça ne s'oublie pas ! », ce qui laisse supposer que le sourire n'est pas une monnaie courante, en tout cas au poste qu'il occupe.

Quand il raconte ses prisons avec Dieu le pasteur Wurmbrand cite cet épisode édifiant vécu à un moment où ils étaient une centaine de prisonniers politiques entassés dans une même cellule et dans des conditions effroyables. Il y avait là des chrétiens mais aussi quelques communistes athées. L'un d'entre eux, met au défi l'un des chrétiens détenu et torturé à cause de sa foi, de lui prouver qu'il voit vraiment Jésus lui sourire au sein de ses plus grandes détresses, comme il l'avait prétendu :

> « Peut-être pouvez-vous nous montrer comment Jésus sourit ? »
> « J'essayerai volontiers », répondit Milan.
>
> La scène qui suivit fut la plus belle que j'aie vue au cours de mes 81 ans de ma vie. Comme tous les autres parmi nous, Milan avait l'air d'un épouvantail. Tondu, sale, des cercles sombres autour des yeux, n'ayant que la peau sur les os, des dents manquantes, dans un uniforme rayé, il était tout sauf séduisant. Mais lorsqu'on lui proposa ce défi, son visage commença à briller à travers une épaisse couche de saleté, et un magnifique sourire apparut sur ces lèvres…
>
> On pouvait lire sur ses lèvres un amour passionné, une attente insatiable, un espoir certain, un désir ardent d'amoureux qui attend de recevoir le baiser de sa bien-aimée. Toutes les splendeurs du ciel se trouvaient dans ce magnifique sourire.
>
> Le professeur athée inclina la tête et dit : Monsieur, vous avez vu Jésus. »[47]

Notre visage et nos gestes sont à notre disposition pour exprimer l'amour. Nous avons grandement besoin de reconquérir cette manière-là d'aimer et de donner de la tendresse ! C'est un geste à la fois si grave et si beau de toucher le corps d'un autre : un malade, un enfant, ou l'être aimé. Comment allons-nous y arriver sans Dieu ? Nous sommes si maladroits et avons déjà tellement blessé et été blessés !

Comment un médecin peut-il s'approcher du corps de ses patients sans crier vers Dieu ?
Comment un parent peut-il s'approcher du corps de son enfant sans crier vers Dieu ?
Comment un époux peut-il s'approcher du corps de sa femme sans crier vers Dieu ?

Nous sommes tellement aveuglés que nous ne nous rendons pas compte que Dieu est vraiment incarné dans notre chair. Le Diable lui, le sait ! Quand il pousse un

---

[47] Richard Wurmbrand : Détresses et victoires (ed. Stephanus 1991) page148

homme à faire du mal corporellement à un autre, il sait que c'est l'image de Dieu qu'il détruit ! Chaque fois qu'un être humain est battu, abusé, torturé, c'est la présence de Dieu qui est bafouée. Les coups et la torture sont l'expression la plus violente de la volonté de détruire l'œuvre de Dieu. Mais à l'inverse, quand nous laissons agir l'Esprit Saint à travers nous, celui-ci peut nous combler de tendresse et nous apprendre alors, à nous approcher du corps de l'autre comme on s'approche d'une icône, avec un profond respect.

La contemplation du Christ en croix, de ses blessures, de son corps transpercé m'a beaucoup aidée à guérir dans mon affectivité blessée. J'ai vraiment fait l'expérience que :

« C'est par ses blessures que nous sommes guéris ! »[48]

En touchant Ses blessures, les miennes ont guéries ! Nous ne devons pas avoir peur des terribles blessures corporelles du Christ et du spectacle, au sens noble, de tout ce sang versé, comme nous le présente si bien le film « La Passion » de Mel Gibson. En regardant avec horreur l'acharnement des soldats romains, faisant gicler le sang sous la violence des coups sur tout le corps de Jésus, j'ai compris que c'était pour ce moment-là qu'Il était venu. Il a supporté chaque coup jusqu'à ce que toute la rage dont un homme est capable ait été exprimée, afin de la prendre sur Lui et ainsi nous en guérir totalement. Les tortures qu'Il a subies ont été librement acceptées et même choisies par Lui pour notre guérison, notamment celle de notre incapacité à aimer, à nous laisser aimer et à pardonner tous les sévices subis par le passé. La vision, mieux la contemplation du crucifix et du corps torturé du Christ est une démarche qui revêt une importance capitale pour notre conversion et notre guérison. N'oublions pas le centurion confondu, écrasé de grâce au pied de la croix.

Au cours d'un camp de jeunes, on m'avait confié une jeune fille très angoissée et dans un état de désespoir profond. Elle m'a progressivement et non sans mal, confié toute son histoire. Elle avait été violée pendant plusieurs années par un de ses oncles. Comme il arrive souvent dans ce cas-là, ses parents n'avaient jamais voulu la croire, préférant inconsciemment s'opposer à l'évidence des faits par le déni et ainsi préserver la sacro-sainte réputation et sauver l'unité de la famille[49]. Ils continuèrent donc à la confier quand même à la garde de cet homme qui en profitait pour abuser d'elle, et ceci en toute quiétude et garantie d'impunité. Devant une telle

---

[48] Esaïe 53 : 5

[49] Il s'agit ici aussi d'une mentalité idolâtre mensongère où l'unité familiale est perçue comme une « idole » sécurisante et donc intouchable même si on doit lui sacrifier nos enfants…

détresse, je me sentais bien désarmée. Comment pouvais-je l'aider ? Elle se retrouvait désespérément seule et sa vie semblait irrémédiablement gâchée. Intérieurement, je criais au Seigneur pour qu'Il m'inspire et me fasse entrer dans la vision qu'Il avait, Lui, sur sa vie et la manière dont Il voulait la consoler. En priant avec elle, j'ai vu Jésus, nu, sur la croix. Je l'ai donc invitée à entrer dans la contemplation de cette scène terrible où Jésus, bafoué dans sa pudeur, est exposé dans sa nudité aux plaisanteries les plus obscènes. Elle était secouée de sanglots, mais petit à petit, ses larmes amères se sont transformées en larmes de compassion et elle a pleuré désormais non plus sur sa misère ni son état de victime mais sur Jésus. Elle a compris que le Christ avait toujours été là et qu'Il avait souffert avec elle. C'était l'innocence du Christ qui avait été bafouée en elle et qu'on avait cherché à détruire. Je lui ai recommandé d'essayer de rester dans cette démarche de vénération de la croix, pour reprendre confiance dans les gestes de tendresse. Je ne savais pas que, le soir même, une veillée de guérison avait été organisée et qu'on avait installé un grand crucifix, grandeur nature, allongé sur le sol de la chapelle. J'ai eu la joie de voir cette belle jeune fille, s'avancer sans honte devant tout le monde et se mettre à embrasser le corps supplicié de son Seigneur et à le couvrir de ses larmes et de ses caresses. C'est la Croix qui nous sauve ! Au cours de la même soirée, un jeune qui avait beaucoup souffert dans son enfance des traitements que son père lui infligeait en le battant avec une ceinture, a reçu une guérison analogue en caressant le dos lacéré de Jésus.

Caresser et embrasser un crucifix, comme pour faire mémoire de l'onction des pieds de Jésus par Marie de Béthanie, sont des gestes qui peuvent être une aide pour notre guérison physique et spirituelle. Le but n'est pas de vénérer l'objet qu'est le crucifix, mais de permettre à la personne de visualiser sa prière et ainsi disposer son cœur à rentrer dans une foi plus grande : c'est par les blessures de Jésus que nous sommes guéris. Le geste posé peut concrétiser l'acte de foi. Lorsque nous versons des larmes sur Jésus, sur son corps, nous devenons, je crois, plus capables d'approcher le corps des autres avec plus de compréhension et de respect. Je crois qu'il y a là un mystère comme pour le lavement des pieds.

St Jean ne parle pas de la Cène mais uniquement du Lavement des pieds. Et j'ai l'impression qu'on n'y attache pas assez d'importance. On parle de se laver les pieds, mais ça reste une expression pour parler du respect dû à quelqu'un. Mais pourquoi en restons-nous au niveau de l'intellect, pourquoi ne pas incarner nos paroles par des gestes qui reproduisent plus souvent ce geste de Jésus ?

Au temps de Jésus, on marchait beaucoup dans la poussière, il était donc normal de se laver les pieds. Mais en dehors de ces considérations culturelles et traditionnelles, il y a là un enseignement pour nous. La bible est remplie de paroles de reconnaissance et de considérations à propos des pieds, soulignant la fonction éminente qu'ils occupent dans l'organisation du corps et de la personne, loin de rester le membre méprisable qu'on lave à cause de l'odeur qu'il risque de dégager.

« Qu'ils sont beaux les pieds de celui qui apporte la délivrance et la bonne nouvelle du salut »[50]

« Il rend mes pieds semblables à ceux des biches, et il me place sur mes lieux élevés »[51]

« Dieu écrasera bientôt Satan sous vos pieds. »[52]

Dans notre vie quotidienne, il ne nous est pas facile de reproduire ce geste. Cependant, qu'est-ce qui empêche un mari de laver les pieds de sa femme et vice versa, dans une attitude de respect et d'amour ? Une femme qui accueille son mari dans l'état d'esprit du lavement des pieds, ne pourra pas en même temps continuer à le mépriser ou déverser sur lui son amertume, parce qu'il est en retard ou rarement là ou bien encore qu'il a totalement oublié de penser à ramener à la maison ce qui lui avait été demandé. Et pourquoi ne ferions-nous pas plus souvent ce geste dans nos assemblées de prière ?

On ne se rend pas assez compte du bienfait que cela peut produire. Tout geste posé avec tendresse fait vraiment exister l'autre. Pierre ne voulait pas que Jésus lui lave les pieds, mais Jésus lui répondit :

« Si je ne te lave pas les pieds, tu n'auras pas de part avec moi. » [53]

Dans ce geste, il y a quelque chose d'unique qu'on se communique. Jésus nous en ayant donné le commandement, pourquoi ne lui obéissons-nous pas ? Je veux insister sur le geste posé : pratiquer la charité en touchant les pieds de l'autre. Jésus ne nous demande pas de manipuler des concepts mais de poser une main de bénédiction. La démarche consiste à laver, essuyer, puis embrasser les pieds de l'autre, dans un geste de grande vénération, de demande de pardon, d'humilité (reconnaissant qu'il m'est supérieur) et de grande tendresse signifiant notre amour. Jésus dit que le geste de Marie-Madeleine ne sera pas oublié. Qu'en est-il de nous ?

Ah ! Cette peur de se toucher, comme j'aime la pointer du doigt ! Malheureusement le verbe « toucher » est devenu prétexte à polémiques de par sa connotation sensorielle tactile et sensuelle, et par extension, vis à vis de tout ce qui

[50] Esaïe 52 : 7
[51] 2 Samuel 22 : 34
[52] Romains 16 : 20
[53] Jean 13 : 8

« touche » de près ou de loin à la question des déviances et maltraitances sexuelles. Le Diable a réussi là un grand coup. Car même entre chrétiens, alors que nous nous présentons comme fidèles de la religion de l'Incarnation, nous n'osons plus nous toucher, nous prendre dans les bras, ou par la main, poser la main sur l'épaule de l'autre. Même le saint baiser par lequel l'Apôtre Paul nous dit de nous saluer les uns les autres est devenu prétexte à un enchaînement de subtiles feintes d'évitement synchronisées ; s'il ne s'agit pas, dans un registre un peu différent, d'une démonstration virile de « coups de cornes ». Dans ces temples païens que représentent les stades de sports, on se permet des effusions de joie avec embrassades délirantes ou manifestations chorégraphiques aussi touchantes que naïves mais semblant indéniablement exprimer la joie ; autant de choses qui pourraient nous rendre, à plus d'un titre, jaloux. Et à ce spectacle, chaque fois, je ressens en moi la grande tristesse de l'Esprit Saint, devant ces manifestations de liesse, l' « élévation » de la coupe du monde que tous acclament comme une idole, et tout le décorum qui va avec. Oui ! Je suis « hyper-jalouse » pour mon Dieu de ce détournement de la vénération qui est due à Lui seul.

On croit être devenus très spirituels en ayant réussi à éjecter de nos vies l'expression de notre affectivité, alors que la joie a besoin de s'exprimer par des gestes ; alors que si elle ne peut le faire dans nos églises ou dans nos assemblées de prière, elle finira par aller le faire ailleurs. Combien de bons chrétiens qui n'arrivent pas à ouvrir la bouche quand il s'agit de louer le Seigneur, trouvent normal de pouvoir pousser des hurlements de joie et de casser leur divan, en assistant au marquage d'un beau but à la télévision. Si l'on pouvait permettre que, lorsque nous nous réunissons entre chrétiens, nous exprimions notre joie et notre allégresse avec des éclats de rire et des acclamations, on verrait alors des milliers de gens revenir au Christ ! Il y a, paraît-il, de grandes discussions pour savoir si le Christ a ri ou non. Je ne peux pas imaginer le Christ toujours sérieux ou triste, ne souriant même pas, touchant à peine les gens. Le rire est le propre de l'homme, Jésus est pleinement homme. Quand on dit « qu'il tressaillit de joie sous l'action de l'Esprit Saint »[54], je ne puis l'imaginer n'exultant que d'une manière intérieure ou pire intériorisée. Je le vois bondir de joie, comme d'ailleurs tous les juifs savent le faire.

Dans le film de Zéfirelli, « Jésus de Nazareth », j'ai remarqué que Jésus caresse de la main le bord de la barque. C'était le geste du charpentier qui tâte la nature et la qualité du bois en le caressant. Cela m'a beaucoup émue, car j'aime beaucoup quand je me promène, passer la main sur le rebord des murs, des barrières ou caresser les plantes. Je ne peux sentir la valeur des choses qu'en les touchant ; c'est un besoin. Mais depuis mon enfance, on me dit : « Ne touche pas ! Tu vas te

[54] Luc 10 : 21

salir les mains ! » ou bien « On touche avec les yeux ! » N'y a-t-il pas là une véritable perversion du sens du toucher ? Comment peut-on toucher avec les yeux ? Les enfants portent spontanément les objets à la bouche pour les toucher avec leurs lèvres et avec leurs mains, et on ne comprend donc pas, quand on est enfant, qu'il soit interdit de toucher, alors que pour qu'une chose existe dans notre représentation mentale, il faut qu'on puisse la toucher. Et plus tard, pour guérir de nos incapacités à vivre dans le présent, il faudra utiliser la méthode Vittoz, basée en grande partie sur l'attention aux choses, la prise de contact avec les objets qui nous entourent par l'intermédiaire du toucher. Parfois notre corps a tellement besoin d'être touché et caressé d'une manière neutre, sans ambivalence, que nous devons recourir à un professionnel, qu'il soit masseur, kiné ou ostéopathe. Les tensions accumulées peuvent ainsi être traitées en toute confiance. C'est si bon quand on est marié de se rendre le service de se masser l'un l'autre ! Mais nous avons peur, surtout nous, les femmes, que si nous réclamons un petit massage, cela soit mal interprété ou ne prenne en cours de séance une tout autre tournure.

Pour être rendue capable de recevoir à nouveau des gestes de tendresse, je me suis exercée à me placer dans les bras du Père. J'ai alors senti qu'Il me berçait de Ses bras d'amour : c'est l'expérience que Jean a vécue quand il a mis sa tête sur la poitrine de Jésus. Le pasteur évangélique Patrick Fontaine, lors de ses interventions, nous invite souvent à écouter ainsi battre le cœur de Jésus qui nous dit à chaque battement : « Je t'aime ! Je t'aime ! Je t'aime ! » C'est une expérience forte et guérissante à faire dans la prière, lorsqu'on n'arrive pas à se laisser toucher.

J'ai tellement besoin de sentir la main bénissante du père sur ma tête ! Aussi, quand Dieu approche Sa main vers moi, il faut que j'apprenne à ne plus raidir ma nuque. Il veut me conduire doucement, comme on conduit un enfant en le poussant derrière la tête. J'essaie de m'abandonner dans Sa main. Combien de fois n'a-t-Il pas cherché à me protéger de Son bras, et je me suis défendue comme un chat sauvage. D'ailleurs j'ai toujours tendance à avoir des tensions terribles dans les muscles du cou et des épaules, provoquant de méchantes migraines. Elles sont le signe de ma difficulté à m'abandonner avec confiance pour tous les détails de ma vie entre les mains d'un père si tendre qui cherche à me « couronner d'amour et de tendresse ».

Combien de fois notre réaction à la tendresse n'est-elle pas marquée par la fuite ou par la violence : nous refusons de nous laisser toucher et guérir. Je veux vraiment insister sur l'importance de se laisser toucher par Jésus, pas uniquement en esprit ou par la prière, mais de se laisser toucher physiquement par Jésus. Pendant la célébration du repas du Seigneur, Jésus se donne corporellement à nous. Il nous donne Son corps et Son sang en nourriture, et nous dit :

« Ma chair est vraiment une nourriture et mon sang vraiment une boisson. »[55]

Le passage de Jean 6 (verset 32 à 58) est édifiant à ce sujet : Jésus ne cesse de répéter qu'Il nous donne Sa chair à mâcher, à mastiquer.

Comme tous mes autres sens, j'ai dû consacrer le sens du toucher à Dieu. J'avais utilisé mes mains, pour la violence et l'impureté, ou pour me servir la première, dans un but de convoitise et d'égoïsme. Chaque matin je peux me servir de mes mains pour faire le petit exercice suivant :

> Je me tiens debout devant Dieu, avec mes mains, je ramasse tout ce que je suis en les remontant tout le long du corps. Je fais le geste de remplir mes mains de tout ce que je suis, puis je les tends vers Dieu pour Lui livrer tout cela. Père, prends ma vie ! Puis, tendant les bras vers le ciel, pour former un entonnoir au dessus de ma tête, je recueille toutes les grâces que Dieu est en train de déverser sur moi. Je saisis cette pluie de grâce et je la répands sur moi, sur tout mon être. Je fais la même chose, avec l'Esprit Saint, avec le sang précieux du Christ. Je me recouvre de la beauté de Dieu, de Son rayonnement. C'est une succession d'onguents et de parfums, comme un maquillage spirituel. Il produit un débordement du cœur que je saisis de mes mains pour le répandre autour de moi. J'ouvre alors mes bras tout grands et je me tiens debout, les bras écartés, en un geste d'offrande totale.

En faisant cet exercice, je permets à mon corps d'être mon allié pour recevoir concrètement les grâces que Dieu m'accorde. Quelle merveille de pouvoir me servir de mes mains pour cela !

Je rends grâce au Seigneur de m'avoir aussi donné des bras pour embrasser ! A l'instar de Heidi Baker qui prie pour les malades en les serrant simplement dans ses bras, je ne me prive pas de serrer sur mon cœur les personnes que je désire bénir. Ce cœur contre cœur est si guérissant ! Avez-vous remarqué comme c'est difficile de rester longtemps dans cette attitude d'embrassement ? Nous sommes si vite embarrassés ! C'est que cela nous demande le don total de nous-mêmes à Dieu pour qu'Il puisse passer à travers nous et Se communiquer à l'autre.

Je Le remercie aussi pour mes mains qui me servent à bénir dans ce geste si beau de « l'imposition des mains » par lequel le Saint-Esprit Se donne pour communiquer une grâce ou une guérison.

---

[55] Jean 6 : 55

La première fois que j'ai reçu l'imposition des mains, c'était à l'occasion d'une prière pour recevoir le baptême dans l'Esprit Saint. J'avais 15 ans. Ce fut une expérience inoubliable. J'ai pleuré pendant des heures sans savoir pourquoi je pleurais, mais quels délices ! A ce moment-là, j'ai reçu le don des larmes, le don des langues et le don de prophétie. Dès le lendemain, je prophétisais. Ma vie de chrétienne était transformée. Au cours du Réveil des années 70, j'ai retrouvé cette pratique pour les personnes qui voulaient recevoir une grâce ou une guérison. Avec la communauté, j'ai prié pour la guérison et la délivrance de frères et sœurs, par l'imposition des mains, pendant de nombreuses années. Et je continue dans le réveil actuel qui est un réveil de Feu et de Puissance, tel que je n'en ai jamais connu. En fait, l'Esprit Saint désire habiter nos corps pour faire de nous Sa demeure et pour Se communiquer à travers nous. C'est pourquoi il est important de Lui consacrer nos corps. La reconquête de mes sens aboutit à cette démarche de consécration qui est importante car on ne peut pas se consacrer au Seigneur autrement que par l'offrande de nos corps, ceci afin de Lui appartenir tout entier. La bible ne parle pas de la consécration du cœur mais de la consécration du corps :

« Que le péché ne règne donc point dans votre corps mortel, et n'obéissez pas à ses convoitises. Ne livrez pas vos membres au péché, comme des instruments d'iniquité ; mais donnez-vous vous mêmes à Dieu, comme étant vivants de morts que vous étiez, et offrez à Dieu vos membres, comme des instruments de justice. »[56]

« Je vous exhorte donc, frères, par les compassions de Dieu, à offrir vos corps comme un sacrifice vivant, saint, agréable à Dieu, ce qui sera de votre part un culte raisonnable. »[57]

« Nous avons consacré tout notre être au Seigneur. C'est pourquoi notre bouche ne nous appartient pas. Nos oreilles ne nous appartiennent pas, et nos yeux, nos mains, nos pieds, et même notre corps ne nous appartiennent pas. Désormais, nous ne sommes plus que des administrateurs du Seigneur. Désormais nos pieds appartiennent au Seigneur, et nous ne pouvons plus les utiliser pour nous-mêmes. Lorsqu'un jeune homme mourut, son vieux père ordonna à ceux qui portaient le cercueil de faire très attention, car ce corps avait servi de temple au Seigneur pendant vingt ans. Cependant nous ne devrions pas attendre d'être morts pour que nos corps soient consacrés au Seigneur. Aujourd'hui, le Saint-Esprit vit déjà en nous. On lit dans 1 Corinthiens 6 :19 : « Ne savez-vous pas ceci : votre corps est le temple du Saint-Esprit qui est en vous et que vous avez reçu de Dieu, et vous n'êtes pas à vous-mêmes » ? (…) Personne ne devrait dire que son corps lui appartient. Chaque jour de

[56] Romains 6 : 12-13
[57] Romains 12 : 1

notre vie est pour le Seigneur, et tout notre corps est pour le Seigneur ; nous ne sommes que Ses administrateurs. Auparavant, nous vivions pour nous-mêmes. Maintenant, nous vivons pour Dieu seul ! »[58]

Mon corps m'est si précieux ! Je l'ai si souvent traité comme un ennemi, alors qu'il m'est tellement utile. C'est par lui que je reçois l'amour et c'est grâce à lui que je peux en donner. Et si je veux m'offrir, c'est par mon corps que je peux le faire. C'est dans mon corps que Dieu veut faire Sa demeure parmi les hommes ; je suis donc appelée à être le tabernacle de Sa présence.

« Ne savez-vous pas que votre corps est le temple du Saint-Esprit qui est en vous, que vous avez reçu de Dieu, et que vous ne vous appartenez point à vous-mêmes ? »[59]

J'ai besoin, chaque jour, d'apprendre tout à nouveau à aimer mon corps, à le chérir. Je ne veux plus m'intéresser à lui seulement pour les services qu'il peut me rendre, pour des performances physiques qu'il peut atteindre, pour les soins corporels qui améliorent son « look » ou encore les soins d'hygiène pratiqués dans le but de ne pas incommoder les autres. Comme il a besoin que je lui accorde beaucoup d'attention et de tendresse, il va me manifester sa désapprobation si je ne le fais pas et se « venger », en tombant malade ou par toutes sortes de douleurs physiques, ou par des pratiques compensatoires de dépendance ou d'autosatisfaction telle que la masturbation. J'ai souvent rencontré des personnes très intellectuelles, passionnées par tout ce qui a trait au domaine spirituel mais malheureusement souffrant de difficultés dans la relation à leur propre corps, avec en particulier des problèmes importants de manque de maîtrise de leur sexualité.

J'ai été guérie il y a trois ans de douleurs terribles à un genou qui m'handicapaient beaucoup. Je revenais d'une session de danses d'Israël en Pologne où j'avais dû danser tous les jours et me mettre à genoux à la messe malgré la douleur et cela m'avait beaucoup aggravée. Mon genou était enflé et me faisait mal constamment. Je vécue ma guérison pendant une convention charismatique à Nouan le Fuzelier, une fin de matinée, alors que je priais pour quelqu'un, oubliant mes propres besoins. Emmanuel, un jeune de l'équipe, saisi par l'Esprit Saint, est venu vers moi et m'a dit : « le Seigneur te guérit ! » Il ne savait même pas de quoi je souffrais. Je suis tombée sous la puissance de l'Esprit et suis restée longtemps à terre, visitée par Dieu. Entre temps la réunion s'était terminée, et tout le monde était allé au repas. Je fus tirée de ma prière par des pleurs, je me suis redressée pour voir un

[58] Watchman Nee : La vie de vainqueur (ed. Living Stream Ministry) page 199
[59] 1 Corinthiens 6 : 19

groupe de personnes entourant une toute jeune fille atteinte d'un cancer à la jambe et qui suppliait pour elle dans les cris et les larmes. Emue de compassion, je me suis moi aussi mise à genoux à ses côtés pour me joindre à leur prière et ce n'est qu'un long moment après que j'ai réalisé que je ne souffrais plus. Le Seigneur m'avait complètement guérie. Alléluia ! Il m'arrive parfois de ressentir à nouveau une douleur à ce genou, alors je le caresse et je lui parle gentiment, l'assurant que je l'aime et je le remercie d'être là pour me servir, puis je renouvelle avec conviction et fermeté l'affirmation que ce genou est guéri et qu'il n'y a aucune raison pour que la douleur revienne ; après cela, c'est terminé : la douleur s'en va. Il y a une chose que j'essaie de faire aussi : c'est non seulement d'aimer l'extérieur de mon corps, mais aussi l'intérieur, de chérir mes entrailles et d'en avoir compassion : « Mon pauvre petit estomac, je t'ai trop chargé, pardonne-moi. Courage ! J'essaierai de ne plus recommencer ! ».

J'ai bénéficié aussi d'une autre guérison physique importante au cours de la convention de l'année d'après. J'étais en souci, car je présentais des signes de suspicion de cancer de l'utérus. On m'avait fortement recommandé de me faire opérer. Lors d'une prière en assemblée, le prédicateur a demandé aux femmes qui se sentaient une vocation pour être des mères spirituelles de s'avancer afin qu'on prie pour elles et au moment où je commençais à m'avancer, j'ai réalisé que pour être mère j'avais besoin de mon utérus. J'ai fondu en larmes, je suis tombée à genoux et j'ai supplié le Seigneur de me permettre de garder ce qui, dans mon corps, fait mon identité de femme et de mère. Marie, une jeune maman de notre équipe est venue intercéder pour moi. J'ai alors ressenti une forte chaleur dans mon bas-ventre et j'ai été complètement guérie ! Plus aucun symptôme, et le médecin n'a pas compris pourquoi je tenais à faire l'échographie de contrôle qui m'avait été recommandée par le spécialiste rencontré la première fois. Dieu est grand ! Je peux continuer à mettre au monde Ses enfants.

J'aime aussi beaucoup mon cœur physique et je lui demande de se laisser remplir de l'amour de Jésus ; puis j'imagine ce sang chargé d'amour se répandre partout dans mon corps. Je l'imagine aussi prendre sur lui toutes les impuretés et les ramener jusqu'aux poumons d'où elles sont rejetées à l'extérieur ! En faisant cela, je pratique ce que les orthodoxes appellent « la prière du cœur ». Quand ils inspirent, ils choisissent la vie qui vient de Jésus en murmurant : « Seigneur Jésus, Fils de Dieu », puis en expirant, ils rejettent le péché et la mort en disant : « Prends pitié de moi pécheur ! » Et ainsi de suite jusqu'à ce que cette prière devienne inscrite dans leur corps et leur cœur.

J'ai ainsi appris à ne plus prier sans être bien présente à mon corps ou plutôt sans que mon corps ne participe vraiment à la prière. Je fais comme si je passais mes troupes en revue, en appelant tour à tour chacun de mes membres jusqu'à ce qu'ils répondent : « présent ! ».

- « **Mes pieds, êtes-vous là ?** »

Et j'essaye de me souvenir de ce qui est dit de beau dans la parole au sujet des pieds :

« Qu'ils sont beaux sur toutes les montagnes, les pieds de celui qui apporte de bonnes nouvelles, qui publie la paix.[60] »
« Il a dressé mes pieds sur le roc ! »[61]
« Lève-toi droit sur tes pieds ! »[62]
« Jusqu'à ce que j'aie mis tes ennemis sous tes pieds. »[63]

- « **Mes jambes, êtes-vous là ?** »

« Ils ne lui rompirent pas les jambes. »[64]

- « **Mes cuisses, êtes-vous là ?** »

Mes cuisses et mes jambes sont comme les deux colonnes qui étaient de chaque côté de la porte du temple de Jérusalem, elles s'appelaient : force et fidélité.

- « **Mes entrailles !** »

« La mère sentit ses entrailles s'émouvoir. »[65]
« Revêtez-vous d'entrailles de miséricorde. »[66]

---

[60] Esaïe 52 : 7
[61] Psaume 40 : 3
[62] Actes 14 : 10
[63] Matthieu 24 : 44
[64] Jean 19 : 23
[65] 1 Roi 3 : 26
[66] Colossiens 3 : 12

- **« Mes reins ! »**

« Que vos reins soient ceints. »[67]
« Ayez à vos reins le vérité pour ceinture. »[68]

- **« Ma poitrine ! »**

« Lui, s'étant penché sur la poitrine de Jésus… »[69]

- **« Mes épaules ! »**

« Son fardeau sera ôté de dessus son épaule »[70]

- **« Mon cou ! »**

« Peuple au cou raide ! »[71]

- **« Mes bras ! »**

« Ayant pris un petit enfant dans ses bras, il leur dit : Quiconque reçoit en mon nom un de ces petits enfants me reçoit moi-même ; et quiconque me reçoit, reçoit non pas moi, mais celui qui m'a envoyé. »[72]

- **« Mes mains ! »**

« Il exerce mes mains au combat. »[73]
« Que les hommes élèvent des mains pures. »[74]

- **« Ma tête ! »**

« Redressez-vous et levez vos têtes. »[75]
« Sois fidèle et je te donnerai la couronne de vie. »[76]

---

[67] Luc 12 : 32
[68] Ephésiens 6 : 14
[69] Jean 13 : 25
[70] Esaïe 10 : 27
[71] Exode 32 : 9
[72] Matthieu 9 : 36 et 37
[73] Psaume 18 : 35
[74] 1 Timothée 2 :8
[75] Luc 21 : 28

Quand j'ai passé en revue tout mon corps, j'ai déjà beaucoup prié ! C'est mon corps bien présent, qui m'y a aidée. Je ne suis pas dans cette illusion spirituelle qui me fait croire que je puis être en communion avec Dieu et Lui offrir ma vie en dehors de mon corps. Pour les personnes qui ont des problèmes de maîtrise de leur sexualité, ou pour simplement accepter leur corps d'homme ou de femme, je donne le conseil suivant : remerciez le Seigneur pour vos organes sexuels et pour le fait que vous pouvez constater qu'ils fonctionnent normalement. Bénissez-le pour le fait que vous ayez tout ce qu'il faut pour rendre un conjoint éventuel ou réel heureux, puis consacrez-les à l'amour. Il se peut que nous ayons une partie de notre corps ou de notre visage que nous n'aimons pas du tout. Demandons-en la force au Seigneur et passons du temps chaque jour à nous exercer à l'aimer. Il n'y a guère de prière plus belle et qui porte autant de fruit de paix, de joie et de réconciliation avec nous-mêmes et avec Dieu que celle où nous persévérons à nous émerveiller devant ce que Dieu a créé.

Je fais aussi cet exercice le matin, quand je n'ai pas vraiment le temps de prier : tout en me lavant et m'habillant, je loue le Seigneur pour chaque partie de mon corps. En effet, quand je me lave, je pense que j'ai ce privilège merveilleux d'être sans cesse lavée dans le sang de l'Agneau, je recueille les grâces qu'Il déverse sur moi dès le matin et je les répands sur mon corps. Enfin, je me revêts de la protection de Son amour, tout en enfilant mes vêtements. Quand je me lave les dents, je vérifie que la garde de ma bouche est bien en place, et lorsque je me maquille, tout en me regardant dans la glace, je me place sous le regard de Dieu afin de ne pas dépendre du regard des autres ; puis, je Le laisse me revêtir Lui-même de Sa beauté. Et à la fin, je n'oublie pas, bien sûr, de mettre ma couronne d'amour et de tendresse et je marche ainsi toute la journée, avec dignité, faisant bien attention de ne pas la faire tomber. Je suis dans ma fière identité de fille de Dieu, glorieusement libre et heureuse !

---

[76] Apocalypse 2 : 10

Mon âme, Où es-tu ?

Au cours de cette reconquête de mon corps, j'avais repris pas mal de territoire à l'ennemi. Que de grandes victoires remportées ! Mais je ne pouvais pas m'arrêter là, car parallèlement, j'avais été confrontée à d'autres forteresses bien plus difficiles à vaincre, se manifestant par des infirmités de l'âme, handicaps qu'il a fallu que je reconnaisse et que j'affronte. Car si j'utilisais mes sens et tout mon corps d'une manière si éloignée des desseins de Dieu, c'est parce que mon âme, elle non plus n'était pas libre. Aussi chaque fois que je la sollicitais, c'était pour m'apercevoir qu'elle était comme indisponible, occupée à autre chose. Ainsi ma mémoire par exemple me faisait souvent défaut et sa capacité semblait même diminuée. Il en était de même pour cette merveilleuse puissance de l'âme qu'est l'imagination qui, loin d'être pour moi l'occasion d'un épanouissement de mon être, ne me servait que pour entretenir la crainte d'un malheur hypothétique. Que dire alors de la faiblesse de ma volonté accaparée par toutes sortes de convoitises, de mon intelligence dévoyée me rendant incapable de raisonner sainement et de mon affectivité blessée et paralysée par toutes sortes d'émotions incontrôlables ?

Il fallait que toutes ces puissances de mon âme apprennent à ne plus agir dans l'indépendance et commencent à collaborer. Sans cela, mon être intérieur allait rester sérieusement handicapé et surtout la conquête allait être compromise. Tout cela me semblait très ardu, mais là encore les enseignements de Jo Croissant m'ont été d'une aide précieuse.[1] Pour nous faire comprendre la structure de notre être, elle prend la comparaison avec la structure du Temple de Jérusalem. Le temple était composé essentiellement de trois parties, à la manière de notre être.

Le Parvis ou vestibule était la partie la plus extérieure du Temple :

« Le parvis correspond à notre corps qui est le lieu du passage entre l'intérieur et l'extérieur ; le lieu des échanges, mais aussi celui de la séparation, où nous décidons, soit de nous tourner vers le monde en vivant à la périphérie de nous-mêmes, soit de nous tourner vers Dieu, vers le sanctuaire. Le Parvis est le lieu où nous allons pouvoir nous approcher de Dieu. « Si tu reviens… » répète

---

[1] Voir le livre de Jo Croissant : Le corps temple de la beauté (ed. des Béatitudes) surtout les chapitre IV de la 2ème partie : Correspondance entre le corps et la structure du Temple ; pages 35 à 39.

inlassablement le Seigneur ! Il est donc le lieu de la décision, de la séparation et de la purification. »[2]

Nous avons vu la nécessité de la consécration[3] de chaque partie de notre corps, et particulièrement de nos sens, par la purification du péché au moyen du Sang de l'Agneau.

Le Sanctuaire ou « Saint », partie intermédiaire du temple :

« Le Sanctuaire ou « Saint » correspond à notre âme, notre psychisme et à toutes ses puissances, nos facultés qui constituent notre personne : l'intelligence, la mémoire, la volonté, l'imagination, l'affectivité. C'est le lieu de l'intériorité, où nous pouvons découvrir qui nous sommes, dans ce que nous avons d'unique, sous le regard de Dieu. »[4]

Dans ce chapitre, je témoigne du combat que j'ai eu à mener pour conquérir chacune des facultés de mon âme. C'est ce qu'on a coutume d'appeler la « guérison intérieure » ou la « cure d'âme ».

Le Saint des Saints : Ce lieu sacré était séparé du Saint par un rideau très épais, appelé le « voile » du temple, qui s'est déchiré au moment de la mort de Jésus, nous donnant désormais un « libre accès » au trône de Dieu.

« Dans le Saint des saints, le lieu très saint où seul le grand prêtre était autorisé à pénétrer une fois par an le jour du Grand Pardon, se trouvait l'Arche d'Alliance, du temps de Moïse, ce lieu est celui où il parlait « face à face » avec Dieu. C'est le lieu le plus intérieur de l'homme, le lieu de l'esprit, où « l'Esprit de Dieu se joint à notre esprit pour témoigner que nous sommes enfants de Dieu. » C'est là que nous recevons notre nouveau nom, que nous est révélée en plénitude notre identité. C'est le cœur profond, le « centre de l'âme. »

St Paul explique très bien dans l'épître aux Romains, la difficulté où se trouve notre esprit en butte au handicap du poids de la « chair » représentée par l'âme et le corps blessés par le péché.

---

[2] Idem
[3] C'est ce que signifie le terme consécration : séparation, mise à part, on dit aussi sanctification
[4] Jo Croissant

1. LE POIDS DE LA CHAIR

Mon esprit est malade lorsqu'il est séparé de Dieu. Il est malade lorsque je cherche ailleurs qu'en Dieu la sécurité et la protection pour ma vie dans des pratiques idolâtres. Chaque fois que j'accueille le message du salut, mon esprit guérit, car l'Esprit de Dieu se joint alors à mon esprit pour m'unir à nouveau à Lui-même. C'est un fondement solide (le rocher) à partir duquel le Saint-Esprit peut rayonner dans mon âme ainsi que dans mon corps. Mais si mon âme est malade et trop meurtrie par les blessures dues aux souffrances du passé, ce « rayonnement » de l'Esprit de Dieu ne peut pas se faire. C'est ce qu'on a coutume d'appeler le « poids de la chair ».

« Ceux, en effet, qui vivent selon la chair s'affectionnent aux choses de la chair, tandis que ceux qui vivent selon l'esprit s'affectionnent aux choses de l'esprit. Et l'affection de la chair, c'est la mort, tandis que l'affection de l'esprit, c'est la vie et la paix ; car l'affection de la chair est inimitié contre Dieu, parce qu'elle ne se soumet pas à la loi de Dieu, et qu'elle ne le peut même pas. »[5]

Rappelons-nous que dès les origines, Dieu souhaite faire de l'esprit de l'homme Sa résidence, Son « chez-Lui ». Ainsi le Saint-Esprit, s'unissant à l'esprit humain doit gouverner l'âme et puis, l'esprit et l'âme doivent utiliser le corps comme moyen d'expression. L'âme, plutôt que de fonctionner dans l'indépendance, doit devenir l'organe ou l'instrument de l'esprit. C'est donc l'action indépendante de l'âme qui doit être détruite. Ce n'est pas l'âme elle-même qui doit être annihilée, ce serait de l'ascétisme ou une sorte de recherche de l'anéantissement de l'être. Notre nature humaine toute entière est dans notre âme et donc si nous essayons de supprimer la nature dans une direction quelconque ou dans une de ses dimensions, elle se vengera dans un autre domaine. Elle doit apprendre à servir la vie spirituelle dans la quiétude et la satisfaction, et ce, non pas dans un sens négatif d'asservissement, bien au contraire, mais dans un mouvement d'amour qui est de l'ordre du divin, « c'est une vie nouvelle, une vie différente et non pas l'ancienne s'efforçant de se dominer elle-même. »[6]

Tout le travail sur l'âme va consister à la gagner, la maîtriser de manière à ce qu'elle se soumette dans l'amour à la volonté de Dieu et à notre propre volonté spirituelle.

---

[5] Romains 8 : 5, 6 et 7

[6] T.A.Sparks cité dans le livre de Watchman Nee : La libération de l'Esprit (Ed. Farel) page 6

« Par votre persévérance vous gagnerez vos âmes. »[7]
« Ayant purifié vos âmes en obéissant à la vérité. »[8]
« Vous obtiendrez le salut de vos âmes pour prix de votre foi. »[9]

En fait, tout ce que je croyais posséder d'énergies et d'aptitudes pour connaître, comprendre, sentir et agir était en passe d'être anéanti pour que ce soit cette « énergie » nouvelle venant de Dieu qui lui permette désormais de vivre.

« Mais quelle joie et quelle force nous découvrons une fois que l'âme a été contrainte de céder à l'esprit ! Nous percevons une sagesse et une gloire qui sont supérieures à tout ce que nous avons connu. C'est alors que « Mon âme exalte le Seigneur, et mon esprit se réjouit en Dieu, mon Sauveur »[10]. »[11]

C'est une perspective exaltante, et on peut partir au combat plein d'enthousiasme ; cependant on risque de vite déchanter car :

« Quiconque est au service de Dieu découvrira tôt ou tard que le plus grand obstacle à son travail, c'est lui-même, et non autrui. Il s'apercevra que son homme extérieur (son âme) et son homme intérieur (son esprit) ne sont pas en harmonie, car ils ont des tendances opposées. Il aura aussi conscience de l'impossibilité pour son homme extérieur de s'assujettir au contrôle de l'esprit, et de l'incapacité qui en résulte d'obéir aux grands commandements de Dieu (…) Ordinairement, les serviteurs de Dieu devraient pouvoir, par le fonctionnement de leur esprit, connaître la Parole de Dieu sous l'onction de l'Esprit et recevoir des révélations. Mais leur esprit, du fait des distractions que lui inflige l'homme extérieur (l'âme), ne paraît pas fonctionner d'une manière satisfaisante. La cause fondamentale, c'est que le sort de leur homme extérieur n'a pas été réglé. Pour cette raison la recherche d'un réveil, le zèle et toute activité ne sont qu'une perte de temps. Seule une action radicale, le brisement, peut rendre l'homme utile pour Dieu. »[12]

J'avais donc un besoin urgent de guérison de mon âme malade et « vendue » à l'ennemi. Ce qui a longtemps retardé ma guérison, c'est l'ignorance où j'étais de la différence entre mon esprit et mon âme ; aussi perdais-je souvent courage, croyant qu'il n'y avait plus d'espoir pour moi. J'avais toujours l'impression que, lorsque

[7] Luc 21 : 19
[8] 1 Pierre 1 : 22
[9] 1 Pierre 1 : 9
[10] Luc 1 : 46-47
[11] T.A. Sparks idem page 8
[12] Watchman Nee : La libération de l'esprit (ed ; Farel) page 9

survenaient mes difficultés psychologiques et leurs conséquences tumultueuses, c'était mon vrai moi qui se manifestait de la sorte. En réalité, il s'agissait simplement des parties blessées de mon âme qui étaient en train de se rappeler à moi et criaient leur besoin de guérison. Je croyais souvent alors avoir perdu la présence de Dieu ; je me sentais même très éloignée de Lui, pensant qu'Il ne pouvait pas aimer quelqu'un d'aussi confus et désemparé. Mais tout a commencé à changer quand j'ai pu affirmer paisiblement : « Jésus vit en moi, mon esprit est un avec le Sien, je suis en sécurité et je peux Lui faire confiance. Même si tout se déchaîne autour de moi, c'est seulement un problème psychologique, ou une guérison émotionnelle dont j'ai besoin et je sais que la présence réelle de Jésus est en train d'agir ! » J'ai donc appris à garder précieusement cette vérité que Jésus est en moi la fontaine de vie et qu'en pratiquant Sa présence, les entraves au déploiement total de Sa vie en moi seraient peu à peu ôtées. Car : « Dieu est Esprit »[13] et mon esprit seul est de la même nature que Dieu et il peut être uni à Lui éternellement. J'avais trop essayé d'obtenir la présence de Dieu par le moyen de mes pensées ou de mes sentiments, et par conséquent, je croyais toujours avoir perdu Sa présence dès que j'arrêtais de me concentrer ou dès que mon émotion disparaissait. Je pensais pouvoir maintenir la présence de Dieu par mon activité mentale, mes facultés cognitives comme l'on dit dans un langage branché, mais la conscience de cette présence exigeait une identité de nature.

« Je prends plaisir à la loi de Dieu, selon l'homme intérieur ; mais je vois dans mes membres une autre loi, qui me rend captif de la loi du péché qui est dans mes membres. Misérable que je suis ! Qui me délivrera du corps de cette mort ? Grâces soient rendues à Dieu par Jésus Christ notre Seigneur ! Il n'y a maintenant aucune condamnation pour ceux qui sont en Jésus-Christ. En effet, la loi de l'esprit de vie en Jésus-Christ m'a affranchi de la loi du péché et de la mort. »[14]

Lorsque j'ai compris cette vérité fondamentale de la présence réelle de l'Esprit de Dieu en moi, je n'ai plus eu besoin de me demander s'il fallait que je revienne vers Dieu après avoir vaqué à mes occupations bassement matérielles, comme si je m'étais éloignée de Lui. J'ai commencé à savoir jouir de Sa présence quand je prends un temps bien à part pour Lui, mais aussi quand je suis engagée à fond dans mes occupations domestiques. Et cela est devenu possible au fur et à mesure de la soumission de mon âme à la présence de l'Esprit. Je n'ai plus besoin de ces incessants retours pour retrouver la présence de Dieu.

« Il y a des chrétiens qui s'imaginent que pour avoir la présence de Dieu, il faut que leur environnement soit exempt des bruits de vaisselle et autres distractions

[13] Jean 4 :
[14] Romains 7 : 22 à 25 et 8 : 1 et 2

semblables. Plus ils sont loin de l'humanité, mieux ils pourront goûter la présence de Dieu. Quelle erreur ! La faute n'est pas à la vaisselle ni aux gens qui les entourent, elle est en eux-mêmes. Dieu n'a pas l'intention de nous délivrer de la vaisselle ; il veut nous délivrer de notre réaction. »[15]

Pour accomplir cette libération de mon esprit et amener mon âme à l'obéissance, l'Esprit Saint se sert de la puissance de la Croix pour mettre à mort mon vieil homme et cela par l'efficacité de la parole de Dieu. Le but que Dieu poursuit, c'est de me dévoiler de plus en plus mon péché de rébellion afin de m'en guérir. Seule la lumière de Dieu peut accomplir cela, et ce n'est pas par une technique quelconque que je peux y arriver : c'est par la repentance (demandée et accordée par le Saint-Esprit) et le pardon effectivement reçu.

« Car la parole de Dieu est vivante et efficace, plus tranchante qu'une épée quelconque à deux tranchants, pénétrante jusqu'à partager âme et esprit, jointures et moelles ; elle juge les sentiments et les pensées eu cœur. Nulle créature n'est cachée devant lui mais tout est nu et découvert aux yeux de celui à qui nous devons rendre des comptes. »[16]

Tout au long de ce travail de rédaction, je prie pour que chacun, en lisant ces lignes, se sente rejoint et reçoive des clés pour sortir à son tour de tout enfermement. Je vais parler successivement de la mémoire, de l'imagination, de la volonté, de l'intelligence et de l'affectivité.

2. MON CŒUR SE SOUVIENT

Je sais désormais que rien ne peut me séparer de Dieu et de Son amour car Il vit en moi. Si j'ai encore du mal à laisser cette vérité me sécuriser complètement et même si moi je l'oublie, je sais que Lui ne m'oublie pas.

« Souviens-toi de ces choses, ô Jacob ! Je t'ai formé, je ne t'oublierai pas. J'efface tes transgressions comme un nuage et tes péchés comme une nuée. »[17]

C'est merveilleux cette faculté que Dieu a d'oublier mes péchés sans m'oublier moi ! Comme je voudrais pouvoir oublier, moi aussi, ces péchés qui me font honte ainsi que les moments les plus douloureux de ma vie ! A vrai dire, j'en ai

---

[15] Watchman Nee : La libération de l'esprit (ed. Farel 1974) page 31
[16] Hébreux 4 : 12-13
[17] Esaïe 44 : 21

quand même oublié beaucoup, mais c'est ma manière de me protéger en les faisant disparaître dans mon inconscient. En écrivant mes « mémoires », je prends à nouveau contact avec mon passé et j'expérimente que ce qui me rend de plus en plus libre et heureuse, c'est le pardon que Dieu m'a accordé en son Fils Jésus, et qu'Il ne cesse de m'accorder au fur et à mesure que l'Esprit fait revenir à ma conscience toutes ces choses enfouies au fond de moi. Et puis il y a aussi cette possibilité que j'ai, de puiser toute ressource dans le cœur généreux du Christ qui vit en moi et qui pardonne toutes les offenses. C'est pourquoi, je n'ai plus peur de réclamer que la lumière vienne éclairer mes ténèbres, car je vais ainsi de libération en libération. Je ne veux plus que toutes ces choses refoulées dans mon inconscient continuent de faire des ravages et me contraignent à entrer dans des comportements aberrants qu'on peut aussi qualifier de névrotiques.

« L'inconscient, c'est notre mémoire cachée. Il est rempli de souvenirs que nous avons enfouis parce qu'ils nous empêcheraient de vivre si nous les avions présents à l'esprit. Mais il faut savoir que ces souvenirs douloureux qui sont enfouis, que nous nous évertuons à cacher, vont s'exprimer quand même dans nos vies, mais de manière détournée. C'est comme une cocotte minute : même si le couvercle est fermé, la vapeur s'échappe parfois du côté où on ne l'attend pas ! Il ne s'agit pas d'effacer tous ces souvenirs dont notre mémoire est faite. Nos souvenirs, même s'ils sont lourds et compliqués, difficiles à assumer, font partis de nous. Le passé nous a façonnés tant bien que mal et notre mémoire ne cesse de le reprendre, de le refaçonner pour le guérir. »[18]

Ce n'était donc pas un luxe pour moi de vivre cette « guérison intérieure » ! Pour sortir du malheur, pour que ma vraie vie puisse se déployer dans mon âme et dans mon corps, je devais récupérer ma mémoire. Elle était squattée par toutes sortes « d'occupants » indésirables car non lavés dans le Sang de l'Agneau. J'avais à revoir, étape par étape, bien des épisodes de ma vie, sans rien mettre de côté, pour examiner ce qui avait besoin de guérison et de consolation, et replacer chaque événement dans son contexte sous le regard de Dieu. Quelle merveille de découvrir comment Dieu fait « tout concourir au bien de ceux qui l'aiment. »[19] Il y a des événements dont je ne me souviens pas, soit parce qu'ils remontent à une époque lointaine, soit parce que je les ai refoulés dans l'inconscient. Cela n'empêche pas que ces souvenirs douloureux existent et nécessitent une guérison. Ils sont dans mon cœur et dans mon corps qui peuvent d'ailleurs en être affectés et devenir malades. Je ressens des symptômes, des signes de cet état de souffrance profonde, qui peuvent se présenter comme des blocages, des limites, des oppressions, enfin toutes sortes d'obstacles à

[18] Frère Remi : Veux-tu guérir ? (ed. du Cerf) page 43
[19] Romains 8 : 28

mon libre épanouissement et contre lesquels je ne peux rien faire. Par exemple la culpabilité, les sentiments de rejet, les sentiments de colère, de haine, de désir, de joie, d'amour, tout ce qui, du fait de son caractère douloureux, a été écarté, réprimé, nié, oublié, se trouve maintenant emmagasiné dans mon inconscient. Mais ce qui n'a pas été pardonné ni guéri reste très actif et perturbe mes facultés de raisonnement, ma vraie imagination, ma mémoire, ma volonté et toute mon affectivité, bref ma vie consciente et particulièrement relationnelle.

« La guérison des souvenirs signifie le pardon des péchés. C'est l'expérience que nous faisons au niveau du cœur, du pardon des péchés, dans le souvenir précis où il s'avère nécessaire ; ce pardon touche l'âme dans sa totalité, dans ses capacités affectives, intuitives, imaginatives, tout autant que dans les capacités plus conscientes de la volonté et de l'intelligence. Rien n'illustre plus merveilleusement la présence du Dieu qui guérit que la manière dont il guérit les blessures et les souvenirs les plus profonds de l'homme. »[20]

Comment utiliser à bon escient cette capacité de mémoire extraordinaire que Dieu nous a confiée ? Pour ma part j'ai eu souvent tendance à m'en servir, au moment où des souvenirs douloureux refaisaient surface, pour entretenir des regrets, de la culpabilité, de l'amertume, de la déception, de la haine et même des désirs de vengeance. Le but étant, à nouveau et encore, de me prouver à moi-même que j'étais décidément seule et abandonnée.

Une jeune fille de ma connaissance, m'avait raconté qu'elle avait failli se faire violer un jour qu'elle marchait seule dans la rue. Elle avait finalement pu s'enfuir. Ce qui l'avait le plus affectée, c'était le fait qu'elle avait appelé le Seigneur à son secours, mais qu'apparemment Il n'avait pas répondu. Et chaque fois que ces événements revenaient à sa mémoire, elle ressentait la douleur de l'abandon. Elle a eu besoin d'apprendre à « faire mémoire » d'une autre manière de ces événements douloureux et traumatisants. Par le ministère de la prière, le Christ vivant en elle, avec Sa toute puissance de guérison, a pu pénétrer dans les racines les plus profondes de sa souffrance et y apporter la guérison : Dieu avait été avec elle dans les plus terribles moments !

Faire mémoire de la présence réelle du Christ dans chaque événement de mon passé, comme je le fais en écrivant mon histoire, est la plus merveilleuse des thérapies.

---

[20] Leanne Payne : L'âme cette oubliée (ed. Raphaël) page 84

« Le pouvoir qu'a la mémoire de rendre le passé présent d'une manière très réelle, est extraordinaire. Le mot grec anamnèse, utilisé dans la théologie eucharistique, illustre bien ce phénomène. Il signifie amener dans le présent un événement du passé et, comme dans la déclaration du Seigneur « Voici mon corps, voici mon sang », il ne s'agit pas d'un pur acte de réminiscence psychologique. »[21]

Dieu a la volonté de tout guérir et Il est présent dans notre passé, notre présent et notre futur, et Il a, Lui seul, le pouvoir d'effacer le péché et la culpabilité, si nous nous repentons.

« Nous éprouvons parfois l'étrange illusion que le temps suffit à effacer le péché. J'ai entendu certaines personnes, et je me suis entendu moi-même, raconter des actes de cruautés ou des mensonges commis dans l'enfance, comme s'ils ne concernaient nullement le narrateur actuel, et même comme s'il ne lui restait plus qu'à en rire. Cependant, le temps seul ne change rien, ni au fait du péché, ni à la culpabilité qui s'y rapporte. Ce n'est pas le temps qui nous lave de nos fautes, mais le repentir et le sang du Christ. »[22]

Mais voici que je me suis heurtée et que je me heurte encore actuellement à une peur encore plus grande que celle d'être abandonnée ou oubliée :

C'est la peur de perdre la mémoire, la peur de m'abandonner ou m'oublier moi-même, de devenir amnésique avec le spectre de la maladie d'Alzheimer, qui m'inquiète énormément. Et chaque fois que, en vieillissant, je me rends compte que je perds la mémoire, je souffre.

« Tant que nous pouvons « faire mémoire », nous existons. Notre mémoire c'est nous, notre vie, notre droit à être. »[23]

J'ai été placée devant une évidence et contrainte de faire cette remarque importante : chaque fois que je suis dans le trouble, dans le manque de liberté intérieure, et que je ne fais pas l'effort d'en chercher la cause pour la résoudre avec l'aide de Dieu, j'ai des problèmes de mémoire. Par exemple, si je me sens culpabilisée parce que je n'ai pas fait à temps quelque chose que j'avais prévu, et que quelqu'un me fait la moindre petite remarque, je perds la paix, je me stresse, je m'affole, et je perds mes lunettes ! Impossible de me rappeler où je les ai déposées !

---

[21] Idem page 93

[22] C.S.Lewis dans : le problème de la souffrance, passage cité ici par Leanne Payne dans : L'âme cette oubliée, page 94

[23] Frère Rémi : Veux-tu guérir ? (ed. du Cerf) page 26

Un jour, revenant de voyage, je désirais ranger et mettre en lieu sûr, un paquet de billets de banque que mon mari m'avait confiés. J'étais troublée parce que nous nous étions un peu disputés et mon cœur n'était pas en paix ; de plus je me retrouvais seule et cela m'était très pénible. Au moment de prendre l'argent, impossible de me rappeler où je l'avais rangé ! Et je n'avais pas envie que mon mari le sache car cela me coûtait de reconnaître devant lui que je ne me souvenais de plus rien à ce sujet ! L'angoisse de la petite fille qui a peur de se faire gronder se réinstallait petit à petit et dans mon stress je cherchais partout mais sans rien trouver. Ce n'est que lorsque j'ai fait l'effort de placer cet événement sous le regard du Seigneur et que j'ai « fait mémoire » de Son amour et de ce que je suis pour Lui, que j'ai pu appeler mon mari au téléphone pour tout lui avouer, sûre de la compassion et de la miséricorde que le Seigneur mettrait dans son cœur. Et très vite, en lui parlant, en acceptant mes limites sans me rejeter moi-même, la mémoire m'est revenue en même temps que la paix intérieure et j'ai pu me revoir faisant le geste de ranger ces billets dans ma bible ! Je l'avais fait volontairement pour être sûre de savoir où les retrouver plus tard, et pourtant je l'avais oublié à cause du désarroi intérieur dans lequel je me débattais.

Cela m'arrive si souvent d'oublier des choses qui sont pourtant essentielles ! Je sais que c'est une question de guérison de mon cœur ! J'ai si souvent dit : « Moi j'ai une très mauvaise mémoire ! » J'aurais dû dire : « Mon cœur est bien malade ! »

Ma mémoire est à moi. Je peux m'en servir pour « faire mémoire » de la présence réelle de Jésus dans ma vie à chaque instant. Mais j'oublie de le faire ! Un de mes plus grands péchés, c'est l'oubli. C'est là mon malheur !

> J'oublie que le Seigneur est là, présent en permanence en moi et à mes côtés.
> J'oublie tout ce qu'Il a fait pour moi.
> J'oublie que Jésus est mort sur la Croix pour moi.
> J'oublie qu'Il m'a pardonné tous mes péchés.
> J'oublie qu'Il m'aime d'un Amour Eternel.
> J'oublie qui je suis vraiment à Ses yeux.
> J'oublie le nom même qu'Il m'a donné.
> J'oublie Ses promesses et Ses projets sur ma vie.
> J'oublie les grandes victoires déjà remportées.

Oh ! Mon Dieu, aie pitié de moi ! Guéris-moi de cette capacité d'oubli des oeuvres de Ta Grâce, en ma vie ! Je ne veux plus craindre la maladie d'Alzheimer, car mon état est déjà bien plus grave que ça. Je dois absolument guérir de mon ingratitude. Je sais que si cette guérison s'effectue, si je récupère ma mémoire pour qu'elle me serve désormais à me tenir dans la réalité du royaume, je vais aussi guérir de toutes mes autres amnésies, de tous mes troubles de la mémoire. C'est pourquoi je veux m'attacher à la pratique de la louange par laquelle je me souviens de Qui est Dieu pour moi et qui je suis pour Lui. Je veux le remercier d'un cœur reconnaissant.

« Compte les bienfaits de Dieu,
Mets les tous devant tes yeux !
Tu verras en adorant,
Combien le nombre en est grand ! »[24]

Actuellement, ne tenant plus compte de ma soi-disant incapacité à retenir, j'apprends la bible par cœur. Ce n'est pas pour rien qu'il faille le faire avec le cœur. Mon cœur guéri est libre et capable de se souvenir. Il a cette faculté de mémoire que Dieu m'a donnée en m'appelant à la vie et qui est une mémoire éternelle, à l'instar de celle de Marie qui « repassait toutes ces choses dans son cœur » :

« Marie gardait toutes ces choses et les repassait dans son cœur. »[25]

L'Eglise dans sa sagesse, nous aide beaucoup à faire ce travail de mémoire, par le cycle de l'année liturgique, au cours de laquelle sont revécus tous les événements importants de la vie du Christ et l'histoire de notre rédemption. Dans notre communauté, nous revivons chaque semaine ce qu'on appelle le triduum pascal, les trois jours commémorant la passion, la mort et la résurrection de Jésus, du jeudi soir au samedi soir qui est la vigile du dimanche. J'aime particulièrement prier le vendredi après midi, accompagnant Jésus dans Son chemin de Croix en intercédant pour ceux qui nous ont demandé le secours de la prière.

« Dans l'Eglise, par la grâce de l'Esprit, nous sommes contemporains de Jésus. Sa passion, sa mort, sa mise au tombeau, sa descente victorieuse aux enfers, c'est devant nous, c'est en nous qu'elles se déroulent. Méditant les textes les plus forts peut-être des Evangiles, nous allons accompagner Jésus, comme sa mère l'accompagnait, un glaive planté dans le cœur. Toute l'histoire du monde se résume, et trouve un sens en ces trois jours, quand le Dieu-Homme vient nous chercher dans l'abîme et la ténèbre. Il nous porte tous vers le Père et s'interpose à jamais entre nous et le néant. »[26]

---

[24] Extrait d'un cantique protestant
[25] Luc 2 : 19
[26] Bartholomée Ier, Archevêque de Constantinople et Patriarche Œcuménique : Vias Crusis (Méditations et prières offertes par le Patriarche Bartholomée Ier au Pape Jean-Paul II pour la célébration du chemin de Croix au Colisée, le vendredi saint

Lorsque nous faisons ainsi mémoire de la passion du Seigneur, l'Esprit Saint a le pouvoir de nous rendre présents au moment même où ces événements se passaient, de nous faire vivre la passion, d'y assister comme Marie et Jean, de pleurer avec eux, de recueillir l'eau et le sang coulant du cœur transpercé de notre Sauveur. J'aime particulièrement cette phrase : « Par la grâce de l'Esprit, nous sommes contemporains de Jésus ». Quelle merveilleuse utilisation de cette faculté qu'est la mémoire ! Quelle douce et salutaire obéissance que d'accomplir cette mitsva[27], ce devoir de mémoire.

Nous fêtons aussi le Shabbat[28], respectant l'ordre de Dieu, dans les dix commandements, demandant à son peuple de se souvenir du jour du repos pour le sanctifier. Quand nous le faisons, nous recevons une grâce particulière de paix, de joie, d'intimité avec notre Dieu. Nous sommes Son peuple et nous sommes aussi Ses enfants. Il l'a révélé à Israël depuis les origines et l'a accompli en Jésus-Christ Son fils, en qui nous sommes cohéritiers, donc fils à part entière. Le Shabbat est vraiment un temps hors du temps, une trêve dans nos querelles incessantes avec le Créateur Lui-même ; en effet, un petit retour sur nous-mêmes a tôt fait de nous montrer qu'on est en bagarre avec Lui une grande partie du temps. On y fait mémoire de la sortie d'Egypte, de l'élection et des promesses. On annonce le retour du Messie tant attendu. Le dimanche, premier jour de la semaine, jour de la Résurrection, est commémoré par un office très festif et des danses. On ne peut guère commémorer quelque chose d'important sans faire la fête !

Pour ma mémoire, je compte aussi beaucoup sur l'action de l'Esprit Saint qui est toujours avec moi, et dont le Seigneur Jésus lui-même a dit qu'Il nous L'enverrait pour nous rappeler toutes choses. Je sais qu'Il le fait et Il m'aide quand je dois prêcher. Il me souffle ce que je dois dire. Il me permet de me souvenir des versets bibliques emmagasinés en grand nombre dans ma mémoire. C'est Lui qui peut sonder mes profondeurs et tirer du trésor de mon cœur des choses bonnes. Je peux désormais me souvenir avec joie des mots gentils que ma mère me disait car ils ne sont plus cachés, ou relativisés par le souvenir démesurément grossi des paroles négatives. Quand je retrouve dans ma mémoire ces moments heureux, cela me restaure, m'aide à me réconcilier avec moi-même. Je peux être fière de mes parents et de leur courage et j'accepte aussi plus facilement la ressemblance physique avec ma mère qui jusque là me chagrinait beaucoup. Je peux donc avec grande joie en écrivant ce livre revenir sur les épisodes de ma vie, même les plus douloureux, sans

---

Prière d'entrée.) (ed. Association CulturelleOrthodoxe Saint Nicolas à la Dalmerie) page 6

[27] mot qui signifie : commandement, en Hébreux

[28] mot qui signifie : 7ème jour en Hébreux, se prononce « chabate ».

honte, ni trouble, ni tristesse excessive, car mon histoire n'est plus affectée d'une façon négative par les événements qui l'ont émaillée, puisque Dieu a été présent à chaque instant. J'ai appris à la regarder comme Dieu la regarde : j'y contemple Son action, tout ce qu'Il a mis en œuvre pour en faire une histoire sacrée.

« Ou bien on s'invente une histoire ou bien on accepte de la restituer telle qu'elle est. C'est seulement si l'on se dit la vérité à soi-même, qu'on n'aura pas peur alors de la dire aux autres. On aura trouvé sens à sa vie. »[29]

3. LA VRAIE IMAGINATION

« C'est vrai que c'est avec Dieu que j'aime,
Que je peux bousculer des territoires,
Remuer la terre, faire jaillir des roches,
Rire avec l'eau qui coule,
Et toucher les cœurs. » [30]

« En tant que chrétiens, nous devons reconquérir notre âme et la connaissance des vraies facultés imaginatives. Il faut aussi instruire les autres. Nous ferons certaines erreurs, mais la plus grave consiste à ignorer l'âme et à nier qu'elle a d'incroyables capacités dans les domaines de la raison et de la vraie imagination. »[31]

UNE HISTOIRE DE ROBOTS

Qui d'entre nous n'a pas vu ou écouté ces histoires de robots fabriqués par l'homme et qu'on a tellement perfectionnés qu'il sont devenus doués d'une certaine intelligence ? Mais c'est justement cette faculté qui leur permet de développer une sorte de conscience identitaire et du coup un désir d'indépendance. Ils ne veulent plus être des robots conçus uniquement pour obéir et correspondre exactement à ce pour quoi ils étaient faits. Ils veulent devenir comme des hommes et décider par eux-mêmes et donc se révoltent. Mais cette révolte, curieusement, au lieu de faire d'eux de « bons » robots, les pousse toujours à devenir « méchants », et à détruire même leur « créateur ».

---

[29] Frère Rémi : Veux-tu guérir ?
[30] Riew Van Leeputten : Poète actuel, enfant de la communauté. Un petit mot qu'il m'a envoyé par mail à l'occasion d'un concours de poésie pour lequel je l'encourageais.
[31] Leanne Payne : Vivre la présence de Dieu (ed. Raphaël) page 189

Qui n'a pas non plus entendu parler ou vu l'épopée du Seigneur des Anneaux[32] ou du monde de Narnia[33] ? Ces histoires ne sont pas sorties par hasard de l'imagination de leurs auteurs. Elles sont exactement le reflet de notre propre histoire et sont comme un message qui monte des profondeurs de l'humanité, de notre inconscient collectif comme on dit. Mais, il nous faut les décrypter ou les décoder, au même titre que tous les autres contes de fées de notre enfance.

Je me suis trop souvent servie de mon imagination pour me faire peur avec l'avenir. Pour entretenir ma crainte du malheur. Dès que mon mari était en retard, je m'imaginais qu'il avait eu un accident. Un de mes amis avait perdu sa grand-mère, puis sa mère est décédée. Voyant son grand-père et son père veufs, il s'imaginait qu'il allait à son tour perdre sa jeune épouse, alors même qu'il n'y avait aucune raison de le penser : ni maladie génétique, ni quoi que ce soit. Et quand on lance le film de notre imagination, il se déroule presque malgré nous. On s'imagine la mort d'un proche et on se représente la scène ainsi que toutes ses conséquences : le chagrin, les décisions à prendre, la solitude… Ce n'est pas pour rien qu'on appelle l'imagination « la folle du logis » !

Quand j'étais jeune, je me servais de mon imagination pour entrer dans des jeux de rôle, pour fuir la réalité du présent et surtout la solitude. Je m'imaginais que j'étais avec une autre personne, je jouais des scènes, je lui parlais. D'autres fois, je n'arrivais à accepter ma vie qu'en imaginant que j'étais en train de jouer mon propre rôle dans un film. Comme si ce n'était pas ma vraie vie, que j'étais déjà en train de vivre ! J'ai rencontré pas mal de jeunes qui sont victimes de ces détournements de l'imagination, quand ce n'est pas pour fuir carrément dans le fantasme. Beaucoup d'adolescents passent par ce stade et quelques adultes immatures y demeurent aussi. C'est ainsi que des jeunes filles et des jeunes femmes peuvent attendre indéfiniment le prince charmant. Elles s'imaginent même une vie dans laquelle elles seraient Marie et lui serait Joseph. Quant aux jeunes hommes, c'est plutôt au travers des fantasmes sexuels qu'ils se laissent abuser par leur imagination. Telles sont les conséquences de cette faculté de l'âme pervertie par le péché.

J'ai accompagné une jeune fille en guérison intérieure qui avait de fortes tendances homosexuelles. En cherchant avec elle l'origine de cette déviance qui la faisait beaucoup souffrir, je me suis rendue compte qu'elle manquait de repère paternel mais aussi de liens chaleureux avec sa mère : elle n'avait pas pu développer dans sa petite enfance un vrai sentiment d'exister, ou une sensation de bien-être intérieur. Pas d'image saine et solide de la paternité, de la masculinité, de la féminité,

[32] J.R. Tolkien
[33] C.S.Lewis

de la maternité, de la famille qui sont pourtant autant d'images intérieures saines qui reflètent et transmettent le sens de la beauté, de la vérité, du beau, de la bonté, c'est à dire ce qu'est le reflet de Dieu dans Sa Gloire. Elle ne pouvait accepter sa vie dans l'angoisse mortelle où elle se trouvait, qu'en envisageant la possibilité de changer de sexe ! Elle me disait : « C'est ça ou le suicide ! » Mais où est la différence ?

Ce genre d'existence témoigne d'un vécu très « limite » quant à la faculté d'accueil et de représentation des messages de beauté que nous adresse le monde environnant : ces personnes, même devant un beau paysage, se révèleront incapables de sortir de leur activité mentale blessée, pour entrer dans cette expérience, la rencontre émerveillée avec le réel et tout ce qu'il reflète de la Gloire de Dieu. En effet, les seules images qui habitent le cœur de ces personnes sont des réalités mélangées, ambivalentes, sinon franchement malsaines et mensongères. Comme l'a dit Grégoire le Grand :

« Si vous ne vous réjouissez pas des choses élevées, vous vous réjouirez des choses viles. »[34]

Chaque fois que les images qui nous habitent ne sont pas saines et que notre manière de concevoir la réalité d'une manière vraie nous fait défaut, c'est comme si un système de niveau inférieur, régressif se mettait en place par compensation. Comme on dit, la nature a horreur du vide. Nous sommes faits pour qu'habitent en nous de bonnes images symboliques de Dieu, de la paternité, de la maternité, du masculin, du féminin, de la création… Mais si ce n'est pas le cas, ce sont malheureusement des images de qualités inférieures, structurellement parlant, qui se développent pour se substituer à elles. Pour prendre un exemple :

« Il suffit de jeter un bref coup d'œil sur certains groupes « gothiques heavy metal »[35] et sur la signification symbolique des messages qu'ils projettent. Dans ce cas, le symbolisme de l'homme et de la femme, créés à l'image de Dieu, cède la place à des images d'hommes et de femmes qui atteignent l'absolu dans l'égocentrisme et le mal, dans la convoitise, la séduction, la domination et la perversion sexuelle. L'identité sexuelle est, soit niée par un symbolisme unisexe, soit réduite à une catégorie de « monstres mâles et femelles » par le biais d'hommes et de femmes présentés comme des séducteurs/trices, des sadiques et des dominateurs cruels. C'est notre humanité même qui est effacée, et l'homme ainsi déformé n'arrive même plus à partager les bons côtés de l'animal. »[36]

---

[34] Citation citée par Leanne Payne dans : Vivre la présence de Dieu
[35] Et cela même si ceux qui jouent dans ces groupes ne le désirent pas
[36] Leanne Payne : vivre la présence de Dieu

La véritable expérience imaginative consiste à accueillir Dieu, à avoir l'intuition du réel invisible et à devenir créatif. Quand nos pensées sont occupées par les illusions ou le mensonge qui désintègrent la personnalité, et que nos yeux sont fixés sur ce monde illusoire, nous ne pouvons pas être imprégnés de ce qui est vrai.

« Lorsque la manière dont un homme perçoit sa masculinité est déficiente ou que cette perception est même carrément absente, je découvre qu'il est impliqué dans la pornographie et dans une vie de fantasmes maladive. Ses relations extérieures sont malsaines ou non existantes, et c'est ce que les images de son cœur reflètent. Cette imagerie intérieure comble le vide laissé par l'absence d'images de relations chaleureuses et encourageantes. »[37]

Nous vivons dans une société qui exclue de plus en plus toutes les images symboliques saines venant de la culture Judéo-chrétienne, concernant la famille, l'identité sexuelle, la nature, la beauté. La crainte respectueuse en présence de la grandeur, du génie, de l'amour, de la bonté, et la capacité de contemplation admirative a disparu. Du coup l'intuition de ce qui est saint, c'est à dire Dieu lui-même, ou des anges, des réalités du royaume et des véritables desseins de Dieu sur nos vies s'efface et devient impossible.

C'est ainsi, qu'on en arrive à adhérer à des théories comme celle de l'évolution, nous faisant admettre que l'homme peut descendre du singe. Cela fait partie de ce que croient ou doivent croire désormais nombre de jeunes bons chrétiens puisque ce sont ces dogmes qu'on leur a enseignés, qu'ils n'ont pas lu la bible et n'ont donc aucune notion des symboles judéo-chrétiens concernant la Création en général, celle de l'homme et de la femme, l'histoire de la Chute et la nécessité de la Rédemption. Ne connaissant pas l'Ancien Testament, ils ne savent même pas qu'il y avait un temple à Jérusalem où on faisait des sacrifices d'animaux avec toute la symbolique du sang qui doit être versé pour l'expiation des péchés. C'est ce symbolisme du peuple sorti d'Egypte, errant dans le désert puis entrant dans la terre promise, que j'utilise pour expliquer mon cheminement de guérison. C'est le trésor dans lequel on doit puiser pour construire sa vie. J'ai été bercée toute mon enfance dans cette « Histoire Sainte » et cela porte son fruit aujourd'hui ! Posons-nous la question, nous parents chrétiens : quelles sont les images symboliques avec lesquelles nos enfants sont instruits. Lisons-nous la bible avec eux ? Ou allons-nous laisser uniquement les symboles de la culture ambiante ou de la publicité les habiter avec les notions profanes, en tous cas bien mal vécues, de liberté, d'égalité et de fraternité. Dans une perspective d'avenir où la pollution va rendre notre terre inhabitable, allons-nous leur parler de ces Nouveaux Cieux et de cette Nouvelle Terre

[37] Leanne Payne idem

que Dieu nous promet avec le retour de Jésus. J'ai décidé, quand j'envoie les vœux de nouvelle année de dire ceci : « Puisse cette année nouvelle être l'année bénie du retour en gloire de notre Grand Dieu et Sauveur Jésus Christ ! Puissions nous nous encourager les uns les autres à rester éveillés, attendant amoureusement Son retour ! » Quand le monde ne parle que de recherche de paix et de sécurité, sachons que des tribulations approchent mais quelles ne nous prendront pas au dépourvu, car désormais notre vie est en Christ. « Christ en nous l'espérance de la gloire »[38]. Eduquons nos enfants à s'attendre à voir la gloire de Dieu.

J'ai pu constater les dégâts causés en moi par des images symboliques perverties. Je me suis rendue compte en retournant en Afrique en tant qu'adulte que j'avais des a priori terribles concernant la race noire et particulièrement les Africains. Toute mon enfance j'avais entendu mes parents, bien que missionnaires, tenir des propos racistes du genre : « On ne peut pas faire confiance à un Africain », « Ils démolissent tout ce qu'ils ont en main », « On n'est jamais sûr qu'ils soient vraiment convertis » et j'ai découvert avec horreur que j'étais moi-même habitée par ces pensées mensongères, et que même dans notre communauté, on continuait à proférer de tels propos, devant les intéressés de surcroît. Beaucoup de chrétiens africains sont affligés de telles pensées de dépréciation d'eux-mêmes, enfermés qu'ils sont dans ces malédictions et rendus ainsi incapables de développer toutes leurs capacités spirituelles et humaines. C'est grave, car on sait quels sont les fruits du racisme. Mais les demandes de pardon sont rares, alors que nous avons tous à nous repentir de continuer à entretenir des images complètement fausses sur ceux qui ne sont pas de notre race. Dieu fait justice à Sa manière ! Il venge les Siens en leur permettant d'être source de bénédiction pour leurs persécuteurs. Il nous envoie de grands prédicateurs noirs et arabes qui nous apportent la guérison et le pardon de la part de Celui qui a donné Sa vie pour notre salut. Puissions-nous nous repentir vraiment ! Que Dieu nous guérisse de notre manière de voir, pervertie par le péché. Entrons dans Son regard sur ces frères et bénissons-les, ne maudissons plus !

C'est là qu'il est important de se poser la question des messages symboliques que nous assènent les émissions de télévision qui viennent prendre la place de la réalité du monde tel que Dieu l'a créé. Il est remarquable qu'elle affiche ses ambitions en s'intitulant elle-même « télé réalité ! » Beaucoup de gens croient que « parce qu'on l'a dit à la télé », c'est vrai ! Et nos enfants qui passent souvent plusieurs heures par jour devant le petit écran, ou devant leur ordinateur ont de grandes difficultés ensuite à sortir de ce monde virtuel pour entrer dans la réalité du monde créé, visible ou invisible. Et comme, ils sont spirituels de nature, puisque créés ainsi par Dieu, ils vont chercher dans le New Age et toutes les philosophies

---

[38] Colossiens 1 : 27

d'inspiration hédoniste ou encore l'ésotérisme, l'espace spirituel de substitution pour trouver des réponses à leurs aspirations confuses et le moyen de combler un vide intérieur. Pour trouver une solution au débordement de certaines émotions trop difficiles à réprimer, comme la violence et la colère qui les habitent, ils ont recours à des doctrines qui prônent la non-violence et la maîtrise de soi par toutes sortes de techniques, tout un nouvel art de vivre et souvent même le recours hasardeux à l'usage de substances psycho-actives où l'alcool occupe une place discrète et socialement bien établie et non moins redoutable par ses effets et sa banalisation. Ils arrivent souvent à des résultats appréciables et pensent avoir atteint une certaine paix, jusqu'au jour où ils seront à nouveau confrontés au péché tout simplement. Car le péché est là, et ce ne sont pas des méthodes ou des arts de vivre qui vont faire que nos péchés seront pardonnés et nos blessures guéries car seul le Sang de l'Agneau sans tâche a ce pouvoir ! S'ils ne retournent pas directement vers le Seigneur, c'est que les notions qu'ils ont reçues du Christianisme n'étaient pas l'annonce des vérités fondamentales dont ils ont soif au fond de leur cœurs enchaînés, et cela pour deux raisons essentielles à mon avis :

D'une part, nous ne leur avons pas donné une image juste du christianisme en ne vivant pas nous mêmes de ce que nous professons haut et fort. Les souffrances que nous nous infligeons entre chrétiens à cause de nos divisions que ce soit entre les différentes dénominations ou au sein même de nos communautés et de nos familles, les ont souvent terriblement blessés et profondément choqués. Honte à nous, que Dieu nous pardonne et vienne réparer les conséquences de ces péchés graves ! Mais il ne faut pas oublier qu'ils ont aussi à découvrir que cette perfection qu'ils exigent de nous, demande un assez long chemin, comme je le décris dans ce livre. Ce ne sont pas les péchés des Chrétiens qui font que le Christ n'est pas le Sauveur du monde ! Rien ni personne ne pourra effacer ce fait ! Le Christ est mort pour nos péchés et nous ne pouvons être vraiment sauvés que par Lui.

D'autre part, je suis depuis longtemps désolée de constater la pauvreté des vrais symboles chrétiens dans les manuels d'instruction religieuse. J'ai même entendu des choses surprenantes lorsque j'étais catéchiste. La responsable nous interdisait de parler de Jésus pendant tout le premier trimestre, parce que c'était trop hermétique pour les enfants, puis on nous interdisait de parler de la Croix ! On essayait de faire « réfléchir » les enfants sur des thèmes qu'on pensait intéressants pour eux (mais je pense que c'est toujours le cas actuellement) au lieu de les éveiller à la vie de l'Esprit et de faire d'eux des êtres spirituels, habités par des certitudes intérieures, à savoir : nous sommes pécheurs mais le Christ est mort pour nous pardonner, nous guérir et surtout habiter en nous et nous permettre ainsi d'être ce que chacun désire être : remplis d'amour, de bonté, de patience… Nous pouvons vivre constamment dans Sa présence, Il est toujours à nos côtés en toutes circonstances. Grâce à Lui nous pouvons recevoir le pardon de nos fautes mais aussi pardonner à ceux qui nous font souffrir. A aucun moment, on ne cherchait à leur apprendre à prier vraiment en parlant avec Dieu tout simplement. Il n'y avait aucun apprentissage de la prière de louange et d'adoration, aucune notion de la proximité du Royaume et de la possibilité que nous avons de joindre nos voix au choeur des saints et des anges pour honorer Dieu. Et quand ma fille a suivi les cours de préparation pour sa confirmation, on lui a dit que les dons du Saint-Esprit dans une personne se reconnaissaient par exemple à ses dispositions dans le domaine de la peinture ou la musique ou des mathématiques… J'ai même un jour entendu un responsable à qui un petit garçon demandait : « Comment faire pour prier tout le temps ? », répondre : « Mais mon petit ce n'est pas nécessaire de prier tout le temps ! »

« La crainte de l'Eternel est le commencement de la sagesse ; tous ceux qui l'observent ont une raison saine. »[39]

J'ai eu moi-même à apprendre combien il était important de saisir le fonctionnement de ma vraie imagination pour m'en servir à accepter ma vraie nature de créature, à m'éveiller à l'existence du monde invisible mais non moins présent qui nous entoure, à m'ouvrir à tout ce qui est du domaine de la réalité absolue. Cela pour pouvoir commencer à pratiquer la présence de Dieu.

C'est pourquoi j'aime énormément les chants de louange inspirés par l'Esprit Saint, qui décrivent la Sainteté, la Grandeur, la Majesté de Dieu et qui nous font adorer la Croix, le Sang versé, Jésus, l'Agneau sur le trône et les anges de Dieu qui montent et descendent. Ils nous introduisent ainsi dans la réalité de la vie du Royaume. Et je reste sur ma faim quand à l'église nous utilisons des chants, très beaux peut-être, mais qui ne nous replacent pas dans cette symbolique essentielle, se contentant de parler de la beauté, de l'amitié et de la paix issues de la bonne volonté du cœur des hommes.

Dieu est la source de ma joie et je veux L'adorer de toute ma force et de tous mes moyens ! Pour cela j'utilise cette faculté merveilleuse qui me permet de me rendre présente au Présent par la représentation intuitive de ce qu'Il est. De cette manière, je peux m'avancer devant le trône de la Grâce et joindre ma voix à celle des anges et des saints qui Le louent et L'adorent nuit et jour. Je peux me représenter Jésus les bras ouverts toujours prêt à m'accueillir et me ramener à la maison du Père, là où tout n'est qu'abondance ! Et cela se passe réellement ! Il étend Sa main quand je me sens perdue et me ramène vers Son cœur et dans la chaleur de Ses

[39] Psaume 111 : 10

embrassements. Comme le chante Michaël Smith : « Il est l'air que je respire, et Sa parole de vérité est mon pain quotidien. Je suis perdu sans Lui ! »[40]

Ma vraie vie est dans les lieux célestes ! Les réalités du Royaume rempli de créatures vivantes et bien réelles, m'obligent à détourner les regards de moi-même pour les tourner vers Dieu et vers les autres, à vivre dans le présent de ma vie et à sortir de la terrible maladie de l'introspection. Celui qui souffre de cette maladie, passe son temps à revenir constamment sur un passé difficile pour analyser les raisons psychologiques de ses échecs. Il dépense aussi beaucoup d'énergie à attendre d'un futur plus sécurisant, un avenir moins pénible que ce qu'il a connu jusqu'alors.

Il est une discipline que j'ai dû m'imposer avec détermination : détourner les regards de moi-même pour les diriger vers Dieu et vers les autres. Au début, c'est chaque minute qu'il faut le faire, puis heure par heure. Dès que je commence à me lamenter sur moi-même, sur mes échecs réels ou imaginaires, et que je suis reprise par cette tendance à m'apitoyer sur mon sort, j'apprends à dire : « Seigneur, viens aimer quelqu'un à travers moi maintenant, je ne veux plus que mes propres besoins soient le centre du monde. »

C'est ainsi que j'apprends à aimer Dieu, en Lui permettant de vivre en moi. Je suis attirée vers Lui et Il vient en moi. Il est réel ! Je prends contact avec le réel ! Si je prends plaisir à la beauté d'une fleur, j'en deviens plus belle ! Et bien sûr si je me régale de la beauté de Dieu et que je passe du temps à Le contempler et à L'adorer, je deviens comme Lui !

La créativité des groupes de louange issus du réveil me semble d'une valeur exceptionnelle, car par la grâce de leur ministère nous pouvons accéder à la véritable adoration. Ces formations méritent soutien et encouragements ! Je vis les moments les plus merveilleux, quand, dans une assemblée de prière du réveil, je peux consacrer tout mon être à la louange et à l'adoration grâce à eux ! Mon esprit est réveillé, ranimé, fortifié, et mon âme, enfin détournée de la préoccupation d'elle-même, entraîne mon corps à la réjouissance dans le chant, les rires, les cris de joie et la danse. C'est une préfiguration de la vie que je désire mener dans l'Eternité : « Servir à la louange de sa gloire ! »[41]. C'est pour cela que je dis souvent et avec conviction :

[40] Traduit de l'anglais : « this is the air I breath, this is my daily bread. I'm lost without you ! »
[41] Ephésiens 1 : 12

« Dieu fasse que je meure dans un éclat de rire ! » Car quand je sens Sa présence, je ne peux m'empêcher de rire de joie ! Oui, je veux mourir de rire !

« Nous avons une si pauvre compréhension de ce qu'est la véritable adoration. Nous essayons de chanter magnifiquement en désirant lui plaire. Toutefois si nous analysons ce que nous appelons « adoration », il s'agit le plus souvent de beaux chants dont l'objectif n'est pas que Dieu reçoive l'adoration qui lui est due pour sa Grandeur, mais plutôt qu'il nous touche, nous remplisse, change notre cœur, nous immerge dans son fleuve, nous rafraîchisse, bref nous amène à nous sentir bien.

Subtilement notre âme est satisfaite tandis que nous remplaçons la véritable adoration par des requêtes égocentriques. C'est lui qui doit être au centre de l'adoration et de la raison pour laquelle nous nous réunissons. Quand nos chants sont tournés vers LUI, notre esprit s'élève avec Lui, lorsqu'ils sont centrés sur nous-mêmes, c'est l'âme qui est élevée. C'est extrêmement subtil, car tout paraît très spirituel, mais le fruit sera celui de la chair.

« Là où il est élevé, Dieu va attirer des millions de personnes vers lui. Un nouveau mouvement d'adoration émerge sur la terre, cherchant à glorifier la grandeur et la majesté de Dieu. Si nos chants exaltent tous les attributs de Dieu, faisant descendre son onction, sa présence et sa manifestation, l'esprit des croyants sera réveillé et élevé à de nouveaux niveaux de puissance et d'expériences avec Dieu. Quand nous adorons en Esprit et en Vérité, nous pénétrons dans les domaines de sa gloire. Les cieux s'ouvrent et nous pouvons le voir à visage découvert, où nous serons transformés à son image. Adorer n'est pas chanter : c'est véritablement devenir l'autel d'où coule le fleuve de Dieu. Ce n'est pas ce que nous pouvons faire, c'est quelque chose en quoi nous devons être transformés. »[42]

Darlène Zschech qui dirige la louange de la fameuse Eglise Australienne Hillsong écrit cette phrase que je fais mienne :

« Mon cœur désire ardemment que, lorsque les yeux du Seigneur parcourent la terre, il voie en moi une fervente adoratrice. »

L'Esprit Saint se sert donc de notre faculté imaginative pour nous inspirer des œuvres à la gloire de Dieu, qu'il s'agisse de musique, de peinture, d'iconographie, de poésie ou d'écrits inspirés. C'est une irruption du sacré dans l'imaginaire. Nous manquons vraiment d'audace pour mettre ces dons à la disposition de l'Esprit Saint qui veut les élever sur le plan artistique au-dessus de ce

---

[42] Ana Mendès : Être assis dans les lieux célestes (ed. Soteria)

qui se fait habituellement : ce qu'Il donne est amplement supérieur en qualité à ce dont on se contente d'ordinaire. Trop souvent, nous manquons de sens professionnel et de recherche d'œuvres de qualité. Ceux qui sont artistes parmi nous doivent se laisser modeler sans cesse par le souffle de l'Esprit Saint car Il veut se déployer à travers nos dons naturels et nous faire tendre vers la perfection. Il veut nous permettre de rendre audible et visible sur la terre ce qui se passe dans les Cieux. C'est cela, la faculté imaginative que Dieu avait déposée en nous au commencement. On ne peut donc pas se contenter d'une simple approximation dans l'exercice de ce ministère. La qualité technique, artistique ou instrumentale sont les bien venues, mais il faut surtout travailler avec détermination à recevoir et reproduire ce que Dieu nous donne par grâce.

Si nous laissons l'Esprit Saint prendre le contrôle de nos facultés pour les déployer selon les desseins de Dieu, nous n'irons plus d'échec en échec. Nous nous comportons encore trop comme les petits enfants qui disent : « Je veux le faire tout seul ». Nos facultés sont là, mais elles ont besoin d'être « boostées » par l'Esprit Saint qui vient à notre secours et « nous remplit de sagesse et d'intelligence et de savoir pour toutes sortes d'ouvrages »[43].

Dieu a dit aux Israélites :

> « Vous ferez le tabernacle et tous les ustensiles d'après le modèle que je vais te montrer. Sache que j'ai choisi Betsaleel. Je l'ai rempli de l'esprit de Dieu, de sagesse, d'intelligence et de savoir pour toutes sortes d'ouvrages, je l'ai rendu capable de faire des inventions, de travailler l'or, l'argent et l'airain, de graver les pierres à enchâsser, de travailler le bois, et d'exécuter toutes sortes d'ouvrages. »[44]

> « Notre capacité créatrice est la marque de « son image » en nous (…) Notre faculté d'imagination à été gravement dévoyée au moment où l'homme s'est détourné du Créateur. Cependant, à ses yeux, elle « reste » un cadeau précieux. Il en connaît la force, même si nous l'ignorons. (…) Notre capacité imaginative est liée à la création originelle, car Dieu a dit : « Faisons l'homme à notre image ». Dieu emploie « sa puissance » pour créer une image et nous en sommes le résultat. Dès ce moment, notre imagination est d'un intérêt primordial pour Dieu. C'est une partie de sa puissance qu'il a investie en nous. La plupart des progrès scientifiques ont été possibles grâce à l'imagination. Des hommes ont « vu » des objets avant de les fabriquer. Les inventeurs disent souvent qu'ils ont « vu » telle machine dans leur

---

[43] Passage tiré des dix-huit Bénédictions, issu lui-même d'Exode 31, voir note suivante.

[44] Exode 31 : 1 à 5

imagination, longtemps avant de savoir comment la construire. (…) Il y a un aspect intrigant et fascinant dans cette capacité à imaginer des choses connues ou inconnues. Pour Dieu, cette faculté est sacrée. Il ne veut pas qu'elle soit mal utilisée. C'est précisément pour cela que des forces maléfiques mettent « tout » en œuvre pour la dévoyer. Si nous utilisons notre imagination pour nous représenter une pensée de convoitise ou d'impureté, nous sommes en « conflit ouvert » avec la volonté de Dieu. Les hommes jouissent de ce pouvoir imaginatif pour créer une multitude d'images que Dieu interdit. Par exemple, si un homme voit une jolie femme, il peut la déshabiller dans ses pensées, petit à petit, jusqu'à ce quelle soit totalement nue. Il peut ensuite imaginer ce qu'il ressentirait s'il caressait son corps. Il peut poursuivre son cheminement mental jusqu'à la description de n'importe quel acte sexuel. Il s'est servi du don sacré de Dieu et l'a consumé sur l'autel de son désir. »[45]

4. UNE JOYEUSE MENDIANTE !

Grâce à la lecture de la bible, surtout le livre de la Genèse, et de divers autres auteurs, en particulier le très beau livre de C.S. Lewis sur le mystère de la souffrance, j'ai pu un tout petit peu mieux comprendre en quoi consiste le péché des origines et ses conséquences. Je voudrais vous partager quelques réflexions qui me sont venues à la pensée, à propos de cet événement, cette décision libre de l'homme de devenir son propre chef et de ne plus dépendre de Dieu en aucune chose. Cet homme - je me réfère en utilisant ce terme, à la parole : « homme et femme, Il les créa » - se lançant dans cette aventure, croyait pouvoir continuer à jouir de toutes les capacités et pouvoirs qui lui étaient nécessaires pour régner sur sa propre vie, sur les animaux, sur la nature environnante et sur beaucoup d'autres choses encore que nous avons oubliées. (essayons de nous mettre à sa place mais en fait, nous y sommes !) Mais, réduit désormais à ses propres forces, le fait de vouloir se maintenir à une place d'où il réalisait à peine qu'il venait de se « débarquer », est devenu pour Adam une source de tourments, de difficultés matérielles et de souffrance extrêmes. Alors que se livrer à Dieu et dépendre de Lui pour la moindre décision se déroulait dans un immense bonheur, de l'ordre du plaisir qu'ont deux amants en se donnant l'un à l'autre, il lui est devenu, à la suite de ce choix d'indépendance, extrêmement difficile et douloureux de s'approcher de Dieu. Depuis lors, essayer de se replacer dans Sa dépendance - ce qui est l'assurance du seul vrai bonheur - suppose une détermination et une pugnacité jointes à une humilité sans faille, attributs qu'on ne rencontre pas tous les jours réunis dans la même personne et encore, ne s'agit-il que d'essayer ! C'est un combat très incertain, extrêmement difficile, pour lequel une aide puissante nous est nécessaire, sinon c'est la défaite assurée. Les prophètes, parmi lesquels

---

[45] Merlin Carothers : Obstacles à la louange

Moïse, Elie, Jean-Baptiste, malgré l'aide de la Loi, ont eu quelques problèmes. Pour nous, il ne nous reste plus qu'à nous écrier avec St Paul :

« Grâces soient rendues à Dieu par Jésus-Christ notre Seigneur ! »[46]

St Augustin a défini la chute comme étant la conséquence de l'orgueil, du mouvement par lequel une créature (c'est à dire un être essentiellement dépendant, dont le principe d'existence réside non pas en lui-même, mais dans un autre) essaie de « s'établir à son propre compte », d'exister pour elle-même.

« Cet acte d'insubordination de la part de la créature, qui constitue une trahison absolue à l'égard de sa véritable position de créature, est le seul péché qui puisse être conçu comme ayant constitué la Chute. Car la difficulté, en ce qui concerne le premier péché, est qu'il doit être à la fois un acte éminemment odieux, sinon ses conséquences ne pourraient être aussi terribles, et pourtant un acte qu'un être libre des tentations de l'homme déchu pût vraisemblablement commettre. Le fait de se détourner de Dieu, pour se tourner vers soi, remplit ces deux conditions. C'est un péché possible, même pour l'homme du Paradis, parce que la simple existence d'un « moi » implique dès l'origine le danger d'auto-idolâtrie. Puisque je suis moi, je dois faire un acte d'abandon, si petit ou si aisé soit-il, afin de vivre pour Dieu plutôt que pour moi-même. C'est là, si vous le voulez, le point faible dans la nature même de la création, le risque que Dieu, apparemment, juge bon de prendre. (…) A partir du moment où une créature prend connaissance de Dieu, en tant que Dieu, et d'elle-même, en tant que « soi », la terrible alternative de choisir Dieu ou soi-même pour centre s'offre à elle. Ce péché est commis quotidiennement par de jeunes enfants et par des paysans ignorants, aussi bien que par des personnes compliquées, par des solitaires, aussi bien que par des gens vivant en société. C'est la Chute, dans chaque vie individuelle, dans chaque journée de chaque vie individuelle, le péché fondamental, derrière tous les péchés particuliers ; en ce moment même vous et moi, nous sommes soit en train de le commettre ou sur le point de le commettre, soit en train de nous en repentir. »[47]

L'habitude de tout ramener à moi-même m'a longtemps entretenue dans une identité d'orpheline, puisqu'elle ne cessait de m'éloigner de Dieu. La haine de Dieu qui en résultait me faisait L'accuser, Lui, de m'avoir abandonnée ou en tout cas de ne rien faire pour moi. Tant que j'étais dans cet état, je ressentais toujours douloureusement les manques, et j'étais dans la plainte continuelle, réduite à mendier

---

[46] Romains 7 : 25
[47] C.S.Lewis : Le problème de la souffrance (ed. Raphaël)

et à convoiter. J'avais alors le sentiment de ne pouvoir être heureuse que si la situation dans laquelle je me trouvais pouvait changer.

Généralement, c'est matériellement qu'il nous manque quelque chose : si on a besoin de trouver du travail ou un appartement par exemple, on va avoir tendance à demander cela dans la prière, faisant même d'une certaine façon, un chantage à Dieu. C'est comme si nous lui disions : « On va voir si tu vas enfin répondre à mon besoin, sinon tant pis pour toi ! » Nous ne réalisons pas que ce que nous présentons, en fait n'est pas notre véritable besoin. Nous sommes mêmes incapables de croire que la solution à nos problèmes puisse être autre chose que la réponse que nous exigeons pour ces demandes précises.

« Cherchez d'abord le royaume de Dieu et sa justice et toutes choses vous seront données en plus »[48]

Mendier ! Voilà à quoi on est réduit lorsqu'on est orphelin ! On se plaint, on montre notre misère, dans quel état de manque on se trouve et on fait appel à la pitié ! Puis on ne cesse de réclamer toujours les mêmes choses avec entêtement : « Si je n'ai pas ce travail, tout est foutu ! Seigneur, je t'en supplie donne-moi ce travail ! » ou bien : « Seigneur, change mon mari ! » Et comme Dieu n'a pas l'air de répondre, on se lamente encore plus sur notre sort et on commence à Le maudire, avec tous ceux qui nous refusent notre dû. En fait nous convoitons ! Nous recherchons en premier les choses de ce monde : le confort matériel, la santé, la sécurité, la paix intérieure….Nous montrons par là, sans nous en douter, que nous aimons le monde de la façon dont nous le dit St Jean dans ce verset :

« N'aimez point le monde, ni les choses qui sont dans le monde. Si quelqu'un aime le monde, l'amour du Père n'est point en lui. Car tout ce qui est dans le monde, la convoitise de la chair, la convoitise des yeux et l'orgueil de la vie, ne vient point du Père, mais vient du monde. Et ce monde passe et sa convoitise aussi ; mais celui qui fait la volonté de Dieu demeure éternellement. »[49]

Lorsque j'ai commencé à chercher la volonté de Dieu sur ma vie, je n'arrivais pas à avoir de réponse claire tout simplement parce que je n'étais pas encore capable de renoncer à toutes mes convoitises charnelles. Il a fallu que je renonce à ce que Dieu satisfasse tous mes désirs, que je renonce à mon état de mendiante. Mais il fallait d'abord que je comprenne que mes désirs, bien que forts

[48] Matthieu 6 : 33
[49] 1 Jean 2 : 16-17

naturels et légitimes étaient des convoitises trompeuses selon l'expression de St Paul :

« Vous avez été instruits à abandonner votre ancienne vie, et vous débarrasser du vieil homme qui se corrompt par les convoitises trompeuses. »[50]

Le seul chemin possible était le retour au Père ! C'était cela la volonté de Dieu sur ma vie. Et ce désir ardent qu'Il avait de mon retour, Il l'avait aussi déposé en moi de telle sorte que ce qui devenait mon objectif était : revenir à la maison. Mais j'ai constaté combien parfois cette approche de Dieu était laborieuse et pénible ! Conséquence terrible de la chute ! Aussi, dans cette situation, quand aimer et servir Dieu devenait si difficile (loin d'être délicieux comme cela devrait), quand cette démarche prenait la forme d'un devoir et même d'une corvée, il fallait bien me rendre à l'évidence que mon « esprit d'indépendance » était encore très fort et que j'avais grand besoin de guérison.

« Il nous a prédestinés, dans son amour, à être ses enfants d'adoption par Jésus-Christ, selon le bon plaisir de sa volonté, à la louange de la gloire de sa grâce qu'il nous a accordée en son bien-aimé. »[51]

Obéir à la volonté de Dieu, au « bon plaisir de Sa volonté », me demande donc de renoncer à la moindre velléité d'indépendance, à la moindre illusion que je puisse faire quelque chose de bon par moi-même. Je ne peux pas aimer, je ne peux pas conduire ma voiture, je ne peux pas avoir de relations de bon voisinage, je ne peux pas prier selon la volonté de Dieu sans Son aide et Son secours. Pourtant, il m'arrive encore souvent d'essayer d'y arriver seule et je suis tout étonnée quand je me « plante ».

« Car c'est toujours cette illusion, à laquelle notre nature s'accroche comme à son dernier trésor, cette prétention que nous sommes quelque chose par nous-mêmes, ou que nous pouvons retenir le bon que Dieu a placé en nous, ne serait-ce qu'une heure, c'est toujours cette illusion qui nous empêche d'être heureux ! Si nous pouvions abandonner notre dernière exigence de liberté, de pouvoir et de valeurs intrinsèques nous connaîtrions la liberté, le pouvoir, la valeur réels qui sont nôtres parce que Dieu nous les donne et parce que nous savons qu'ils ne sont pas à « nous » (…) Sans la grâce, nos désirs et ce qui nous est nécessaire entrent en conflit. »[52]

---

[50] Ephésiens 4 : 22
[51] Ephésiens 1 : 5
[52] C.S.Lewis : les quatre amours (ed. Raphaël)

Mes désirs de réussite, de reconnaissance, d'amour, d'accomplissement de vocation, de bonheur personnels, m'empêchent de savoir ce qui m'est vraiment nécessaire : la joie de la dépendance totale ! Pour moi, c'est cela la volonté de Dieu et c'est à cela que je veux obéir. Mais j'ai eu besoin de la prière de guérison pour que la puissance de Dieu vienne toucher et guérir cette maladie de ma volonté qu'est le désir d'indépendance. Elle était entretenue par une bonne dose de rébellion. Aussi, récupérer ma volonté pour l'ajuster à celle de Dieu, fut un héroïque combat ! Il s'agissait d'une place forte et je dois veiller sur elle comme une sentinelle, pour la conserver au service du Tout Puissant. Comme le dit Carlos Payan[53] :

« Ne soyons plus des résistants mais des collaborateurs ! »

Je désire désormais apprendre cette soumission qui me transforme et me fait passer de la situation de mendiante geignarde, insatisfaite, solitaire, amère comme l'était probablement devenu le « fils prodigue », à la stature parfaite de « joyeuse mendiante » en Christ, à l'état d'amante éperdue d'amour qui ne cesse de réclamer des baisers à son bien-aimé, car elle ne peut plus exister sans son amour et hors de ses embrassements.

J'ai rencontré aussi pas mal de personnes qui, sous prétexte de rechercher la volonté de Dieu pour s'y conformer, tombent dans la maladie des scrupules et s'obligent à prendre toutes sortes de bonnes résolutions pour servir Dieu, se mettant sous une dure loi qu'elles n'arrivent pas à suivre. Elles ne sont jamais sûres d'avoir fait les bons choix et sont dans la crainte continuelle d'avoir offensé Dieu. Cela traduit une grande difficulté à croire à la miséricorde de Dieu et surtout à comprendre qu'obéir à Sa volonté n'est pas une question de choses à faire, mais bien plutôt un positionnement de foi !

« Ils lui dirent : Que devons-nous faire, pour faire les œuvres de Dieu ? Jésus leur répondit : L'œuvre de Dieu, c'est que vous croyiez en celui qu'il a envoyé. »[54]

Que Ta volonté soit faite dans ma vie, Seigneur ! Je crois à cette volonté de bonheur, je crois que l'œuvre qui est commencée par l'Esprit Saint en moi va se poursuivre jusqu'à la guérison totale de cet « esprit d'indépendance » qui fait le

---

[53] Citation d'une phrase prononcée par le pasteur Carlos Payan au cours d'une prédication à Lisieux dans le cadre d'un rassemblement organisé par la Cté des Béatitudes (voir le DVD de cette soirée, à commander aux Béatitudes)
[54] Jean 6 : 28 à 29

malheur de tout homme depuis la chute ! Je m'abandonne à Toi et j'accepte ce que Tu veux, sachant que ce que Tu veux est vraiment le meilleur pour moi !.

Oui, l'Esprit Saint m'enseigne, si je le Lui demande et si je suis décidée à Lui obéir. Il veut m'apprendre à aimer tout. Cela semble tout simple quand on le dit mais la mise en pratique est beaucoup plus difficile ! Par exemple l'autre jour, je voulais aller vider sur le compost un seau d'épluchures qui traînait plus ou moins au milieu. Mais au moment de le prendre, je constate que le chat a tout renversé. Je me mets donc à le ramasser, mais je vous laisse deviner dans quel état d'esprit j'étais. Je raisonnais en moi-même : « S'il y a une chose que je n'aime pas, c'est ramasser ces ordures gluantes et qui sentent mauvais ! » Et soudain, c'est comme si j'entendais au fond de moi une voix disant : « Qu'est-ce que tu as dit ? », « Et bien j'ai dit que je n'aime pas ça ! » Et encore une fois j'entends : « Quoi ? », « D'accord Seigneur, apprends moi à aimer tout ce que j'ai à faire, à tout faire pour Ta gloire ! » Vous me croirez si vous le voulez, mais ramasser ces trucs est devenu glorieux car j'ai réalisé la présence de Dieu et la joie d'exister, de vivre, de pouvoir faire ces gestes simples sans me plaindre, sans que cela soit une corvée.

Je crois que j'ai réalisé ce jour-là quelque chose d'important, d'essentiel même, pour moi. Il y avait trop de choses que je considérais comme des corvées dans ma vie de tous les jours. Cela durait en fait depuis longtemps. En réalité, c'est peut-être ma vie elle-même que je vivais par moments comme une corvée et combien de fois dans une même journée n'ai-je pas prononcé ces mots : « ça, j'aime pas ! » C'est fou tout ce que je n'aimais pas… comme par exemple, ouvrir les emballages plastiques qui entourent certains aliments, ou le rouleau de scotch qui est tellement collé qu'on n'arrive pas à situer le bout, ou être dérangée quand je suis en train de faire quelque chose qui me semble important… J'ai entendu souvent des femmes dire : « Vivement que mon enfant soit capable de faire ses besoins sur le pot : c'est vraiment une corvée d'avoir à lui changer ses couches ! » ou « Vivement que j'ai un lave-vaisselle, c'est une vraie corvée de faire la vaisselle à la main ! » ou « Vivement qu'il ne pleure plus la nuit, que je puisse dormir tranquille ! »

> « Ainsi, mes bien-aimés, comme vous avez toujours obéi, travaillez à votre salut avec crainte et tremblement (…) car c'est Dieu qui produit en vous le vouloir et le faire, selon son bon plaisir. Faites tout sans murmures ni hésitations… »[55]

J'ai compris qu'obéir à la volonté de Dieu, c'est accepter tout comme venant de Sa main avec reconnaissance (sans murmures ni hésitations), et croire qu'Il

[55] Philippiens 2 : 13

peut me donner le désir et la capacité de vivre dans la joie tout ce qui se présente. Et ce n'est pas par moi-même que je peux vivre cela mais c'est Dieu qui le « produit » en moi si je le veux bien ! Il va tout faire Lui-même, Il n'attend que mon feu vert. Il me donne un grand désir d'aimer vivre chaque événement de ma vie et Il va me donner la force nécessaire pour que cela se passe.

Notre fils François nous avait réclamé de devenir pensionnaire, à l'autre bout de la France à Autrey dans un collège de notre communauté. A chaque rentrée des classes, il devait prendre le train et faire ce long trajet tout seul, cela me transperçait le cœur. Je me souviens qu'un matin très tôt, après lui avoir dit au revoir, je me suis recouchée et me suis mise à pleurer dans mon lit. Soudain, par la grâce de Dieu sans doute, j'ai pris un peu de recul par rapport à cette situation, et me suis observée en train de souffrir ; une joie profonde a commencé à monter en moi : la joie de vivre ! J'étais heureuse de vivre la souffrance d'une mère qui est séparée de son enfant. Cela peut sembler paradoxal, mais je n'ai plus considéré cette situation comme quelque chose d'impossible à vivre, encore une corvée ! Cela s'est imposé comme une décision intérieure de vivre passionnément ma vie. Quelle merveille d'avoir un fils sur lequel pleurer quand il s'en va ! Il y a tant de femmes qui n'arrivent pas à avoir d'enfants ! Elles ne savent pas ce qu'est le bonheur de pleurer sur son enfant. C'est cela faire la volonté de Dieu : Le laisser nous aider à vivre pleinement et à reconnaître que tout dans la vie est passionnant. C'est autre chose que de se plaindre sans cesse dans le refus de vivre ce qui se présente, attendant que la situation s'arrange, pour s'accorder enfin le droit et l'impression de vivre… Autre chose aussi que de s'inventer des actions vertueuses à accomplir pour plaire au Seigneur. Il n'est pas nécessaire d'attendre que Dieu nous parle de façon audible pour savoir ce qu'il faut faire, les événements se chargent vite de nous le dire. Cette « obéissance » dans les petites choses de la vie permet ensuite au Seigneur de nous en confier de plus grandes.

« Celui qui est fidèle dans les petites choses l'est aussi dans les grandes. »[56]

Ayant si souvent succombé aux tentations, je croyais que je manquais totalement de volonté et je m'en accusais. Mais j'ai découvert que ce n'est pas par la volonté qu'on résiste à la tentation mais par la fortification de la foi. En effet, de la volonté, des désirs, j'en avais beaucoup. Oui, j'avais un grand désir de réussir ma vie, de connaître Dieu, d'acquérir la sagesse, de vivre une vie d'exception. Reconnaître cela me plaçait devant l'évidence de mon incapacité, de ma grande faiblesse, de mon manque de courage et de détermination, mais j'ai appris à ne plus m'en désespérer et même à me « glorifier de mes faiblesses » car :

---

[56] Luc 16 : 10

« Ma grâce te suffit, car ma puissance s'accomplit dans la faiblesse. Je me glorifierai donc bien plus volontiers de mes faiblesses, afin que la puissance de Christ repose sur moi (…) Car, quand je suis faible, c'est alors que je suis fort. »[57]

Désormais, je n'ai plus à me désespérer de mes limites et de mes échecs dans mes tentatives de faire la volonté de Dieu ou encore de mes manques de force dans le combat contre les tentations ; toutes ces « galères » viennent montrer que j'ai encore essayé d'y arriver par moi-même et que c'est une bonne chose que je n'y sois pas parvenue !

« S'il faut se glorifier, c'est de ma faiblesse que je me glorifierai ! »[58]

Que le Seigneur daigne lui-même me donner la force que je n'ai pas, selon Sa promesse :

« A cause de cela, je fléchis les genoux devant le Père, duquel tire son nom toute famille dans les cieux et sur la terre, afin qu'il vous donne, selon la richesse de sa gloire, d'être puissamment fortifiés par son Esprit dans l'homme intérieur, en sorte que Christ habite dans vos cœurs par la foi (…) Or à celui qui peut faire, par la puissance qui agit en nous, infiniment au-delà de tout ce que nous demandons ou pensons à lui soit la gloire dans l'Eglise et en Jésus-Christ, dans les siècles des siècles ! Amen ! »[59]

5. SI QUELQU'UN CROIT SAVOIR QUELQUE CHOSE…

« Si quelqu'un croit savoir quelque chose, il n'a pas encore connu comme il faut connaître. »[60]

J'aborde dans ce chapitre, la conquête d'une des forteresses les plus impressionnantes, car quasi imprenable de tout mon héritage. Avant de commencer, j'aimerais vous rassurer, vous qui êtes parvenus à cet endroit de mon récit. Vous pensez peut-être que tout ce parcours, truffé d'embûches, et toute cette lutte pour recevoir et vivre des promesses de Dieu sur nos vies sont vraiment trop difficiles. Je vous assure qu'il n'en est rien.

---

[57] 2 Corinthiens 12 : 10
[58] 2 Corinthiens 11 : 30
[59] Romains 3 : 14 à 21
[60] 1 Corinthiens 8 : 2

« C'est le but le plus enthousiasmant que vous puissiez poursuivre. Jésus est venu dans le monde pour nous aider à devenir ce que Dieu veut que nous soyons. Nous avons le privilège, l'honneur et la joie de laisser son Esprit nous y aider. Jésus ne cherche pas à nous condamner. Son seul désir est de nous introduire dans une relation avec Dieu. »[61]

Depuis que j'ai pris la résolution d'être heureuse coûte que coûte et que je vais de victoire en victoire avec l'aide de l'Esprit Saint, mon intimité avec Dieu n'a fait que grandir. Je connais de grandes joies, alors qu'il me paraissait absolument impossible d'y goûter durant toutes ces années de disette. Je témoigne avec enthousiasme que le bonheur est possible et même obligatoire, et c'est donc tout simplement un état normal que je suis en train de récupérer. J'existe et c'est là ma joie !

Alors que j'écrivais ces lignes, j'ai eu une conversation téléphonique avec une personne qui voulait que je prie pour elle. En recherche de bonheur, elle me faisait la liste de tout ce que je devais dire dans ma prière : « Priez pour que ma sœur soit gentille avec moi, et puis que je puisse rester dans la maison où je suis, et que j'aie assez d'argent et que j'aie la santé… » Elle était tellement enfermée dans ses plaintes et ses revendications débitées sur le mode a.d.s.l.[62], qu'elle n'arrivait pas à entendre ce que j'essayais de lui dire pendant qu'elle tentait de reprendre son souffle. Après plusieurs essais infructueux, elle a fini par se calmer pour m'écouter : « Oui, je vais prier pour toi : que le Seigneur te fasse connaître le bonheur d'aimer la vie et d'être heureuse quoiqu'il arrive ! » Elle a cru immédiatement que cela voulait dire que je demandais au Seigneur de la faire souffrir, en obtenant de Lui la force de supporter une existence remplie d'épreuve. Finalement, après lui avoir expliqué qu'il s'agissait d'autre chose, elle a accepté que ce soit cette prière là que je fasse et rien d'autre, et elle a été apaisée.

Je suis de plus en plus confirmée dans cette certitude, que lorsqu'on a enfin accepté sa vie telle quelle est, on découvre à quel point c'est passionnant de vivre. On n'est plus obligé de subir ces craintes continuelles que notre vie n'aboutisse pas à ce que nous désirions, ou ce à quoi nous voulions correspondre. On n'a plus à craindre le malheur ! C'est pourquoi je vous encourage à continuer avec moi ce chemin de reconquête de votre véritable être, de ce que Dieu a voulu de tout temps que vous soyez ; car ce que vous allez découvrir et vivre vaut vraiment la peine d'être vécu.

---

[61] Merlin Carothers : *Obstacles à la louange – Ces pensées qui nous troublent* (ed. Foi et Victoire) page 24

[62] Il ne s'agissait pas exactement de l'abréviation de « A Dieu Seul la Louange ! »

J'en arrive enfin à mon propos : parler de l'intelligence et du contrôle des pensées, en prenant bien la précaution de me démarquer de toute une tendance rationaliste ambiante extérieure et intérieure (nous sommes passablement formatés) qui nous fait affirmer : « Je crois ce que je pense » ou « Je pense que j'ai raison ».

Cela a été très important pour moi de reconnaître que cette puissance de mon âme qu'est mon intelligence avait, elle aussi, été dévoyée et que je ne pouvais plus m'appuyer sur elle, tant qu'elle n'avait pas été soumise à l'action du Saint-Esprit. Elle exerce un contrôle qu'elle a usurpé mais ne veut surtout pas lâcher. Habituée à vivre dans l'indépendance, elle ne désire pas être contrôlée par Dieu ; du reste, le vouloir, elle ne le peut même pas. Il est difficile de prendre conscience de cet état de fait et de le comprendre, précisément parce que ma faculté de raisonnement a été dévoyée. Même si elle m'a servi pour adhérer à la foi, c'est quand même elle qui trouve toutes sortes d'excuses pour entretenir des pensées d'erreur, des fausses croyances. Elle peut aussi bien me servir à justifier mes actes et mes décisions de continuer dans certaines habitudes de péché, qu'à m'aider à fermer les yeux sur tel ou tel point qui aurait besoin de la lumière du Seigneur ou encore me démontrer que Dieu m'a abandonnée autrefois dans certaines circonstances de ma vie, et enfin me persuader que je ne suis pas aimable. Mais, on pourrait allonger la liste ! Personnellement je me suis longtemps servie de mon intelligence pour exercer un contrôle permanent sur ma vie et sur celle des autres. La connaissance du bien et du mal, ce cadeau (un vol, en fait) empoisonné, le péché des origines, en vérité c'est le mien.

La première erreur c'est de vouloir défendre que ce que je pense est la vérité. Ce n'est pas à moi de défendre la Vérité ! Qu'ai-je à prouver et qu'ai-je à défendre ? En effet, derrière cette attitude se cache une énorme peur que les choses ne se passent pas comme je voudrais. C'est tout simplement que je suis encore incapable de faire pleinement confiance à Dieu et de m'abandonner totalement à Lui. Alors je me persécute, et je persécute les miens avec mes convictions erronées. Je voudrais toujours que ce soit ma manière de voir les choses ou de faire les choses qui soit suivie. Je suis angoissée si on n'adopte pas ma façon de faire, et je n'arrive pas à croire qu'une autre manière de s'y prendre puisse réussir. Face à cet entêtement, à cette aliénation spirituelle qui peut malheureusement aboutir à une forme plus pathologique, je crois pouvoir affirmer que compter ainsi sur ma propre sagesse est mon plus gros péché. Et je sais qu'il s'agit là d'un immense combat spirituel. Cette tendance à vouloir que tout passe par mon contrôle, comment en être débarrassée et guérie ? Je désire apprendre à renoncer à mes soi-disant certitudes car elles me poussent à contrôler ma vie et celle des autres. Quel plaisir retire-t-on à avoir raison contre les autres ? On a beaucoup plus de joie quand on s'abandonne avec confiance.

Je sais à quel point je suis misérable, ou en tous cas, je crois savoir à quel point je le suis. Mais alors, pourquoi est-ce que je continue à apporter crédit, parfois d'une manière quasi absolue, à ma manière de concevoir les choses ? Avec un orgueil affolant, je suis capable de défendre mon point de vue avec acharnement. « Je sais que j'ai raison ! »[63] Cette phrase, cette pensée m'habite presque en permanence et il faut que je réclame sérieusement la capacité de me remettre en question.

Renoncer à avoir raison est donc probablement le plus gros combat auquel je suis sans cesse confrontée et devant lequel je me sens sans force car je suis constamment soumise par mon intelligence dévoyée, « vendue » à un esprit d'erreur. Le mensonge est tel que j'ai encore souvent la prétention d'être quand même capable de juger sainement les situations ou les actions des autres. Ce faisant, je me prends tout simplement pour Dieu, c'est à dire que je me crois capable de décider par moi-même de ce qui est bien ou pas, de ce qui est bon ou mauvais. Mais j'en ai tellement l'habitude que je ne me rends même plus compte que je le fais. Ah ! Ce pouvoir du mensonge qui se fait passer pour vérité ! Il y a toute une fausse sagesse, entretenue par l'esprit du monde qui nous fait rechercher des tas de moyens pour nous protéger et protéger les nôtres contre toutes sortes de dangers, notamment celui de la vérité.

Se protéger du malheur ! Il s'agit là d'une des plus grandes forteresses, construite depuis longtemps par nos ancêtres et consolidée par nous-mêmes. C'est là que se cache notre esprit de contrôle, là que nous avons mis tout en œuvre pour protéger les nôtres contre les dangers, la souffrance et la mort. Derrière ces comportements se cache une apparence de sagesse, beaucoup de vertus et d'héroïsme. Cette fausse sagesse ne cesse d'être perpétuée au travers de l'éducation et des traditions. De même que « nos ancêtres les Gaulois » avaient peur que le ciel ne leur tombe sur la tête, nous avons très peur du malheur, et lorsque nous écoutons les informations, tout se résume à la recherche de sécurité et de paix. On cherche la sécurité dans les découvertes de nouveaux vaccins et de médicaments contre toutes les maladies et chaque pays veut assurer sa sécurité par le développement d'armes nucléaires de plus en plus performantes et de systèmes de protection contre la violence et le crime. On la recherche aussi dans toutes sortes de pratiques occultes. « Je touche du bois ! » ou « Je croise les doigts » entendons-nous dire par des gens qui critiquent ouvertement la foi chrétienne en la traitant de superstition ou de recherche magique de protection. C'est vrai que ma pratique religieuse peut être aussi vécue comme une recherche de sécurité, et peut traduire le sentiment qui habite tout homme depuis la chute : je dois essayer d'entrer dans les bonnes grâces de Dieu. Ce qui signifie en clair : Dieu représente un danger pour moi ! Chercher à acquérir la vertu et la justification par ses propres efforts dans une démarche légaliste, est

[63] Lanza del Vasto parlait de « la rage d'avoir raison »

considéré par nombre d'accompagnateurs spirituels (et la bible semble leur donner raison), comme une pratique relevant plutôt de la religiosité ou de la bigoterie, car le commerce dont il s'agit ici ne peut pas s'adresser au Vrai Dieu.

On peut aussi se rassurer avec sa raison, son intellect, sa rationalité, en se consacrant à la recherche de la connaissance. On fait de la philo, des maths, de la psychologie, on s'investit dans un travail intellectuel qui se déroule dans un climat dénué de toute passion et de tout conflit. On sort du milieu familial souvent conflictuel où l'on a peut-être beaucoup souffert enfant, pour entrer dans l'atmosphère de paix apparente et de sérénité des bibliothèques ou des laboratoires. On fuit ainsi les vraies questions. Que Dieu existe ou pas, cela ne nous intéresse pas. On retourne à ses chères études, là où on ne peut faire de mal à personne, et où personne ne nous fera de mal. On a des savants très intelligents, des rationalistes, qui sondent les mystères de la nature, de la physique ou de la biologie. Ils font ainsi des découvertes fabuleuses. Certaines sont si remarquables que des Puissants de ce monde, des Autorités s'y intéressent, et leur trouvent des applications totalement dédiées au bonheur de l'humanité. Ainsi, il y a des gens qui, en toute quiétude, ont préparé la bombe atomique. Ils étaient pourtant, semblait-il, des individus très équilibrés et recommandables à bien des égards ; beaucoup militaient pour la paix. Mais au jour d'Hiroshima, ils ont dit : « Malheur à nous ! Qu'avons-nous fait ? » Et le Saint-Esprit est à la porte et Il pleure. A la fin de la guerre, Il demande s'Il peut sortir maintenant et Il compte les millions de morts. Et nous disons : « Mais, s'il y avait un bon Dieu ! ». En réalité, c'est notre refus du Saint-Esprit qui nous a conduits à ce que nous constatons. Les nations se sont perdues dans leurs pensées perverses ! La Bible dénonce cette démarche pervertie du cœur humain. Je ne prétends donner de leçon à personne : si j'avais été douée pour les études, je me serais laissée séduire autant, sinon plus que n'importe qui dans ce domaine particulier de la connaissance.

Faisons l'état des lieux : même si nous sommes guidés par nos meilleures intentions (l'enfer n'en est-il pas pavé ?), elles ne suffisent pas et il nous faut le Saint-Esprit, pour que cette faculté que Dieu nous a donnée, l'intelligence, puisse être utilisée à Sa gloire et par conséquent pour la paix !

« Ils se sont égarés dans leurs pensées et leur cœur sans intelligence a été plongé dans les ténèbres. Se vantant d'être sages ils sont devenus fous. »[64]

La Bible dénonce comme vanité le fait de s'appuyer sur notre propre capacité de raisonnement et l'appelle ignorance et folie :

[64] Romains 1 : 21-22

« Vous ne devez plus marcher comme les païens, qui marchent selon la vanité de leurs pensées. Ils ont l'intelligence obscurcie, ils sont étrangers à la vie de Dieu, à cause de l'ignorance qui est en eux, à cause de l'endurcissement de leur cœur. »[65]

« Où est le sage, où est le scribe, où est le disputeur de ce siècle ? Dieu n'a-t-il pas convaincu de folie la sagesse du monde ? Car puisque le monde, avec sa sagesse, n'a point connu Dieu dans la sagesse de Dieu, il a plu à Dieu de sauver les croyants par la folie de la prédication (…) Car la folie de Dieu est plus sage que les hommes, et la faiblesse de Dieu est plus forte que les hommes (…) Mais Dieu a choisi les choses folles du monde pour confondre les sages. »[66]

Où est l'erreur ? Je suis dans l'erreur si je crois savoir quelque chose et si je veux imposer ma vérité aux autres ; et même et surtout si c'est d'ordre spirituel, car nul ne peut prétendre posséder la vérité toute entière. Je risque de vouloir imposer ma propre loi morale qui, sous des dehors de sagesse et de vertu, est encore soumise à la loi du péché et de la mort. La preuve en est que je me sens culpabilisée si je déroge à cette loi, ou bien je culpabilise mon entourage en l'accusant de désobéissance. C'est un terrible enfermement dans lequel je suis sans cesse tentée de tomber. Et je fais cela presque en permanence, même, par exemple, dans ma manière de faire la vaisselle, de nettoyer la table, ou de ranger ma maison. Je m'invente des manières de faire qui font loi et qui doivent être respectées sous peine de jugement et d'accusation. Le pire, c'est encore lorsque je crois savoir ce qui est bon, car j'enferme alors dans mon contrôle ceux que j'estime être dans l'erreur. Mon intelligence dévoyée m'avait ainsi enfermée dans la condamnation. Mais j'étais toujours tellement certaine d'avoir raison ! Mais alors, comment pouvais-je sortir de la confusion et de l'erreur ?

Dans certaines situations, avoir à renoncer à ma manière de concevoir, c'est à dire à mon contrôle, me semblait trop difficile : j'avais l'impression que j'allais en mourir. J'ai du mal à accepter que l'autre, qui se trompe, puisse avoir « le dessus ».

Quand nous partons en voyage, j'aime avoir tout prévu et rangé ma maison quelques temps à l'avance. Mon mari, lui, a toujours des choses à faire au dernier moment, ce qui fait que je le vois, avec angoisse, se mettre à étaler des livres et des papiers un peu partout là où j'ai déjà tout rangé. Alors je commence à faire des remarques ou, si j'arrive à m'en empêcher (car je ne tiens pas à provoquer une dispute, étant quelqu'un de pacifique…), je me mets à prier intérieurement que Dieu

---

[65] Ephésiens 4 :17-18

[66] 1 Corinthiens 1 : 20 à 27

m'aide à supporter cette situation désagréable. J'arrive à me persuader qu'il n'arrivera pas à avoir tout fini à temps et qu'il faut donc que je me résigne. Or, il arrive à tout ranger, et c'est bien fait pour moi ! Mais, plus tard je ne peux m'empêcher de lui demander pourquoi il me fait toujours vivre ce genre de tension, pourquoi faudrait-il toujours que je prenne sur moi pour supporter sa manière de faire ? J'ai tellement l'impression que c'est injuste d'avoir à renoncer à ce que je pense être juste. Mais, je dois me rendre à l'évidence que je suis doublement dans l'erreur : d'une part, je n'ai pas à demander à supporter une situation qui somme toute n'est pas dramatique ; en effet pourquoi vouloir avoir raison à tout prix, si le prix à payer est le mépris de l'autre ? Et d'autre part, vouloir savoir qui a tort ou raison est un faux problème. Autrement dit, il y a une seule vraie question que je dois me poser : « Est-ce que je l'aime ? » Et moi qui voulais qu'il s'amende et reconnaisse qu'il m'a fait souffrir ! Je dois me rendre à l'évidence que je me suis bien « plantée » et que toute mon attitude n'a fait que mettre en lumière une chose essentielle : dans ces moments-là, je n'aime pas mon mari ! Je le critique, je ne lui passe rien, et je trouve le moyen de penser que je suis une pauvre victime. Quelle merveille que la vérité ! Elle est la lumière qui dissipe les ténèbres.

« Quand vous décidez de vous tenir dans la lumière et de dire la vérité quel qu'en soit le prix, quand vous avez péché et commis des erreurs, quand vous avez fait quelque chose qui, aux yeux des autres, est faux, et que vous décidez de dire la vérité coûte que coûte, alors Dieu fera briller sa lumière par vous. »[67]

Tout est une question d'amour. C'est lui qui nous fait entrer dans la révélation de la vérité ! On ne peut pas prétendre avoir raison si on n'aime pas. Le manque d'amour du prochain nous maintient dans la terrible solitude de l'individualisme. Nous vivons isolés sous une structure d'égoïsme, d'autoprotection qui sont autant de ténèbres qui recouvrent notre cœur et :

« Celui qui est dans les ténèbres ne peut voir que ses propres besoins. »[68]

Si nous avions été à la place de Dieu pour créer le monde nous l'aurions fait suivant ce que nous aimerions :

« Manger copieusement sans prendre du poids,
Avoir un jardin sans mauvaises herbes,
Donner à notre jeunesse des conseils qui soient suivis,
Jouir de la vie sans vieillir,

[67] Ana Mendès Ferrel : Assis dans les lieux célestes (ed. Soléria) page 89
[68] Idem, page 93

Dépenser notre argent sans nous appauvrir,
Nettoyer notre maison et qu'elle reste propre,
Préparer des aliments appréciés de tous,
Améliorer le monde sans fournir d'effort. »[69]

Ces critiques entretenues à l'égard de Dieu et sur la manière qu'Il a de mener notre vie et la vie du monde, font de nous d'éternels insatisfaits et nous maintiennent dans des dispositions de soupçon et de revendication. Tout cela parce que nous avons des notions fausses sur les choses de la vie, et que nous poursuivons de faux objectifs. Mais comment savoir si nous sommes sur une mauvaise voie et reconnaître que ce que nous pensons être juste, est précisément faux ?

Il est temps que nous nous laissions sauver et que nous nous détournions de nos fausses images de Dieu qui nous mettent en colère et nous empêchent de nous tourner vers le seul vrai Dieu, seul digne d'adoration et seule source de vie, de bonheur véritable, car seule source de vraie consolation. Tout ce qui nous pousse à rechercher bonheur et sécurité en dehors de Dieu, du seul vrai Dieu, c'est de l'idolâtrie.

« Eux qui ont changé la vérité de Dieu en mensonge et qui ont adoré et servi la créature au lieu du Créateur. »[70]

Dieu nous dit la vérité quand Il nous appelle Ses enfants, mais nous sommes tellement habitués à écouter les mensonges qui nous ont répété depuis notre enfance qu'Il nous a abandonnés, que nous continuons à chercher désespérément notre identité ailleurs qu'en Lui. La preuve en est que nous avons sans cesse tendance à demander aux autres, ou par exemple à un groupe auquel nous tentons d'appartenir, de nous donner notre place, notre sécurité, de nous révéler qui nous sommes, choses que Dieu seul pourrait nous dire et nous apporter. Voilà pourquoi nous avons toutes sortes de faux dieux et de fausses images de Dieu qui nous renvoient d'ailleurs à de fausses images de nous-mêmes.

On sait qu'on est dans une démarche idolâtre quand, au lieu du bonheur recherché, on n'éprouve que tristesse et déception. Voici, à mon avis, les signes qui prouvent qu'on est asservi à un faux dieu : la déception, l'amertume, la culpabilité, la tristesse, la dépréciation de soi, le désespoir, l'irritation, la colère et finalement le rejet, le désir de quitter et de se séparer.

---

[69] Merlin Carothers : Obstacles à la louange - Ces pensées qui nous troublent (ed. Foi et Victoire) page 61
[70] Romains 1 : 25

Par exemple : si je demande - dans une attente de reconnaissance inavouée et même inconsciente de ma part - à un groupe de prière de me donner ma place, mon identité (par exemple, je fais partie de tel groupe et j'aimerais faire partie du noyau) et si je suis déçue et triste parce qu'on me le refuse et me sens incomprise, alors je vais accueillir des pensées d'amertume, d'irritation, puis je vais dire du mal de ce groupe ou de certaines personnes du groupe et enfin je vais prendre la décision de le quitter, non sans avoir, entre temps semé une certaine zizanie. En effet les personnes qui sont dans le même état d'amertume que moi sont vite repérables et on peut entretenir, ainsi à plusieurs, des pensées négatives et des accusations. Je deviens donc en quelque sorte athée de ce faux dieu-là qui m'a déçue et je ne veux plus le servir. Alors que j'espérais trouver une conscience de bonne chrétienne au sein d'un bon groupe de prière, je me retrouve avec ma fausse identité, toujours la même, de victime, de lésée, de délaissée.

Et si c'est à ma communauté que j'ai demandé ma place et ma sécurité, cherchant à être une bonne communautaire, sacrifiant ma vie et peut-être ma famille sur l'autel de cette idole-là, ma déception peut être très grande, ainsi que ma colère contre elle. Je me retrouve avec la fausse identité de mauvaise communautaire, avec les culpabilités qui s'y rapportent. Si je décide de la quitter parce qu'elle n'a pas répondu à mes attentes, je vais rester dans l'amertume et je peux même essayer de me venger d'elle en diffusant toutes sortes de calomnies à son sujet.

Si c'est à mon mari, comme cela a été mon cas, que je demande de me combler, de me comprendre, de me chérir, d'être toujours là pour moi, en un mot de me donner le bonheur, choses que Dieu seul peut me donner, j'aurai l'impression dès les premières déceptions d'avoir « sacrifié » ma vie à un « égoïste » ; et, là encore, je vais désirer devenir athée de ce dieu-là, auquel je ne crois plus et que je vais quitter ; puis je dirai toutes sortes de méchancetés sur lui à mes enfants. Et moi, qui voulais être une bonne épouse, je me retrouve donc avec une fausse identité de mauvaise épouse.

Et lorsque je me rabats sur mes enfants pour leur demander de m'accorder ma place de mère, et bonne cela va de soi, me « sacrifiant » tant que je peux pour eux et leur demandant en retour de me combler dans mes propres manques affectifs, je m'expose à être très déçue, d'abord par eux, puis par moi et ainsi renvoyée à cette redoutable identité de mauvaise mère que je voulais fuir plus que tout. Je me sens alors si coupable que cela me donne envie de disparaître, préférant me rejeter moi-même, les innocenter à bon compte, car, eux, je n'ai pas toujours le courage de les rejeter.

A moi-même, également, je peux demander d'être mon propre Dieu, me demandant la perfection en tout, que ce soit spirituellement, moralement ou physiquement. Je peux reconnaître cette idolâtrie aux mêmes symptômes que dans les situations évoquées plus haut : la déception, la tristesse, voire du désespoir devant le constat de mes faiblesses et de mes incapacités. Je peux même devenir très amère et irritée contre moi-même.

Nous avons vu aussi combien notre travail peut devenir une idole - en ce qui me concerne, c'est la manière de tenir ma maison - le perfectionnisme et la méticulosité qu'on peut y apporter, l'acharnement dans l'obligation d'atteindre des objectifs pour soi ou pour les autres, qui nous pousse à sacrifier nos forces, nos temps familiaux, notre santé et celles des autres, sur l'autel de notre propre réussite. Tout cela, dans le but d'être reconnu, enfin paré de l'identité de quelqu'un qui a réussi et qui peut être fier de lui. Si nous perdons notre travail, cela peut être suffisant pour nous plonger dans le désespoir, car nous sommes confrontés tout à coup à notre vieille dépréciation de nous-mêmes et à notre sentiment d'inutilité.

On peut, ainsi, servir plusieurs idoles ou faux dieux en même temps et entretenir toute une liste de pensées négatives sur nous-mêmes et sur les autres. Quand aux deux piliers fondamentaux de la misère humaine que sont les pulsions alimentaires et sexuelles, bonnes à l'origine mais tordues par le péché, elles sont aussi présentes dans la plupart des conduites idolâtres, sinon de toutes, sous des formes déguisées.

Or, la seule chose vraiment importante est la suprématie du règne de Dieu sur nos vies et particulièrement sur cette peur de la souffrance qui fausse toutes nos relations avec nous-mêmes et avec les autres. Puissions-nous ne plus contester les décisions de Dieu seul Sage, seul Parfait, seul Digne de respect, de louange et d'adoration !

Comment puis-je espérer connaître quelque chose sainement alors que mon système de pensée est dévoyé et tourné contre Dieu ? Trop longtemps je me suis servie de mon intelligence pour me démontrer à moi-même que je n'étais pas aimable ou me persuader que les autres se trompaient. Ces erreurs, quand elles sont entretenues, sont difficiles à déraciner. Seuls l'Esprit Saint et la Parole de Dieu peuvent le faire. Ils sont à notre disposition pour cela. Le rôle de la Parole de Dieu est de trancher, séparer, dénoncer le mensonge, faire entrer dans la vérité et la révélation des mystères de Dieu. Elle fait une œuvre de lumière et de vérité.

« Non pas pour mettre en évidence tout ce qui ne va pas en nous, mais pour nous montrer comment être délivrés de nos mauvaises pensées afin d'entrer dans la vie abondante dont Jésus[71] a parlé. »[72]

« Considérez attentivement vos voies. »[73]

« Ne sois pas sage à tes propres yeux. »[74]

« Enrichis d'une pleine intelligence pour connaître le mystère de Dieu, savoir Christ, mystère dans lequel sont cachés tous les trésors de la sagesse et de la science. »[75]

« Ne soyons plus des enfants, flottants et emportés à tout vent de doctrine, par la tromperie des hommes, par leur ruse dans les moyens de séduction, mais que, professant la vérité dans la charité, nous croissions à tous égards en celui qui est le chef, Christ. »[76]

L'Esprit Saint seul peut nous révéler les choses de Dieu et nous donner la vraie connaissance et la vraie sagesse. Puissions-nous L'accueillir et Le laisser nous conduire dans la vérité toute entière.

« Accueillir le Saint-Esprit comme maître de nos habitudes de pensées est plus qu'un concept. C'est un engagement à résister en permanence aux pensées corrompues. Cette consécration totale étant claire, le Saint-Esprit nous rend capables de faire ce que nos forces humaines ne nous permettent pas. Seule la soumission de nos habitudes de pensées au contrôle de l'Esprit Saint nous permet de développer des pensées pures. Cela nous dispose à une vie au service de Dieu et ferme la porte aux souffrances indicibles que nous attirent nos désobéissances à Dieu. »[77]

Un combat acharné doit donc commencer jusqu'à la victoire finale ; nous ne pouvons pas y échapper, mais nous ne sommes plus seuls maintenant pour combattre.

---

[71] Jean 17 : 13
[72] Merlin Carothers : Obstacles à la louange : Ces pensées qui nous troublent (ed. Foi et Victoire) page 25
[73] Agée 1 : 7
[74] Proverbes 3 : 17
[75] Colossiens 2 : 2
[76] Ephésiens 4 : 14 -15
[77] Merlin Carothers : Obstacles à la louange : Ces pensées qui nous troublent (ed. Foi et Victoire) page 50

« Les ressources du ciel sont à notre disposition. Dieu met à notre disposition plus de puissance que nous ne pourrons jamais en utiliser. Nous avons le privilège d'être une lumière et Jésus dit qu'elle doit « briller au milieu d'une génération perverse ». Nous avons la joie de dire au monde : « Jésus a changé ma façon de penser. Il veut le faire pour vous aussi, si vous lui en donnez l'occasion. »[78]

Le combat consiste donc à refuser résolument toute pensée contraire à la vérité qui est en Christ. Ce tri dans l'accueil ou le rejet des pensées est indispensable, car le moindre petit germe de mensonge toléré même s'il me paraît ordinaire et négligeable, peut devenir l'occasion de perdre toute la bataille. Cela nécessite un changement radical, un renouvellement total de l'intelligence qui ne peut se faire que par la puissance du Saint-Esprit.

« Le secret consiste à laisser l'Esprit de sainteté agir en nous. »[79]

Les épreuves et les tentations sont autant d'occasions qui nous sont données pour apprendre et grandir dans l'obéissance à l'Esprit Saint, alors que l'environnement socioculturel et même traditionnel « religieux », nous pousse au contraire à faire ce qui satisfait la chair et ses convoitises trompeuses. Comprenons que la sagesse consiste à renoncer à accueillir toute pensée qui s'élève contre Dieu. Paul écrit :

« Nous apportons toute pensée captive à Dieu. »[80]

« Car la colère de Dieu se révèle du ciel contre toute impiété et toute injustice des hommes qui retiennent injustement la vérité captive. »[81]

Si nous désirons sincèrement être utilisés par Dieu, laissons Le purifier tout notre système de pensée. Nous voudrions tellement faire de grandes choses pour le Seigneur, qu'Il nous confie des ministères importants... Mais comment pourrait-Il le faire si nous ne sommes pas fidèles dans les petites choses ?

« Celui qui est fidèle dans les moindres choses l'est aussi dans les grandes. »[82]

---

[78] Merlin Carothers : Obstacles à la louange : Ces pensées qui nous troublent (ed. Foi et Victoire) page 64
[79] Idem : page 64
[80] 2 Corinthiens 10 : 5
[81] Romains 1 : 18
[82] Luc 16 : 10

Entraînons-nous donc à obéir en entrant dans la défiance de nous-même. Ne succombons plus à la tentation de nous croire sages à nos propres yeux, ou encore capables de nous juger nous-mêmes ou de juger les autres. Gardons-nous de vouloir conseiller les autres en nous appuyant sur notre propre sagesse. Nous savons quelles sont les pensées que nous avons tendance à accueillir avec complaisance et qui nous conduisent au péché. Demandons à l'Esprit Saint de nous donner la force de les rejeter avec détermination dès quelles apparaissent. Si nous nous montrons fidèles et obéissants dans ce combat, Dieu nous donnera la victoire et il pourra nous donner la place qui est la nôtre. Ne revendiquons plus d'être reconnus, acceptés, honorés mais obéissons, en rejetant toute pensée de déception, d'amertume ou de tristesse. Quand nous aurons apporté les preuves de notre obéissance, alors nous nous retrouverons à faire les œuvres que Dieu a préparées d'avance pour nous.

« Car nous sommes son ouvrage, ayant été créés en Jésus-Christ pour de bonnes œuvres, que Dieu a préparées d'avance, afin que nous les pratiquions. »[83]

Nous qui voulons être des instruments de Dieu pour changer le monde, laissons-le d'abord nous transformer, nous renouveler dans notre intelligence :

« Vous avez été instruits à être renouvelés dans l'esprit de votre intelligence ou (« une transformation spirituelle de votre mentalité »)[84] et à revêtir l'homme nouveau, créé selon Dieu dans une justice et une sainteté que produit la vérité. »[85]

« C'est l'Esprit Saint qui nous instruit, et à qui nous devons apprendre à obéir. Il n'est pas seulement une force qui vient de Dieu, il est Dieu à part entière ! Il est la puissance de Dieu, puissance d'amour mais aussi feu qui purifie, brise légère que nos passions nous empêchent d'entendre ! C'est Lui qui, au tout début de la création, planait sur les eaux et qui a habité le cœur de la création et le cœur de l'homme. Il est extrêmement puissant et efficace et aussi extrêmement timide et délicat : pour une simple résistance de notre cœur, il s'afflige. Or c'est lui seul qui peut nous donner l'estime de nous-mêmes, (ce n'est pas l'amour de nous-mêmes par égoïsme de la chair...) d'ailleurs la chair, ce n'est pas le corps, c'est le péché en nous, l'égoïsme, la convoitise. Ce qui fait que nos forces vitales ont été polluées, c'est cela la chair ! Or, comme dit la parole de Dieu, l'Esprit de Dieu et la chair ne peuvent pas habiter ensemble. La chair ne peut pas comprendre. J'ai souvent attristé le Saint-Esprit par mes attitudes, mes justifications, mon entêtement à vouloir avoir raison ! Quand on se ferme au Saint-Esprit, on ne peut pas avoir une bonne estime de

[83] Ephésiens 2 : 10
[84] Idem - traduction bible de Jérusalem
[85] Ephésiens 4 : 23

soi-même, nous nous décourageons, nous pensons que nous n'y arriverons jamais, que nous n'arriverons jamais à aimer, malgré le désir d'amour et de communion (cette communion avec un être et avec Dieu a été polluée par le péché), alors je me décourage, je suis fâché contre moi et contre tout le monde et surtout contre Dieu et c'est un état d'âme si difficile à supporter que je le refoule au fond de moi et je nie le problème. A force d'oublier, j'entre dans l'anesthésie....Et le Saint-Esprit est à la porte et il frappe et il pleure et je lui dis : « Je n'ai pas besoin de toi ! » C'est l'inconscient de l'homme, le cœur inconverti profond de l'homme qui veut se débrouiller tout seul. »[86]

Avec le baptême de l'Esprit Saint, quand on reçoit le don des langues, on se trouve en possession d'un moyen rapide et efficace de se « brancher » sur Dieu, car au lieu de prier nos propres pensées et nos propres plans, nous prions les Siens. On dit des mystères[87], c'est à dire qu'en priant dans l'Esprit, on annonce des parties du plan de Dieu qu'on ne comprend même pas avec notre intelligence naturelle. Par l'onction du Saint-Esprit, on prie selon la volonté parfaite de Dieu. Mais pour que notre intelligence ne reste pas stérile, « je prierai par l'esprit mais aussi avec l'intelligence »[88], en chassant toute pensée de distraction, et en demeurant consciemment dans la présence de Dieu, nous nous rendons « présents au Présent ».[89]Cela nous permet d'être réceptifs à la révélation de ces mystères énoncés, afin de pouvoir les retransmettre dans le don de prophétie, par le biais du charisme d'interprétation des langues. Si nous voulons donc exercer des charismes, soumettons notre intelligence, ayant comme but suprême « l'acquisition du Saint-Esprit ».

« Le but de la vie chrétienne, c'est l'acquisition du Saint-Esprit ! »[90]

L'Eglise a besoin de prophètes et de prédicateurs remplis du Saint-Esprit qui lui annoncent les desseins de Dieu, des serviteurs ayant été dépouillés des réactions « nombrilistes » du vieil homme, pleinement libres de tout projet ou soucis de promotion d'ordre personnel et ayant trouvé leur place et leur identité de fils et de filles du Père, profondément enracinés dans Son Amour. Elle a besoin de jeunes remplis de feu pour évangéliser et annoncer la bonne nouvelle de la délivrance. Elle a aussi besoin de personnes âgées remplies du Saint-Esprit et de sagesse pour pouvoir accompagner les jeunes dans la conquête de leur précieux héritage. Il n'y a pas d'âge pour commencer à « récupérer » ce qui nous appartient mais avait été utilisé à tout

[86] Alain Merlo (mon mari) lors d'une conférence à Varsovie en décembre 2005.
[87] Voir tout 1 Corinthiens 14
[88] 1 Corinthiens 14 : 15
[89] Lanza Del Vasto : La prière du feu.
[90] St Séraphim de Sarov

autre chose qu'à notre bien suprême : la connaissance de l'Amour vrai de Dieu, Connaissance qui surpasse toute connaissance. Dans l'expérience de cette plénitude de vie, nous devenons source jaillissante où tous peuvent venir s'abreuver.

« Nous prêchons la sagesse de Dieu, mystérieuse et cachée, que Dieu, avant les siècles, avait destinée pour notre gloire (…) Dieu nous les a révélées par l'Esprit. Car l'Esprit sonde tout, même les profondeurs de Dieu. Lequel des hommes, en effet, connaît les choses de l'homme, si ce n'est l'esprit de l'homme qui est en lui ? De même, personne ne connaît les choses de Dieu, si ce n'est l'Esprit de Dieu. Or nous, nous n'avons pas reçu l'esprit du monde, mais l'Esprit qui vient de Dieu, afin que nous connaissions les choses que Dieu nous a données par sa grâce. Et nous en parlons, non avec des discours qu'enseigne la sagesse humaine, mais avec ceux qu'enseigne l'Esprit, employant un langage spirituel pour les choses spirituelles. Mais l'homme animal ne reçoit pas les choses de l'Esprit de Dieu, car elles sont une folie pour lui, et il ne peut les connaître, parce que c'est spirituellement qu'on en juge. L'homme spirituel, au contraire, juge de tout, et il n'est lui-même jugé par personne. Car qui a connu la pensée du Seigneur, pour l'instruire ? Or, nous, nous avons la pensée du Christ. »[91]

Dans cette forteresse de notre intelligence enfin conquise et soumise, l'Esprit Saint étant devenu le maître de nos pensées, nous allons fêter avec joie la victoire. Nous pourrons expérimenter qu'enfin la peur est devenue confiance absolue ; le contrôle, obéissance parfaite ; le doute, une foi puissante ; le désespoir, espérance inébranlable ; le mensonge, consécration à la vérité ; l'agitation des pensées et des convoitises, silence de l'âme ; le chantage affectif, lâcher-prise confiant et joyeux ; le désir d'anesthésie, une vraie sensibilité ; et enfin le savoir, une vraie connaissance.

[91] 1 Corinthiens 2 : 7 à 16

Troisième Partie : Sauvée en devenant mère

« C'est la femme qui, séduite, s'est rendue coupable de transgression. Elle sera néanmoins **sauvée en devenant mère**, si elle persévère avec modestie dans la foi, dans la charité, et dans la sainteté. » (1 Timothée 2 v 14 et 15)

Les souffrances de la maternité : Source de Salut ?

Comment pour la femme, le fait d'être mère, peut-il être un moyen d'être sauvée de sa vaine manière de vivre ? Comme il est dit :

« Vous avez été rachetés, de la vaine manière de vivre que vous avez héritée de vos pères. »[1]

Toute femme en recherche d'identité, désire être mère et recherche la reconnaissance de cette identité auprès de ses proches. Bien sûr, d'abord auprès de ses enfants, mais aussi de son époux et des personnes de son entourage. Et chacune est habitée par le désir d'être une bonne mère, de faire partie de ces femmes dont on peut faire l'éloge, aimées de tous, et surtout de leurs enfants. Cet objectif qui semble légitime, n'est pourtant pas forcément le bon, et il est surprenant de constater combien, malgré beaucoup d'héroïsme et de bonne volonté, on peut commettre par ignorance quantité d'erreurs en matière d'éducation et être cause de nombreuses souffrances. Car être mère, le plus beau métier du monde est aussi le plus difficile. D'une part on y est rarement bien préparé et donc on se retrouve mère en ayant brûlé des étapes essentielles de maturation de nos êtres de femmes. D'autre part, à cause du péché, nous sommes confrontés à nos incapacités à aimer vraiment et à accueillir nos enfants comme ils sont en droit de l'attendre. Mais aussi, en tant que parents, nous sommes exposés à souffrir beaucoup, non seulement à cause des souffrances que nous occasionnons plus ou moins volontairement à nos enfants mais aussi à cause de nos enfants eux-mêmes. L'accueil d'un ou plusieurs enfants handicapés par exemple est une épreuve que ne peuvent vraiment comprendre que ceux qui y sont confrontés. Des parents qui se donnent nuit et jour pendant des années, en portant un sentiment plus ou moins prononcé d'échec, d'adversité et de dévalorisation, avec le poids du regard des autres et de leur propre culpabilité, l'incapacité de faire face à la souffrance de l'enfant, souvent sans espoir d'amélioration, seraient plus à même que moi de témoigner sur ce sujet. Aussi je ne leur ferai pas l'affront de parler de quelque chose que ne vis pas moi-même. Il en est de même pour les maladies congénitales ou acquises ou pour les souffrances dues à la perte d'un ou plusieurs enfants ainsi que des fausses couches.

---

[1] 1 Pierre 1 : 18

Chapitre 1

Je ne suis plus orpheline

Comme beaucoup de jeunes femmes, je suis devenue mère avant de savoir qui j'étais vraiment. Et pour la conquête de mon être j'ai dû passer par les étapes que j'avais escamotées. Aussi, lorsque après la mort de Samuel qui était la prunelle de mes yeux, j'ai commencé ce magnifique parcours à la recherche de moi-même, la première chose que le Seigneur a faite a été de me redonner mon identité de fille.

« C'est l'Esprit lui-même qui rend témoignage à notre esprit que nous sommes enfants de Dieu »[1]

Merveilleux Esprit Saint, sans lequel je ne peux rien, pas même croire que j'ai un Père qui m'aime ! Il m'aide à « plonger mes regards dans la loi parfaite », à lire la parole de Dieu, à y entendre ce que Dieu me dit et à ne plus l'oublier.

Oui, je suis devenue chrétienne pratiquante : je crois à ce que Dieu me dit et je le pratique. En d'autres termes, je crois que Dieu m'aime vraiment et que je L'aime vraiment. Je n'attends plus de ressentir cela, je n'attache plus aucune importance à mes impressions, je commence à mettre ceci en pratique : je reçois avec joie Son amour, je sais que j'en suis remplie jusqu'à déborder et je me mets à L'aimer en retour tout simplement. En fait, tout se passe comme si j'amorçais une pompe : le plus souvent, et avec un temps d'attente de plus en plus court, je commence à ressentir cette circulation d'amour dans tout mon être, et alors, selon l'expression consacrée, c'est glorieux ! Mais avant de parvenir à cette si merveilleuse liberté d'enfant de Dieu, comme je l'ai raconté plus haut, j'ai dû laisser le Seigneur faire la vérité sur l'état dans lequel me mettaient mes comportements d'abandonnique.

Lorsqu'on se sent abandonné et perdu, on est très seul, et on ressemble à ces orphelins de toujours dont on nous montre sans cesse des visages à la télévision. Notre condition intérieure ne vaut guère mieux que la leur. Comme eux, nous devons nous contenter d'une vie de misère : c'est comme si nous vivions sous les ponts, dans des cartons ou sur des tas d'immondices. Dans l'amertume que cause un sentiment d'injustice, nous sommes contraints à mendier une petite part de bonheur qui ne vient jamais. Et nous devenons des gens à qui on ne peut pas faire confiance car nous

---

[1] Romains 8 : 16

prenons l'habitude de mentir et de voler. Oui, nous nous mentons à nous mêmes, aux autres et à Dieu pour pouvoir voler quelques grâces que le Père voulait de toutes façons nous donner. Nous essayons même de Lui voler Sa gloire, en rapportant à nous-même les mérites d'une bonne action qu'il nous arrive de faire, incapables de reconnaître que sans Lui nous ne pouvons rien faire de bon. Et si d'aventure, il nous arrive de revenir à la maison et d'y rester un peu, nous nous comportons encore comme des enfants illégitimes, n'osant toucher à rien, assis au bord d'une chaise, le buste bien rigide. N'en tenant plus de la soif, on se risque enfin à demander d'une petite voix : « Puis-je avoir à boire, s'il vous plaît ? » tout en jugeant et critiquant les enfants de la maison, qui dans leur liberté et leur assurance, sautent partout, « rigolent » et poussent des cris de joie ; et en plus, ils vont se servir au frigo un verre de coca bien frais chaque fois qu'ils en ont envie ! Nous aimerions bien être comme eux, mais nous n'osons pas croire que cet état d'enfant légitime puisse devenir pour nous réel et définitif, ce qui signifierait que tout ce qui est dans la maison est désormais à nous.[2] Et, c'est pourtant ce qui est le cas.

« Toi mon enfant, tu es toujours avec moi et tout ce qui est à moi est à toi. »[3]

Quand saurons-nous que nous ne sommes plus orphelins ? Lorsque nous aurons les clés de la maison, que notre nom sera celui de fils et fille bien aimés du Père, que nous oserons entrer et sortir, prendre dans les réserves de notre Père et les répandre sur tous ceux qui en ont besoin, reconnaître avec certitude que notre « Papa » est intéressé par les moindres détails de notre vie et que plus jamais nous ne manquerons de rien, car chez notre « Abba », il y a de tout en abondance.

« L'homme quittera son père et sa mère. »[4]

Pour ma part, pour entrer dans cette filiation divine, il m'a fallu quitter ma filiation humaine. Ce commandement que Dieu donne à l'homme dès le début de la création est d'une grande importance, car nous ne pouvons pas épouser quelqu'un si nous n'avons pas d'abord acquis une liberté totale par rapport à nos liens familiaux, quels qu'ils soient. C'est vrai pour des époux, mais c'est vrai aussi pour toute personne parvenue à l'âge adulte, et qui ne pourra se trouver elle-même en Dieu que si elle a d'abord coupé les liens de toutes sortes qui la gardaient dépendante de ses parents, même s'il s'agit des meilleurs parents au monde. Le mal qu'ont eu les miens à nous lâcher, comme d'ailleurs ceux de toutes les générations, a été à l'origine de

---

[2] J'emprunte ces exemples à des enseignements d'Heidi Baker donnés à Lausanne à l'Ascension 2004

[3] Luc 15 : 31

[4] Genèse 2 : 23

nombreuses difficultés personnelles, particulièrement de ce fameux « syndrome de l'orphelin » que je décris plus haut. Cet état fusionnel entretenu par mes parents, mais secrètement reconnu et accepté de mon côté, se manifestait par l'incapacité de me sentir libre de faire ou de dire des choses que je savais leur déplaire. Et par réaction, pour secouer ces liens et me débarrasser de l'impossibilité d'être heureuse sans eux dans une vraie liberté, j'ai voulu « goûter » aux choses défendues et je me suis mise à mener une double vie.

Dans les familles, on se sert souvent du commandement de Dieu : « Honore ton père et ta mère », pour entretenir un certain chantage affectif culpabilisant. C'est ainsi qu'on verra des filles déjà adultes, mariées et mères de famille, téléphoner tous les jours à leur maman pour lui raconter les détails de leur vie quotidienne, et prendre des conseils qu'elles se sentiront obligées de suivre de peur de la contrarier. Ou alors, comme moi, ce qui est le revers d'une même médaille, par réaction mais toujours de nature fusionnelle, j'ai préféré le conflit ouvert et la rupture. Les deux attitudes dénotent la même origine : des liens « négatifs », dont on doit être libéré si l'on veut connaître un jour la « glorieuse liberté des enfants de Dieu ». Il va sans dire qu'aucun de ces comportements n'honore vraiment les parents : ce n'est pas les honorer que d'entrer dans le jeu de leur chantage affectif.

J'ai connu un jeune homme qui vivait seul avec sa mère veuve. Cette femme exerçait sur son fils un tel chantage affectif que lorsqu'il a commencé à fréquenter sa future épouse, il n'a pas osé lui en parler, car sa mère lui avait dit : « Si un jour tu me quittes, j'en mourrai ! » Malgré l'insistance de sa fiancée, il n'osait pas parler de mariage. Il a fallu qu'il demande une prière de libération de ces liens négatifs avec sa mère pour pouvoir se marier enfin et s'apercevoir que celle-ci était capable d'assumer la situation, malgré les paroles fatidiques. Je me suis fait cette réflexion que si Jésus avait eu peur de faire souffrir sa mère, si elle avait fait pression sur Lui pour qu'Il n'aille pas jusqu'au bout de Sa mission, qu'en serait-il de nous actuellement ? Jésus n'a-t-Il pas pleinement honoré Sa mère en la croyant capable de vivre l'effroyable douleur qui allait être la sienne ? Pourtant, la souffrance de Marie a sûrement été une des causes d'angoisse les plus profondes de Jésus à Gethsémani, mais ne l'avait-t-Il pas déclarée bienheureuse de faire la volonté de son Père qui est aux cieux ?

« Une femme élevant la voix du milieu de la foule lui dit : Heureux le sein qui t'a porté ! Heureuses les mamelles qui t'ont allaité ! Et il répondit : Heureux plutôt ceux qui écoutent la parole de Dieu et qui la gardent. »[5]

[5] Luc 11 : 27 et 28

Grâce à cette mère admirable, Il s'est senti libre d'aller jusqu'au bout pour nous sauver et pourtant qui sait si une « yiddisch mamma » veille au bien-être et à la sécurité du fruit de ses entrailles ! Qui de nous ne caresse pas l'espoir secret d'avoir de tels parents, capables de nous faire pleinement confiance, et de nous encourager sans cesse ; capables aussi d'assumer pleinement leur vie après le départ de leurs enfants ? Quoiqu'il en soit, puisqu'il faut reconnaître qu'une telle situation comme décrite ci-dessus est plutôt rare, honorons nos parents en coupant les liens de dépendance, car en cherchant à leur éviter la souffrance ou en croyant que notre présence à leur côté va leur éviter de souffrir, nous obtenons tout le contraire : nous les privons de la possibilité de se tourner vers le Père pour qu'Il les console Lui-même, n'ayant aucun pouvoir de consolation en nous-mêmes.

Sans cette bénédiction paternelle exercée sur moi par le Père Céleste avec Sa main posée sur ma tête, j'étais incapable de découvrir et d'accepter qui j'étais vraiment. Les yeux de mon Papa posés sur moi avec bienveillance et fierté, Ses bras toujours ouverts pour m'accueillir, Son épaule toujours offerte pour que je puisse m'y appuyer et pleurer ma douleur, Son cœur rempli de tendresse et d'amour, sont désormais à ma disposition ; et tant pis pour moi si je me prive de cette grâce par oubli ou quelque attaque mensongère de culpabilité ! Il est mon Père et je suis Son enfant ! L'état de dépendance totale de l'enfant vis à vis de son papa qui donne l'envie de vivre et d'accepter tout ce qu'Il a décidé, me procure une joie indicible. J'ai ainsi été rendue capable d'accepter avec bonheur le fait qu'Il ait voulu que je sois une femme, et j'ai commencé à chercher à savoir ce que c'est qu'être femme dans le dessein bienveillant du Créateur.

Chapitre 2

Je suis une femme heureuse

Quand je suis née, la sage femme a dit en regardant mon sexe : « C'est une fille ! » Et mes parents se sont probablement réjouis, même si je pense que mon père aurait bien aimé avoir un garçon, puisque leur premier enfant était déjà une fille. Quand on en est une, on a besoin que notre père soit content d'avoir une fille, car c'est son regard tendre et admiratif qui nous donne envie d'exister en tant que fille et femme. J'ai connu tellement de jeunes femmes qui avaient des difficultés énormes à accepter leur féminité parce que leur père leur avait bien fait comprendre qu'il aurait préféré avoir un garçon. Ces personnes en mal d'identité se transforment souvent en « garçons manqués », et quand on est enfant, on en « rigole » ; mais ce trait, dit de caractère, peut revêtir une tournure franchement dramatique au moment du mariage. Je n'ai pas eu cette sorte de difficulté-là : j'étais bien dans ma peau de petite fille même si, quand on prenait la douche le soir tous ensemble, on enviait notre petit frère qui pouvait faire pipi beaucoup plus loin que nous, malgré tous nos efforts pour l'imiter. Comme j'étais timide et renfermée, j'aimais jouer à la poupée pendant des heures, et ma mère nous le facilitait en nous fabriquant toutes sortes d'habits pour la mienne et celles de mes sœurs, et elle nous faisait broder, même, des petits draps de lits. Je ne me couchais pas le soir sans avoir bien bordé et embrassé mes chéries. Je suis restée petite fille très longtemps, et c'est à quinze ans que j'ai eu mon dernier « baigneur ». J'en avais souvent rêvé, car celui-là ressemblait à un vrai bébé, et non pas à des adultes modèle réduit que représentent souvent ces poupées modernes aux prétentions réalistes. J'ai remarqué cela il n'y a pas très longtemps, en regardant des enfants jouer avec des poupées « Barbie » : ils avaient des comportements d'adultes. Il me semble qu'une petite fille a besoin d'un bébé à dorloter pour jouer vraiment à la maman et non d'une projection idéalisée d'elle-même.

Je ne pense pas avoir eu un jour envie d'être un homme, mais cela ne m'a pas empêchée d'avoir des problèmes avec ma féminité. Comme j'avais du mal à accepter ma vie, cela ne pouvait que se traduire par une difficulté avec ce qui faisait mon identité profonde, à savoir mon sexe, je veux dire mon appartenance sexuelle. On ne peut pas décider de vivre sans choisir et accepter vraiment à quel sexe on appartient. Cela semble évident mais ce n'est pas facile d'avoir à accepter quelque chose qui nous est en quelque sorte imposé. Je n'ai pas choisi la famille dans laquelle je suis née, le pays qui est le mien, ou la raison pour laquelle je me retrouve située du côté des nantis ! Cela semble être une injustice ! Je me rappelle qu'un jour un de mes fils se plaignait de manquer de quelque chose qui lui semblait très important mais que nous ne pouvions pas acquérir. Il exprimait tout haut ce que nous pensons tous, souvent : « Ce n'est pas juste ! » et je lui ai répondu : « En fait ce qui n'est pas juste, c'est que tu sois né du côté des riches sur cette planète ; oui, pourquoi toi, et non pas tous tes copains Africains qu'on a laissés au Zaïre ? » Mais ce genre de prise de conscience n'enlève rien au fait qu'on a quand même du mal à accepter une vie qu'on n'a pas choisie, et d'ailleurs j'ai remarqué qu'on a plus de difficulté à le faire étant du côté des riches que des pauvres. L'état de pauvreté stimulerait-il l'envie de vivre et de se battre pour survivre ? A contrario, chez ces jeunes qui ne manquent apparemment de rien, il faut constater un taux de suicides ou de tentatives, bien supérieur à celui des milieux défavorisés.

On devient pleinement adulte quand on commence à accepter avec joie la vie que Dieu nous a donnée, et telle qu'elle est réellement. La vraie liberté consiste non pas à désirer être ce que nous ne sommes pas, mais à choisir ce que nous sommes, comme nous sommes. C'est une clé essentielle pour le bonheur ! C'est pourquoi l'acceptation et l'accueil joyeux de mon identité en tant que femme sont si importants. Une petite fille normale attend avec impatience le moment où elle sera pubère. Elle surveille le développement de ses seins, et se souviendra toujours de son premier soutien-gorge. Et si elle a été bien préparée à attendre avec joie l'apparition de ses règles comme une particularité mais aussi une grâce de féminité, elle acceptera plus facilement cet événement, vécu cependant par beaucoup de femmes comme une corvée ne serait-ce que pour l'inconfort physique et les modifications du caractère qu'il provoque… signe de notre fragilité ! Cette dernière éventualité était mon cas ! J'avais du mal à accepter le caractère cyclique de mes humeurs que je prenais pour de la faiblesse, ce qui augmentait encore le mépris de moi-même. Au début de mon cycle, j'étais plutôt bien et même par moments sensiblement exaltée : je faisais des projets, j'étais prête à tout bouger dans la maison, à faire des plans pour partir en mission, par exemple. Puis, à l'approche des règles, je n'étais plus la même, je commençais à tout dramatiser, à voir tout en noir et à me sentir au « trente-sixième dessous ! » Et c'était le moment des disputes, des grandes discussions et des mises au point générales et définitives sans lendemain, car il s'agissait surtout de la manifestation mais aussi de l'évacuation (salutaire ?) de mes angoisses. Cette fragilité permanente qui est le propre de la femme, je la détestais jusqu'à ce que je découvre, grâce encore une fois à l'aide de Jo Croissant[1], combien j'avais besoin de la protection spirituelle, psychologique et physique de mon mari. J'ai compris ce que Paul voulait dire dans ce fameux chapitre cinq des Ephésiens que la plupart des femmes détestent :

---

[1] voir son livre : Le sacerdoce du cœur (Ed. des Béatitudes)

« Femmes soyez soumises à vos maris, comme au Seigneur ; car le mari est le chef de la femme, comme le Christ est le chef de l'Eglise, qui est son corps, et dont il est le Sauveur. »[2]

Comme toutes les femmes, j'ai une grande sensibilité spirituelle et donc plus de facilité à communiquer avec le monde invisible. Dans les périodes où je me sens bien, je reconnais plus facilement l'atmosphère du Royaume et je peux vivre des moments de grande communion avec le Seigneur ; mais, si je ne suis pas vigilante et que je m'emballe, je peux avoir des désirs un peu trop audacieux, qui sont davantage de l'ordre de la volonté propre et de l'illusion que d'une véritable intuition spirituelle. Et dans la partie de mon cycle où je déprime, cette sensibilité me rend perméable à une autre atmosphère, qui est celle des ténèbres. A ce moment-là, je peux prêter l'oreille aux séductions mensongères avec plus de facilité et retomber dans mes vieux travers de dépréciation de moi-même, d'accusation et de méchanceté. Le Diable ne s'y est pas trompé au début des temps, car c'est bien vers la femme qu'il est venu. Cette sensibilité spirituelle si précieuse, doit être protégée des écarts vers le haut comme vers le bas. Voilà pourquoi j'ai absolument besoin de quelqu'un qui me tempère et me protège. En cela consiste le rôle de l'homme que Dieu m'a donné comme époux. Je considère donc cette « soumission » nécessaire, comme une protection. D'ailleurs depuis que je la vis ainsi, avec l'aide du Seigneur, sans révolte, mais au contraire avec reconnaissance, j'expérimente que cela m'est très bénéfique. J'ai besoin de me tenir sous la bénédiction de mon mari, de même que lui de son côté, a besoin de se tenir sous la bénédiction du Christ qui est notre Sauveur. Comment puis-je oser vivre sans cette protection du Sang du Christ sur ma tête, concrétisée par la main bénissante de mon époux ? Comme le dit Paul :

« De même que l'Eglise est soumise à Christ, les femmes doivent l'être aussi à leurs maris en toutes choses. »[3]

On a trop interprété ce texte dans le sens où il était demandé à la femme une obéissance inconditionnelle à son mari, dans une relation de servilité, alors qu'il s'agit simplement, mais c'est vital, qu'on accepte avec humilité la nécessité d'une présence rassurante et protectrice à ses côtés ; et cela, de la part de quelqu'un qui soit lui-même entièrement soumis au Seigneur, prêt comme Lui à donner sa vie pour son épouse, et lui permettre de se replacer sans cesse dans l'innocence et la pureté selon le projet de Dieu. C'est par le sacrifice de sa vie, le renoncement à ses égoïsmes, la fidélité de sa présence, la confiance absolue en Dieu, que l'homme peut jouer ce rôle de protecteur envers son épouse dans toutes les dimensions de sa personne.

---

[2] Ephésiens 5 : 22
[3] Ephésiens 5 : 24

« Maris aimez vos femmes comme le Christ a aimé l'Eglise, et s'est livré lui-même pour elle, afin de la sanctifier par la parole après l'avoir purifiée par le baptême d'eau afin de faire paraître devant lui cette Eglise glorieuse, sans tache, ni rides, ni rien de semblable, mais sainte et irrépréhensible. »[4]

Cela peut représenter un grand défi pour beaucoup de femmes, comme cela fut le cas pour moi, de laisser à leur époux la possibilité de jouer ce rôle ! Nous avons tellement vite acquis la certitude que notre mari n'est pas spirituel à la manière dont nous l'entendons, que nous préférons prendre tout en main pour tout diriger dans la maison, et particulièrement dans ce domaine spirituel. La soumission que nous devons vivre ne dépend pas de l'état dans lequel nous croyons percevoir que notre mari se trouve. Il est spirituellement notre protection du simple fait que nous sommes mariés et qu'il est notre mari ! Et même s'il ne se trouve pas tout à fait à son aise d'avoir à jouer ce rôle ou qu'il n'en a pas envie, laissons-lui la place que nous avons trop souvent usurpée. Pour le reste, on pourra toujours prier pour lui ! L'homme peut paraître présenter une certaine paresse spirituelle, et il faut reconnaître que c'est un travers qui lui serait plus coutumier. Mais il ne faut pas non plus oublier qu'il n'a pas la même manière d'aimer et de servir le Seigneur que la femme. Cependant, comme cette nonchalance nous agace, nous allons nous permettre de prendre, nous-mêmes, les décisions qui s'imposent et par la même occasion la place de l'autorité spirituelle dans le couple. Traditionnellement, culturellement, il peut nous sembler normal que ce soient les femmes qui aillent à l'église pendant que les hommes jouent aux boules sur la place devant le bistrot, ou restent à la maison pour regarder le foot à la télé. Il y aurait beaucoup à dire sur ces sujets épineux qui en font réagir plus d'une, et cela pourrait faire l'objet d'un autre livre. Mais de très belles choses ont déjà été écrites là-dessus. Il me semblait cependant important d'insister sur ce secret menant au bonheur : l'homme qui aime vraiment sa femme, de l'amour même du Seigneur, a le pouvoir de la protéger de sa capacité à pécher par excès, de lui redonner son innocence, et de l'aider à devenir sainte. Et lorsque les deux époux ont vraiment quitté père et mère pour s'attacher l'un à l'autre, ils peuvent alors s'unir pour ne faire qu'une seule chair, libérant ainsi toute la puissance et l'efficacité de ce sacrement qui devient alors instrument de salut et de purification des péchés. Gardons nous de traiter trop vite St Paul de misogyne alors qu'il est en train de nous donner un des conseils les plus précieux, utile pour devenir une femme épanouie et heureuse. C'est un grand mystère, c'est à dire un grand secret :

« C'est pourquoi l'homme quittera son père et sa mère, et s'attachera à sa femme, et les deux deviendront une seule chair. Ce mystère est grand : je dis cela par

[4] Ephésiens 5 : 25

rapport à Christ et à l'Eglise. Que chacun de vous aime sa femme comme lui-même, et que la femme respecte son mari. »[5]

Recevoir en héritage mon identité de femme et m'y maintenir fut encore une conquête de haute lutte. Pour bien me tenir à ma place et dans ma mission, il me fallait absolument respecter mon mari et m'interdire toute pensée de mépris quelle qu'elle soit, fondée ou non. J'en étais absolument incapable, mais comme toujours, le Seigneur est venu à mon aide : Christ en moi peut tout et je sais qu'Il peut tout en mon mari également. Ce mépris de la femme envers l'homme est universel et constitue un gros obstacle sur le chemin du bonheur ; en effet, dès que le Seigneur le fait sauter, nous pouvons alors expérimenter ce grand pouvoir qui a été confié à la femme, de donner la vie à tous ceux qui l'entourent, et particulièrement à son mari et ses enfants. Tant que je méprisais ou critiquais ce que faisait mon mari, alors qu'il avait déjà tendance à manquer de confiance en lui-même, je l'enfermais encore davantage dans sa propre dépréciation. L'homme est si dépendant de la confiance qu'on lui fait. La femme partage avec Dieu ce pouvoir de donner la vie. Mais, prenons bien garde car nous avons aussi la capacité de la refuser. Si le rôle de l'homme est de présenter sans cesse l'offrande du sacrifice du Christ pour le salut des siens et particulièrement celui de son épouse, celle-ci, en retour, en lui permettant de devenir l'homme de Dieu qu'il est, ouvrira un chemin de vie devant ses pas.

Attention, il ne s'agit pas à présent, mesdames, d'aller trouver votre mari pour lui dire : « Tiens ta place ! » Car il ne comprendra pas trop ce qui lui arrive, et il conclura à une excentricité ou un orage qui se prépare. De fait, cela risque d'être encore l'expression d'un désir déguisé de contrôle. Vivez les choses dans votre cœur, sans rien dire, comme un secret, car cela en est un ! Décidez de devenir cette femme heureuse que vous rêvez d'être. Vous l'êtes déjà mais vous ne le savez pas. Arrêtez de vous plaindre que votre mari ne correspond pas à ce que vous attendiez de lui. Devenez une femme heureuse et votre mari sera un homme heureux. Soyez une source de joie dans votre maison, n'attendez plus que la situation change, que votre mari change ni même, que vous changiez. Apprenez du Seigneur à vous trouver heureuse en toutes circonstances, et ne faites plus porter à votre mari le rôle d'une idole qui ne répond pas à vos attentes et vous déçoit sans cesse. A bas les idoles ! Mais pas votre mari ! Servons et adorons le seul Vrai Dieu ! Et qu'Il mette à présent en nous Son propre cœur, afin que nous soyons rendues capables d'aimer à la folie comme Lui seul sait le faire. Une femme heureuse c'est une femme qui renonce à faire la justice, qui renonce à juger, qui renonce à commander et vouloir faire passer des idées qui ne peuvent être que les meilleures puisque les siennes. Une femme heureuse, c'est une femme qui aime, et qui met toutes ses forces à aimer, tout en

---

[5] Ephésiens 5 : 31, 32 et 33

sachant qu'elle ne le peut pas par ses propres moyens. C'est donc une femme qui prie, qui crie sans cesse vers Dieu pour qu'Il vienne à son secours, pour qu'Il vienne aimer en elle. Alors elle portera beaucoup de fruits pour la gloire de Dieu, et son bonheur sera toujours plus grand ! Plus de malheur à craindre pour elle si elle laisse le Seigneur se servir d'elle pour aimer. C'est le bonheur assuré !

> « Heureux qui craint le Seigneur et marche en Ses voies,
> Du labeur de tes mains tu profiteras pour ton aise et bien être.
> Ton épouse : une vigne fructueuse au cœur de ta maison.
> Tes fils : des plants d'olivier autour à l'entour de la table.
> Voilà de quels biens sera béni celui qui craint Dieu.
> Que le Seigneur te bénisse de Sion tous les jours de ta vie !
> Puisses-tu voir Jérusalem dans le bonheur et voir les fils de tes fils !
> Paix sur Israël ! »[6]

[6] Psaume 128

Chapitre 3

Être mère

Lorsque nous sommes parents, et particulièrement nous, les mamans, nous pouvons être confrontés à une grande difficulté : l'incapacité à aimer et accueillir vraiment nos propres enfants. Voilà une chose dont on n'a pas aisément conscience, et pour cause ! Si nous avons enfoui cette réalité au plus profond de nous-mêmes, c'est qu'elle nous dérange, nous déstabilise dans nos affectivités fragiles, souvent sinon toujours empêtrées dans une culpabilité dormante, mais bien réelle. En parler est délicat et je risque de choquer peut-être quelques personnes, notamment celles qui ont de l'expérience et qui sont d'âge mûr, comme moi d'ailleurs. Si c'est le cas, je leur demande d'avance pardon. Il est communément admis que les sentiments qui lient la mère et l'enfant peuvent fournir l'image la plus approchante de l'amour idéal. Tout un courant de sensibilité et de (bonne) tradition familiale, repris par la littérature de nos classes d'enfant, le souligne – pensons à Victor Hugo. Il est étonnant aussi de constater, comme me le disait un ami, que le caractère qui exprime l'amour dans l'écriture chinoise est constitué de l'assemblage des deux idéogrammes (symboles) entremêlés, de la femme et de l'enfant ; bref, la cause semblerait entendue cependant, la réalité a l'air beaucoup moins idyllique. Car voilà, ces chers petits, on croit les aimer beaucoup, on s'efforce de le faire, et pourtant on ne peut pas s'empêcher de vivre leur présence comme une gêne. A partir du moment où l'enfant est là, on n'est plus libre : on ne s'appartient plus, on ne peut plus avoir tout son compte de sommeil… Simone de Beauvoir, qui n'est pas précisément une référence dans le domaine de la théologie ascétique et mystique, mérite quand même une citation ici, à propos d'un texte soutenant le mouvement féministe : elle y utilisait le terme de « maternité aliénante ». Encore avait-elle le courage d'exprimer tout haut ce que nous n'osons pas nous avouer à nous-mêmes ! En réalité, nous ne savons pas -et même nous ne pouvons pas - vraiment accueillir et aimer nos enfants ; cela peut nous étonner ou nous affliger de le découvrir, car nous comptons sur notre faculté naturelle à aimer, ce fameux amour maternel ou paternel. Mais, comme tout ce qui est charnel en nous, cette forme d'amour présente des failles importantes et on a vite fait d'en découvrir les limites, si on le veut bien !

Quand nous avons décidé de nous marier, nous voulions beaucoup d'enfants et nous disions sans trop nous rendre compte, que c'était pour contribuer à remplir le ciel ! Je crois que Dieu nous a pris au mot. Nous avons eu ensemble, Alain et moi, sept enfants dont quatre sont au ciel ! En effet, j'ai eu la douleur de faire deux fausses couches, à trois mois de grossesse, après notre dernier, David. Ces deux tout petits que nous aimions déjà beaucoup, Emmanuel et Dominique nous ont donc, avec Etienne et Samuel, précédés dans la Gloire ! J'en ai, pour ma part un autre qui est aussi auprès de Dieu et dont je parlerai plus loin. Je suis donc la mère de huit enfants : cinq qui sont déjà « casés » et trois qui sont toujours avec nous, François, Marie-Véronique, et David. De plus, j'ai la grande joie d'être trois fois grand-mère. Cela fait beaucoup d'occasions de me laisser interpeller par cette parole de l'apôtre Paul, que mon mari avait reçue pour moi au moment où j'étais en train de mettre au monde notre aîné Samuel :

« C'est la femme qui, séduite, s'est rendue coupable de transgression. Elle sera néanmoins sauvée en devenant mère, si elle persévère avec modestie dans la foi, dans la charité, et dans la sainteté. »[1]

En la recevant, j'avais été très fortifiée sans cependant bien comprendre tout ce que cela pouvait impliquer. Quel cheminement depuis ce premier accouchement ! J'ai eu besoin d'apprendre moi-même à naître à la vraie vie, à me laisser sauver de ma « vaine manière de vivre ».

« Comme des enfants obéissants, ne vous conformez pas aux convoitises que vous aviez autrefois, quand vous étiez dans l'ignorance.

Mais puisque celui qui vous a appelés est saint, vous aussi soyez saints dans toute votre conduite, selon qu'il est écrit : Vous serez saint, car je suis saint.

Et si vous invoquez comme Père celui qui juge selon l'œuvre de chacun, sans acception de personne, conduisez-vous avec crainte pendant le temps de votre pèlerinage, sachant que ce n'est pas par des choses périssables, par de l'argent ou de l'or, que vous avez été rachetés, de la vaine manière de vivre que vous avez héritée de vos pères. »[2]

Comment fait-on pour être mère ? Comment le fait d'être mère a-t-il pu me permettre d'être sauvée de cette vaine manière de vivre, alors que j'ai l'impression que j'ai fait à peu près toutes les erreurs qu'on doit éviter en matière d'éducation ? Certes, on pourrait dire que c'était par ignorance et parce que mes objectifs n'étaient pas les bons ; mais je pense qu'en réalité cela venait du fait que, sans m'en rendre compte, je cherchais auprès de mes enfants l'identité que je n'avais pas encore. Moyennant quoi, je n'ai reçu de leur part en retour que l'image d'une « mauvaise mère », qualification ou réalité que je fuyais avec horreur. En me débattant pour prouver le contraire, j'ai aggravé ma situation. J'ai eu du mal à reconnaître qu'ils

---

[1] 1 Thimothée 2 : 14 à 15

[2] 1 Pierre 1 : 18

étaient souvent pour moi une gêne et je tentais de me rassurer par des actes me démontrant que j'avais le souci de leur bien-être ; par exemple, en me proposant toujours, pour rester à la garde avec eux. Car, pour les chrétiens engagés dans des communautés ou des groupes de prière, avoir des enfants en bas âge signifie qu'il va y avoir des problèmes d'organisation pour pouvoir profiter des moments de réunion, tout en assurant une surveillance des enfants qui ne soit pas une simple garderie. Il y a des parents à qui il en coûte beaucoup de « rater » un moment de prière ou un office. Les mères surtout, ont l'impression de passer à côté de choses importantes et de ne pas pouvoir « porter du fruit ». Et quand arrive le soir où la réunion va avoir lieu, ils expriment devant les enfants, le regret de n'avoir pu trouver quelqu'un pour les garder et ils prennent la décision, bon gré mal gré, que l'un des deux reste à la maison ! Mais, les enfants ne sont pas dupes : ils ne peuvent que ressentir le regret de celui qui se « sacrifie » à cause d'eux et d'une certaine façon se sentir de trop ! Cet état de chose, bien qu'on fasse beaucoup d'efforts pour le cacher et même le nier ou feindre de n'y attacher que peu d'importance, est pourtant le symptôme d'un problème plus grave et plus profond. Il faut se rendre à l'évidence, nous ne savons pas, et même nous ne pouvons pas vraiment accueillir et aimer nos enfants avec nos simples moyens naturels. Même si l'instinct maternel, ou paternel, est très fort, il peut avoir son revers de haine et de rejet.

C'est souvent dès le ventre de sa mère que l'enfant perçoit qu'il est de trop ! Il y a une lutte en début de grossesse. Tout l'organisme de la mère est divisé : une partie met tout en oeuvre pour accueillir l'enfant, et une autre partie déclenche un phénomène de rejet. C'est une explication des malaises, des nausées et du cafard qui s'installent insidieusement malgré la joie d'être enceinte. On a constaté que cette réalité conflictuelle est si forte, que le fœtus développe rapidement des cellules protectrices tout autour du cordon ombilical et de son corps. C'est comme s'il avait à se défendre d'une agression de la part de l'organisme de la mère. On a l'impression d'assister à la matérialisation de l'antique malédiction alors que parallèlement s'opère le choix de la vie. Oh ! Mystérieuse complexité, ambiguïté, de notre condition. On peut déjà trouver à ce stade, matière à méditer la parole de St Paul en Romains 7 ; 19 : « Car je ne fais pas le bien que je veux, et je fais le mal que je ne veux pas. »

A chaque début de grossesse, j'étais très mal. Je me mettais à voir tout en noir, j'étais angoissée, et mon désir de fusion étouffait mon mari. Toutes mes fragilités psychologiques réapparaissaient avec force, et j'étais impossible à vivre. J'étais pourtant très heureuse d'attendre un enfant, mais cela faisait ressortir de grandes peurs plus ou moins faciles à gérer en temps normal, mais qui, dans ces circonstances, arrivaient à me submerger complètement. Face à l'irruption de la vie, j'étais confrontée aux forces de mort qui m'habitaient et cela devenait extrêmement pénible, pour moi et pour mon entourage.

Par quelle angoisse le petit être doit-il déjà passer ! Dès le départ, il est placé face au mystère d'iniquité qui nous habite tous. Le oui et le non en même temps : je te protège mais je te rejette.

Pour moi, cette culpabilité permanente était tellement insupportable (de même que l'auto-accusation : Je suis une mauvaise mère) que pour me la cacher, je suis entrée dans des comportements de mainmise, de contrôle et de surprotection. Ainsi, j'avais toujours peur que les enfants aient froid, ou qu'ils n'aient pas assez à manger. Et surtout, je les défendais toutes griffes dehors contre tous ceux qui auraient eu des velléités de les reprendre, pire de les gronder. Je n'avais pas conscience que le souci excessif et l'atmosphère d'inquiétude dans laquelle je les enfermais, traduisaient une manière de me prouver à moi-même et aux autres que j'étais une bonne mère. Je ne pouvais pas voir que, loin de les empêcher de souffrir, c'était exactement l'inverse que j'obtenais.

J'ai eu beaucoup de mal à reconnaître, malgré la lumière de l'Esprit Saint, combien j'avais à me remettre en question. J'étais persuadée que mon mari ne savait pas aimer nos enfants et j'avais peur chaque fois qu'il s'en occupait, m'interposant comme si je voulais les protéger de lui et les garder de ses maladresses. J'allais jusqu'à prier pour que tout se passe bien entre lui et eux, soucieuse de mon devoir d'être là, moi au moins, pour réparer les erreurs éventuelles. Je m'étais laissée persuader que moi, bien sûr, je savais ce qui leur convenait, les aimer, les protéger ! J'étais incapable de me rendre compte combien j'étais dans l'erreur. Et si je raconte ces choses aujourd'hui, c'est parce que j'ai la certitude que le Seigneur m'a dévoilé là une clé essentielle pour le bonheur, le mien et celui de mes proches. J'espère que les parents qui liront ces lignes pourront en bénéficier aussi.

Je me suis complètement trompée en me croyant capable d'aimer mes enfants. Au lieu de prier pour que mon mari sache les aimer, j'aurais mieux fait de prier pour que moi, je sache les aimer ! Au lieu de craindre qu'ils soient blessés par les attitudes de leur père à leur égard, j'aurais mieux fait de craindre qu'ils ne le soient par mes comportements. Je prends conscience, en écrivant ces lignes, de l'aveuglement dans lequel j'étais et surtout dans quelles illusions je me rassurais. Le Seigneur m'a fait comprendre que l'impression de savoir aimer est trompeuse. Tant que j'ai essayé d'aimer par moi-même, j'ai empêché le Christ de le faire en moi. Notre amour naturel, charnel (par opposition au spirituel, selon St Paul) n'est pas pur. On est capable de haine sans qu'on le sache, car nous mettons beaucoup d'énergie à nous cacher à nous-même et aux autres notre propre méchanceté (« si donc vous qui êtes méchants, dit Jésus, vous savez donner de bonnes choses à vos enfants... »[3]) .

[3] Matthieu 7 : 11

Nous craignons les gens qui expriment leur irritation, quand des enfants viennent faire du chahut autour d'eux et les déranger dans leurs activités, et nous pensons que cette réaction révèle leur nature égoïste ; nous les jugeons, croyant qu'étant davantage capables de patience et de gentillesse qu'eux, nous ne sommes visiblement pas dans le même état intérieur, Dieu merci ! Nous pouvons ainsi totalement nous illusionner à notre sujet et faire montre d'un réel héroïsme en supportant ces personnes dont nous désapprouvons, même secrètement, les manières ou les écarts de conduite ; et cela pendant des années !

J'ai dû me rendre compte que cet héroïsme était en réalité une tentative de me sauver par les œuvres, puisque généralement, c'est sur mes propres forces que je comptais, tout en étant habitée par la plainte et l'apitoiement sur moi-même. Je veux dire que j'ai dû accepter ce postulat : Sans Dieu, je suis incapable d'aucun bien :

« Sans moi, vous ne pouvez rien faire. »[4]

En continuant à m'appuyer sur ma capacité naturelle à aimer, mes enfants ne pouvaient pas se sentir vraiment aimés car ils pressentaient que mon amour pour eux n'était pas pur. C'est pourquoi, il était urgent que j'accepte ma véritable indigence, après toutes ces années passées à essayer de sauver les apparences, pour enfin crier à Dieu et Lui réclamer la force et la capacité d'aimer, inaccessibles par mes propres moyens.

Quand nous faisons cette prière là, qui plaît beaucoup au cœur de Dieu, Il s'empresse de nous exaucer. J'ai vraiment honte quand je pense à toutes ces années où je me suis laissée persuader que je devais prier pour que mon mari change ! Et je me demandais pourquoi Dieu semblait faire la sourde oreille. Mais quelle victoire merveilleuse que celle de se reconnaître incapable et de faire l'expérience qu'à Dieu tout est possible ! Et quelle libération pour mon mari et pour mes enfants ! Je Lui demande désormais de me garder de la moindre velléité d'essayer d'aimer qui que ce soit par mes propres moyens, car je sais que mon amour naturel peut véhiculer, sans que je le sache, beaucoup de mauvais sentiments. Je fais mienne cette prière de Lanza del Vasto :

« Seigneur, donne-moi d'aimer de ton amour qui est un amour sans revers de haine. »

---

[4] Jean 15 : 5

Si nous rencontrons de telles difficultés pour devenir des parents et des éducateurs selon le cœur de Dieu quand il s'agit d'enfants désirés et accueillis somme toute avec joie, comment ne devrions-nous pas crier à Lui et nous en remettre à la Providence, pour obtenir de la compassion face à la détresse de ceux qui sont déjà ressentis comme gênants par leur propre famille et dont personne ne veut ?

Le fait est que nous sommes, nous-mêmes, tellement blessés que nous portons sans le savoir une colère profonde contre Dieu et contre la vie… ou alors, c'est cette colère fondamentale qui est la cause de nos blessures… peu importe mais il s'agit d'un même embrouillamini qu'il appartient aux théologiens et aux psychologues de démêler. En tout cas, une chose est sûre : cela nous rend méchants et égoïstes, et remplis de toutes sortes de peurs. Mais plus grave que la colère, nous avons en nous un désir caché de tuer Dieu ou de détruire tout ce qui vient de Lui, un petit enfant par exemple. Or, quand un tout petit se présente, c'est Dieu qui se présente !

« Celui qui accueille, en mon nom, un petit enfant comme celui-ci, m'accueille moi-même. »[5]

Il existe donc une force de destruction en nous, absolument pas consciente ni volontaire, qui se manifeste contre ce petit être créé à l'image de Dieu, contre cet enfant qui peut d'ailleurs être aussi celui qui est caché tout au fond de nous puisque nous sommes, ne l'oublions pas, également victimes de cette force. Par ce fait même, nous pouvons nous attendre avec certitude à ce que notre progéniture le soit aussi. Pour illustrer ce que je viens de dire, je vais vous confier un épisode de ma vie, afin de vous montrer que je ne veux pas vous entretenir avec des considérations abstraites.

Il y a une dizaine d'années, j'étais à Moscou avec Jo Croissant pour la seconder dans une session qu'elle prêchait pour les femmes. Un soir, elle m'a demandé si je serais d'accord de donner mon témoignage le lendemain et de parler de la mort de notre petit Etienne (Samuel était encore avec nous à cette époque). Avant de me coucher, j'ai décidé de prendre un temps avec le Seigneur pour qu'Il me dise comment m'y prendre. A l'époque je n'étais pas du tout habituée à parler en public !

Ma prière s'est prolongée tard dans la nuit car j'ai commencé à subir de violentes attaques intérieures de culpabilité, de dépréciation de moi même, de mort.

[5] Matthieu 18 : 5

J'étais très troublée, et même malade physiquement, avec un violent mal de tête. J'ai compris que l'intervention que je devais faire le lendemain était très importante et dépassait probablement le sujet proposé. J'avais bien conscience que je n'avais rien de particulier à apporter à ces femmes en racontant un deuil, elles qui avaient vécu des persécutions terribles, et dont au moins un membre de la famille était mort dans les geôles communistes. Il y avait autre chose. Mais quoi ? Je me suis alors remémoré une parole que m'avait dite un jeune prêtre de notre Communauté, peu de temps avant, lors d'une confession : « Fais attention de ne pas laisser tes sentiments de culpabilité faire obstacle à ce que Dieu veut faire de l'offrande de ta vie... » Sur le moment, je n'avais pas bien compris ce qu'il voulait dire. Mais voilà que cela devenait lumineux. L'Esprit Saint a commencé à me montrer la culpabilité que je portais en permanence, malgré le fait que je m'en étais confessée plusieurs fois, à propos d'un événement majeur, vécu avant mon mariage et qui avait eu pour conséquence une aggravation de la déstructuration profonde de mon être (c'est l'épisode de ma vie dont j'ai le plus honte et qui m'a fait basculer dans l'horreur et l'emprise des esprits de mort). Il a fallu que j'accepte de repasser dans ma mémoire ce que j'avais mis tant d'énergie à essayer d'oublier :

J'étais en Côte d'Ivoire comme infirmière volontaire dans un hôpital anglais. Le travail était passionnant mais ne comblait pas mon vide intérieur. Je venais de rompre avec mon fiancé, et je suis tombée amoureuse d'un bel Africain qui me faisait la cour. Notre amour me semblait fort, il voulait m'épouser et j'étais heureuse même si je savais que cela risquait de causer beaucoup de difficultés à mes parents qui étaient absolument opposés au mariage interracial. Je suis tombée enceinte assez rapidement et cela a été la catastrophe ! J'avais extrêmement peur des réactions de ma famille, et lui, qui voulait devenir pasteur, allait être dans l'obligation d'y renoncer. Nous avons pleuré et nous nous sommes décidés pour l'avortement, pour « sauver » notre amour soi-disant. A partir de ce jour, un triste 1er avril, le désespoir est devenu mon lot quotidien et je ne pensais plus qu'au suicide. Bien sûr, notre couple n'a pas tenu, ce qui a achevé de me désespérer. Je suis rentrée en France comme cela, de plus en plus persuadée que le bonheur n'était pas possible. Pourquoi cette nuit là, à Moscou, ces événements revenaient-ils avec une telle violence ? En fait, j'ai commencé à penser à ce bébé que j'avais tué pour mon confort personnel, et je me suis mise à lui parler, comprenant qu'il était ma victime, et moi son bourreau. Mais, en tant que victime, il avait le pouvoir de me pardonner, car même si j'avais voulu l'anéantir, il était bien vivant, pour l'éternité, et de plus il intercédait en ma faveur ! J'ai senti son amour et j'ai pu lui demander pardon pour ce que je lui avais fait. Son pardon a été comme un baume sur mon cœur. Et pour mieux l'accueillir comme tout à nouveau dans ma vie d'où je l'avais exclu jusqu'à ce jour, je lui ai donné un nom : PASCAL ! Je lui ai promis qu'il aurait désormais une place privilégiée à mes côtés.

Mes pleurs s'étaient transformés en pleurs de joie. Et c'est les yeux complètement bouffis que je commençais à témoigner le lendemain. J'ai simplement raconté mon combat de la nuit et son issue glorieuse. C'est alors que l'Esprit Saint a commencé à agir dans les cœurs et partout dans la salle, des femmes pleuraient. La majorité d'entre elles avaient vécu le drame de l'avortement, parfois multiples, jusqu'à 20 ou plus ! Nous avons passé le reste de l'après midi à écouter et à consoler ces femmes orthodoxes qui étaient privées du droit de communier à cause de leur crime si elles le confessaient. Beaucoup de petits sans nom et oubliés, ont reçu, ce jour là, les honneurs dus aux martyrs, et c'était merveilleux ! Le Seigneur était en train de se servir de ma honte pour Sa Gloire, usant de Son pouvoir, selon Sa promesse « de faire tout concourir à notre plus grand bien ». [6]

J'avais essayé de rayer de ma mémoire cet épisode si sombre de ma vie, allant jusqu'à déchirer les photos datant de ce séjour là-bas. Mais nous ne sommes pas des ordinateurs. On ne peut pas effacer tout ou partie de notre mémoire. Dieu seul oublie nos péchés, Il nous en fait la promesse, les jetant au fond des mers. Mais, comme dit Corrie Ten Boom, Il omet de mettre le panneau : « PECHE INTERDITE » et nous continuons à aller à la pêche, ne cessant de nous tenir devant Dieu avec nos péchés, comme s'Il ne nous avait pas vraiment pardonnés. En fait nous ne nous pardonnons pas à nous-mêmes. Nous faisons ainsi le jeu du Diable dont il est dit qu'il est l'Accusateur.

« Et j'entendis dans le ciel une voix forte qui disait : Maintenant le salut est arrivé et la puissance et le règne de notre Dieu, et l'autorité de son Christ ; car il a été précipité, l'accusateur de nos frères, celui qui les accusait devant notre Dieu jour et nuit. » [7]

C'est le rôle que joue le Diable, nous accuser sans cesse. Mais comme il a été précipité, retiré de devant Dieu, comment se fait-il qu'il puisse encore nous accuser devant Lui ? J'ai lu à ce sujet que c'était nous qui, habités intérieurement par nos auto-accusations, suggérées par Satan, osions nous présenter ainsi devant la face de Dieu, avec toutes nos listes d'accusations et faisions ainsi le jeu de l'Accusateur. Nous démontrons alors que nous n'avons pas encore cru au pouvoir du Christ qui a pris notre place sur la Croix et de son Sang versé pour nous, qui a effacé l'acte qui nous condamnait sans appel. Que le Seigneur nous pardonne ces manques de foi et cette tendance qui est la nôtre de rendre vain par l'oubli le sacrifice admirable qui nous justifie pleinement !

---

[6] Romains 8 : 28
[7] Apocalypse 12 : 10

La parole de mon confesseur : « Ne laisse pas la culpabilité empêcher Dieu de se servir de toi », était une parole prophétique sur laquelle je m'appuie encore aujourd'hui pour moi-même et pour les personnes que j'ai en accompagnement. J'ai appris, et j'apprends toujours, que la culpabilité vient du démon. Chaque fois que je commence à être oppressée par des sentiments de culpabilité, je ne crois plus que c'est parce que Dieu est « fâché » contre moi, je les repousse donc au nom de Jésus comme des mensonges préférant demander à l'Esprit Saint de me faire entrer « dans une vraie tristesse selon Dieu, qui conduit à la repentance »[8] et qui donne la paix, plutôt que de mariner dans une mauvaise conscience tout en refusant de voir où est le problème. Car ce que Dieu veut quand Il met en lumière des choses cachées, en général peu glorieuses, ce n'est pas nous accuser et nous rejeter, c'est seulement nous en délivrer et nous guérir.

Pour terminer le récit de mon histoire, j'ai eu l'occasion de me rendre en Côte d'Ivoire pour y prêcher une session sur l'identité. Mon mari m'avait donné carte blanche pour essayer de retrouver le père de Pascal dont j'avais perdu toute trace. Je voulais lui témoigner de ce que j'avais vécu afin qu'il puisse, lui aussi, recevoir la paix. C'est alors que j'ai su qu'il était mort dans un accident de la circulation bien des années auparavant. En recevant cette nouvelle, mon mari est allé prier et m'a dit avoir pleuré sur lui comme sur la mort d'un frère ! C'est vraiment glorieux ce que Dieu fait !

Je voudrais faire comprendre combien notre recherche de confort personnel risque d'impliquer le rejet de l'enfant. Mais on fait à nos enfants ce qu'on nous a fait ! Nous pensons les aimer et nous mettons tout en œuvre pour y arriver ; mais eux, perçoivent souvent l'inverse, comme nous mêmes nous avons senti l'inverse de la part de nos parents ; et ils n'ont pas tort car ils sentent très bien notre ambivalence !

A ce niveau de ma réflexion, je comprends combien il a fallu que Marie, soit une femme exceptionnelle, vraiment consacrée à Dieu, pour être rendue capable de dire un « oui » total et véritable à la venue de Jésus dans son sein ! Et quel modèle elle peut être pour nous ! C'est ce « oui » que nous sommes appelés à dire et à vivre pour accueillir nos enfants comme ils le méritent. Et ce, depuis leur conception jusqu'à la fin. Et pendant tout ce temps, ils seront un défi, lancé par Dieu, pour que nous renoncions à nous-mêmes totalement. Pour accepter cette présence de Dieu en eux, nous avons besoin d'accepter cet éclairage nouveau sur notre manière de vivre, de nous repentir de notre péché et appeler à l'aide. Sans l'aide de Dieu nous ne pouvons pas aimer vraiment, même et surtout ceux qui nous sont les plus chers.

---

[8] 2 Corinthiens 7 : 10

« En chacun de nous il y a forcément quelque chose que l'on ne peut pas aimer, d'un point de vue naturel ; on ne peut donc reprocher à personne de ne pas aimer ce « quelque chose ». On peut nous pardonner, nous accorder de la compassion, et nous aimer en dépit de ce « quelque chose », par Amour du Prochain, pas d'une autre manière (…) Ils sont aimés non pas parce qu'ils sont parfaitement dignes de l'être, mais parce que l'Amour lui-même demeure en ceux qui les aiment. »[9]

Je découvre actuellement, et cela m'est souvent confirmé dans l'accompagnement des mamans, que ce comportement étouffant de mainmise et de contrôle, de crainte continuelle que l'enfant souffre, traduit ou plutôt est là pour dissimuler cette méchanceté foncière qui nous habite et dont je parlais plus haut ! Si nous ne supportons pas l'idée qu'on puisse faire violence à nos enfants de quelque manière que ce soit, c'est parce que nous sommes nous-mêmes habités par la violence et que cela nous fait très peur.

Comme je l'ai dit précédemment, quand mes enfants étaient jeunes, je ne supportais pas que mon mari exerce son autorité paternelle parce qu'il le faisait d'une manière qui me déplaisait et m'angoissait. Dès qu'il élevait le ton, je ne pouvais pas m'empêcher de m'interposer. Je lui reprochais sa soi-disant brutalité, alors que moi, je me savais capable de les frapper méchamment. J'étais beaucoup plus violente que mon mari, en fait, car j'étais habitée par la violence de ma mère qui ne savait plus s'arrêter lorsqu'elle se mettait en colère. La peur que j'avais de la violence des autres ne faisait que révéler combien j'avais peur de la mienne. Ce n'est que maintenant que je comprends ces choses, et que je goûte au soulagement extraordinaire que l'on ressent lorsqu'on accepte la vérité. Cette vérité nous libère vraiment de toutes ces fausses culpabilités. Nous nous sentons coupables pour toutes sortes de petits manquements du genre : je suis en retard pour faire à souper, j'ai oublié de laver son pantalon, au lieu d'entrer dans la vraie repentance. Notre vrai péché est d'essayer de nous « débrouiller » sans Dieu pour élever nos enfants et les aimer comme ils le méritent.

J'ai dû reconnaître mon incapacité non seulement à aimer mes enfants mais aussi toute personne qui me touche de près ou de loin. Et cependant mon état était bien pire encore que tout ce que je pouvais redouter : je suis homicide et même déicide ! Je suis habitée par cette puissance de mort.

Oui, il y a un Judas en chacun de nous. Il y a un Pierre en chacun de nous. Il y a un Pilate en chacun de nous. Il y a un soldat romain en chacun de nous. Il y a un

[9] C.S.Lewis : Les quatre amours (ed Raphaël) page 221

Caïn en chacun de nous. Chacun de nous est déicide. Et nous accusons Dieu de nous vouloir du mal !

Mais qu'il est difficile de faire la vérité sur soi ! C'est tellement insupportable qu'on préfère l'enfouir et aller se cacher au fond du jardin. Cependant, on met tellement d'énergie à ce jeu-là qui consiste à « retenir la vérité captive »[10], qu'on se retrouve bientôt sans force. Pourquoi ? Parce que dans ce combat trop inégal, « nous n'avons pas de puissance contre la vérité, nous n'en avons que pour la vérité. »[11] Alors, indécis, irrésolus, gémissants, nous nous retrouvons exactement là où nous ne voulions surtout pas être : totalement démunis face à notre peur de souffrir et d'être à l'origine de la souffrance des autres. Il faut rendre les armes. C'est maintenant le moment favorable pour Dieu (mais aussi, et surtout, pour les pêcheurs que nous sommes !) et quand, avec Sa grâce, on trouve enfin le courage de Lui laisser dire la vérité et la libérer au fond de nous-mêmes, alors, quel soulagement ! Quelle paix ! Quelle délivrance !

« Comme Jésus parlait ainsi, plusieurs crurent en lui. Et il dit aux Juifs qui avaient cru en lui : si vous demeurez dans ma parole, vous êtes vraiment mes disciples ; vous connaîtrez la vérité, et la vérité vous affranchira (…) mais vous cherchez à me faire mourir, moi qui vous ai dit la vérité que j'ai entendue de Dieu (…) Pourquoi ne comprenez-vous pas mon langage ? Parce que vous ne pouvez écouter ma parole. Vous avez pour père le diable, et vous voulez accomplir les désirs de votre père. Il a été meurtrier dès le commencement, et il ne se tient pas dans la vérité, parce qu'il n'y a pas de vérité en lui (…) car il est menteur et le père du mensonge »[12]

Mais comment arriver à dénoncer comme mensonge ce qui passe à nos yeux pour être une vertu ? N'est-ce pas légitime de se faire du souci pour ses enfants et de tout faire pour les préserver de la souffrance ? Bien sûr que si ! Mais j'ai appris à me méfier de moi-même et des personnes qui montrent qu'elles se font beaucoup de soucis pour leurs proches et je sais maintenant que cela cache une incapacité à aimer vraiment. Et que dire de ce chantage affectif qui traduit une peur de ne pas être aimé et que pratiquent tant de mères ou de grand-mères, en exprimant en guise de reproche : « Tu ne m'as pas téléphoné ! »

Je veux recopier ici un long extrait du livre de C.S. Lewis : « Les quatre amours », qui illustre bien ce que je viens de dire.

---

[10] Romains 1 : 18
[11] 2 corinthiens 13 : 8
[12] Jean 8 : 30 à 44

« Madame Inlassable est décédée il y a quelques mois. Il est réellement étonnant de voir combien la famille revit depuis son décès. L'expression tourmentée qui marquait en permanence le visage de son mari s'est évanouie ; il commence de nouveau à pouvoir rire. Le jeune garçon que j'avais toujours connu comme une petite créature amère et grincheuse, s'avère être quelqu'un de très humain. L'aîné, qui ne restait pratiquement jamais à la maison, sinon pour y dormir, y passe maintenant presque toutes ses journées ; il a même commencé à réaménager le jardin. La fille de la maison, qu'on avait toujours décrite comme « fragile » prend maintenant des cours d'équitation, ce qui était hors de question auparavant ; elle danse toutes les nuits et joue au tennis jusqu'à saturation. Même le chien, qui ne pouvait jamais sortir sans être tenu en laisse, est désormais un membre bien connu de l'association des « poteaux de lampadaires » dans leur rue. Madame inlassable avait coutume de dire qu'elle ne vivait que pour sa famille. Ce n'était pas faux. Tous les voisins le savaient bien. « Elle ne vit que pour sa famille » répétaient-ils ; « Quelle mère et quelle épouse exemplaire ! » Elle faisait toute la lessive ; c'est vrai elle la faisait mal et ils auraient pu se permettre de porter le linge dans une laverie, mais elle persistait. Elle préparait toujours un repas chaud pour ceux qui étaient à la maison, midi et soir (même en été). Son mari et ses enfants l'imploraient de ne pas le faire. Ils préféraient un repas froid (et c'était vrai) mais elle ne voulait rien entendre ; elle vivait pour sa famille. Elle savait tricoter à la perfection, inutile de préciser que si vous ne portiez pas les vêtements quelle confectionnait, vous n'étiez qu'un sans-cœur. N'oublions pas non plus la manière dont elle se préoccupait de la santé de la famille.
Elle voulait porter seule le fardeau de la fragilité de sa fille. Elle devait s'échiner pour sa famille. Personne n'aurait pu l'arrêter. Ils ne pouvaient pas non plus, bien éduqués comme ils l'étaient, la voir s'échiner sans rien faire. Il fallait mettre la main à la pâte. En fait ils n'avaient pas d'autre choix que de l'aider. C'est à dire qu'ils faisaient des choses pour aider cette femme à faire des choses pour eux dont ils n'avaient nullement besoin. Le pasteur dit que Madame inlassable a désormais trouvé le repos. Espérons que tel est le cas. Ce qui est certain, c'est que sa famille, elle, l'a trouvé ! ! ! ! » [13]

L'amour maternel, qui est en principe un amour qui se donne sans idée de retour, peut être détourné de son but par le fait qu'il se complait dans cet acte de donner, c'est à dire que s'insinue et s'installe le besoin qu'on ait besoin de nous. L'instinct naturel désire en effet le bien de celui ou celle qui est l'objet de notre amour, mais l'ennui c'est qu'il veut seulement le bien qu'il peut lui-même donner !

[13] C.S.Lewis : Les quatre amours (ed. Raphaël) page 90 et 91

Nous devons comprendre rapidement ce fonctionnement erroné, et faire appel au Seigneur pour qu'Il soit seul en nous la source de l'amour, sinon nous nous préparons des lendemains de conflits et de tribulations. Par Sa grâce, Il va faire disparaître ce qui est purement instinctif, c'est à dire charnel et qui empoisonne ces relations ; à défaut de quoi nous continuerions d'éprouver et d'exercer ce besoin effréné qu'on ait besoin de nous, de maintenir plus ou moins consciemment l'enfant dans un statut de dépendance et d'en faire à son tour un éternel mécontent. Et cela en toute bonne foi, car on pense offrir un amour généreux et désintéressé.

« Toutefois, lorsqu'on donne, notre objectif réel doit être de placer celui qui reçoit dans une position où il n'aura plus besoin de notre don. Une lourde tâche repose sur cet amour donneur. Il doit œuvrer vers sa propre abdication. Nous devons nous efforcer de nous rendre rapidement superflus. Le moment où nous pourrons dire « ils n'ont plus besoin de moi » devrait être notre récompense. » [14]

Dans le récit de la vie d'Hudson Taylor, fondateur de la Mission à l'Intérieur de la Chine, il y a un paragraphe qui relate le courage de sa femme, qui s'est portée volontaire pour donner l'exemple et prouver que c'étaient les femmes qui devaient aller évangéliser les femmes, autrement dit qu'on pouvait envoyer des missionnaires femmes dans des contrées lointaines qui n'avaient encore jamais entendu parler du Christ. Elle est donc partie plusieurs mois, laissant ses enfants et son mari. Voici un extrait d'une lettre de ce dernier. Il m'a énormément bouleversée et enseignée :

« Je bénis Dieu de m'avoir donné une telle femme, une femme pouvant satisfaire entièrement mon cœur ; pour laquelle le Seigneur Jésus est au dessus de son mari, l'œuvre du Seigneur plus que toutes les joies terrestres. Je sais qu'il bénit et bénira nos chers enfants ; je sais qu'il te bénit et te bénira, je sais qu'il me bénit et me bénira, ainsi que notre œuvre. Et je suis heureux de penser que je ne te prive pas égoïstement pour MA SATISFACTION PERSONNELLE du fruit éternel de la semence que tu répands maintenant. Quelle sera belle la moisson ! »[15]

Curieusement, dans ce récit, c'est un homme qui parle, mais la plupart du temps, ce sont les femmes qui ont du mal avec la vocation ou la mission de leur mari et ont tendance, égoïstement et par recherche personnelle de sécurité, à vouloir le garder pour elles seules. Le plus terrible, c'est qu'elles ne supportent pas que leur mari s'absente, mais quand il est là, elles trouvent le moyen de générer des disputes. Il semble très important que dans le couple chrétien engagé, on établisse comme un

[14] C.S.Lewis : Les quatre amours (ed. Raphaël) page 93

[15] Howard Taylord : HudsonTaylor, tome 2 (ed. des Groupes Missionnaires 1947) page 232

contrat, un accord préalable disant : si Dieu le veut ! ou bien Dieu premier servi ! En sorte qu'il n'arrive à aucun des deux d'avoir la mauvaise surprise de trouver sur sa route (celle définie avec le Seigneur), un conjoint réticent ou opposant un refus catégorique pour la participation et la consécration aux affaires du Seigneur :

« Car tous deux reconnaissent la même loi (...) cela fait longtemps qu'ils se sont mis d'accord et qu'ils se sont entendus sur ce sujet (...) Ce n'est pas au moment où la décision s'impose, pas maintenant qu'il faut avoir à se justifier ou à convertir l'autre (...) lorsque la crise éclate il est trop tard pour expliquer à une épouse ou à un mari, à une mère ou à un ami, que votre amour a toujours été lié à une réserve secrète. »[16]

C'est la même chose avec nos enfants. Dieu doit rester le premier servi, et nous ne devons pas leur faire porter la responsabilité de nous avoir empêché de le faire. Pour ma part, j'ai gardé une grande admiration pour mes parents qui sont partis comme missionnaires, et ont élevé six enfants dans des conditions souvent difficiles où nos vies étaient en danger. C'était comme si cela faisait partie du contrat et allait de soi. Du reste, nous ne voulions pas que pour notre confort personnel, nos parents se sentent obligés de renoncer à leur appel. Et lorsque qu'il s'est avéré nécessaire pour nous, surtout les aînés, de rester en France pour nos études, nous avons préféré, après un essai d'un an où ma mère avait laissé repartir seul son mari, lui permettre de le rejoindre. Et même si nous avons souffert de cela et aussi de la pauvreté de vie due au fait que la Société Des Missions vivait de dons, nous n'avons pas remis en cause le choix de nos parents. Pendant notre adolescence et même plus tard, il n'a pas toujours été facile par exemple de se passer d'acheter des vêtements à la mode, comme les copains.

Dans notre choix de vivre en communauté, je me suis souvent torturée avec ces faux problèmes de savoir si on avait le droit de faire vivre ces choses à nos enfants. Et je crois que ce qui risque de les avoir le plus blessés, ce n'est pas le manque proprement dit, conséquence d'un choix que nous avions librement et unanimement posé, c'était plutôt la manière culpabilisée que j'avais de le vivre. Je me sentais constamment coupable. Si je laissais mes enfants pour aller à la prière, je me sentais coupable de ne pas être avec eux. Mais si je restais avec eux et renonçais à aller à l'office avec les frères, je me sentais coupable de ne pas y être. Et dans les grandes souffrances que j'ai eu à vivre et qui sont inévitables en vie communautaires, c'est mon incapacité à gérer la souffrance en lui laissant porter son fruit dans la paix, qui s'est révélé le fait le plus blessant pour mes enfants... de la même manière que nous avions eu à souffrir, étant petits, de l'incapacité de notre mère à vivre toutes les

[16] C.S.Lewis : Les quatre amour (ed. Raphaël) page 210

souffrances et frustrations inhérentes à la vie des missionnaires dans la paix et la vraie consolation qui viennent de Dieu. Débordée par ses réactions affectives, elle avait laissé l'amertume remplir son cœur, et c'est ce qui nous a tous profondément touchés, tant était grande son incapacité à s'appuyer sur l'aide de Dieu seul, pour nous aimer vraiment. Mais elle ne le savait pas ! Je pense même qu'elle arrivait à se persuader qu'elle avait raison de se faire constamment du souci. Oui, pour faire taire l'angoisse, nous, les mères, nous en sommes souvent réduites à prendre le contrôle de tout, à nous rendre indispensables, à prendre des décisions que nous croyons sages et à suivre nos idées en pensant avoir raison. Et il nous faut enfourcher un cheval de bataille, poursuivre une cause, défendre des idées, sur le plan éducatif par exemple, ou tout simplement religieux.

La perte d'un ou plusieurs enfants lors de fausses couches est évidemment très douloureuse et produit au delà de ce que nous pouvons percevoir des effets dont il faudra tenir compte dans la survenue éventuelle de symptômes ou de difficultés au premier regard inexplicables. C'est pour éviter ou limiter ce type de retombées qu'il est normal et recommandé de faire le deuil d'un tout petit, de se laisser le droit d'avoir mal et de le dire. Cette douleur va être encore aggravée et compliquée dans le cas de fausses couches se produisant à répétition pour certaines mamans, par la hantise de la récidive et la peur de ne pouvoir revivre un nouvel échec sans se révolter. Enfin, il faudra souvent assumer un fort sentiment d'auto-accusation et de dépréciation généré par la sournoise et inavouée conviction d'être mauvaise mère au point de ne pas pouvoir garder un bébé. Toutes ces souffrances réunies font remonter notre grande douleur de fond : l'impression que Dieu nous a abandonnées… et il y a de quoi crier ! Crier à l'injustice ! Et ce n'est pas parce qu'on est chrétien, qu'on n'a pas le droit de crier sa souffrance ! Le problème, c'est que précisément cette appréhension du retour des mêmes détresses lors de grossesses ultérieures, ne fait que révéler et souligner qu'en réalité, cet enfant, nous l'aimons déjà très mal. En effet, nous lui faisons déjà subir la pression de la surprotection si préjudiciable à de bonnes conditions de développement. Et cette peur qu'il meure, nous allons la lui transmettre, sans le vouloir bien sûr mais cela pourra à plus ou moins long terme avoir des conséquences psychologiques fâcheuses. Voilà pourquoi je disais que nous montrons ainsi, à notre insu, que nous l'aimons encore bien imparfaitement, en tout cas non pas comme il serait souhaitable de le faire. Remettons-le donc très vite entre les mains du Seigneur, et exprimons à Dieu notre confiance dans l'amour de prédilection qu'Il a pour lui de toute éternité. Par notre excès d'inquiétude, nous risquons d'interposer entre lui et cet amour divin une zone d'ombre et de non-vie qui désole le cœur du Père mais qui sera respectée à cause de notre liberté. Il faut bien reconnaître en tout cela la marque et la conséquence du péché. Alors, c'est ici que ressurgit la grande interrogation du pourquoi ? Pourquoi ce mal dirigé sur un innocent et pourquoi cela se produit-il dans un domaine aussi estimable que celui de la maternité ? Et dans ce cas particulier des récidives, pourquoi une telle accumulation d'épreuves ?

En réponse à ces questions, je ne résiste pas à l'envie (la tentation ?) de citer ici ce que la bible nous dit dans l'épître de St Paul aux Romains :

« O profondeur de la richesse, de la sagesse et de la science de Dieu ! Que ses jugements sont insondables, et ses voies incompréhensibles ! Car qui a connu la pensée du Seigneur, qui en fut jamais le conseiller ? »[17]

Ou bien à travers la réponse de Dieu à Job :

« Celui qui dispute contre le Tout-Puissant est-il convaincu ? Celui qui conteste avec Dieu a-t-il une réplique à faire ? »[18]

Pour signifier que le mystère du Mal et de la souffrance est insondable, la seule attitude possible est d'incliner la tête et d'accepter sans comprendre. « Un peu facile ! » pourrait rétorquer un rationaliste ordinaire ou même un chrétien courageux. En effet, s'il est recommandé de lire et de garder dans son cœur les versets que je viens de citer (la Parole de Dieu fait son œuvre de guérison au delà de ce que nous pouvons saisir intellectuellement), il n'est pas défendu dans une attitude de confiance filiale de dire : « Papa ! Je suis sûre que Tu as une réponse pour moi ! » En tout cas, celle qu'il m'a semblé entendre est la suivante et la retransmettre fidèlement n'est pas facile : il est certain que Dieu peut se servir de ces épreuves pour mettre en lumière des choses très importantes dont nous avons besoin d'être guéries, à savoir que nous sommes sans le savoir méchantes, violentes et très en colère contre Dieu. Nous devons réaliser que lorsqu'un petit arrive, il y a cette colère en nous qui nous pousse à dire non à la présence de cet enfant, faisant là un peu le jeu du Diable. Et en cela, nous ne faisons que reproduire ce qui nous a été fait. Par bonheur, c'est Dieu qui a toujours le dernier mot. Mais, comme je le disais plus haut, ce qui est le plus dur quand on fait une fausse couche, c'est le sentiment de culpabilité, l'impression de ne pas avoir été capable de garder et de protéger son enfant ! On a même l'impression d'être néfaste, voire maléfiques. Or, ce sont des mensonges ! Ce n'est pas le fait d'avoir des difficultés à accepter l'enfant qui va provoquer la fausse couche ! Si c'était le cas, les femmes qui refusent leur enfant n'auraient pas à se faire avorter ! Non ! C'est généralement parce que l'enfant n'est pas viable et présente une malformation grave, que l'avortement spontané se produit. Et même s'il s'agit d'une défaillance physique de la maman, elle n'en est absolument pas responsable. Il faut

[17] Romains 11 : 33 et 34
[18] Livre de Job 39 : 35

donc lutter contre ces attaques de culpabilité et chercher sans hésitation la consolation que Dieu donne dans l'épreuve.

J'ai moi-même fait deux fausses couches après la naissance de David. J'ai appris que j'étais enceinte, alors que nous étions encore au Zaïre. J'étais fatiguée, et nous nous trouvions dans une situation matérielle plus que précaire. Une nouvelle grossesse n'était pas évidente à accepter. Aussi, lorsque j'ai fait une fausse couche à trois mois de gestation, cela aurait pu avoir pour effet de me soulager. Or, c'est le contraire qui s'est passé : ma douleur était extrême ! Les personnes de mon entourage qui m'avaient vue ayant quelques difficultés à accepter l'arrivée de ce nouvel enfant, étaient étonnées. Personne ne peut comprendre la douleur d'une mère qui perd son enfant, même s'il est encore minuscule. Ce petit Emmanuel, qui était si petit qu'il tenait dans le creux de ma main, complètement formé, magnifique, nous l'avons enterré sous un petit tertre de cette bonne terre rouge d'Afrique que j'aime tant. Quand à Dominique, quelques années plus tard, nous l'avions désiré(e). Marie-Véronique se plaignait d'être la seule fille de la famille et nous demandait de lui donner une petite sœur. Nous étions donc très contents quand ce petit, ou cette petite, s'est annoncé(e). Par prudence, nous n'avions rien dit aux enfants pour qu'ils ne soient pas déçus comme la fois précédente. Le cap des trois mois de grossesse passé, nous voulions faire ce cadeau de l'annonce de la venue du bébé à notre fille, le jour de son anniversaire. Mais ce fut un jour de larmes, car c'est ce jour là que nous l'avons perdu. Nous l'avons enterré, dans un petit cercueil fabriqué par son père, là où reposait Etienne et où repose aussi Samuel maintenant, dans le cimetière de Cuq-les-Vielmur.

La conquête de ma maternité a été une grande entreprise, menée à bien par le Seigneur ! Lorsque je n'ai plus demandé à mes enfants de me donner mon identité de mère, ce qui ne doit pas être leur rôle, et que je l'ai attendue exclusivement du Seigneur, elle s'est déployée d'une manière extraordinaire ! Dans Sa miséricorde, Dieu a permis que me soient confiés beaucoup d'enfants, et ils sont si nombreux que je n'en sais pas le nombre. Il m'a donc fallu revivre souvent les douleurs de l'enfantement dont parle St Paul :

« Mes enfants pour lesquels j'éprouve à nouveau les douleurs de l'enfantement. » [19]

C'est comme cela que notre Père du ciel agit : là où nous avons montré le plus de faiblesse, Il manifeste Sa puissance. Moi qui pensais être une si mauvaise mère, qui me suis tellement interposée entre mes enfants et leur père, voilà qu'il

[19] Galates 4 : 19

m'est donné, à moi, d'être la mère de nombreux fils et filles, de les ramener au Père et de les enfanter à la vie du Royaume ! Et c'est ainsi que j'ai reçu le nom qu'ils me donnent tous maintenant, les grands comme les petits : Mamilo. C'est un jeu de mot créé à partir de mon nom d'épouse : Merlo, devenu pour plaisanter : la mère Lo, et finalement la mamie Lo, raccourci en Mamilo. Je trouve génial que ce soit à partir du nom de mon mari, comme pour signifier que c'est parce que je suis épouse que je peux aussi être mère et grand-mère. Mon époux étant celui qui m'attache à mon véritable époux Jésus qui peut, Lui seul, me donner la capacité de Lui enfanter tant de fils et de filles !

Ce que nous avions désiré en nous mariant, remplir le ciel, en ramenant les cœurs des fils vers leur Père, se réalise ! Alléluia ! Je dis souvent que je ne vois aucun intérêt à aller au ciel si ce n'est pas avec tous mes enfants. C'est mon espérance ! Car j'ai déposé à la Croix le fardeau très lourd de culpabilité et de peur que je portais à cause de toutes les erreurs que j'avais pu commettre, qui ont terriblement blessé nos enfants et ont pu les éloigner du Dieu vivant. J'ai cette confiance absolue que mon Dieu a le pouvoir de « tout faire concourir à notre plus grand bien ». Il peut réparer nos erreurs ; Il peut consoler parfaitement ; Il est le vrai Père de mes enfants, qui les aime d'un amour parfait et sait quel but Il poursuit avec eux.

Lorsque j'essaie de communiquer ces choses, j'ai remarqué que cela met des gens très en colère. C'est si difficile d'accepter que notre amour parental puisse être aussi imparfait sinon malade et même dangereux pour nos proches ! Sans la lumière que donne l'Esprit Saint, on ne peut pas le supporter : c'est trop douloureux et révoltant. Nous avons l'impression que si nous outrepassons les limites de la décence et du contrôle de soi, en nous remettant en question aussi profondément, cela va tourner ou équivaloir au manque de prudence. L'esprit du monde a une telle influence dans nos vies sans qu'on s'en doute ! Et ce n'est pas parce qu'on est entré en communauté pour se mettre à l'abri du monde, qu'on est épargné de cet esprit qui règne encore souvent dans nos cœurs. La notion de prudence qui est très légitime, peut devenir prétexte à essayer de se protéger ou protéger ses proches contre les excès d'un Dieu complètement fou, qui va trop loin dans Ses exigences de confiance et d'abandon absolu à la providence. Ce qui semblerait imprudent au contraire, serait de se priver de la protection et de la bénédiction de Celui qui a créé le ciel et la terre, qui est notre Père, chez qui nous avons tout en abondance, qui connaît tous nos besoins et nous aime à la folie. Oui ! Il est imprudent de se priver de l'aide du Saint-Esprit, qui est une puissance qui nous a été donnée pour nous fortifier dans nos faiblesses, dissiper nos ténèbres et nous délivrer de la crainte. La peur qui se camoufle derrière une soi-disant prudence est très mauvaise conseillère. Elle montre le bout de son nez à l'épreuve de la charité, où nous risquons tous de nous faire recaler. Raison de plus pour que nous nous laissions plutôt guider par l'Esprit Saint !

Le fait de nous reconnaître incapables d'aucun bien par nous-mêmes nous permet de reconnaître notre vrai besoin qui est celui-ci : que Dieu accomplisse en nous une véritable transplantation cardiaque : Qu'il enlève notre cœur dur et mauvais et mette à la place Son propre cœur !

Quatrième partie :
A l'école de la souffrance

Chapitre 1

La crainte du malheur

1. J'AVAIS OUBLIE MA POUPEE

J'avais entre cinq et six ans, quand un cyclone terriblement dévastateur est arrivé à Majunga[1], dans la ville où nous étions venus faire soigner ma petite sœur âgée de quelques mois en pleine crise de paludisme. La violence du vent était telle que le toit au dessus de nos têtes s'est envolé. Dans la panique et la précipitation pour évacuer les lieux et nous réfugier dans les salles de classes qui se trouvaient à l'étage d'en dessous, j'ai oublié d'emporter ma poupée. Je l'ai retrouvée quelques jours après dans les décombres de ce qui restait de l'appartement ; elle n'avait plus de visage. Le plus dur pour moi, était d'arriver à me pardonner de l'avoir oubliée au moment où elle avait le plus besoin de moi. Je souffrais déjà de l'ambivalence de mon cœur de petite mère. Je lui avais fait ce que je craignais beaucoup qu'on me fasse, ou pensais plus ou moins confusément qu'on m'avait fait.

Bien des années plus tard, Etienne mon petit garçon, est mort en mon absence, et j'ai parfois l'impression de le chercher encore sous les décombres de ma vie qui était tellement en ruine à cette époque. Et plus tard encore, notre Samuel est mort tout seul à l'hôpital, et je me suis sentie tellement culpabilisée ! Pendant des années depuis la mort d'Etienne, j'ai fait des cauchemars presque toutes les nuits. Chaque fois, dans des circonstances différentes, je perdais ou j'oubliais un de mes enfants et je n'arrivais plus à le retrouver. Et voilà que j'ai eu à le vivre vraiment : lors d'un voyage en Israël, peu après la mort de Samuel, pendant que nous visitions la ville de Jérusalem, nous avons perdu David[2] et nous n'arrivions plus à le retrouver. Ce jour là, on m'a obligée à partir m'occuper des autres jeunes qui étaient avec nous dans ce voyage, en confiant à d'autres personnes le soin de rechercher notre fils. Cela me transperçait tellement de douleur que je ne pouvais pas m'arrêter de pleurer, et ça agaçait terriblement les autres participants. David a été si malheureux que ce ne soit pas nous qui allions à sa recherche ! C'est tellement

---

[1] Majunga : une ville portuaire du Nord Ouest de Madagascar située à 100km de Marovoay, première station missionnaire où on été nommés mes parents à Madagascar

[2] Il avait 14 ans

l'histoire de ma vie ! C'est l'histoire de toute l'humanité ! La souffrance et la peur d'être abandonné ou d'abandonner ceux qu'on aime.

2. L'OUBLI DE DIEU

Cette souffrance en cache une plus grande encore, qui nous habite plus profondément encore : nous avons abandonné notre Dieu. Non, ce n'est pas Dieu qui nous a laissés tomber, c'est nous qui passons notre temps à l'oublier, et la déchirure que cela provoque dans notre cœur est terrible. Nous avons délaissé l'amour de notre vie, la prunelle de nos yeux, pour satisfaire des convoitises trompeuses. Mon cœur est de plus en plus déchiré quand je constate en moi, cette capacité à oublier Celui que mon cœur aime. Je suis catastrophée par cette propension universelle à nous éloigner de la source de notre vrai bonheur. Nous sommes si profondément accablés par le désespoir qui nous habite, que la seule chose qu'il reste à faire et qui s'opère d'ailleurs inconsciemment et de façon quasi indolore, c'est de durcir notre cœur (ce qu'on appelle un mécanisme de défense). Mais la dissimulation avec la mauvaise conscience qui en découle, jointe à cette souffrance profonde va produire son fruit de colère et son lot de méchanceté et de violence, nous rendant capables du pire. Nous sommes devenus à notre tour, cause de malheur les uns pour les autres. Nous vivons donc dans la peur de la souffrance que les autres pourraient nous causer, et de celle que nous sommes capables de faire en retour.

Pour nous sauver de cette capacité qui est la nôtre de rejeter, abandonner, trahir, torturer nos semblables et même ceux que nous aimons, Dieu nous a envoyé son propre fils. Il l'a livré entre nos mains, et nous Lui avons fait ce que nous avons voulu. Le Père a même « abandonné » Son propre fils, au moment où celui-ci avait le plus besoin de Lui, pour qu'Il meure tout seul et que nous soyons ainsi guéris de cette blessure d'abandon en nous donnant la possibilité de revenir à Lui.

3. LE VRAI MALHEUR

Notre malheur demeure tant que nous nous entêtons à rejeter ce grand salut. Ne nous servons-nous pas du petit enfant de la crèche pour nous détourner de Dieu en suivant nos convoitises ? Pour la fête de Sa naissance, on ne parle plus désormais que d'acheter, de vendre des cadeaux ou de faire ripaille. Nous nous servons aussi du merveilleux Sang de Jésus versé pour nous, ou du Nom sacré de Dieu pour le tourner en dérision ou en juron. Et surtout nous prenons prétexte de la souffrance pour nous révolter un peu plus contre Celui dont nous nous sommes détournés, l'accusant d'être à l'origine de tous nos maux. Quand nous accusons Dieu, nous ne savons pas ce que nous faisons. Nous ne comprenons pas à quel point nous nous enfonçons ainsi dans le malheur, nous coupant de plus en plus de la seule possibilité d'en être guéris. C'est l'orgueil qui nous pousse à l'arrogance envers notre créateur. Nos oreilles sont alors prêtes à écouter la voix du tentateur et de l'accusateur. Nous vivons dans la peur continuelle et principalement celle de la souffrance. Et l'esprit du monde nous fait croire que le bonheur, c'est précisément l'absence de souffrance. Cela nous fait entrer dans une dynamique d'anesthésie, de recherche effrénée de moyens pour éviter la douleur et le résultat en est que nous sombrons dans une indifférence puis un coma de plus en plus profonds. Celui qui veut absolument éviter de souffrir, va durcir son cœur, mettre en hibernation sa sensibilité ; du même coup il ne sera plus capable de ressentir les sentiments de joie, de paix, d'amour de la vie et la dépression se pointe à l'horizon. Ainsi, il y a plusieurs sortes de causes de souffrance dont nous voudrions bien être affranchis.

4. LES PRINCIPALES CAUSES DE SOUFFRANCE

Ce sont toutes les situations calamiteuses de toutes sortes bien établies, rencontrées dés notre naissance dans un monde pécheur. Elles s'apparentent à de nombreuses expériences et états de fait qui ne sont pas de notre choix, et qui échappent même totalement à notre contrôle, tels que les maladies héréditaires, les handicaps, les accidents, la situation sociale ou les catastrophes naturelles. Chaque fois que nous avons le sentiment d'être isolés et sans défense dans un monde hostile, nous souffrons et développons une révolte plus ou moins consciente contre un Dieu qui n'a pas su nous épargner.

Ce sont aussi toutes les blessures infligées par autrui. Nos parents et d'autres membres de la famille, des amis, des connaissances, même des étrangers ont pu pécher contre nous, volontairement ou involontairement. Les blessures intérieures subies par les enfants de parents alcooliques, ou d'éducateurs qui les ont physiquement et psychologiquement maltraités. Toutes sortes d'actions méchantes faites contre nous, les relations manquées avec des pères qui n'ont pas su aimer leur enfant, les abus sexuels (viols, inceste), toutes ces blessures font que généralement la victime se retrouve esclave de sentiments de fureur et de colère envers le coupable.

Sans oublier toutes les souffrances résultant d'un péché que nous avons commis personnellement ; en pensée : la jalousie, la convoitise, la cupidité, l'esprit de compétition et de rivalité, le désir de domination ; en actes : la fornication, l'adultère, les déviances et abus sexuels, la colère, la méchanceté manifestée en violence… Ainsi que les souffrances qui sont la conséquence de manque de sagesse ou de mauvais choix personnels, conduisant à la culpabilité, la colère, les sentiments d'échec et la rage contre soi-même et enfin la déception à propos de désirs non satisfaits, nous plongeant dans l'amertume et le ressentiment, des sentiments d'indignité, de désespoir, les impressions de solitude, le rejet, la haine de soi… La liste n'est pas exhaustive.

5. SI TU PARDONNES ET SI TU ES PARDONNE, TU N'AS PLUS A CRAINDRE LE MALHEUR

Au risque de paraître énoncer une évidence ou une lapalissade en posant cette question, je demande pourquoi toutes ces souffrances enfantent-elles notre malheur ? Il me semble que c'est parce qu'elles se sont assorties d'un profond ressentiment soit contre Dieu, soit contre les autres, soit contre nous-mêmes. Car souffrance et malheur sont loin d'être des réalités équivalentes et interchangeables. Nous pouvons expérimenter et côtoyer journellement la souffrance, mais malheureux nous resterons tant que nous ne pardonnerons ni à Dieu ni aux autres ni à nous-mêmes, face à ce mystère, et tant que nous n'accueillerons pas le pardon de Dieu sur toute notre vie.

Il me semble que les épreuves dans ma vie m'ont appris quelque chose d'essentiel : si je laisse la souffrance, de quelque origine qu'elle soit, me remplir de révolte et d'amertume, alors je connais le vrai malheur ; tandis que si je l'accepte patiemment et humblement, si je laisse Dieu profiter du brisement de mon cœur pour me délivrer de la haine, de la méchanceté et de la colère qui sont ou veulent s'installer au fond de moi, alors je suis sur le chemin du vrai bonheur et deviens moi-même chemin de bonheur pour les autres. Car plus que le mal que j'ai à subir, ce qui est le plus destructeur pour moi c'est la capacité que j'ai à faire le mal. Même si je suis victime, je peux à mon tour et simultanément devenir bourreau, désirant la souffrance et la mort de celui qui me fait du tort, dans un désir peut-être légitime que justice soit faite mais rempli du poison mortel de l'esprit de vengeance.

J'invite fermement les personnes que j'accompagne, surtout si elles font partie d'une communauté ou d'un groupe de prière, à se méfier de ces réactions charnelles qui peuvent être les nôtres quand nous avons le « sentiment » de vivre quelque chose d'injuste. Et je sais de quoi je parle pour l'avoir beaucoup expérimenté moi-même. Nous supportons très mal qu'on ne nous accorde pas la place, le droit ou la reconnaissance qui semblent devoir nous revenir en toute légitimité. Notre première réaction, en général, sera de réclamer justice, tout au moins d'essayer de discuter ou de provoquer une soi-disant transparence pour pointer ce qui dans le comportement de l'autre nous est insupportable. Mais ces sentiments de déception, d'amertume et de colère que nous manifestons, démontrent que nous sommes dans une recherche idolâtre de notre place et de notre identité. Nous sommes encore en train de demander à un groupe ou à une personne de nous donner notre place et de nous dire qui nous sommes. Et la preuve en est que nous sommes en colère, très tristes et finalement déçus, et que nous décidons de quitter ce groupe. Notre vraie place, le Père seul peut nous la donner, mais Il ne pourra le faire que si nous ne sommes pas en train de la réclamer à d'autres. Nous avons tellement peur de ne pas être intégrés et reconnus ! Mais ces réactions tuent les relations dans un groupe de prière ! Ne cherchons plus notre bonheur qu'en Dieu seul et ne demandons rien aux autres : pardonnons leur leurs maladresses et incompréhensions. C'est Dieu qui est derrière toutes ces choses, car il est un Dieu jaloux, qui désire que nous arrêtions d'adorer des créatures et de leur être asservis. Notre paix, c'est Lui ; notre joie, c'est Lui ; notre vie, c'est Lui ; notre justice, c'est Lui, le seul Juste ! Quand nous ferons partie d'un groupe où « tout le monde il est gentil et tout le monde il est beau », c'est alors que nous serons à plaindre car en danger d'idolâtrie, par le fait que, ne cherchant plus à dépendre de Dieu seul pour être heureux, nous nous sentirons en sécurité et enfin compris. Quel malheur que de ne pas désirer cette « joie parfaite », et d'aller se nourrir à d'autres râteliers, quand chez notre Père on peut trouver l'abondance !

Apprendre à être heureux, comblés par Dieu quelles que soient les circonstances, est une urgence ! Le Seigneur a besoin de nous, Il est pressé, car Il revient bientôt. Le fiancé languit après les épousailles. Profitons de ces circonstances, surtout quand elles nous sont défavorables, pour faire de Dieu et Lui seul nos délices, nous laissant délivrer par le Christ de ces recherches charnelles de reconnaissance, qui finalement L'empêchent de nous mettre à la place qui nous est destinée depuis toujours. C'est justement celle qui nous convient. Je ne suis pas en train de faire l'apologie de l'obéissance inconditionnelle et de prôner le renoncement à tout sens critique, tel qu'on peut le repérer dans les dérives sectaires. On peut y entendre dire benoîtement qu'il faut savoir tout accepter... Non. Et si nous sommes témoins de choses injustes, il faut avoir le courage de les dénoncer. Mais prenons cependant bien garde aux motivations qui nous habitent quand nous nous posons en redresseur de tort, et tâchons de ne pas « joindre l'utile à l'agréable » en pratiquant l'art de la critique ou de la dénonciation à l'égard de personnes qui ne nous auraient pas accordé ce que légitimement nous ne pouvions attendre que de Dieu, la reconnaissance identitaire. A la manière insistante et désespérée avec laquelle nous nous appliquons à alerter l'opinion et à nous poser en victime, il est facile de sentir l'immense déception qui nous habite de n'avoir pas été reconnus à notre juste valeur. Là encore, il est facile de repérer la démarche idolâtre par le fait que le personnage, le groupe ou l'idéologie que l'on pourfend est précisément l'idole dont on attendait l'offre de service : sécurité, identité, compréhension, reconnaissance. La déception qui ne manque pas de survenir est bien là pour nous rappeler qu'Un Seul est en mesure de nous consoler.

L'éternelle tentation proposée à l'homme, le péché des origines, se situe bien, dans une de ses manifestations les plus typiques, en ceci précisément : le désir de nous suffire à nous-mêmes les uns les autres, et l'attente de voir rempli par la magie du groupe, un vide intérieur (quitte à déborder un peu en bâtissant une tour), un abîme même, que seul Dieu peut combler. On voit ensuite les conséquences désastreuses de telles illusions : la tristesse, l'amertume, la dépression avec son sursaut de colère ou de haine, peut-être salutaire un moment pour ne pas désespérer, mais combien onéreux dans le gâchis émotionnel, relationnel et communautaire au sens ecclésial, qu'il occasionne. Alors qu'un peu de retour sur soi, avec la grâce de Dieu et une aide psychologique et spirituelle désintéressée, pour discerner sa propre part de responsabilité, aurait pu ouvrir un chemin de vraie conversion. Il s'agit alors bien sûr d'une expérience personnelle (et non individualiste) située à cent lieux de cette autosatisfaction née du sentiment d'appartenir à tel ou tel groupe, de se réclamer de la pensée de Jacques, Pierre ou Paul. On ne peut pas trouver la guérison de ses propres problèmes en répandant le poison. Car on risque de passer complètement à côté de la leçon que Dieu voulait nous donner : ne chercher qu'en Lui seul tout ce dont on a besoin. Nos contemporains s'imaginent pouvoir calmer leur peine en attaquant. Ils oublient totalement par là que le bonheur tant convoité ne se trouve que dans le pardon.

Souvent même, mal situé quant au problème du péché, de la repentance, de la démarche personnelle de l'obéissance de la foi, on rêve de devenir thérapeute, mais on n'est pas tout à fait capable de voir clair dans ses motivations profondes. Car là encore, on peut être en recherche de reconnaissance auprès de patients et d'un certain statut social. Cette nouvelle idole risque de décevoir également beaucoup. Que l'Esprit Saint nous ramène tous vers notre Père à tous, qui fait miséricorde à tous, et nous donne la grâce de pardonner, afin qu'Il puisse aussi nous pardonner nos offenses, et particulièrement le péché d'idolâtrie qui s'accompagne toujours de grandes souffrances.

Au fur et à mesure que nous approchons de chez nous, de chez notre « Abba », conduits par l'Esprit, par les mérites de Jésus qui nous recouvre de Sa Justice par Son Sang versé pour nous, les promesses de Dieu sur nos vies vont enfin pouvoir s'accomplir :

> « En ce jour-là, tu n'auras plus à rougir de toutes tes actions par lesquelles tu as péché contre moi ;
> Car alors j'ôterai du milieu de toi ceux qui triomphaient avec arrogance,
> Et tu ne t'enorgueilliras plus sur ma montagne sainte.
> Je laisserai au milieu de toi un peuple humble et petit,
> Qui trouvera son refuge dans le nom de l'Eternel.
> Les restes d'Israël ne commettront point d'iniquité,
> Ils ne diront point de mensonges,
> Et il ne se trouvera pas dans leur bouche une langue trompeuse ;

Et ils paîtront, ils se reposeront, et personne ne les troublera
Pousse des cris de joie, fille de Sion !
Pousse des cris d'allégresse, Israël !
Réjouis-toi et triomphe de tout ton cœur, fille de Jérusalem.
L'Eternel a détourné tes châtiments,
Il a éloigné ton ennemi ;
Le roi d'Israël, l'Eternel, est au milieu de toi ;
Tu n'as plus à craindre le malheur.
En ce jour-là, on dira à Jérusalem :
Ne crains pas ! Sion, ne faiblis pas !
L'Eternel, ton Dieu est au milieu de toi, comme un héros qui sauve ;
Il fera de toi sa plus grande joie ;
Il gardera le silence (sur tes fautes) dans son amour
Il aura pour toi des transports d'allégresse (…)
Car je ferai de vous un sujet de gloire et de louange
Parmi tous les peuples de la terre,
Quand je ramènerai vos captifs sous vos yeux,
Dit le Seigneur. »[3]

[3] Sophonie 3 : 11 à 20

Chapitre 2

Pourquoi les chrétiens souffrent-ils ?

1. LA SOUFFRANCE ME SEPARERA-T-ELLE TOUJOURS DE L'AMOUR DU CHRIST ?

J'ai longtemps espéré en donnant ma vie à Dieu que cela aurait pour conséquence que la plupart de mes combats avec leur lot de souffrances, allaient cesser. C'était ce qu'on nous disait généralement dans certains milieux évangéliques. Aussi étais-je passablement déçue de constater que je continuais à souffrir comme auparavant et que malgré mes résolutions de progrès dans ma vie spirituelle, les choses allaient plutôt en s'aggravant. J'étais par conséquent assez amère et révoltée à l'image de la plupart des gens, incapable d'apporter aux incroyants qui prennent prétexte du problème de la souffrance pour se détourner de Dieu, la réponse qu'il aurait fallu. Cette interrogation : « Pourquoi ? » continuait à être là, et je commençais à me résigner à ne pas avoir de réponse comme font en général les adultes, qui se disent que c'est là-haut au ciel qu'on aura la réponse et font comme si cela leur suffisait. On trouve même le moyen d'être étonné et même choqué quand nos enfants devenus grands commencent à se poser des questions, et nous les « balancent » brutalement. Nous sommes alors incapables de les aider dans leur recherche de la vérité, espérant seulement qu'ils ne vont pas quitter la foi. Mais la foi en quoi ? En quoi croyons-nous vraiment ? Des paroles que je lisais dans les livres de Richard Wurmbrand m'ébranlaient :

« Un prisonnier qui s'était évadé des camps nazis dans lesquels il avait perdu presque toute sa famille et qui souffrait maintenant sous le communisme criait, désespéré, à certains moments : « Est-ce que je n'en ai pas assez enduré par les nazis et les rouges ? Pourquoi dois-je encore subir le tourment d'écouter vos explications insensées ? Souffrir est déjà assez pénible. Ne l'aggravez pas encore par des explications »...[1]

---

[1] Richard Wurmbrand : Détresse et Victoire (ed. Stephanus) page 177

Notons au passage la similitude avec le cas de Job dans la Bible.

« Pourquoi souffrir ? » n'est pas la bonne question. Il n'existe pas de bonne réponse aux mauvaises questions. Qui peut dire la mélodie qu'il y a dans une pêche ? La question est mauvaise. Demandez plutôt : « que puis-je faire de mon chagrin ? Comment puis-je l'utiliser pour devenir plus aimant et plus compréhensif à l'égard des autres ? »[2]

« Dieu est infiniment bon et toutes ses œuvres sont bonnes. Cependant personne n'échappe à l'expérience de la souffrance, des maux dans la nature. Nous devons considérer la question de l'origine du mal en fixant le regard de notre foi sur Celui qui, seul, en est le grand vainqueur. »[3]

Pour moi c'était très important d'avoir une réponse valable pour donner un sens à tout ce que je vivais en général, mais particulièrement à la mort de Samuel ; et j'ai compris ceci : que ce n'était pas avec ma propre faculté de raisonnement que je parviendrais à obtenir ce que je cherchais. Je m'étais déjà bien trompée et j'avais été trop déçue. Comme pour tout le reste, Dieu seul pouvait me dire la vérité. Il nous avait déjà tout dit, c'était à moi d'entendre.

Jésus nous a donné la meilleure des réponses par Sa mort sur la croix. Ce que la parole faite chair me dit c'est que Lui aussi a poussé au milieu des pires souffrances ce cri de toute l'humanité : « Pourquoi ? Papa pourquoi ? » montrant par là qu'Il a toujours été avec moi dans les moments les plus douloureux et que mon cri est le Sien, mes pleurs sont les Siens, ma souffrance est la Sienne, mon sentiment d'abandon est le Sien. C'était déjà Lui qui était là, en David, quand il écrivait le Psaume 22 :

> « Mon Dieu ! Mon Dieu ! Pourquoi m'as-tu abandonné,
> Et t'éloignes-tu sans me secourir, sans écouter mes plaintes ?
> Mon Dieu ! Je crie le jour, et tu ne réponds pas ;
> La nuit, et je n'ai point de repos. »[4]

Je ne peux pas dire que j'ai reçu une réponse exacte au « pourquoi ? », mais j'ai su que le fait même que le Christ ait dû demander « pourquoi ? » est une grande source de bénédiction pour ceux qui sont dans l'affliction. Car cela nous donne la liberté de poser la question, et d'attendre ce que Dieu va faire. Notre attente semble

[2] idem page 181
[3] Catéchisme de l'Eglise Catholique n° 385
[4] Psaume 22 :1 à 3

parfois déçue car la seule chose qui nous intéresse et que nous attendons, c'est la suppression de la douleur, alors que le Christ est venu s'attaquer à la cause de la souffrance. C'est comme si les médecins se contentaient de faire baisser la fièvre et de calmer le mal de tête, en omettant de découvrir et de tout faire pour éradiquer la cause de la maladie. Et le Christ ne s'est pas contenté d'attaquer le mal à la racine, il a dit :

« Heureux les affligés, car ils seront consolés. »[5]

Nous ne comprenons pas vraiment ce que Dieu fait, et pourquoi Il le fait, mais une chose est sûre : NOUS SERONS CONSOLES ! Comment nous console-t-Il ? En nous guérissant de la cause de nos souffrances qu'est notre éloignement de Dieu. Il nous ramène à la maison vers les bras ouverts du Père. Jésus est mort à cause de l'état mortel où je me trouvais en raison de mes désobéissances et de mon esprit d'indépendance. Par Sa mort, Il m'a sauvée et m'a délivrée, et par Sa résurrection, Il m'a donné une nouvelle vie, dans une dépendance au Père retrouvée. Si je le veux, je peux, avec Lui, vaincre les conséquences du péché, c'est à dire ne plus avoir à ressentir cette douleur terrible de la séparation d'avec Dieu. Je comprenais de mieux en mieux pourquoi le Seigneur nous avait donné ce merveilleux texte à notre mariage :

> « Si Dieu est pour nous, qui sera contre nous ? Lui qui n'a point épargné son propre Fils, mais qui l'a livré pour nous tous, comment ne nous donnera-t-il pas aussi toutes choses avec lui ?
>
> Qui accusera les élus de Dieu ? C'est Dieu qui justifie ! Qui les condamnera ? Christ est mort ; bien plus, il est ressuscité, il est à la droite de Dieu, et il intercède pour nous !
>
> Qui nous séparera de l'amour de Christ ? Sera-ce la tribulation, ou l'angoisse, ou la persécution, ou la faim, ou la nudité, ou le péril, ou l'épée ? Selon qu'il est écrit : *c'est à cause de toi qu'on nous met à mort tout le jour, qu'on nous regarde comme des brebis destinées à la boucherie.*
>
> Mais dans toutes ces choses nous sommes plus que vainqueurs par celui qui nous a aimés. Car j'ai l'assurance que ni la mort, ni la vie, ni les anges ni les dominations, ni les choses présentes ni les choses à venir, ni les puissances, ni la hauteur, ni la profondeur, ni aucune

[5] Matthieu 5 :4

autre créature ne pourra nous séparer de l'amour de Dieu manifesté en Jésus-Christ notre Seigneur. »[6]

2. LA SOUFFRANCE QUI PURIFIE

Nous ne devrions pas être surpris quand nous souffrons. La parole de Dieu nous avertit :

« Vous aurez des tribulations dans le monde. »[7].
« Nous vous disions d'avance que nous aurions des tribulations. »[8]

Paul a averti les croyants qu'ils allaient faire l'expérience de souffrances profondes dans leur vie :

« Ils affermissaient l'âme des disciples, les exhortaient à demeurer dans la foi, et disaient : C'est par beaucoup de tribulations qu'il nous faut entrer dans le royaume de Dieu. »[9]

En grec, ce mot « tribulation » signifie : « angoisse, fardeau, oppression, difficultés. »

Dans mes nombreuses lectures, j'ai été particulièrement touchée par une exhortation de David Wilkerson, qui résume exactement ce que je désire partager sur ce sujet et qui correspond parfaitement à ce que j'ai vécu :

> « On dit aux chrétiens que Dieu ne veut pas qu'ils souffrent. Mais que prêchaient vraiment les apôtres ? Pierre dit : « Que ceux qui souffrent selon la volonté de Dieu remettent leur âme au fidèle Créateur en faisant le bien » (1 Pierre 4 v 19). Puis : « Parce que le Christ lui aussi a souffert pour vous et vous a laissé un exemple, afin que vous suiviez ses traces » (1 Pierre 2 v 21)
>
> (…) Les chrétiens souffrent-ils ? Paul n'était-il pas un homme spirituel ? Ecoutez ce qu'il dit : « souvent en danger de mort, cinq fois j'ai reçu des juifs quarante coups moins un, trois fois j'ai été

[6] Romains 8 : 31 à 39
[7] Jean 16 : 33
[8] 1 Thessaloniciens 3 : 4
[9] Actes 14 : 22

battu de verges, une fois j'ai été lapidé, trois fois j'ai fait naufrage, j'ai passé un jour et une nuit dans l'abîme. Souvent en voyage, exposé aux dangers des fleuves, aux dangers des brigands, aux dangers de la part de mes compatriotes, aux dangers de la part des païens, aux dangers de la ville, aux dangers du désert, aux dangers de la mer, aux dangers parmi les faux frères, au travail et à la peine ; souvent dans les veilles, dans la faim et dans la soif ; souvent dans les jeûnes, dans le froid et le dénuement. Et sans parler du reste, ma préoccupation : le souci de toutes les églises ! » (2 Corinthiens 11 v 23 à 28). Malgré toute sa douleur et ses souffrances, Paul pouvait dire d'une voix triomphante : « J'estime qu'il n'y a pas de commune mesure entre les souffrances du temps présent et la gloire à venir qui sera révélée pour nous. » (Romains 8 v 18)

(…) A l'école de la souffrance, Dieu forme des personnes pleines de « compassion » qui ont été mises à l'épreuve du feu et qui ont éprouvé sa fidélité (…) Tout cela est arrivé (les épreuves) afin que vous puissiez offrir espoir et consolation à ceux qui traversent l'épreuve aujourd'hui. Nous savons que le Saint-Esprit est notre consolateur. Mais pour quelle raison se manifeste-t-il à nous au milieu de notre chagrin le plus profond ? Pourquoi nous fortifie-t-il, nous aide-t-il et encourage-t-il notre esprit ? C'est « afin que par la consolation que nous recevons nous-mêmes de la part de Dieu, nous puissions consoler ceux qui se trouvent dans toute sorte d'afflictions ».

« Car, de même que les souffrances de Christ abondent en nous, de même aussi notre consolation abonde par le Christ » (2 Corinthiens 1 v 4 et 5). Paul explique très clairement que Dieu permet que certains chrétiens aient à supporter de profondes souffrances, non seulement pour leur enseigner une leçon, mais aussi pour pouvoir en faire profiter les autres (…). Lequel d'entre nous peut dire, en regardant ce qu'il traverse : « Cela va réconforter, bénir et sauver d'autres personnes qui traversent les mêmes épreuves » ? C'est difficile à croire et à accepter, mais la parole de Dieu déclare : « la tribulation produit la persévérance » (Romains 5 v 3). De nos jours, l'Eglise doit être constituée de membres qui n'ont pas été offensés ou détruits par la souffrance, des membres qui ne sont pas abattus ou en proie au doute, mais qui restent attachés à Son amour, et qui prouveront qu'Il est fidèle en toutes choses. Ces membres doivent être patients, forts dans la foi, et stables. Ces gens doivent donner l'exemple aux faibles, et être une véritable source de consolation et de réconfort. Il est facile

> pour ceux qui n'ont pas souffert de proférer des conseils vides de sens. S'ils ne sont pas morts à eux-mêmes, à la sagesse humaine, et aux doctrines non-éprouvées, ils ne peuvent pas produire la vie. Ils n'ont pas d'espoir et de réconfort véritable à offrir à ceux qui souffrent. »[10]

Nous devons décider si nous allons laisser la souffrance nous former ou nous détruire ! Nous pouvons permettre à la souffrance d'être comme une école. Peut-être sommes-nous en train d'endurer de grandes souffrances parce que le Seigneur est occupé à nous corriger. Il essaie d'adoucir nos cœurs. Nous ne pouvons pas accepter cela par notre intelligence naturelle, car elle est rétive, à la fois irritée et déprimée par la souffrance. Mais si, par l'Esprit de Dieu, nous comprenons et acceptons dans notre intelligence renouvelée, que c'est Lui qui le permet et cherche à nous former par le moyen de la souffrance, alors elle pourra porter tout son fruit, un fruit de sainteté !

> « Car le Seigneur corrige celui qu'il aime, et frappe de verges tout fils qu'il agrée. Supportez la correction : c'est comme des fils qu'il vous traite… Nos pères nous corrigeaient pour peu de temps, comme ils le jugeaient bon ; mais Dieu nous corrige pour notre véritable intérêt, afin de nous faire participer à sa sainteté. Toute correction, il est vrai, paraît être au premier abord un sujet de tristesse et non de joie ; mais plus tard elle produit un paisible fruit de justice à ceux qu'elle a formés. C'est pourquoi redressez les mains abattues et les genoux paralysés. Que vos pieds suivent des pistes droites, afin que ce qui est boiteux ne dévie pas, mais plutôt soit guéri. Recherchez la paix et la sanctification sans laquelle personne ne verra le Seigneur. Veillez à ce que personne ne se prive de la grâce de Dieu ; à ce qu'aucune racine d'amertume ne produise des rejetons et ne cause du trouble, et que plusieurs n'en soient infectés. »[11]

Je m'étais privée si longtemps de cette grâce de Dieu en refusant que le Seigneur se serve de la souffrance pour me redresser, me guérir, et surtout me ramener à Lui. Quand on est submergé par les épreuves, il est vraiment difficile de croire et d'arriver à accepter cela. J'ai passé tellement de temps dans la plainte comme une pauvre mendiante orpheline, ne comprenant pas que tant que resterais à tenir ce faux rôle dans cette fausse vie, je continuerais à en « baver ». Mon problème

---

[10] David Wilkerson (auteur connu de La Croix et le poignard) : David Wilkerson exhorte l'Eglise (ed. Vida) page 223
[11] Hébreux 12 : 6 à 15

principal était que ce mensonge épouvantable auquel j'avais prêté l'oreille était parvenu à me faire croire que j'étais seule et abandonnée et que c'était pour toujours. C'est en tous cas ce que je ressentais, mais comme je le dis souvent en plaisantant :

« Le senti ment (est menteur) ! Ne laissons plus les sentiments commander notre vie ! »

Je ne pouvais pas m'en sortir seule ! C'est alors qu'est intervenue la puissance de l'Esprit Saint Consolateur pour rendre efficace le sacrifice de Jésus et me sauver. Comme je l'ai dit plus haut, mais je ne me lasse pas d'en témoigner, c'est Lui qui m'a convaincue de mensonge, de comportement erroné, mais surtout que j'étais réellement fille de Dieu :

« L'Esprit lui-même rend témoignage à notre esprit que nous sommes enfants de Dieu. »[12]

> « Ne vous rendez-vous pas compte que tous les événements de votre vie, ces cinq ou dix dernières années, ont été suscités par Dieu pour votre éducation ? Si vous avez murmuré, si vous vous êtes plaints, c'est que vous n'avez pas reconnu sa main, et cela est grave. Si vous pensiez simplement être malchanceux, c'est que vous ignoriez tout de la discipline du Saint-Esprit. Souvenez-vous que tout ce qui nous arrive est mesuré par la main de Dieu pour servir à notre bien suprême, quoique ce ne soit probablement pas ce que nous aurions choisi ; Dieu sait ce qui est le meilleur pour nous. Où serions-nous aujourd'hui si Dieu ne nous avait pas disciplinés en disposant nos circonstances comme il l'a fait ? C'est justement ce qui nous maintient purs et nous empêche de nous écarter du sentier qu'il nous a tracé. Qu'ils sont insensés ceux qui n'ont à la bouche que murmures, et dans le cœur que rébellion contre les choses précieuses que le Saint-Esprit a mesurées pour leur bien ! »[13]

3. MOURIR AU VIEIL HOMME

Comment faire pour que je puisse expérimenter ce changement profond de ma personne ? Dieu me dit qu'Il veut que j'accepte de mourir à cette nature déchue qu'est mon « vieil homme ». Mais, le renoncement à ce que j'ai toujours cru être ma vraie liberté en vue d'un choix bien supérieur : m'approcher de Dieu et ne plus

[12] Romains 8 : 16
[13] Watchman Nee : La libération de l'Esprit (ed. Farel) page 74

dépendre que de Lui, supposait une telle souffrance que je ne pouvais qu'éprouver de la peur… un peu comme quand il s'agit d'aller chez le dentiste.

« L'acte plénier d'abandon à Dieu requiert donc la souffrance ; cet acte, pour être parfait, doit être accompli par pure volonté d'obéir, en l'absence ou en dépit de l'inclination naturelle. »[14]

Ma vie naturelle est égocentrique : j'aime être cajolée et admirée, mais je sais aussi me replier sur moi-même chaque fois que je me sens en danger face à tout ce qui peut me faire sentir ma petitesse. Ma « vieille bonne femme » craint la lumière et l'air du monde spirituel, et elle est prête à employer tous les moyens pour se protéger. Comment faire mourir cette forte disposition à l'égocentrisme, cette volonté propre, en fait le désir permanent de devenir mon propre dieu ?

« Tout comme nous résistons au diable en nous approchant de Jésus, nous cessons de pratiquer la présence du vieil homme en pratiquant la présence de l'homme nouveau. Dans cette pratique, nous délaissons les œuvres du vieil homme et apportons captives à l'obéissance de Christ toute pensée de l'intellect et toute imagination du cœur. Cette démarche implique une sorte de souffrance (…) Ceux qui sont malades – psychologiquement, physiquement ou spirituellement – parce qu'ils haïssent, envient, convoitent, idolâtrent, commettent l'adultère, forniquent, pratiquent l'homosexualité, etc. sont malades parce qu'ils pratiquent la présence du vieil homme, du moi illusoire. Mourir à ce moi est douloureux ; mais cette souffrance est notre seul remède et elle n'a rien à voir avec le fait de porter sa croix. Je dois accepter cette mort, la choisir, sachant que « ce qui se trouve en dehors du système du don de soi, n'est ni la terre, ni la nature, ni la « vie ordinaire », mais purement et simplement l'enfer. »[15]

Ah ! Comme je désirais connaître cette libération, devenir capable d'aimer comme Dieu aime, même mes ennemis ! Etre complètement libérée de la haine, de la méchanceté, de la capacité à être dangereuse pour moi-même et pour les autres ! Sortir définitivement de mes comportements victime/bourreau pour devenir enfin capable de porter un fruit de douceur, de patience, de bonté, d'amour vrai. J'ai vite compris que je ne pouvais plus espérer y arriver toute seule. Oui, j'avais pu faire quelques progrès sur différents points de mon caractère et parfois je me faisais l'illusion d'avoir bien avancé la partie et acquis la liberté de gérer sainement ma vie ; ce qui me faisait entrer dans une satisfaction et même une certaine confiance en moi-même. Mais, il y avait toujours un moment où ce que je croyais résolu, se présentait à

[14] C.S.Lewis : Le problème de la souffrance (Desclée, Paris, 1950) page 135.
[15] Leanne Payne : Vivre la présence de Dieu (ed. Raphaël, page 220 et 222)

nouveau plus redoutable que jamais. Cela me plongeait dans le découragement. La colère en particulier demeurait ce qui pouvait le plus me prendre par surprise, alors que dans des circonstances qui semblaient plus difficiles à gérer, j'avais pu à d'autres moments avoir l'impression de réussir à me maîtriser

Quand, dans les années 70, le Seigneur a commencé à nous visiter puissamment, par le baptême du Saint-Esprit notamment, nous avons eu l'impression que la joie et la paix que nous ressentions, allaient demeurer en nous pour toujours. Malheureusement, la grisaille spirituelle avec son lot de péchés et de tentations n'a pas tardé à se réinstaller insensiblement ; conséquence d'un attiédissement ou passage obligé par le désert… Et lorsque nous avons commencé à avoir moins d'expériences exaltantes, à goûter moins de moments « bénis », mais plutôt des temps de tristesse de plus en plus fréquents et prolongés, nous avons essayé de réagir, de nous prendre en main, bref de nous approprier toute parole d'exhortation dans la bible qui nous conforte dans cette conviction de maîtrise. Les résultats ne se sont pas faits attendre. Quand les péchés revenaient, nous nous sommes efforcés de les supprimer et si nous y sommes parvenus, nous croyions alors avoir vaincu. Ou à l'inverse, si nous n'avions pas le dessus, il ne nous restait plus qu'à constater l'échec, se laisser accabler par le remords et renier encore d'avantage ce qui avait fait notre joie par le passé : il faut le reconnaître, nous étions déçus. Voilà le point où nous sommes parvenus la plupart d'entre nous : nous n'arrivons plus à croire que ce que l'on nous prêche au sujet de la vie normale du chrétien qui doit être une vie complètement libérée du péché, une vie de communion intime avec Dieu, une vie pleinement satisfaite avec le Seigneur, une vie qui interpelle et réconforte les autres et a pouvoir de répandre le bien, bref, une vie de lumière et entièrement sanctifiée, soit encore possible. Et là encore, nous devons constater que nous nous heurtons à la souffrance de ne pas arriver à vivre une vie de vainqueur comme la parole de Dieu nous le recommande. Pourquoi n'y arrivons-nous pas ? Ce manque de maîtrise de soi nous fait tellement souffrir ! Mais, gloire soit à Jésus-Christ ! J'ai compris que c'est le Seigneur qui permet que cette infirmité, ne nous soit pas enlevée, et cela pour nous rendre à l'évidence que nous sommes vraiment « irrécupérables ».

« Comment Dieu nous voit-il aujourd'hui ? Dieu nous considère comme des cas sans espoir et incorrigibles. La chair est corrompue au plus haut point, et il n'y a pour elle pas d'autre issue que la mort. L'œuvre du Seigneur Jésus ne change pas notre chair, le Saint-Esprit ne change pas notre chair. Lire la bible et prier ne change pas notre chair. « Ce qui est né de la chair est chair »[16]. La chair ne peut pas changer. Dieu a perdu espoir en nous. C'est pourquoi Il nous a inclus dans la crucifixion du Christ car la seule solution est la mort. Par conséquent, la première chose que le

[16] Jean 3 : 6

Seigneur exige d'un chrétien après sa conversion est le baptême (…) D'un côté, nous disons depuis des années que nous sommes crucifiés avec le Christ. Mais d'un autre côté nous sommes encore pleins d'espoir pour nous-mêmes. D'une part, nous sentons que nous ne sommes pas capables et d'autre part, nous espérons pouvoir le devenir. Nous trébuchons et échouons sans cesse, et cependant nous espérons toujours vaincre. »[17]

Une fois qu'on a bien compris qu'on est incapable de se changer soi-même, il faut absolument arrêter toute velléité d'y parvenir puis nous tourner vers Celui qui peut tout.

« Et il m'a dit : Ma grâce te suffit, car ma puissance s'accomplit dans la faiblesse. Je me glorifierai donc plus volontiers de mes faiblesses, afin que la puissance de Christ repose sur moi. »[18]

La souffrance révèle mes faiblesses mais celles-ci ne sont plus pour moi un sujet de tristesse et de découragement. Au contraire, elles deviennent une occasion de me réjouir puisqu'elles permettent au Christ de devenir en moi ce que je ne peux pas être.

« Découvrir ses propres faiblesses n'est pas un péché, mais refuser de croire en la force de Dieu en est un. Avoir mauvais caractère n'est pas un péché, mais refuser de croire que Dieu puisse devenir notre patience en est un. Avoir un péché insurmontable n'est pas un péché, mais refuser de croire que Dieu puisse le vaincre est un péché ; C'est une chose glorieuse, pour un homme, de se rendre compte qu'il est impuissant. Dès que le Seigneur vous montre que vous ne pouvez pas réussir, Il vous montre aussi que Dieu peut réussir. Le Seigneur ne vous montre pas votre incapacité pour vous décourager. Il vous la montre afin que vous croyiez que c'est pour Lui une excellente occasion de travailler en vous. Aujourd'hui, vous pouvez vous glorifier de louer. Vous pouvez dire : Seigneur, je Te remercie car je ne peux pas réussir. Je Te remercie car ne n'ai aucun moyen de vaincre. Toi seul peux tout faire ! »[19]

Je me répète souvent ces mots puissants : « Il peut tout ! » chaque fois que je suis en butte à une difficulté. Le proclamer est une grande source de joie ! Je me rappelle un jour où avec un prêtre ami, nous étions en train de prier pour une jeune fille. Nous avions l'impression de nous heurter à un mur, alors que nous faisions tout

[17] Watchman Nee : La vie de vainqueur (Living Stream Ministry U.S.A.), page 60
[18] 2 Corinthiens 12 : 9
[19] Watchman Nee : La vie de vainqueur, page 77

pour l'aider à vaincre ses résistances qui lui causaient de grands tourments. Cela a duré jusqu'au moment où nous avons cessé tout effort et commencé à dire : « Nous ne pouvons rien, mais Toi Seigneur, Tu peux tout ! » Au fur et à mesure que nous répétions cette phrase, la foi grandissait en nous, au point d'être remplis d'une telle joie que nous avons commencé à rire de bonheur.

Cette jeune fille presque aussitôt, a été complètement soulagée et délivrée. Comprenons ce que Dieu veut. Il ne désire pas nous « changer » mais nous « échanger ». Si souvent, je lui avais demandé de le faire : « Seigneur change mon cœur de pierre en cœur de chair ! » Ce que Dieu voulait, c'était m'enlever mon vieux cœur et me donner Le Sien à la place. C'est merveilleux de faire cette expérience d'une véritable greffe de cœur ! C'est une démarche de foi importante qui requiert toute notre bonne volonté, notre vraie imagination, une saine faculté de raisonnement. Si je décide de croire que Jésus me donne Son cœur, il importe ensuite de l'utiliser au maximum. Il faut vérifier si la greffe a tenu ou pas, et pas question de rejet ! Je dois donc me mettre vite à aimer, pour essayer ce nouveau cœur. Par exemple, je pense à quelqu'un que je n'aime pas du tout, et si je commence à l'aimer avec mon nouveau cœur, je constate que ça marche ! Alléluia !

« Si quelqu'un est en Christ, il est une créature nouvelle. Les choses anciennes sont passées ; voici toutes choses sont devenues nouvelles »[20]

« La clé de notre guérison spirituelle, c'est de devenir une nouvelle création en Christ et de vivre notre vie comme des gens pleinement pardonnés et reconstruits. A cet égard, notre « guérison de l'esprit » initiale ressemble davantage à une transplantation cardiaque, car Dieu n'apporte pas tant un nouveau bail de vie à un vieux cœur qu'il ne crée en nous un cœur nouveau avec de nouveaux désirs et aptitudes à connaître. »[21]

« O Dieu ! Crée en moi un cœur pur, renouvelle en moi un esprit bien disposé. »[22]

« Contrairement à ce qu'avance un certain enseignement largement répandu, la régénération (naître de nouveau) est plus que le simple fait de se voir enlever quelque chose (les péchés pardonnés) ou ajouter quelque chose (une nouvelle nature

---

[20] 2 Corinthiens 5 : 17
[21] John Wimber : Allez, Guérissez ! (ed. Carrefour) page 86
[22] Psaume 51 : 12

avec l'assistance de l'Esprit Saint) ; c'est en fait devenir quelqu'un qu'on n'a jamais été auparavant. »[23]

Dans le passé, je ne comprenais pas cette vérité et je tentais de construire à la force du poignet une sainteté personnelle. Je ne me rendais pas compte que, ce faisant, j'écartais et je reniais la sainteté de Dieu. A présent, je crois que le Christ est ma vie, qu'Il me donne tout ce dont j'ai besoin. En pratiquant la présence de Jésus, mon être entier est ainsi totalement « reconquis », consacré et abandonné à Dieu pour devenir un canal de Sa vie. Et j'ai enfin découvert que c'est mon vrai moi qui porte la croix !

4. PORTER SA CROIX

« Celui qui ne prend pas sa croix et ne me suit pas n'est pas digne de moi. Celui qui conservera sa vie la perdra, et celui qui perdra sa vie à cause de moi la retrouvera. »[24]

L'invitation qui nous est adressée, avec l'image qui s'y rapporte évoquée dans ce passage, de prendre sa croix, suggère tellement l'idée d'une extrême souffrance, qu'elle m'a longtemps rebutée. Mais au fur et à mesure de mon cheminement dans l'Esprit, j'ai compris qu'à cause de mon imagination dévoyée, je me représentais d'une manière tout à fait erronée et dramatisée cette démarche de « crucifixion du moi ». C'est important de réaliser que nous avons de fausses notions de ce qu'est le sacrifice de soi, car je rencontre beaucoup de chrétiens qui sont très perplexes et préoccupés par le soucis de correspondre à cette nécessité de renoncer à eux-mêmes, à cause de cette parole de Jésus :

« Si quelqu'un veut venir après moi, qu'il renonce à lui-même, qu'il se charge de sa croix, et qu'il me suive. »[25]

Le « moi » auquel j'ai à renoncer, c'est ce moi du vieil homme, dont Luther disait : « J'ai essayé de le noyer, mais le « bougre » il sait nager ! » - je pense même d'ailleurs que quelquefois nous lui lançons une bouée. Lorsqu'on ne saisit pas bien la nuance, de taille tout de même puisqu'il s'agit de ce qui sépare le monde ancien du nouveau, on a tendance, en voulant « mourir à soi-même », à mettre à mort notre vraie personne, notre « moi » réel. Le Seigneur met en nous de grands désirs, par exemple celui de nous utiliser pour faire le bien, pour porter du fruit à Sa gloire…

---

[23] David C. Needham : Birthright (Droit d'aînesse) page 61
[24] Matthieu 10 : 38 à 39
[25] Matthieu 16 : 24

Mais, comme nous n'arrivons pas toujours à discerner que ces désirs, qui sont en nous, viennent vraiment de Dieu, nous avons peur que ce soit encore la volonté propre et l'orgueil de notre vieil homme qui se manifestent, et nous choisissons de faire « profil bas », de nous considérer comme des « serviteurs inutiles ». C'est un détournement de sens qui peut avoir des conséquences graves et nous amener aux portes de la dépression, qu'il ne faudra pas trop vite qualifier de « nuit ». En effet, sous des dehors de vertu, nous ne nous rendons pas bien compte qu'en croyant partir en guerre contre la chair et le péché, c'est le jeu de notre vieil homme que nous réussissons à faire, dans une aspiration au néant et une haine de nous-mêmes. Nous nous sentons trop souvent coupables de faire ce que nous aimons, c'est notre culture ; c'est parfois notre tradition. Et nous tuons toute créativité, et tout ce que le Seigneur nous a donné comme « talents » et qu'Il nous demande de faire fructifier. Relisons avec jubilation, celle des captifs rentrant à Sion, le deuxième chapitre de la lettre de St Paul aux Colossiens, surtout à partir du verset huit et mesurons l'ampleur du triomphe que notre sauveur nous a obtenu ! Sans compter toutes ces observances tyranniques dont on n'a plus besoin (mais en avions nous besoin ?), pour obtenir Son amour.

Une autre manière dangereuse de considérer le « mourir à soi-même » est l'impression que Dieu nous demande de nous offrir en mourant pour les autres, dans une attitude victimaire. C'est aussi la très dangereuse notion de substitution qui consiste à demander à prendre en soi les démons ou les maladies des autres. On prend comme modèle des personnes comme Marthe Robin, et on s'imagine avoir le même appel qui est exceptionnel. Du coup, on a les pensées et le cœur remplis d'images de souffrance, toutes privées de joie. La vie chrétienne devient une vie particulièrement triste, terne et ennuyeuse. De plus, ces incessants efforts, nous les accomplissons, en nous appuyant sur nos propres forces.

« Ils ont, à la vérité, une apparence de sagesse, en ce qu'ils indiquent un culte volontaire, de l'humilité, et le mépris du corps, mais ils sont sans aucun mérite et contribuent à la satisfaction de la chair. »[26]

« Ma définition de ce que veut dire « porter sa croix », c'est pratiquer la présence de Jésus et permettre à son amour de se communiquer aux autres à travers nous ; cela veut dire que nous devons apporter la vie de Christ aux autres et leur dire : « Le royaume de Dieu est venu vers vous. » Nous devons comprendre l'œuvre du Saint-Esprit en nous et parmi nous pour saisir le caractère positif de ce que veut dire « porter sa croix » : Christ vient en nous et c'est lui qui agit ! »[27]

---

[26] Colossiens 2 : 23
[27] Leanne Payne : Vivre la présence de Dieu. Ed. Raphaël. Page 209

Je crois que lorsque nous permettons enfin au Christ de vivre en nous et à travers nous, il y a un combat qui commence, car nous nous heurtons aux ténèbres de ce monde que sont l'ignorance, la haine, les mensonges, les calomnies, les tromperies qui se cachent au fond de toute âme humaine dévoyée par le péché de révolte contre Dieu. Cela se répercute dans les structures culturelles, les institutions et les modes de gouvernement comme c'est le cas dans les régimes totalitaires.

« Toute souffrance volontaire que nous endurons en exerçant notre rôle d'instruments de la vie de Christ constitue ce que la Parole appelle « porter sa croix ». Par conséquent, ce sont la joie et la paix, et non des regards de martyrs et des visages allongés, qui caractérisent ceux qui portent vraiment leur croix. »[28]

Nous souffrons en tant que chrétiens car dès que nous voulons sortir de notre état d'orphelin et ne plus dépendre pour notre vie et nos besoins des autorités en place (parents, maîtres, familles, institutions, communautés…) pour ne plus dépendre que de Dieu seul, alors ces instances vont nous persécuter. Le monde ne peut admettre, ni accepter qu'on n'ait plus besoin de lui. Le monde, mais aussi un certain esprit du monde dont nous sommes porteurs et qui représente la chair, non soumise à l'esprit. Et c'est dans notre être extérieur[29] (la chair selon St Paul) que nous allons être en butte à des contradictions, et c'est précisément ce que Dieu permet jusqu'à ce que cet être extérieur soit brisé et même qu'il meure. C'est la mort nécessaire du vieil homme, fruit de l'œuvre de la Croix !

---

[28] Leanne Payne : Vivre la présence de Dieu ; page 207

[29] Watchman Nee appelle ainsi le corps et l'âme dans son livre : La libération de l'Esprit

Chapitre 3

De l'état de victime à l'état de vainqueur

« Si vous êtes outragés pour le nom de Christ, vous êtes heureux parce que l'Esprit de gloire, l'Esprit de Dieu, repose sur vous. Que personne d'entre vous en effet, ne souffre comme meurtrier, ou voleur, ou malfaiteur, ou pour s'être ingéré dans les affaires d'autrui. »[1]

Depuis l'ascension de Jésus, nombreux sont ceux qui marchent sur ses traces. Ils « accomplissent dans leur chair ce qui manque aux souffrances du Christ »[2].

Les exemples des martyrs, et particulièrement ceux de notre temps m'ont énormément fortifiée dans la certitude que Dieu a le pouvoir de se servir de la souffrance pour purifier nos vies, nous libérer de la haine destructrice et de la colère qui nous habitent. Il désire aussi nous apprendre l'obéissance, sans laquelle nous serons toujours malheureux. Pas n'importe quelle obéissance, l'obéissance de la foi. Afin de retrouver cette dépendance amoureuse qui faisait le bonheur de l'homme avant la Chute. Je laisse ici la parole successivement à ces héros de la foi qui m'ont tellement apporté dans mon cheminement de libération intérieure.

Roger Mac Gowen, un jeune noir américain, est emprisonné au Texas pour un crime qu'il n'a pas commis. Il a été condamné à mort et se trouvait depuis plus de 15 ans dans le couloir de la mort, quand il a écrit ces lignes bouleversantes dont je recopie ici quelques extraits :

« Quand je vois les Aryens (un groupe de Blancs croyant à leur suprématie), j'ai un peu pitié d'eux, car je réalise à quel point ils sont perdus. Je ne les hais pas, car j'ai suffisamment haï dans le passé. La haine dévore tout ce qui est en toi. Pas une partie seulement, mais tout. Cela te laisse avec un grand vide à l'intérieur, comme si une force puissante et invisible t'avait retourné sans dessus dessous et avait vidé ton âme sur le sol. Je crois que je ne pourrais plus jamais haïr quelqu'un. (p 45)

---

[1] 1 Pierre 4 : 14 -15
[2] Colossiens 1 : 24

Je préfère être en prison avec Dieu que libre sans Lui. Je me pose la question : « Mais pourquoi a-t-il ainsi arrangé les circonstances de ma vie ? » J'ai cherché désespérément une réponse, et j'ai trouvé en partie. Nous avons tous été placé où nous sommes pour que la gloire de Dieu se manifeste en nous. (p 53)

Nous sommes enfermés 23 heures par jour et nous restons ici à tout encaisser, espérant que cela changera (…) C'est une bien triste situation que nous vivons mais je continue à prier pour eux (ses gardiens), demandant au Créateur quelle est la leçon cachée dans tout ceci que je n'ai peut être pas su voir. Quoiqu'ils nous fassent, quels que soient les traitements qu'ils nous infligent, je ne leur permettrai pas de me faire éprouver de la haine pour eux. (p 169)

Je ne permettrai jamais à la haine d'être ma compagne derrière ces murs. Même quand je sens que je suis au bout du rouleau et que la haine pour ce qui m'est fait est tout ce que ma vision me permet de voir, même à ce moment là, je préfèrerais être aveugle et muet que de permettre à la haine d'être la couverture dans laquelle on enveloppera mes os fatigués pour le repos final. C'est l'amour qui nous a amenés sur cette terre et j'espère avec toute la force du bien en moi, que c'est l'amour qui me raccompagnera à ma demeure ultime. (p 177)

J'ai pris conscience que c'est parce qu'ils ne s'aiment pas eux-mêmes et qu'ils n'ont pas d'amour dans leur vie, que les gardiens haïssent tellement les autres. Alors, il faut bien que quelqu'un les aime ! (p 195)

Nous sommes tous liés par le sang qui a coulé sur le Golgotha. (p 199)

Je peux vivre avec la honte d'être enchaîné comme un animal, d'être humilié et réduit à rien, mais je ne pourrais pas vivre avec moi-même en nourrissant la même haine que ceux qui me haïssent pour le plaisir de haïr. J'ai demandé à Dieu de me donner le courage de marcher la tête haute, même attaché pieds et mains. CE QUI DEVAIT M'AFFAIBLIR, M'A, PAR LA GRÂCE DE DIEU, RENDU FORT. (p 83)

Avant de devenir fort, il faut devenir faible. (p 163)

Récemment, j'ai eu un gros poids sur mes épaules et plus j'essayais de l'ôter, plus il devenait lourd. Au lieu de faire les choses à la façon de Dieu, j'essayais de les faire à ma façon et cela ne marchait tout simplement pas (…) Mais je me suis rendu compte qu'aucune méthode ne marche mieux que la sienne. (p 113)

Mon Dieu, ils ne réalisent pas ce que c'est que de n'avoir pas reçu une seule accolade en quinze ans ! Si je pouvais, je donnerais chaque jour à chaque personne que je rencontrerais, une accolade et un mot d'encouragement amical, et cela jusqu'au jour où Dieu me rappelle. Les gens prennent tellement ces choses comme allant de soi. (p 115)

Il n'existe aucun endroit dont les murs puissent emprisonner un homme qui veut être libre en Dieu. (p 116) »[3]

Yun, serviteur de Dieu en Chine, dont la persévérance et la foi ont été pour moi une vigoureuse invitation à sortir de ma somnolence spirituelle, m'a aussi beaucoup enseigné sur le sens des souffrances. Souhaitons (mais faut-il vraiment le souhaiter ?) que Dieu n'ait pas à nous faire passer par les mêmes épreuves que nos frères persécutés, pour témoigner de la détermination qui est la leur, dans la lutte contre le péché et l'anesthésie de la conscience que favorise le confort.

« Les interrogatoires de routine reprennent avec davantage de coups, d'électrochocs et de tortures avec des aiguilles. Alors qu'il passe par ce supplice d'une indescriptible horreur, Yun a la conviction que Dieu veut lui dire quelque chose d'important. Il réalise qu'il est doté d'une forte volonté. Au travers des agissements sataniques de ses bourreaux, il apprend à obéir, à mettre sa confiance et son espérance en Dieu seul, d'une façon tout à fait exceptionnelle. En même temps, sa capacité à endurer la souffrance s'accroît de façon considérable. Il apprend à connaître « la communion des souffrances de Christ »[4], et sa compréhension de la grandeur du Royaume de Dieu augmente de plus en plus[5] ».

Un peu plus loin le narrateur raconte une des nombreuses tracasseries subies par Yun, le Citoyen du Ciel :

« Yun essaie de récupérer son écharpe et son gobelet, mais le gardien cruel reprend le gobelet. Il le jette à nouveau dans les toilettes et urine sur lui. Yun saisit le gobelet et le serre tout contre sa poitrine. Il est souillé par l'urine. Aussi son cœur se remplit de colère, et il est sur le point de maudire ces hommes méchants. Mais aucune parole ne s'échappe de ses lèvres. Bien au contraire, ce sont les exhortations suivantes qui retentissent au fond de son être :

---

[3] Roger Mac Gowen : Messages de vie du couloir de la mort (ed Jouvence : Extraits de lettres de prison)
[4] voir Philippiens 3 : 10-11
[5] Haavald Slaatten : Le citoyen du Ciel, un apôtre de la chine contemporaine (ed Philadelphie) page 78

« Bénis et ne maudis pas, ne cherche pas à te venger. Ne te laisse pas vaincre par le mal, mais triomphe du mal par le bien. »[6]

Quoique pleurant sous l'effet de la colère, Yun se met à bénir ces hommes. »[7]

Ce ne sont pas ses émotions et particulièrement la colère qui ont été les plus fortes, car loin de se laisser submerger par elles comme nous avons l'habitude de le faire, il a pu rester maître de ses réactions charnelles, non par l'usage de son courage ou de sa capacité naturelle à résister à la douleur, mais par la puissance de la parole de vérité. Quel vainqueur !

Dans le récit des missions en Chine d'Hudson Taylor, déjà cité, se trouve une lettre remarquable d'une jeune femme missionnaire qui vient de perdre son mari et son enfant dans une épidémie à l'intérieur de la Chine :

« Vous avez peut-être appris l'HONNEUR que m'a fait mon Dieu et Père. Oui, il m'a chargé de vivre sans mon bien-aimé mari et sans mon cher enfant. Ils ne sont plus, car Dieu les a pris à Lui (...) Je les aurais si volontiers suivis, mais notre Père en a décidé autrement. Mes trésors sont partis et je suis restée seule : cependant je ne suis pas seule, car le Père est avec moi (...) Dieu a pris mon tout, je ne puis plus lui donner que ce qui me reste de vie, Il m'a véritablement vidée. Puisse-t-il seulement me remplir de son amour, de compassion et de puissance. »[8]

Etty Hillesum, jeune femme juive, fait partie aussi de ces martyrs dont l'existence semble enviable à cause de la manière dont elle accueillait chaque instant de la vie et le trouvait beau et précieux. Même à la fin de son existence, en camps de concentration, elle continue à donner ce témoignage. Je cite une phrase d'elle qui traduit parfaitement ce que je veux exprimer en parlant du bonheur qui est de vivre passionnément tout ce qu'on a à vivre. Pleurer un être cher parce qu'on l'aime et qu'il nous manque fait partie de la vie et il nous faut aimer vivre aussi cela.

« La plupart des gens ici se sentent plus pauvres qu'ils ne devraient parce qu'ils portent dans la colonne des pertes la douleur de l'absence de leur famille et de leurs amis, alors qu'on devrait au contraire compter parmi les biens les plus précieux la faculté d'un cœur à éprouver si fortement amour et nostalgie. »[9]

---

[6] Romains 12 : 21
[7] idem page 82
[8] M. et Mme Howard Taylor : Hudson Taylor, tome 2 (ed des Groupes Missionnaires 1947) page 394
[9] Etty Hillesum : Une Vie Bouleversée (ed du Seuil) page 317

Richard Wurmbrand, pasteur luthérien Roumain, qui a passé sous le régime communiste 14 ans en prison en tant que chrétien après y être allé en tant que juif sous le régime nazi, a écrit après sa libération et son passage à l'Ouest, de nombreux livres pour témoigner des persécutions subies mais davantage encore de la vie de victoire, de « plus que vainqueurs » chez des témoins de la foi en Jésus Sauveur, qu'il a rencontrés. Il raconte ces actes d'amour héroïques qui sont le résultat de la purification par la souffrance.

« J'ai vu des chrétiens donner leur tranche de pain (à l'époque où nous n'en touchions qu'une par semaine) et des remèdes qui pouvaient leur sauver la vie à un bourreau communiste malade devenu leur compagnon de prison. »[10]

« De Même qu'au temps de Daniel les trois jeunes hommes sortirent de la fournaise sans avoir souffert du feu, de même les chrétiens sortis des prisons communistes ne conservent pas de ressentiment contre leurs bourreaux. Une fleur, si vous l'écrasez sous vos pieds, se venge en vous donnant son parfum. Ainsi nos martyrs, en échange des tortures, donnent de l'amour. Nous avons amené au Christ beaucoup de nos gardiens. Et un seul désir nous domine : donner aux communistes ce que nous avons de meilleur, le salut qui vient de Notre Seigneur Jésus-Christ. »[11]

« Les chrétiens ne sont pas confrontés au problème du mal, mais à son défi. Les problèmes dépriment, les défis incitent à l'activité dans le bon sens du terme (...) chaque tourment n'était qu'un défi pour surmonter l'obstacle le plus dur : gagner le tourmenteur par l'amour. »[12]

Lorsque le pasteur baptiste russe P. Rumatchik était en prison pour la cinquième fois, il écrivit ces paroles d'encouragement du fond de sa cellule : « Avec lui, mon Maître bien-aimé, tout est bien partout. Avec lui j'ai la lumière dans ce sombre cachot. Je lui avais demandé d'être là où on a besoin de moi, et non où c'est confortable pour l'homme extérieur, là où je peux porter du fruit. Voilà ma vocation » (...) Un autre chrétien prisonnier en Russie écrivait une lettre émouvante : « ici je médite les paroles de Jésus : 'Afin que quiconque croit en lui ait la vie éternelle'[13]. Je suis parmi les criminels. C'est un euphémisme de dire que les hommes peuvent devenir comme des animaux. Les animaux n'ont pas de péché. Les hommes qui m'entourent dans la prison atteignent les profondeurs des ténèbres

---

[10] Richard Wurmbrand : L'Eglise du silence torturée pour le Christ (ed Hodder and Stoughton de Londres) page 78

[11] idem page 91

[12] idem page 179

[13] Jean 3 : 16

sataniques que l'animal ne connaît pas. Chaque mot qu'ils prononcent est sale, chaque geste est répugnant. 'Leur gosier est un sépulcre ouvert ; leur bouche est pleine de malédiction et d'amertume'[14]. Mais à l'arrière plan brille l'amour de Dieu. Quiconque croit – même de tels hommes – peut avoir la vie éternelle. Dieu m'a envoyé en prison pour leur apporter cette bonne nouvelle. »

« Le sacrifice de la vie, le renoncement à soi-même, le sang que ses membres sont prêts à verser pour la foi, voilà les principaux arguments de l'Eglise Clandestine en faveur du christianisme. Elle constitue ce que le célèbre missionnaire d'Afrique, Albert Schweitzer, a appelé « la compagnie sacrée de ceux qui sont marqués par la douleur », la compagnie à laquelle appartient Jésus, l'HOMME DES DOULEURS. Cette église clandestine écrivait : « Nous prions pour devenir non pas de meilleurs chrétiens, mais le seul genre de chrétiens que Dieu veut que nous soyons : des chrétiens semblables au Christ, c'est à dire des chrétiens qui portent la croix de bon cœur pour la gloire de Dieu. »[15]

Dans nos pays, la souffrance conduit beaucoup de personnes au désespoir, au suicide. Mais des prisonniers chrétiens fidèles dansent de joie. Ce qu'ils ont compris, nous devons aussi en témoigner : on ne résiste pas à l'amour de Dieu, il vaincra ! Beaucoup de chrétiens, même très spirituels, sont troublés par la question « Pourquoi un Dieu tout puissant envoie-t-il (tout au moins permet-t-il) la souffrance ? » Quand de telles pensées nous assaillent disons avec Wurmbrand :

« Je suis toujours à l'école primaire. Quand j'aurai obtenu ma licence à l'université de la vie chrétienne, je comprendrai mieux les voies de Dieu et mes doutes cesseront. » et notre pasteur continue : « Nous n'avons pas la juste notion de la puissance, de ce que signifie le pouvoir d'écraser, d'assujettir, de supprimer, de punir. Il existe une autre puissance : celle de l'amour, de la patience, celle de savoir souffrir innocemment et d'être bon envers les méchants. Quand nous pensons énergie, nous pensons à la kinésie, science en rapport avec le mouvement de toutes choses. Mais il existe un réservoir immense d'énergie potentielle, d'énergie latente. Il existe une puissance de tranquillité, de sérénité. Un officier communiste disait à un chrétien qu'il frappait : « Je suis tout puissant, comme vous supposez que l'est votre Dieu. Je peux vous tuer ». Le chrétien répondit : « La puissance est de mon côté. Je peux vous aimer même quand vous me torturez à mort ». Voilà la toute puissance de Dieu. Elle se reflète dans la profonde quiétude de l'âme des saints. Ils ne se posent pas la question embarrassante « Pourquoi tant de douleur ? », car ils ont appris à aimer la Croix et ils savent ce que c'est d'être rejetés. Une fois que vous avez adopté

[14] Romains 3 : 13 –14 (citant le Psaume 5 : 10)
[15] Richard Wurmbrand : Plus que vainqueurs (ed Sénevé)

cette attitude, toute perplexité cesse. Quel enfant s'inquiète encore quand il reçoit un cadeau longtemps convoité ? Le paroxysme de la sainteté est de ne jamais demander quelque chose pour soi-même et de ne jamais refuser une croix dont Dieu vous honore, puis d'accepter calmement la vie comme elle vient, sans poser de questions. Nous ne sommes pas encore prêts à comprendre les réponses. Un saint n'est pas une personne qui a reçu beaucoup de lumière de la part de Dieu. Il n'est rien, puisque par lui se manifeste le pouvoir divin d'endurer, d'espérer et d'aimer même l'homme le plus méchant. Qui sait si le meurtrier d'aujourd'hui ne sera pas l'apôtre de demain, si la femme légère ne sera pas la Marie-Madeleine de demain ? Et Dieu ne peut-il pas compenser pendant l'éternité le mal enduré sur terre pendant un court moment ? Nous bénissons le Père, le Fils et le Saint-Esprit, nous accueillons la souffrance parce qu'en elle nous pouvons glorifier le Christ. » [16]

En lisant de tels témoignages, on a très envie de dire qu'on aurait bien besoin d'un temps de persécution. Mais non ! On ne va pas prier pour ça, au contraire ! Nous prions pour la délivrance des persécutés, leur protection et leur paix et pour qu'ils soient libérés de leurs oppresseurs car le christianisme est une religion de vie et de victoire sur le monde, la chair et le Diable ; il n'est pas une religion de mort et de souffrance. Et cependant nous savons que Dieu agit à travers la persécution et la mort et même qu'Il triomphe d'elles et par elles.

« Qui nous séparera de l'amour du Christ ? Sera-ce la tribulation, ou l'angoisse, ou la persécution, ou la faim, ou la nudité, ou le péril, ou l'épée ? Selon qu'il est écrit : C'est à cause de toi qu'on nous met à mort tout le jour, qu'on nous regarde comme des brebis destinées à la boucherie. Mais dans toutes ces choses nous sommes plus que vainqueurs par celui qui nous a aimés. Car j'ai l'assurance que ni la mort ni la vie, ni les anges ni les dominations, ni les choses présentes ni les choses à venir, ni les puissances, ni la hauteur ni la profondeur, ni aucune autre créature ne pourra nous séparer de l'amour de Dieu manifesté en Jésus-Christ notre Seigneur. »[17]

« Le sang des martyrs, écrivait un évêque du troisième siècle, est la semence de l'Eglise. »

[16] Richard Wurmbrand : Plus que vainqueurs (ed Sénevé) page 187
[17] Romains 8 : 35 à 39

Cinquième partie : Dans Jérusalem vous serez consolés

« Comme un enfant que sa mère console, je vous consolerai. Oui, dans Jérusalem, vous serez consolés ! »[1]

[1] Esaïe 66 : 13

Habiter Sion

« Debout resplendis car voici ta lumière
Et sur toi la Gloire du Seigneur…

Les fils d'étrangers rebâtiront tes remparts

Et leurs rois passeront par tes portes
Je ferai de toi un sujet de joie,
On t'appellera « ville du Seigneur »
Les jours de ton deuil seront tous accomplis,
Parmi les nations tu me glorifieras. »[1]

Au centre de ma terre promise, il y a une citadelle, une véritable forteresse. Elle a souvent été prise d'assaut et a été le lieu de bien des combats, de destruction, d'anéantissement et de départ en exil. Sa reconstruction actuelle, aboutissement de la conquête de tout mon être, n'a plus qu'une raison d'être : le rétablissement de la véritable royauté en vue des épousailles. Il s'agit de mon cœur, le lieu de mes attachements, de mes affections et de mes amours. Ce lieu dont mon Bien aimé est jaloux et qu'Il veut posséder tout entier. J'aime beaucoup comparer ce lieu précieux entre tous, à la ville de Jérusalem. Pourquoi ? Parce que Jérusalem c'est le lieu du sacrifice de l'enfant de la promesse, c'est la ville de David, la cité du grand roi, et la ville des prophètes, mais c'est aussi le Golgotha et le tombeau vide, le lieu de mon salut. C'est là aussi qu'a eu lieu la première Pentecôte et puis c'est le Mont des Oliviers, le lieu du retour de mon Bien aimé, et surtout et enfin, c'est la Jérusalem d'en-haut où doivent avoir lieu mes noces avec l'Agneau.

La conquête progressive de mon être véritable, était en réalité tout un chemin de montée vers Jérusalem, vers ce lieu où Dieu veut habiter dans Son Temple, lieu de Sa Présence Sainte, de Sa manifestation. Je désire monter continuellement vers ce saint lieu comme on monte à Jérusalem dans la liesse et les réjouissances.

« Ô ma joie quand on m'a dit : Allons à la maison du Seigneur,
Enfin nos pieds s'arrêtent dans tes portes, Jérusalem !
Jérusalem tu es bâtie comme une ville dont les parties sont liées ensemble.

---

[1] Extraits du chapitre 60 d'Esaïe

C'est là que montent les tribus, les tribus du Seigneur,
Selon la loi d'Israël, pour louer le nom du Seigneur. »[2]

Parvenue au terme de mon pèlerinage, je me tiens enfin dans la Présence, dans cet endroit qui est la fine pointe de mon âme, le lieu de mon cœur profond, là où l'Esprit de Dieu se joint à mon esprit et où je suis tellement convaincue de Son amour que désormais je me sens affranchie du poids de la chair. Mon esprit, libéré des fonctionnements erronés des puissances de l'âme et du corps, peut enfin recevoir la lumière et refléter cette lumière dans tout le reste de mon être. Je pourrai dire désormais qu'avec l'aide de Dieu, c'est moi qui dirige ; ce ne sont plus mes émotions qui me submergent, je peux les contrôler et elles m'obéissent. Mon intelligence, mon imagination et ma mémoire éclairées se mettent au service de la Gloire de Dieu. L'Esprit Saint est désormais libre de m'utiliser pour les œuvres de Dieu.

« Car nous sommes son ouvrage, ayant été créés en Jésus-Christ pour de bonnes œuvres que Dieu a préparées d'avance afin que nous les pratiquions. »[3]

De Jérusalem, ma place forte reconstruite, la paix peut régner sur tout mon territoire, à condition que les rênes du pouvoir soient entre les mains de Dieu. Ce lâcher-prise entre Ses mains du contrôle de ma vie est le résultat merveilleux du pouvoir qu'a Dieu de faire tout concourir à mon plus grand bien.

Levons-nous montons à Sion ![4]

1. JERUSALEM : LE LIEU DU SACRIFICE DU FILS DE LA PROMESSE

Je te bénis, Seigneur, pour ce temps où tu nous as redemandé notre cher fils Samuel ! Car c'est à partir de ce moment qu'a commencé pour moi la conquête de mon héritage ! Ma vie était une vie de défaites tant que je n'avais pas passé cette épreuve, et remporté la victoire. Cela a été le temps où Dieu m'a demandé d'apprendre à renoncer vraiment à tout pour Lui seul, à lâcher tous mes attachements affectifs, à perdre le contrôle que j'exerçais sur ceux que je considérais comme « miens ». C'est sur le lieu du sacrifice d'Isaac, le fils de la promesse, qu'a été bâtie la ville de Jérusalem, là où le temple a été construit, là où tout premier-né devait être consacré à Dieu.

« Sanctifie-moi tout premier-né

[2] Psaume 122
[3] Ephésiens 2 : 10
[4] Jérémie 31 : 6

Tous les premiers-nés sont à moi…
Ils seront à moi…
Mis à part pour le Seigneur. »[5]

Les parents chrétiens sont appelés, comme les Hébreux de jadis, à s'agenouiller pour consacrer à Dieu leur enfant premier-né, mais aussi tous leurs enfants. C'est comme une transaction bien définie, par laquelle ils remettent ceux qui leur sont si chers à la disposition d'une volonté supérieure à la leur, c'est à dire d'un amour plus profond que le leur !

Il nous faut consentir à ce lâcher-prise, à l'offrande du fils, de la prunelle de nos yeux à l'abandon au vouloir de Dieu qui veut nous libérer de tout attachement. C'est le moment et le lieu de l'obéissance inconditionnelle. Mais ce n'est pas le sacrifice pour le sacrifice. Si nous renonçons à nous « tenir au milieu » avec notre pauvre manière d'aimer, alors l'amour de Dieu lui-même, bien plus fort que le nôtre, avec Son feu va descendre sur l'offrande et prendre le relais.

Il nous faut consentir à ne plus chercher à nous protéger ou à protéger les nôtres contre les dangers, la souffrance et la mort. Dieu seul a ce pouvoir ! C'est pourquoi il est si important de nous livrer et de tout livrer entre Ses mains paternelles. Mais, comme ce dépouillement de tout est difficile à faire ! Depuis des générations nous construisons nos défenses, et les murailles de notre citadelle sont devenues infranchissables. Oui, c'est un combat spirituel de très grande envergure que la conquête de Jérusalem, le lieu de mon héritage le plus précieux, le lieu de mes émotions, de mes attachements, de mon affectivité, de ce qui est à moi, et dont j'ai besoin pour exister ou avoir l'impression d'exister ! Mais si je remporte ce combat, alors la grande ville sera conquise pour Dieu, pour qu'elle soit le lieu de Sa résidence, le lieu de Sa paix.

« Je ne donnerai ni sommeil à mes yeux, ni assoupissement à mes paupières jusqu'à ce que j'ai trouvé un lieu pour le Seigneur… lève-toi, viens à ton lieu de repos, toi et l'arche de ta maison… c'est mon lieu de repos à toujours… »[6]

Mais pour avoir la paix, il faut combattre et, comme pour tout le reste de mon être, le combat doit être sans merci, la moindre petite parcelle de résistance « sabrée », rejetée, détruite, réduite à néant, et avec une grande détermination ! Mes peurs et mes doutes doivent être vaincus par une confiance absolue en commençant par renoncer à tout souci, avec l'aide de l'épée de la parole de vérité :

---

[5] Exode 13 : 1
[6] Psaume 132

« Nous savons que toutes choses concourent au bien de ceux qui l'aiment »[7]
« Déchargez-vous sur Lui de tous vos soucis. »[8]
« Notre Père sait de quoi nous avons besoin… »[9]

Mon contrôle doit être vaincu en renonçant à tout attachement, à tout comportement fusionnel, à tout chantage affectif, à toute prise de possession de l'autre (par exemple, chaque fois que je me rends indispensable, que je donne des conseils très sages et très avisés…) mais surtout en apprenant l'obéissance comme Abraham…et comme Marie. Il m'a fallu consentir à ce lâcher-prise, à donner mes enfants, ma famille, tout ce que je considère comme mien, pour le livrer entre les mains de Dieu. Il m'a fallu consentir à la solitude et au dépouillement de tout, à ne plus avoir de contrôle sur moi-même et sur les miens, surtout sur mon conjoint et mes enfants. Il m'a fallu aussi consentir à abandonner tout ce que je croyais savoir, tout de que je pensais être vrai, solide et juste, pour tout réapprendre. Il m'a fallu enfin consentir à ne plus me protéger, ou à protéger les miens contre les dangers, la souffrance et la mort. Car ces comportements signifient qu'inconsciemment, nous voulons nous protéger de Dieu. C'est ce terrible mensonge qui nous fait « croire » que Dieu serait dangereux. La seule chose vraiment importante est la suprématie du règne de Dieu sur nos vies et particulièrement sur cette peur du malheur qui fausse toutes nos relations avec nous-mêmes, avec Dieu et avec les autres. Ah ! Ne plus contester les décisions de Dieu, seul Sage, seul Bon, seul Parfait, seul Digne d'adoration et de louange !

2. JERUSALEM : LA CITE DU GRAND ROI

« Cherchez plutôt le royaume de Dieu ; et toutes ces choses vous seront données par surcroît. Ne crains point, petit troupeau ; car votre Père a trouvé bon de vous donner le royaume… Car là où est votre trésor, là aussi sera votre cœur. »[10]

« Vous, vous êtes ceux qui avez persévéré avec moi dans mes épreuves ; c'est pourquoi je dispose du royaume en votre faveur, comme mon Père en a disposé en ma faveur, afin que vous mangiez et buviez à ma table dans mon royaume, et que vous soyez assis sur des trônes, pour juger les douze tribus d'Israël. »[11]

---

[7] Romains 8 : 28
[8] 1 Pierre 5 : 7
[9] Luc 12 : 30
[10] Luc 12 : 31 à 34
[11] Luc 22 : 28 à 30

Le peuple élu avait attristé le prophète Samuel, en demandant un roi pour être comme les autres nations. Dieu savait que c'était Lui-même qu'ils rejetaient ; Il leur a accordé ce roi. Mais Il préparait le royaume définitif et inébranlable de Jésus le Roi des rois. Si c'est Lui qui règne dans nos vies, qui siège dans notre cœur, alors tout en nous va être définitivement mis au service du Royaume et de Sa justice ; alors, nous règnerons avec Lui.

« C'est pourquoi, recevant un royaume inébranlable, montrons notre reconnaissance en rendant à Dieu un culte qui lui soit agréable, avec piété et avec crainte, car notre Dieu est aussi un feu dévorant »[12]

Cet héritage du Royaume auquel Dieu m'a destinée depuis longtemps, m'ouvre des horizons nouveaux, si je l'accepte par la foi et avec reconnaissance. Dans cette atmosphère du Royaume qui est en moi et autour de moi, dans lequel je suis comme immergée, je goûte dès à présent à l'atmosphère du ciel, et la peur du malheur s'estompe. En effet qu'ai je à craindre la mort, puisqu'elle est un simple passage vers ce que je vis déjà et qui me comble au delà de toute mesure ? Qu'ai-je à redouter le jugement de Dieu si je suis déjà en train de régner avec Lui sur mon être, sur ma vie et sur le monde qui m'entoure ? Qui pourra m'enlever cette dignité extraordinaire à laquelle Dieu m'a élevée, en faisant de moi Sa propre fille, fille de roi, donc princesse ? Comment puis-je encore me prêter à des comportements avilissants, si je vis constamment dans l'atmosphère du ciel ? Que ce Royaume prenne toute la place ! C'est désormais mon seul but, mon seul véritable objectif, ma seule réelle attente. Et je veux prêcher sans me lasser, comme Jésus l'a fait, la bonne nouvelle du Royaume qui s'est approché de nous[13], qui est au milieu de nous, au dedans de nous.[14] Mais nul ne peut voir le Royaume de Dieu, s'il ne naît de nouveau[15] car la chair et le sang ne peuvent hériter le Royaume.

« Ce que je dis frères, c'est que la chair et le sang ne peuvent hériter le royaume de Dieu, et que la corruption n'hérite pas l'incorruptibilité. »[16]

C'est pourquoi il y a ce passage incontournable par la croix et la résurrection.

---

[12] Hébreux 12 : 28 et 29
[13] Matthieu 1 : 15
[14] Luc 17 : 21
[15] Jean 3 : 3
[16] Corinthiens 15 : 50

3. JERUSALEM C'EST AUSSI LE LIEU DE MA NOUVELLE NAISSANCE

« La lumière est venue chez les siens, et les siens ne l'ont point reçue. Mais à ceux qui l'ont reçue, à ceux qui croient en son nom, elle a donné le pouvoir de devenir enfants de Dieu, lesquels sont nés, non du sang, ni de la volonté de la chair, ni de la volonté de l'homme mais de Dieu. »[17]

La montée vers la terre promise et vers Jérusalem peut être aussi comparée au travail de l'enfantement, l'annonce des premières douleurs mettant tout d'abord la maman en joie car le moment est venu. Mais elle ne s'attendait pas à ce que ce soit si long et si douloureux ! Tant qu'on n'a pas accouché, on ne peut pas savoir combien ces douleurs sont terribles. En même temps, on fait l'expérience que la douleur est positive, puisqu'elle a pour but la naissance de l'enfant. On guette l'arrivée de la contraction, on la chronomètre, et on est contente quand elle a été bien longue et bien douloureuse, car cela veut dire que le travail avance et va arriver à son terme. Pourtant, on peut aussi la vivre comme une agression qu'on subit et à laquelle on ne peut pas échapper avec le sentiment qu'il faut aller jusqu'au bout, alors qu'on a l'impression par moments qu'on va en mourir et que les forces et le courage commencent à manquer. La seule chose qui nous fait tenir, c'est la pensée de l'enfant, et encore parfois, même cela ne suffit plus. Ce stade de désespoir au cours d'un accouchement est bien connu des sages-femmes, qui savent alors avec certitude que le bébé n'est pas loin, que le temps de la délivrance est proche. Je me souviens de la naissance de mon François qui a duré douze heures, toute une soirée et toute une nuit. Lorsque j'ai aperçu le jour se lever par la fenêtre, j'ai murmuré : « J'ai tenu jusqu'au matin comme la petite chèvre de Monsieur Seguin… »

J'ai vécu, moi aussi au cours de ce processus de ma nouvelle naissance, des instants terribles de désespoir et de découragement. Je ne voyais plus le sens de mes souffrances. Si vous êtes actuellement dans cet état intérieur, laminés par la peine et le chagrin, avec l'impression que c'est trop, que vous ne pourrez aller plus loin, alors, prenez courage ! Le dénouement est proche et vous ne regretterez pas d'avoir tenu jusqu'au bout : le bébé sera très beau aux yeux de tous. Tenez jusqu'au matin, jusqu'à l'aurore de ce jour nouveau qui verra la venue au monde du Royaume, de cette merveilleuse personne que vous êtes. Et votre joie sera grande et durable, comme pour la femme qui oublie les douleurs, dans la joie où elle est d'avoir pu mettre un homme au monde.

Je livre ici un texte que j'ai écrit au moment où ma fille attendait la naissance de son deuxième enfant, le terme étant bien dépassé. J'étais saisie par la

[17] Jean 1 : 11 à 13

ressemblance de situation entre la venue de cet enfant et ma propre naissance qui tardait à arriver.

L'AU DELA DU DESESPOIR

« Je crois que, pour que j'existe vraiment, je dois avoir le courage d'affronter tout ce qui, en moi, désespère de la vie…C'est un combat sans merci…Il faut que la moindre parcelle de désir de mort soit mise à mort !

Curieusement, toutes les épreuves douloureuses de ma vie, tout en me faisant faire l'expérience du désespoir, servent aussi de chemin pour m'aider à en sortir…

Je crois que le Seigneur est en train de me conduire vers une plénitude de vie extraordinaire, il me semble ressentir ce que Shmouli tentait d'exprimer peu avant sa mort, dans une lettre à Marie-Neige (dans sa dernière lettre il disait qu'il était dans une joie intérieure sans borne et qu'il sentait qu'il allait vivre quelque chose d'extraordinaire, de jamais vu encore et que les humains ne pourraient comprendre qu'en en ayant vu l'accomplissement…)

Cette nuit, après avoir crié vers Dieu, dans le trouble profond où je me trouve, j'ai expérimenté une intense communion avec le cœur de Dieu, une impression de plénitude impossible à décrire, et j'ai pressenti qu'au delà de mon désespoir, une vie extraordinaire était en train de voir le jour !

Je crois avoir compris ce qu'est cette nouvelle naissance que je dois vivre absolument si je veux enfin vivre ! Je vis un accouchement dystocique [18] !

Bientôt apparaîtra ma vraie personne ! D'ailleurs quand on chante : « Bientôt le Seigneur apparaîtra ! Nos yeux oseront-ils y croire ?… » C'est cela que ça signifie !

Je vais apparaître, et le Seigneur avec moi ! Je ne peux exister vraiment en dehors de Lui. Je vais Le voir, et je vais aussi me voir ! Et on pourra me voir et voir en même temps le Seigneur !

Je sais que je vais bientôt exister, mais laissez-moi le temps de naître ! Je dois d'abord bien voir pourquoi je me retiens de naître. J'ai si peur et j'ai si mal et depuis si longtemps ! Peut-être même depuis avant que j'existe…J'ai peur, de la peur

---

[18] C'est un accouchement impossible car le bébé ne s'est pas placé dans le bon sens pour sortir.

de ma mère, avant même d'avoir été conçue en elle…Et je n'ai tellement pas envie de vivre en elle ! Cela me fait horreur rien que d'y penser, je veux chasser cela de ma mémoire, je ne veux pas sortir d'elle ! Pourquoi m'a-t-on obligée à vivre cela ?

C'est assez curieux, ce que je vis cette nuit ! Alors que l'enfant de ma fille ne se décide pas à venir au monde… Oh, mon Dieu ! Je veux naître aujourd'hui ! Naître à la vraie vie ! Par Ton Sang Précieux, fais-moi entrer dans le sanctuaire de Ta présence, là où se trouve la source de la vraie vie, là où on est heureux de vivre ! Je me retourne, je me convertis, je suis enfin dans le bon sens ! Toutes choses en moi : dites oui ! Que je puisse sortir ! Et qu'à travers-moi soit enfin coupée cette malédiction, ce mal-être, je veux ETRE ! Et que ce tout petit, puisse dire, lui aussi : « Je suis », et choisir, dès à présent, la vie que lui « prête » celui, qui seul, peut dire en vérité : « JE SUIS ».

Je n'ai plus qu'aujourd'hui pour naître ! Car c'est aujourd'hui le jour du salut. Par ta mort et ta résurrection, Jésus, tu m'as ouvert la route : j'accepte, aujourd'hui, d'avoir eu à passer par bien des morts… et d'y passer encore… pour revivre ! Je dois plonger dans ma peur, dans mon désespoir, dans le froid glacial de la mort (que j'ai touché quand j'ai pris le corps glacé de mon fils mort, dans mes bras) et de tous ces choix de mort que j'ai posés depuis que j'essaie en vain d'exister ! Oui, je m'y lance, à corps perdu, je m'y vautre ! Et peu importe si personne n'y comprend rien, si tout le monde croit que je me perds, et si, même moi, je crois que je ne m'en sortirai jamais. Je m'engage résolument dans le passage étroit, la porte étroite, et emportée par ton courant, par le fleuve de sang et d'eau, je vais voir le jour nouveau !

Je désire devenir ce que tu as toujours voulu que je sois, Seigneur. Pour cela, j'accepte tout ce que tu es en train de mettre en lumière et qui me fais si peur, j'accepte la douleur extrême du désespoir, car j'ai compris qu'il faut que je passe par l'au-delà (pas dans l'au-delà ou séjour des morts) mais l'au-delà du désespoir, ce moment de désespoir que connaît toute mère qui accouche, juste avant la délivrance, ce moment de désespoir du Fils sur la Croix, quand il se sent abandonné du Père, juste avant de remporter, par sa mort justement, sa grande victoire sur la mort. Je ne veux plus me désespérer de mon désespoir, mais espérer contre toute espérance, au sein même des ces douleurs désespérantes de mon accouchement à la vraie vie !

Oh ! Vivre enfin de Ta vie Seigneur, mon Maître, mon Libérateur ! Mon bonheur désormais c'est : sentir la douceur de Ta présence, me laisser consoler par Ta main posée sur moi, de tous ces abandons, de tous ces rejets, (parce que le rejet actuel me les fait revivre), savoir avec certitude que Tu m'aimes, et goûter aux délices de l'union à Ton ETRE dans mon esprit, mon âme et mon corps, devenir à mon tour « consolation » et porter avec joie, ce nom, nouveau pour moi, mais que je portais depuis toujours et qui est : MOI !

Voilà ce qui transparaît au travers du voile, qui s'est déchiré, pour me permettre le libre accès à la place préparée pour moi, avant la fondation du monde à tes côtés Jésus pour partager ta Gloire ! Tu partages avec moi les honneurs qui te sont dus, et les félicitations que j'obtiens – que tu m'adresses pour avoir victorieusement combattu – te reviennent aussi ! Oui à Toi la gloire ! Sois glorifié, mon Dieu, mon Père, par les mérites de Jésus, dans le feu de l'Esprit Saint.

Mon tout petit enfant, viens à la vie ! Même si tu as peur, tu apprendras à vaincre cette peur pour vivre dans la confiance, ta vie ! Je t'aime et c'est à toi que je dédie cette victoire de ma vie, en ce jour qui précède ta naissance imminente et éminente ! »

Ma petite fille est née deux jours après, elle avait deux circulaires autour du cou !

Le passage avec Jésus par la mort et la résurrection, m'a permis de venir à la vraie vie, cela sans aucun mérite de ma part ni effort particulier. L'Esprit Saint, qui est celui qui m'enseigne, me fait retenir les leçons que Dieu me donne au travers de chaque défi que la vie me présente.

« Mais le consolateur, l'Esprit Saint, que le Père enverra en mon nom, vous enseignera toutes choses, et vous rappellera tout ce que je vous ai dit » [19]

Je n'ai plus peur des souffrances et des épreuves éventuelles à venir, car loin de me séparer de Dieu, elles ne pourront que m'en rapprocher davantage. Et je n'ai plus peur non plus des moments d'abondance et de joie, car ils ne m'éloigneront pas de la source unique de ma joie et du centre de ma vie qu'est le Seigneur. Je n'ai donc plus à craindre le malheur !

J'ai du apprendre à me tenir en permanence dans cette union consolante avec mon Dieu. C'est pourquoi, mon cœur profond, Jérusalem, est aussi le lieu très saint du temple, là où Dieu demeure et où Il veut communiquer avec moi pour me faire goûter à Son intimité et aux délices de Sa tendresse. C'est là que je veux Lui rendre le culte qui Lui est agréable, me détournant des idoles pour ne servir que Lui, le seul Vrai Dieu !

[19] Jean 14 : 26

4. JERUSALEM : LE LIEU POUR ADORER EN ESPRIT ET EN VERITE

« L'heure vient, et elle est déjà venue, où les vrais adorateurs adoreront le Père en esprit et en vérité ; car ce sont là les adorateurs que le Père demande. Dieu est esprit, et il faut que ceux qui l'adorent, l'adorent en esprit et en vérité. »[20]

Pour être victorieuse sur mes tendances idolâtres, c'est à dire sur cette inclination à rechercher ma place, mon identité et ma sécurité ailleurs qu'en Dieu, je dois apprendre à me rendre souvent dans le lieu très saint de mon âme, dans mon esprit, là où Dieu règne avec tout Son royaume, et où je peux joindre ma voix à celle des saints et des anges qui Le célèbrent en permanence. Je sais qu'en moi, la liturgie céleste se déroule et que mon être profond y participe. Je ne cesse de demander à l'Esprit Saint de m'aider à me rendre présente à cette Présence.

« Dans la présence de Dieu, nous nous tenons devant celui qui a créé des mondes par sa parole et qui se réjouit de créer dans nos âmes de nouveaux mondes. Il établit et consolide en nous toutes ces parties de notre être qui, pour une raison ou une autre, n'ont jamais été ni confirmées ni bénies dans nos familles et dans nos relations terrestres (…) C'est une vérité sûre et absolue car, dans la présence de Dieu le Père, nous apprenons à l'écouter et à lui obéir, nous sommes confirmés dans notre réelle identité d'hommes et de femmes, nous devenons de vraies personnes. Un solide sentiment d'être nous est alors communiqué. »[21]

Je crois fermement que le Christ est réellement présent, incarné en moi et qu'en Lui je suis une créature nouvelle. Ce n'est pas avec ma vieille nature que je puis me tenir dans Sa présence, mais par mon être nouveau. C'est pourquoi il est si important de devenir cette nouvelle personne en Dieu. Dans cette fréquentation, j'entre avec émerveillement dans une véritable amitié avec le Seigneur qui me permet de me mettre à Son écoute et de converser avec Lui. C'est l'Esprit Saint qui m'introduit, et me fait goûter à cette onction spéciale de la présence de Dieu. Je sais qu'Il est présent, même si je ne Le sens pas. Trop de personnes dans le réveil actuel, dans le mouvement de la Gloire, après avoir fait une expérience très forte dans un véritable baptême de feu, sont désemparées quand ce ressenti semble s'estomper. Elles ont finalement l'impression d'avoir été trompées ou abusées et sont alors tentées de renoncer à poursuivre l'expérience.

« La présence de Dieu n'est pas la même chose que le sens de la présence de Dieu. Ce dernier peut être le produit de l'imagination, tandis que la présence de Dieu

[20] Jean 4 : 23 à 24
[21] Leanne Payne : Vivre la présence de Dieu (ed. Raphaël) page 65

peut n'être accompagnée d'aucun réconfort sensible. L'acte conjugal qui est à l'origine de la conception d'un enfant devrait procurer du plaisir, et c'est en général le cas. Mais ce n'est pas le plaisir qui produit l'enfant. Là où il y a plaisir, il peut y avoir stérilité, et là où il n'y a pas de plaisir, la relation sexuelle peut cependant être féconde. Il en est de même dans le mariage spirituel entre Dieu et l'âme humaine. C'est la présence réelle du Saint-Esprit, et non la sensation de sa présence qui nous fait dire : Christ en nous. Le sentiment de cette présence est un don supplémentaire pour lequel nous rendons grâce quand il nous est communiqué. »[22]

Je me réjouis de ce que l'Esprit Saint fait dans les cœurs en cette période bénie, et je ne me lasse pas de rechercher ces moments privilégiés où avec nos frères de différentes confessions, nous nous unissons pour adorer notre Sauveur. Dans cette onction, Dieu confirme Sa présence par toutes sortes de manifestations sensibles. J'aime sentir le feu de l'Esprit Saint me recouvrir de Sa chaleur, et laisser déborder mon cœur de joie au point que je pars dans de grands fous rires. Je recherche avidement ces temps de « crâmage », au cours desquels mon cœur est embrasé d'amour, car je suis alors puissamment fortifiée dans mon être intérieur. J'aime ces temps d'onction où Dieu agit avec puissance dans la vie des personnes qui demandent la prière, accomplissant toutes sortes de prodiges et de miracles. Cependant, j'apprends aussi à pratiquer la présence du Christ en moi dans le silence et la douceur de l'amitié du Saint-Esprit. Ma foi se fortifie de plus en plus et la réalité de la présence du monde invisible devient certitude absolue. Je fais mienne cette prière du vieux missionnaire :

« SEIGNEUR JESUS ! DEVIENS POUR MOI UNE REALITE VIVANTE ET CLAIRE ! PLUS PRESENTE AU REGARD DE MA FOI QU'AUCUN OBJET VISIBLE, PLUS PRECIEUSE, PLUS INTIMEMENT PROCHE QUE LE BIEN TERRESTRE LE PLUS DOUX. »[23]

Les fruits de joie et d'allégresse que nous désirons tant porter, découlent en grande partie de notre intimité avec Dieu, de la certitude de Sa présence constante et de Son amour inconditionnel. Comme dit Patrick Fontaine : « Il n'y a rien que je puisse faire qui fera qu'Il m'aimera davantage et Il n'y a rien que je puisse faire qui fera qu'Il m'aimera moins ! »

« Comment le sarment porte-t-il du fruit ? Ce n'est pas en faisant un effort incessant pour recevoir l'air et le rayon de soleil ; ce n'est pas en faisant de vains efforts pour obtenir ces influences vivifiantes qui donnent à la fleur sa beauté, à la

---

[22] C.S. Lewis : Letters to an American Lady (ed. C.S. Kilby) page 36
[23] Hudson Taylor

feuille sa verte fraîcheur. C'est simplement en demeurant attaché au cep, dans une union silencieuse et paisible, et les fleurs et les fruits apparaissent comme par une croissance spontanée.

Comment un chrétien portera-t-il alors du fruit ? Par des efforts et des luttes pour obtenir ce qui est librement donné ? Par des méditations sur la vigilance, sur la prière, sur l'activité, sur la tentation et sur les dangers ? Non ! Il doit y avoir une concentration totale des pensées et des affections sur le Christ, un abandon complet de tout son être entre Ses mains ; un regard constant sur Lui pour avoir Sa grâce.

Les chrétiens en qui ces dispositions sont fermement implantées vont de l'avant aussi calmes que l'enfant dans les bras de sa mère. Christ les reprend en cas d'erreur, Il les conseille dans leurs difficultés, Il les stimule dans toute œuvre utile. Tant dans les affaires spirituelles que temporelles, ils n'ont pas à se soucier du lendemain, parce qu'ils savent qu'ils pourront avoir accès auprès de Christ demain comme aujourd'hui, et que le temps ne met pas une barrière à Son amour. Leur espérance et leur confiance reposent uniquement sur ce qu'Il peut et veut faire par eux… »[24]

Pour se tenir dans la présence de Dieu, il faut ménager des temps de silence, dans la méditation et l'adoration. Mais pour s'y maintenir au cours des activités quotidiennes, on doit choisir dans quelle atmosphère on veut vivre.

« La vérité est que nous avons besoin de passer du temps avec Dieu dans la tranquillité de l'esprit. Nous devons apprendre à faire silence intérieurement de telle manière que seule la voix de l'Esprit se fait entendre. Nous devons apprendre à calmer le bruit intense de nos pensées et de nos structures mentales si imprégnées d'erreur, d'incrédulité, d'arrogance, de préoccupations charnelles et de doctrines humaines. »[25]

Par la lecture assidue de la Parole de Dieu, j'ai appris à me mettre à l'écoute de ce qu'Il me dit jour après jour. Je ne peux pas prétendre me tenir dans la présence de Dieu sans lire la Bible. C'est la lettre d'amour qu'Il m'adresse et dans laquelle Il se révèle de plus en plus et me révèle à moi-même. Si vous avez essayé de lire la Bible et que vous vous êtes découragés, c'est parce que vous avez encore une fois compté sur vos propres forces. C'est l'Esprit Saint, penché sur mon épaule, qui me guide et m'explique ce qui me paraît obscur. Je ne peux pas lire toute seule, j'ai

---

[24] Mme Beecher Stowe : Comment vivre du Christ (citée par Hudson Taylor)
[25] Ana Mendes : Etre assis dans les lieux célestes (ed. Soteria) page 30

besoin de Son aide. Mais quand je le Lui demande, Il m'aide vraiment ! Et puis il y a la louange ! Et la puissance de la louange !

« La louange est un exercice mémorial qui nous permet de nous rappeler les œuvres que le Seigneur a accomplies dans nos vies. Elle nous rend attentifs à l'agir de Dieu dans nos vies. La louange est essentielle à la vie prophétique. C'est le lieu d'apprentissage de l'écoute du Seigneur par la communion à sa présence. Car elle fait advenir la présence de Dieu au cœur de nos vies, même les plus tourmentées par l'échec ou l'épreuve. »[26]

Quand je loue, je place le Seigneur au centre de mes préoccupations, je détourne les regards de moi-même, de mes problèmes et de mes souffrances actuelles qui peuvent me sembler impossibles à résoudre ou à supporter. Par la louange, je reconnais que Dieu est tout puissant et qu'Il peut tout, qu'Il a tout dans Ses mains et tout pouvoir sur toutes choses, et qu'Il peut tout faire concourir à mon plus grand bien. Je reconnais aussi qu'Il est la seule source de vie et de bonheur, et lorsque je le Lui dis, Sa présence devient réelle, plus réelle que tout le reste et la crainte disparaît. Quand Dieu nous fait goûter Sa présence, c'est Sa manière à Lui de nous consoler. Comment arriver à croire que la vraie consolation ce soit cela, alors que nous avons l'impression de vivre la pire des épreuves ? De fait, toutes ces souffrances ne font que réactualiser la seule, l'unique, l'épouvantable douleur qui nous habite, et qui est celle de la séparation d'avec Dieu, le bien-aimé de notre âme, et le constat de notre incapacité à revenir vers Lui. Elle est si épouvantable cette douleur, que nous mettons toute notre énergie à nous en protéger et à l'oublier et un jour nous ne savons même plus qu'elle nous habite. C'est pourquoi, quand nous souffrons, précipitons-nous vers Lui et disons Lui que nous croyons qu'Il est là. Chassons résolument toute pensée contraire, redisons-Lui qui Il est pour nous, et laissons-Le nous consoler par Sa présence. La louange déclenche la puissance de Dieu, car nous Lui laissons alors la possibilité d'accomplir Sa volonté et nous pouvons nous attendre à l'inattendu. Sa Gloire peut se manifester dans nos vies quand nous sommes déterminés à louer Dieu en toute occasion, et particulièrement dans les situations de manque et d'attente.

5. JERUSALEM : LE LIEU DE L'ATTENTE DE MON BIEN AIME

Toute ma vie, j'ai dû apprendre à gérer l'attente. Il y a eu d'abord l'attente très douloureuse d'un époux qui tardait à venir. Cette souffrance très grande, vécue par ceux qui vivent dans un célibat non choisi a besoin d'être prise au sérieux et profondément consolée. Quand on est dans cette attente, on croit que, lorsqu'on aura

[26] Père Silouane Ponga : Jonas ou l'existence prophétique, page 29

enfin obtenu ce qu'on attend, tout ira bien. Dans mon expérience personnelle, je n'imaginais pas qu'il y aurait encore, même après mon mariage, tant d'attentes déçues. En fait, on passe son temps à attendre quelque chose qui tarde à se réaliser. On attend d'avoir assez d'argent pour se payer telle ou telle chose, on attend que son mari revienne d'un week-end où il a dû partir seul, on l'attend tous les jours quand il revient du travail, et on supporte mal qu'il s'attarde. On attend la naissance d'un enfant et on s'impatiente toujours en approchant du terme. On attend le retour de vacances des enfants partis au loin. On attend la guérison lorsqu'on est malade. On attend le printemps et le retour des beaux jours, et quand on est vieux, on s'aperçoit qu'on n'a plus que la mort à attendre. Mais c'est souvent de la mauvaise façon qu'on attend, car on ne supporte pas la solitude et l'ennui. On ne sait pas gérer l'absence, et le moment présent fait peur, car on n'aime pas être seul face à soi-même. C'est pourquoi on est très impatient et on vit dans la fuite en avant. Toutes mes attentes pourtant, se résument dans celle de l'attente de la réunion avec Celui que j'attends depuis toujours, sans trop le comprendre. C'est Lui qui me manque, et mon impatience est grande d'être réunie à Lui pour toujours, car la douleur de l'absence de ceux que j'aime, révèle et entretient en moi la crainte que l'union à Dieu ne se produise jamais. Mais le Seigneur est plus impatient que moi. Je l'ai compris un jour à Paris, à la session « Embrase nos cœurs ». Je m'étais avancée pour recevoir la prière et le pasteur qui priait pour moi, lorsque je suis tombée sous la puissance de l'Esprit Saint, m'a dit de la part du Seigneur :

« Veux-tu me laisser le temps de te dire mon amour et combien je suis impatient de m'unir à toi ? »

J'ai été bouleversée de sentir combien Jésus était désireux que je prenne plus de temps avec Lui pour Lui donner l'occasion de me prouver Son Amour. En réponse à mon désir de Lui, Il me dit qu'Il vient.

« Celui qui atteste ces choses dit : Oui je viens bientôt. Amen ! Viens Seigneur Jésus ! Maranatha ! »[27]

C'est la plus merveilleuse prière de supplication que je connaisse. Elle m'émeut profondément chaque fois que je la prononce, car elle exprime parfaitement le cri encore trop silencieux de mon cœur :

« Viens Seigneur Jésus ! »

[27] Apocalypse 22 : 20

« Les premiers chrétiens ont sûrement clamé ces mots avec une grande ferveur, conscients que leur Seigneur ressuscité serait présent au milieu d'eux par son Esprit d'une manière toute particulière. Depuis l'origine, la liturgie de l'Eglise fut donc conçue pour conduire les fidèles au sommet de l'adoration, à ce moment ineffable où le Christ se présente tout à nouveau aux siens. »[28]

C'est dans ces moments, où les chrétiens réunis, appellent dans une prière fervente et unanime la présence de Dieu, que les charismes se manifestent et que la communauté peut recevoir les guérisons dont elle a besoin. C'est pourquoi il est si important de prier dans l'unité, car la désunion parmi les croyants qui attriste gravement l'Esprit Saint, provoque la perte de la vision, et surtout une perte de la présence de Dieu et des manifestations qui accompagnent et attestent cette présence. Là où elle est réellement invoquée, il devient facile de croire en Lui, et d'agir dans la puissance et l'autorité spirituelle. Chaque réveil provoqué par l'Esprit Saint dans l'Eglise a vu la ferveur de l'attente du Royaume se renouveler. C'est elle qui nous fait affirmer et annoncer avec foi, que le Christ vient bientôt. C'est cette attente impatiente qui nous poussait à nous lever la nuit, au début de la communauté, lorsque l'appel retentissait dans les couloirs :

« Voici l'Epoux qui vient, allons à sa rencontre ! »

J'ai hâte d'être arrivée au terme de la reconquête de tout ce qui, en moi me tient encore éloignée de mon Bien aimé. Je suis de plus en plus saisie par le sentiment de l'urgence à accueillir Celui qui vient et d'ouvrir à Celui qui se tient déjà à la porte et qui frappe. Arrivée au terme de cette entreprise de réveil de ma vraie personne, je sais que je vais pouvoir jouir de Sa présence. Je n'aurai plus à craindre de vivre dans le malheur provoqué par le sentiment qu'Il est loin de moi. Il est là, Il me tire de mon sommeil :

« Le voici, il est derrière notre mur, il regarde par la fenêtre. Il regarde par le treillis. Mon bien-aimé parle et me dit : Lève-toi mon amie, ma belle, et viens ! Car voici, l'hiver est passé ; la pluie a cessé, elle s'en est allée. Les fleurs paraissent sur la terre. Le temps de chanter est arrivé. Et la voix de la tourterelle se fait entendre dans nos campagnes. Le figuier embaume ses fruits, et les vignes en fleurs exhalent leur parfum. Lève-toi, mon amie, ma belle, et viens ! Ma colombe qui te tiens dans les fentes du rocher, qui te caches dans les parois escarpées. Fais-moi voir ton visage, fais-moi entendre ta voix ; car ta voix est douce et ta figure est agréable. »[29]

[28] Leanne Payne : Vivre la présence de Dieu (ed. Raphaël) page 51
[29] Cantique des cantiques 3 : 9 à 14

Ainsi, le lieu de mon cœur, comblé dans toutes ses attentes, est déjà la préfiguration de la Jérusalem Céleste.

6. LA JERUSALEM CELESTE : LE LIEU DES EPOUSAILLES

« Et je vis descendre du ciel, d'auprès de Dieu, la ville sainte, la nouvelle Jérusalem, préparée comme une épouse qui s'est parée pour son époux. Et j'entendis du trône une forte voix qui disait : Voici le tabernacle de Dieu avec les hommes ! Il habitera avec eux, et ils seront son peuple, et Dieu lui-même sera avec eux. Il essuiera toute larme de leurs yeux, et la mort ne sera plus, et il n'y aura plus ni deuil, ni cri, ni douleur, car les premières choses ont disparu. Et celui qui était assis sur le trône dit : Voici, je fais toutes choses nouvelles. »[30]

Et voici qu'il nous faut découvrir que tout ce temps passé à entrer dans l'héritage se révèle comme un merveilleux temps de préparation au mariage ! L'Esprit Saint nous a été envoyé pour réveiller, purifier et parer la jeune épouse afin qu'elle soit prête pour les noces. Il faut qu'elle soit prête pour ce moment extraordinaire où l'époux va dévoiler et découvrir petit à petit la nudité de son épouse et s'unir à elle dans le délice du consentement réciproque.

Ne nous étonnons donc pas que la préparation soit parfois difficile, car il s'agit de n'avoir plus peur de ce dévoilement. Nous avons mis toute notre énergie à nous cacher et nous protéger du regard de Dieu depuis la Chute.

« J'ai entendu ta voix dans le jardin, et j'ai eu peur, parce que je suis nu, et je me suis caché. »[31]

A présent il s'agit d'apprendre comment ne plus craindre ce regard qui voit tout et qui semble nous percer à jour. Il faut du temps et toute la diligence du Saint-Esprit pour nous faire comprendre que dans toutes nos attentes, il y a cette nostalgie terrible d'un regard d'admiration et de fierté.

« J'aime faire mémoire du premier échange de regards au moment de la Création, le regard émerveillé d'Adam sur Eve et celui d'Eve recevant ce regard et, s'émerveillant à son tour, le regard du Père sur l'homme et sur la femme, son bonheur ; « Et Dieu vit que cela était très bon. » (Gen1) Je pense que nous portons dans « nos gènes » la mémoire du regard émerveillé du Père. Nous en avons la

[30] Apocalypse 21 : 2 à 5
[31] Genèse 3 : 10

nostalgie, et chacun à notre manière nous sommes à la recherche de ce regard à travers lequel nous nous sentirons connus et aimés. C'est pourquoi nous sommes si exigeants en matière d'amour, si sensibles à la moindre défaillance, à la moindre indifférence. C'est pourquoi aussi nous avons tellement l'impression de ne pas être connus, de ne pas être aimés. Nous avons tant besoin d'être aimés totalement, inconditionnellement, pour nous-mêmes. »[32]

Nous ne pouvons accepter d'être dévoilés que dans la certitude d'être tendrement aimés. C'est pourquoi nous ne pouvons pas accepter la « vérité » ou les « vérités » sur nous-mêmes, énoncées dans une intention de moraliser et de culpabiliser. Le regard pur que Jésus pose sur nous est sans soupçon ni dégoût, à l'inverse de celui que nous posons sur nous-mêmes. Notre état intérieur nous fait tellement horreur que nous avons peur, à tort, que cela Le pousse à nous rejeter. Mais c'est tout le contraire. Il nous choisit, puis nous met à part en vue de nous embellir. Nos démarches perfectionnistes pour Lui plaire ne sont pas les bonnes. Laissons Le faire ! C'est la pureté de Son regard qui nous rend purs et Son sang avec lequel Il nous lave nous purifie de tout péché.

« Le Christ a aimé l'Eglise et s'est livré lui-même pour elle, afin de la sanctifier après l'avoir purifiée par le baptême d'eau, afin de faire paraître devant lui cette Eglise glorieuse, sans tache, ni ride, ni rien de semblable, mais sainte et irrépréhensible. »[33]

Lors du déshabillage de la mariée, nous n'aurons plus à craindre le malheur d'être trouvés laids et repoussants. Nous pourrons dire avec la fiancée du cantique :

« Je suis noire mais je suis belle ! »[34]

Ma beauté me vient du Seigneur, le Saint-Esprit est un parfait esthéticien : Il est le divin maquilleur. Il s'est tout d'abord occupé de mes oreilles, les a purifiées, dans le Sang de Jésus, des souillures des paroles de malédiction et les a consacrées à l'écoute de la voix du Bien aimé. Il s'est ensuite occupé de ma bouche en purifiant mon haleine putride venant des paroles d'accusation et de mépris, ainsi que des injures prononcées contre mes frères et contre mon Dieu. Il l'a maquillée de rouge par le Sang et consacrée à la louange du Bien aimé. Il a aussi purifié mes yeux et changé mon regard en maquillant mes paupières, mon regard est plus profond et clair, rempli de vraie lumière. Il m'a fait grandir en vraie sensibilité, m'a redressée de

---

[32] Jo Croissant : Le corps temple de la beauté (ed. des Béatitudes) page 82
[33] Ephésiens 5 : 25 à 27
[34] Cantique des cantiques 1 : 5

courbée que j'étais devant les idoles pour l'adoration du vrai Dieu. Il m'a lavée de toute souillure, m'a ointe de l'onguent de la consolation, m'a recouverte du parfum de la bonne odeur du Christ, m'a revêtue du manteau de Sa justice et m'a couronnée d'amour et de tendresse.

Je suis pécheur mais j'ai aussi la beauté du Seigneur en moi. Je ne veux plus mettre mon péché en avant pour dire que je ne suis pas digne de Son amour, pour L'empêcher de s'approcher de moi. Nous avons le privilège de vivre un réveil puissant, où ceux qui le veulent bien, sont complètement embrasés, et rendus capables de transmettre à leur tour ce feu. On peut également y faire l'expérience d'un amour sans mesure, tellement immense qu'il se présente comme un fleuve jaillissant du cœur de Jésus en vagues si puissantes qu'il devient « Tsunami » et inonde tout ! Que le Seigneur veuille bien continuer à déverser ainsi sur nous ce déferlement d'amour et de grâces. Peu importe si nous sommes noyés, car à présent, nous sommes capables de vivre immergés dans cet amour, emportés dans son courant. Je ne veux plus vivre autrement ! Je veux respirer sous l'eau de l'amour divin, je veux marcher sous l'eau, manger sous l'eau, dormir sous l'eau, communiquer avec les autres sous l'eau. Je ne veux plus vivre en dehors de cette nouvelle atmosphère créée dans ma vie par le déferlement des flots impétueux de l'amour de mon Dieu, manifesté par la mort de Jésus pour moi.

C'est dans l'union, quand Dieu m'épouse que je peux vraiment connaître l'amour, sans aucune peur. Que le Seigneur chasse de moi tout ce qui pourrait encore me faire croire qu'il faut souffrir pour connaître l'union. Je sais de manière de plus en plus certaine que les souffrances les plus grandes que j'ai à vivre, viennent de ce qui en moi refuse cette union. Je désire être prête pour les noces c'est à dire en mesure de prononcer le « oui, je le veux ! » en toute liberté, joie et allégresse. Pour cela je désire encore demander pardon pour toutes les fois où j'ai voulu acheter l'amour de Dieu, pour le mettre de mon côté. Ma dette envers le Seigneur est éternelle car Son amour est totalement gratuit. Je ne sais encore rien de Son amour. Car c'est d'un amour éternel qu'il s'agit. Ce n'est pas moi qui provoque son amour, c'est Lui qui m'a aimée le premier. Et il ne s'agit pas d'un amour platonique, idéal, mais son amour est véritablement le feu de la passion… j'ai tellement besoin d'être éveillée dans cet élan de ma passion vers Dieu et de recevoir en retour cet amour passionné qu'Il a pour moi.

Si nous refusons d'entrer dans le réveil comme le Saint-Esprit nous le propose en ces temps privilégiés, nous resterons avec des cœurs comparables à des glaçons, réfractaires au feu de l'amour divin. N'ayons pas peur de Lui en ouvrir l'accès, pour qu'Il réveille nos émotions. Nous avons besoin de ressentir la joie d'aimer, le bonheur d'aimer. Car Son amour est plus doux que le vin et l'ivresse de cet amour là, de ce vin nouveau, nous la désirons ! Qui est dérangé par le spectacle de quelqu'un qui se régale de son Dieu ?

Une épouse heureuse, cela se voit et s'entend de loin ! Lorsqu'elle est comblée, elle clame sa joie et sa reconnaissance. Elle est instrument de paix et elle fait la joie de tous ceux qui l'entourent. Plus rien ne lui semble une corvée, la vie lui est agréable et douce. Elle devient de plus en plus belle. Une église qui célèbre son Dieu, laisse monter vers lui ses chants de louange et ses acclamations. Servons-nous de notre mémoire et de notre imagination pour nous représenter l'écho de la rumeur d'adoration qui s'élevait le soir au moment de l'offrande, au-dessus du temple à Jérusalem. Un passage au Mur des Lamentations, bien mal nommé en l'occurrence, peut nous en donner une petite idée, un vendredi soir.

L'Esprit Saint nous réveille, il veut nous préparer pour les épousailles car le repas des noces est déjà prêt. Refusons de rester dans le coma, de prétendre que Dieu veut nous laisser dans le désert ou la nuit des sens, alors que nous sommes faits pour goûter aux délices de l'union. Et si tout en nous n'est pas encore prêt, qu'attendons-nous pour commencer à nous y préparer ? La puissance de l'Esprit Saint nous est donnée à profusion, pourquoi continuer à faire la fine bouche ? Pourquoi avons-nous honte que soient exposées aux yeux de tous les manifestations de la joie que donne l'union à Dieu. Pourquoi faudrait-il que cette joie soit uniquement intérieure ? J'ai besoin que mon corps ressente les assauts d'amour de mon Bien-aimé, car c'est aussi dans et par mon corps qu'Il m'épouse ! Je crois que j'ai besoin que toutes mes émotions se dégagent de l'emprise de la dépression qui les menace. Et nos corps et nos âmes sont souvent malades à l'image de ces épouses qui se refusent à leur époux par peur de la douleur, alors qu'à leur insu elles languissent d'amour. Trempons-nous dans le torrent de Sa miséricorde, laissons nous embraser par le feu de Son amour et nous connaîtrons alors enfin les délices de l'union mystique que nous recherchons depuis si longtemps. Ne faisons plus obstacle au réveil, mais levons-nous ensemble, tous chrétiens confondus, pour aller nous asseoir à la table du banquet des noces de l'Agneau !

« Jusqu'à ce que nous soyons tous parvenus à l'unité de la foi et de la connaissance du fils de Dieu, à l'état d'homme fait, à la mesure de la stature parfaite de Christ »[35]

[35] Ephésiens 4 : 13

« SUR TES MURAILLES JERUSALEM, JE PLACE DES VEILLEURS ; NI LE JOUR NI LA NUIT, JAMAIS ILS NE SE TAIRONT ! NON, JE NE ME TAIRAI POINT, JE NE ME LASSERAI POINT, AU SUJET DE JERUSALEM, JUSQU'A CE QUE SA JUSTICE JAILLISSE COMME L'AURORE ET QUE SON SALUT FLAMBOIE COMME UNE TORCHE. »[36]

[36] Esaïe 62 : 6 et 7

Conclusion

Lorsque l'on parle de la peur du malheur, on a besoin de laisser le Seigneur mettre en lumière cette évidence : nous avons très peur de Dieu, et inconsciemment nous vivons comme si c'était Lui qui représentait un danger pour nous. C'est comme si, dans ce désir que Dieu manifeste de s'unir à nous, il y avait un désir non avoué de sa part de nous « manger », de nous intégrer, de nous faire disparaître en Lui. Nous n'avons alors plus qu'une chose à faire : nous défendre de Lui jusqu'à devenir déicides. Pourtant, pour nous prouver que c'est l'inverse, Dieu vient se faire manger par nous. Avez-vous remarqué qu'Il nous donne même Son Sang à boire ? Dans la Bible, le Sang ne devait jamais être consommé avec la chair des animaux offerts en sacrifice pour les péchés. Le sang représente l'âme, la vie même de la personne. Dieu se donne en entier ! Acceptons que la lumière soit faite sur ce mensonge des origines et l'esclavage dans lequel il nous a mis. Comment pourrions-nous refuser l'aide puissante de l'Esprit Saint ? Lui seul a le pouvoir de sonder et mettre en lumière ces choses qui nous habitent. Aucune technique psychologique au monde n'a ce pouvoir de faire remonter les souvenirs qui ont besoin de revenir à la surface pour être visités et guéris par la grâce. Et le souvenir le plus profond, le plus lointain, n'est-il pas ce péché des origines quand nous avons, avec notre père Adam, prêté l'oreille au mensonge du Diable. Depuis le début nous avons consenti à « croire » que Dieu aurait de mauvaises intentions et que l'union même serait un piège. Comment arriver à reconnaître ce péché qui nous jette dans l'épouvante ? Chaque fois que mon imagination débridée s'affole et me fait croire que je ne vivrai pas longtemps, moi ou quelqu'un de mes proches, ou bien, chaque fois que je mets entre Lui et moi, toutes sortes de comportements religieux, superstitieux ou de pratiques idolâtres, je suis en train de dire : « J'ai peur de Dieu ! »

Beaucoup de personnes sont ainsi arrivées au bord de l'épuisement. Aussi lorsqu'elles liront ces pages parlant du combat qu'il faut mener pour entrer dans la vraie liberté, elles risquent d'avoir peur et d'être découragées avant même de commencer. Leur grande fatigue vient de tous les faux combats qu'elles ont menés contre la culpabilité. Elles ont généralement essayé par leurs propres forces d'acquérir la perfection tant désirée. Mais lorsqu'on découvre enfin en quoi consiste le vrai combat et qu'on se décide à y entrer, on s'aperçoit qu'au lieu de la fatigue habituelle, on retrouve au contraire une vigueur nouvelle. Car ce combat ne consiste plus à faire des choses pour Dieu, c'est davantage un positionnement de foi, le vrai combat de la foi dont parle St Paul.[1] Il s'agit de croire en la Vérité et de repousser le

---

[1] 1 Timothée 6 : 12 : « Combats le bon combat de la foi. »

mensonge dans tous les domaines de notre vie. Nous ne pouvons pas mener ce combat nous-mêmes, le Christ l'a remporté pour nous. Nous n'avons plus qu'à entrer dans Sa Victoire. Plus nous avançons et plus les forces nous reviennent ! Jésus Lui-même prend enfin Sa place en nous, Sa présence réelle prenant « chair », communique Sa puissance de vie à toutes les parties de notre être. Le combat consiste donc à rester présent à cette Sainte Présence et à fréquenter l'homme nouveau qui vient peu à peu à l'existence. Si nous persistons dans cette fréquentation, l'homme ancien disparaît progressivement et nous sommes puissamment fortifiés et restaurés dans notre santé physique, mentale et spirituelle.

N'ayons plus peur de nos faiblesses. Nous sommes incapables de réussir notre vie et nous en serons de toute façon toujours incapables. Tout notre travail consiste à laisser le Seigneur prendre Sa place en nous. Ainsi se lèvera une armée de prophètes, de ceux qui vivent dans leur chair ce qu'ils annoncent. Dieu a le pouvoir de faire de notre vie quelle qu'elle soit, une histoire sainte, quand on la Lui consacre. Je crois que si nous Lui livrons tout de notre vie, même ce qui nous fait le plus honte, ce que nous aimerions oublier et rayer, Il peut s'en servir pour notre salut, notre plus grand bien, et pour le salut et le plus grand bien de beaucoup. Car nul ne vit pour soi-même et nul ne meurt pour soi-même. Et, par notre vie, nous devenons des porte-parole pour Dieu.

« C'est Dieu qui inspire et parle par la bouche des prophètes. Autrement dit, le prophète est celui qui parle de la part de Dieu. Mais il n'est pas commode d'être le porte-parole de Dieu ! En effet, être le bénéficiaire de la grâce de Dieu est autre chose que de lui servir de canal. Le prophète réalise toujours plus avec acuité le décalage qu'il y a entre ce qu'il annonce et ce qu'il vit. Dans la vérité de son cœur, il ne se sent pas digne d'une telle mission. Ce décalage entre la sainteté de Dieu et l'expérience que le prophète a de sa pauvreté sera toujours le lieu de son tourment. »[2]

L'Esprit Saint qui nous est donné, nous révèle combien nous sommes encore loin de ce que nous sommes appelés à être. Laissons Le débusquer jusqu'au fond de nos enfers ce qui fait que, sous des dehors d'hommes religieux, polis et bien élevés, nous sommes des méchants et des assassins. Qu'Il nous donne le courage de supporter cette mise en lumière, afin que, par Sa puissance, Il nous guérisse et nous sauve ! Frères et sœurs bien-aimés, ne soyons pas ce peuple à la nuque raide, qui erre encore dans le désert ! Laissons l'Esprit Saint nous réveiller et montons à la conquête de Jérusalem, lieu de Sa présence ineffable, et goûtons le lait et le miel promis ! Plus d'amertume à la bouche, plus jamais de plainte mais des cris de joie et d'allégresse ! Ne nous arrêtons pas dans notre conquête du bonheur promis car il existe.

[2] Frère Silouane : Jonas ou la vie prophétique, pages 14 et 15

« Je suis persuadé que celui qui a commencé en vous cette bonne œuvre la rendra parfaite pour le jour de Jésus Christ. »[3]

Prenons la résolution de faire partie de ceux qui permettent à Dieu seul, de construire leur vie. Nous serons alors fortifiés et bénis en recevant notre héritage, mais Dieu pourra aussi nous utiliser pour refléter la gloire de Son visage et réaliser à travers nous Ses projets sur la terre comme aux cieux. Nous découvrirons que notre vie, à l'image de la cité jadis inconsolable décrite par le prophète Esaïe, est devenue forte et toute éclatante de Sa Gloire :

> « Malheureuse, battue de la tempête, et que nul ne console !
> Voici, je garnirai tes pierres d'antimoine,
> Et je te donnerai des fondements de saphir ;
> Je ferai tes créneaux de rubis,
> Tes portes d'escarboucles,
> Et toute ton enceinte de pierres précieuses.
> Tous tes fils seront disciples du Seigneur,
> Et grande sera la prospérité de tes fils.
> Tu seras affermie par la justice.
> Bannis l'inquiétude, car tu n'as rien à craindre,
> Et la frayeur car elle n'approchera pas de toi. »[4]

A Dieu seul soit toute la Gloire !

---

[3] Philippiens 1 : 6
[4] Esaïe 54 :11 à 14

Table des matières

Introduction..11
Première Partie : Quarante ans dans le désert..............................15
Introduction..17
J'ai toujours eu peur de la solitude..19
Je rencontre mon époux..27
La solitude encore...35
Samuel et Etienne...39
Je ne sais rien !...47
Deuxième partie : A la conquête de mon héritage..........................51
Ces choses sont arrivées pour nous servir d'exemples.....................53
La bataille..57
Mon âme, Où es-tu ?...109
Troisième Partie : Sauvée en devenant mère..................................153
Les souffrances de la maternité : Source de Salut ?.......................155
Je ne suis plus orpheline..157
Je suis une femme heureuse..161
Être mère..167
Quatrième partie : A l'école de la souffrance.................................187
La crainte du malheur...189
Pourquoi les chrétiens souffrent-ils ?...197
De l'état de victime à l'état de vainqueur.....................................211
Cinquième partie : Dans Jérusalem vous serez consolés.................219
Habiter Sion...221
Conclusion...241

Album Photos

Alain et Anne au centre chrétien de Gagnières le jour de leur mariage

Samuel, Alain, Anne et Etienne en Israël

François, Samuel, David et Marie-Véronique au Zaïre

Samuel
Victoire, le sang de Jésus m'a lavé de tous mes péchés !

Marie-Véronique, Alain, David, François et Anne en 1997

Anne et Alain en 2005

Marie-Véronique et sa famille

François et sa famille

Marie-Véronique et David

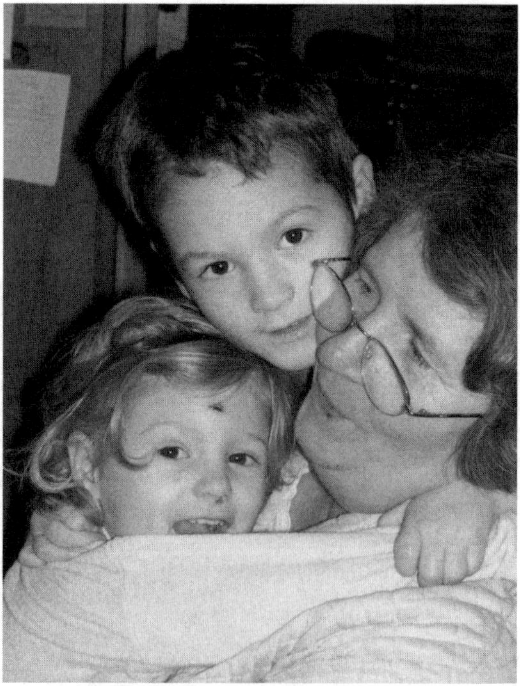

Anne et ses deux premiers petits-enfants

Résumé de vie

Bien que ce livre soit mon témoignage, je n'y raconte pas toute ma vie. J'y ai surtout décrit le cheminement que Dieu m'a fait faire pour apprendre à ne plus craindre le malheur. Aussi, pour que le lecteur puisse mieux situer certains événements que je relate tout au long de ce parcours, je donne ici un résumé plus chronologique de ma vie, bien remplie et pleine de péripéties.

Je suis née à Ovan, au Gabon, le 3 Novembre 1947. Mes parents avaient reçu leur appel missionnaire dans le mouvement protestant des Unions Chrétiennes de Jeunes Gens, ils s'étaient mariés et étaient courageusement partis avec ma sœur aînée encore toute petite, à l'époque d'après guerre, dans un immense dénuement. Le champ missionnaire qu'on leur avait attribué à la Maison des Missions de Paris, se situait à trois jours de marche et de pirogue de la capitale Libreville. Nous ne sommes pas restés très longtemps au Gabon après ma naissance, car mon père est tombé gravement malade ayant contracté un amibiase difficile à soigner à l'époque.

J'avais cinq ans et un frère et une sœur de plus, lorsque nous sommes repartis, cette fois à Madagascar où j'ai passé dix ans de ma vie. Peut-être pourrons-nous, un jour, éditer le manuscrit que mon père a écrit, relatant cette vie extraordinaire que notre famille a vécue là-bas. Bien sûr, ces dix années comptent énormément pour moi et comme pour mes frères et sœurs, un peu de notre cœur est resté à Ambositra, la ville de notre enfance où encore une sœur et un dernier petit frère sont venus agrandir la famille.

Mes parents avaient une année de congé tous les cinq ans, j'ai donc passé un an à Montauban (la ville d'origine de mon père) lorsque j'avais dix et onze ans, puis, cinq ans plus tard, nous nous sommes retrouvés à Briançon, dans les Hautes Alpes, car un ami nous y prêtait une maison pour l'année de congé, ce qui convenait bien pour la santé de mon père qui souffrait d'asthme. Les événements qui ont suivis l'indépendance de Madagascar, nous ont obligés à renoncer à rester là-bas pour continuer nos études.

Lorsque mes parents sont repartis, nous avons été mis en pension dans les Cévennes dans un Collège Protestant où j'ai fait mes deux années de terminale. Puis, ayant raté mon bac, j'ai commencé mes études d'infirmière au Sanatorium de Chantoiseau à Briançon, logeant chez des amis pentecôtistes qui m'ont beaucoup appris de la vie dans l'Esprit Saint. J'ai réussi assez facilement mon diplôme d'infirmière et me suis installée dans un petit appartement, ayant trouvé du travail à l'hôpital de Briançon. J'ai raconté comment je suis ensuite partie un an en Côte d'Ivoire, d'où je suis revenue pour un travail à Montauban dans la Maison de Retraite Protestante. J'y ai travaillé deux ans de 24 à 26 ans avant les événements qui m'ont conduite à rencontrer mon mari en 1973 à l'âge de 27 ans.

Avec Alain, nous sommes entrés à la Communauté des Béatitudes après quelques mois de mariage et nous en faisons partie depuis. J'ai toujours désiré une vie sortant de l'ordinaire, je l'ai eue ! Comme dans ma jeunesse avec mes parents, depuis que nous sommes à la Communauté, nous avons beaucoup changé de maisons et aussi beaucoup voyagé. C'est ainsi qu'après Valence, nous avons suivi nos frères à Cordes, la première maison de la Communauté, où j'ai eu notre premier fils, Samuel et d'où nous sommes partis pour deux ans en Israël. Etienne est né à Jérusalem. Alain a travaillé là comme pédiatre dans un centre de protection de l'enfance dans le quartier arabe, nous logions sur les murailles d'où nous étions comme des veilleurs attendant le retour de leur Maître.

A notre retour d'Israël, au Château St Luc, Alain a travaillé comme médecin au cabinet médical de groupe, fondé à Castres par la communauté sur les conseils de Mgr Coffy. L'Esprit Saint m'a conduite à passer au catholicisme, non sans grands combats. Ce fut douloureux aussi pour toute ma famille et m'a coupée d'elle. Je sais maintenant pourquoi le Seigneur a conduit ainsi les événements de ma vie, et je reste « pentecôtiste » dans l'âme et surtout amoureuse de l'Eglise de Jésus Christ une et indivisible. A l'exemple de Thomas Roberts, mon maître, j'essaie de consacrer ma vie, avec mon époux, à travailler pour le réveil dans l'Unité des chrétiens. Je suis très fière d'être la marraine d'un enfant Orthodoxe.

A St Luc où nous sommes restés quatre ans, nous avons perdu notre petit Etienne en 1978, et six mois plus tard j'accouchais de notre troisième fils François. Deux ans après, j'avais enfin la petite fille tant désirée après trois garçons, Marie-Véronique. Elle allait avoir deux ans quand nous sommes partis pour cinq ans au Zaïre, où notre dernier fils, David, est né en août 1982. Là, Alain a fait fonction de chirurgien et nous avons dû rentrer pour cause d'épuisement dû au travail, mais aussi à la maladie. Alain avait un palu qui ne voulait pas guérir et j'avais attrapé des amibes qui ne me lâchaient pas non plus.

Nous nous sommes installés au Cabinet Médical à Castres, où Alain a continué son métier dans la suite et l'esprit de ce qui avait été pressenti lors de sa fondation en 1978. Quelques années plus tard, le Seigneur nous a conduits à accepter la gestion d'une maison d'accueil diocésaine à Verdalle, dans le Tarn, afin de profiter des locaux, entre les autres accueils, dont je devais m'occuper, pour y organiser des camps d'adolescents. Ces fameux « camps de Verdalle » qui ont été au nombre de dix neuf entre 1995 et 2002, restent gravés dans la mémoire de tous ceux qui y sont passés pour y recevoir la vie qui vient d'en haut !

Le 29 avril 1996 notre Samuel rejoignait la maison du Père. C'est là aussi qu'a commencé pour moi le chemin de l'entrée dans mon héritage qui est le sujet de ce livre.

La maison de Verdalle étant réorientée par la communauté en vue de la formation des futurs responsables, nous avons passé quatre années à St Luc. C'est pendant cette période que nous avons marié notre fille Marie Vé avec Jean Sébastien dont les parents vivent aussi à la communauté et notre fils François avec Déborah dont les parents sont un des deux couples fondateurs de la communauté.

Je m'absentais souvent pour des missions diverses en France et à l'étranger dans le cadre de l'enseignement des danses d'Israël et l'animation de retraites pour des jeunes ou pour des couples et souvent Alain m'accompagnait.

Depuis le 1er novembre 2005, nous voici installés à la Bêche, petite maison aux alentours de Manosque dans les Alpes de Haute Provence. Et voici que je vis depuis début Février 2006, une expérience étonnante. J'ai dû chercher du travail. J'ai été embauchée à 59 ans, comme infirmière en maison de retraite. Dans ce lieu, je côtoie la souffrance humaine dans toute son intensité, chez des personnes qui n'ont aucune espérance et aucune consolation face à l'attente de la mort. Je suis confortée à ce que j'essaie d'exprimer dans ce livre : hâtons-nous de nous convertir ! Abordons la vieillesse dans la joie et l'allégresse de cœurs parfaitement affranchis de toute crainte du malheur !